Les jours où je suis née

©2025 Valérie FRANÇOIS
ISBN : 978-2-8221-0067-0

Valérie FRANÇOIS

Les jours où je suis née

ROMAN

Quelle que soit sa forme, l'amour s'entrelace comme des fils d'or, invisibles et précieux.

Il est la boussole discrète de nos vies.

Il se niche dans un regard complice, un silence partagé, une main tendue.

Il est ce lien invisible, doux et puissant, qui nous rappelle que nous ne sommes jamais seuls.

De la douceur d'une mère à la complicité d'une sœur, jusqu'au frisson d'un amour nouveau, il tisse en nous une histoire que rien ne pourra effacer.

CHAPITRE 1

Minh-Tâm est le prénom de ma mère, cela signifie « cœur pur », et aucun autre prénom ne pourrait mieux la représenter.

Depuis le 12 septembre 1991, elle était mariée à Cao-Minh, un jeune Vietnamien du village de Ma Tra. Dix-huit mois qu'ils vivaient un bonheur absolu ; un amour pur et sincère comme il en existe peu. Il la couvrait d'attentions et de baisers, elle lui rendait une tendresse infinie.

Cao-Minh était un artiste reconnu dans la région de Sapa. Bien sûr, cela n'était pas synonyme de richesse et d'opulence dans cette contrée nord-vietnamienne, mais même si les temps restaient difficiles, les rares touristes qui s'attardaient dans les environs s'arrachaient ses sculptures.

Pour combler le manque d'argent, Minh-Tâm travaillait tantôt à Ta Vân, où elle récoltait le riz pour monsieur Curong, et tantôt au marché de Sapa, où elle vendait des costumes traditionnels qu'elle confectionnait de ses propres mains. Puis elle rentrait éreintée, mais heureuse puisqu'elle retrouvait Cao-Minh.

Le reste de la soirée, ils le passaient à rire et à comploter, sur leur avenir qui s'annonçait radieux.

Depuis qu'elle portait leur enfant, Cao-Minh redoublait d'attention pour celle qui allait encore décupler son bonheur. Dès que l'enfant serait là et que leurs économies le permettraient, ils iraient s'installer à Hanoï. Le tourisme y était fourmillant et promettait, pour peu qu'on s'en donne la peine, une existence un peu plus confortable.

Elle était enceinte de sept mois ce jour où je suis arrivée dans sa vie, comme le plus beau des cadeaux m'a-t-elle dit, comme un miracle.

Ce matin-là, elle marchait à côté de Cao-Minh, lui portant ses outils et elle agrippant son vélo qui la mènerait aux champs. À la sortie du village, il la serra dans ses bras en lui faisant mille recommandations pour elle et l'enfant. Lui retournant mille promesses, elle enfourcha son vélo et s'éloigna, potée par le regard incandescent et protecteur qu'il portait sur elle, tel un bouclier infranchissable.

Il la contempla jusqu'à ce que l'horizon l'aspire, puis se dirigea vers son atelier. Il devait travailler vit pour les mettre à l'abri, elle et le bébé qu'elle lui offrirait bientôt.

***

Suzanne est également le prénom de ma mère, celle de ma première naissance. Il vient du prénom hébraïque Shoshana, qui signifie « rose », mais je ne saurai jamais si ce prénom lui correspondait vraiment. Il me faudra encore bien des années pour découvrir son histoire et apprendre à la connaître un peu.

Elle était arrivée au Vietnam depuis maintenant quinze mois. Elle avait suivi Paul, son mari, qui devait superviser la construction de routes et de réseaux qui permettraient de mieux desservir les petites villes comme Sapa. Un défi professionnel d'envergure qui, s'il le menait à bien, ferait de lui l'un des ingénieurs et financiers les plus réputés de Paris.

Suzanne et lui s'étaient rencontrés à Neuilly-sur-Seine le 15 août 1991 lors d'un dîner organisé pour une œuvre de charité et avaient passé la soirée à discuter, à danser et à rire. Paul était tombé en adoration devant cette femme dès qu'il avait posé les yeux sur elle. Les jours suivants, il lui avait fait une cour assidue qui fut vite abrégée par la proposition professionnelle qu'il reçut et qu'il espérait depuis tant d'années. Alors, trois mois seulement après leur rencontre, Paul la demanda en mariage sans grands discours ni fioritures. Suzanne fut surprise, voire choquée par cette demande qui arrivait de façon plutôt prématurée. Elle aimait Paul, bien sûr, mais ils se connaissaient si peu... Elle était en plein doute et en plein désarroi, mais l'amour eut raison de ses hésitations et elle accepta.

Les préparatifs du mariage, comme tout le reste, furent précipités et c'est ainsi que cinq mois seulement après avoir été courtisée, Suzanne se retrouva mariée et expatriée au bout du monde. Et c'est ainsi également que, six mois après son arrivée au Vietnam, elle tomba enceinte et qu'enfin, neuf mois plus tard, elle donna naissance à deux magnifiques fillettes. Ce 4 mars 1993, un bébé dans chaque bras, Suzanne ne cessait de clamer son bonheur. Elle vivait, avec une certitude absolue, le plus beau jour de sa vie. Depuis son arrivée et jusqu'à ce que son état ne le lui permettre plus, Suzanne avait aidé son ami, le docteur William Anderson, à s'occuper de la population de Sapa. Les jours de visites, la petite clinique de fortune ne désemplissait pas. La plupart du temps, les gens affluaient afin de faire soigner ou vacciner leurs enfants. Suzanne avait appris à nettoyer les plaies et à exécuter les premiers soins pour soulager le docteur.

Lily-Rose et Angela étaient venues au monde trois semaines auparavant et Suzanne, coincée entre les couches, les pleurs et les biberons, commençait toutefois à s'organiser et à respirer un peu. Pleine d'appréhension, elle s'était décidée à sortir et à aller présenter ses filles à William qu'elle n'avait pas revu depuis son accouchement. Elle était impatiente et tellement fière de pouvoir exhiber ses deux petites merveilles ! Lily-Rose révélait déjà un caractère calme et paisible, alors que la petite Angela faisait toujours preuve d'une grande impatience et savait se faire entendre. Elles étaient magnifiques, gracieuses et, même si petites, tellement surprenantes.

***

Minh-Tâm travaillait aux champs lorsque les premières contractions se firent sentir. Comme elle était loin d'un âge mature qui invite généralement à la réflexion, loin du terme de sa grossesse et loin de s'imaginer ce qui se tramait, elle tenta d'ignorer les premiers signes d'alerte. Rapidement, la douleur s'intensifia, la sueur se mit à perler sur son front et la souffrance eut finalement raison du courage qu'elle essayait de se donner pour continuer son labeur. Thihaly, son amie, avait repéré son manège et la surveillait du coin.de l'œil. Quand subitement Minh-Tâm tomba à genoux sous le coup d'une contraction plus violente, Thihaly se précipita vers elle et la transporta à l'abri des regards. Elle était inquiète, Minh-Tâm était encore loin du terme. C'était trop tôt... beaucoup trop tôt. Thihaly pria le ciel pour qu'aucun contremaître ne les surprenne. Elle ne pouvait pas se permettre de perdre une journée de salaire, mais elle ne pouvait pas non plus laisser Minh-Tâm mettre seule son enfant au monde. Il était trop tard pour appeler du secours et le premier médecin se trouvait au moins à une demi-heure de route. Thihaly fut prise d'une irrépressible angoisse, et il y avait de quoi : Minh-Tâm semblait très faible, il n'y avait pas de docteur et elle n'était qu'à sept mois et demi de grossesse...

De peur d'être entendues, les deux femmes n'échangèrent aucun mot. Minh-Tâm, concentrée sur son enfant et la douleur, restait totalement silencieuse. Thihaly épongeait le front de son amie en essuyant également les larmes qui roulaient sur ses joues. Au bout d'un temps interminable, l'enfant arriva enfin, un minuscule poupon pâle et inerte. Il ne pleurait pas et respirait à peine. Minh-Tâm, à bout de forces, n'avait plus la moindre réaction. Thihaly, en larmes, la secoua et la supplia de se lever, il fallait que la fillette voie un médecin. Alors, sans plus se soucier des contremaîtres, elle se mit à hurler.

— Minh-Tâm, lève-toi... lève-toi ! Prends ton vélo, je t'en supplie, trouve la force, tu dois aller au dispensaire. Je t'en prie, réagis bon sang, elle ne survivra pas si elle ne voit pas le docteur... Allez, debout !

Ne sachant plus comment se faire entendre, Thihaly administra une gifle à son amie, dont l'effet fut immédiat. Minh-Tâm revint au moment présent juste à temps pour lire dans les yeux de son amie et sur le visage blême de son bébé l'urgence de la situation. Elle rassembla le peu de forces qu'il lui restait, enveloppa sa fille dans son châle, enfourcha son vélo et fila en direction de Sapa. Elle avait la sensation que des flammes lui déchiraient les entrailles. Jamais elle n'avait ressenti pareille douleur. Elle savait qu'elle n'arriverait pas à parcourir les huit kilomètres qui la séparaient de Sapa, mais en posant les yeux sur le pauvre petit visage livide, elle trouva en elle une puissance et une énergie dont elle ne soupçonnait même pas l'existence. Les larmes lui brouillaient la vue. Ses prières incessantes lui permettaient d'avancer et de ne pas fléchir. La route lui parut interminable, mais elle vit enfin les premières maisons de Sapa. Pour se donner du courage, elle se mit à déclamer un flot de paroles à voix haute.

— Allez Minh-Tâm... avance, avance bon sang ! La vie de ton bébé est entre tes mains, pense à elle, pense à Cao-Minh ! Courage mon bébé, respire, respire, tiens bon mon petit cœur...

À bout de forces, elle arriva enfin.

***

Pendant ce temps, Suzanne se dirigeait, elle aussi, vers le dispensaire où elle avait hâte de présenter ses filles à William. Elle avait l'impression de ne pas avoir eu de conversation sensée depuis une éternité. Paul était tellement occupé qu'elle n'osait pas l'ennuyer avec les petits tracas d'organisation dus à l'arrivée de Lily-Rose et d'Angela. William n'avait pas pu lui rendre visite depuis la naissance et leurs discussions lui manquaient. Il avait veillé sur elle pendant sa grossesse, l'avait encouragée et rassurée lorsque l'inquiétude la gagnait trop vivement. Grâce à lui, les fillettes, venues au monde un peu trop tôt et malgré un poids bien en dessous de la moyenne, étaient en parfaite santé. C'était vraiment un ami sincère pour qui elle avait beaucoup de sympathie. Paul lui avait présenté William dès leur arrivée au Vietnam ; les deux hommes s'étaient rencontrés par hasard et leurs origines anglaises communes les avaient très vite rapprochés. Le médecin londonien avait obtenu ce poste à Sapa trois ans auparavant et avait, disait-il, trouvé un véritable sens à sa vie en venant dans ce pays. Non pas que les patients anglais soient moins importants, mais ils n'étaient pas livrés à eux-mêmes comme les gens d'ici. Entre les malades, les blessés, l'administration et la comptabilité du dispensaire, Suzanne se demandait s'il trouvait parfois le temps de dormir. Elle allongea le pas en songeant à tout cela et sa grande impatience la fit sourire. Elle continua sa route en réalisant à quel point la journée était magnifique. Elle n'était plus qu'à quelques dizaines de mètres du dispensaire lorsque Angela perdit patience et commença à s'agacer. La fillette se mit à hurler alors que Lily-Rose dormait paisiblement. Afin de ne pas réveiller la petite fille endormie, Suzanne prit Angela dans ses bras.

CHAPITRE 2

En arrivant enfin, Minh-Tâm, essoufflée et affolée, jeta littéralement son vélo contre un muret en pierre. Sa toute petite fille, blottie contre sa poitrine, ressemblait à présent à une poupée de chiffon dont tous les membres paraissaient disloqués. Elle n'avait pas survécu. Minh-Tâm le savait au fond d'elle, mais elle la berçait, espérait et lui parlait. Elle savait que le maigre filet de vie avait quitté ce corps trop petit et si fragile. Elle avait pourtant prié, encore et encore :

— Patience, petit ange. Tiens bon, ça va aller ! Je t'en supplie, pense à ton papa !

Les larmes lui piquaient à nouveau les yeux, mais elle voulait garder espoir, le docteur saurait quoi faire... forcément. Il allait sauver son bébé, la féliciterait d'avoir mis au monde une fillette si forte et si parfaite, puis elle ramènerait leur enfant à Cao-Minh qui serait tellement fier d'elle...

Minh-Tâm allait s'élancer vers l'entrée du dispensaire quand elle aperçut une jeune femme blanche, un nouveau-né dans les bras, prête à pénétrer dans l'hôpital de fortune. Le bébé poussait des cris stridents tandis que, dans un landau, un autre nouveau-né dormait à poings fermés. C'est à ce moment-là que le vacarme éclata et la coupa dans son élan.

Des hurlements incompréhensibles et des cris de terreur se firent entendre depuis le dispensaire. Le corps de la femme blanche se figea également. D'un geste protecteur et inquiet, elle resserra son étreinte sur sa petite fille. Soudain, deux individus armés, les bras chargés de médicaments, sortirent à reculons du bâtiment en tirant des coups de feu en direction de l'infirmerie.

Les hommes se retournèrent pour prendre la fuite, mais l'un d'eux entra brutalement en collision avec la femme qui portait le bébé.

Suzanne et l'homme armé se retrouvèrent face à face. Choquée, elle était incapable du moindre mouvement tandis que lui la fixait, les bras toujours encombrés par son butin et son arme. Il avait l'air terrorisé. C'est alors que sans raison ni sommation, le coup de feu retentit, figeant tout le monde dans l'instant présent. En entendant la déflagration assourdissante, l'homme sembla ne pas en croire ses oreilles alors que Suzanne, les yeux fixés sur lui, ne fit pas le moindre geste. Même le bébé avait promptement cessé de crier. Le malfaiteur restait là, immobile, comme paralysé. Ses yeux, qui semblaient avoir quitté leurs orbites, allaient de Suzanne au bébé, cherchant à comprendre ce qui venait d'arriver. Pourtant, il reprit ses esprits et décampa pour suivre son complice déjà en fuite.

Incrédule, Suzanne recula. Elle ne semblait pas réaliser ce qui venait de se passer. Sa fillette n'émettait plus le moindre son. Elle recula et recula encore jusqu'à ce que ses jambes viennent heurter le muret derrière lequel Minh-Tâm et son bébé s'étaient réfugiés et sur lequel elle put enfin prendre appui. C'est seulement lorsqu'elle baissa les yeux et qu'elle vit l'étrange trace rouge apparaître sur sa poitrine qu'elle sembla comprendre la situation mais déjà ses idées se brouillaient. Elle essaya et essaya encore, mais elle ne parvenait plus à relier ses pensées. Au moment où elle réalisa pleinement, une lueur d'effroi se dessina sur son visage. Ses yeux étaient rivés sur l'improbable tache cramoisie qui continuait de s'étendre sur sa fine robe blanche ornée de ravissantes petites fleurs bleues. Quand les fleurs de myosotis de la robe de Suzanne furent presque entièrement remplacées par l'énorme trace écarlate, elle fixa le merveilleux visage du bébé, tituba et, sans le lâcher, s'écroula devant le muret à quelques centimètres de Minh-Tâm, témoin impuissant qui n'osait plus ni bouger ni respirer.

La jeune Minh-Tâm était tétanisée, elle ne pouvait pas croire que la scène qui venait de se dérouler sous ses yeux avait réellement eu lieu. Elle avait l'étrange sensation d'avoir quitté son corps et d'observer tout cela de l'extérieur, peut-être même en direct de l'au-delà. Depuis le matin, tout paraissait tellement irréel, presque surnaturel... Le déclenchement des premières douleurs, qu'elle n'avait pas voulu reconnaître, son accouchement improbable dans les rizières, sa folle course à vélo, cadencée par la douleur qui émanait de tout son corps, sa fille lovée dans ses bras qui, même si elle espérait encore, avait perdu le minuscule souffle qui la reliait à la vie et maintenant cette femme et son bébé abattus sous ses yeux.

Du coin de l'œil, elle tenta d'apercevoir le bébé toujours blotti contre sa mère. Il ne bougeait plus et ne pleurait plus. Elle s'approcha alors du landau où la seconde fillette attendait patiemment. C'était une jolie petite fille, toute de rose vêtue, et bien qu'elle semblât plus grande et plus charnue que sa pauvre fillette sans vie, Minh-Tâm se dit que ce joli poupon minuscule n'avait sûrement que quelques jours. Elle ressentait beaucoup de tristesse pour ce bébé qui venait de perdre celle qui devait être sa mère. Son cœur se serra davantage lorsque, pour la première fois, elle se dit que sa petite fille, toujours blottie dans ses bras, avait quitté ce monde, elle aussi. Soudain, elle se sentit liée à cette fillette tout en rose qui la fixait droit dans les yeux et qui semblait attendre. Attendre qu'on daigne prendre la peine de s'occuper d'elle, que quelqu'un veuille bien prendre une décision quant à cette situation étrange.

Minh-Tâm leva la main pour caresser la tête de la fillette, puis se ravisa. Elle se redressa, mais plus aucun son ne parvenait du dispensaire depuis... elle n'avait aucune idée du temps qui s'était écoulé... Le silence s'était installé tout autour d'elle, depuis une éternité sans doute.

Elle n'osa pas s'approcher davantage de la porte de la petite clinique. Elle avait entendu les coups de feu tirés vers l'infirmerie et avait vu assez d'horreurs pour la journée. Hébétée, elle ne savait plus quoi faire, elle était seule et désemparée. Puis elle s'approcha à nouveau du landau, elle ne pouvait se résoudre à partir en laissant la petite fille sans protection. À ce moment précis, elle se sentit tellement désœuvrée qu'elle eut l'impression que la terre s'était dépeuplée, comme par magie ; il ne restait qu'elle et ce pauvre bébé sans défense.

Elle regarda tour à tour sa fille inanimée, la femme étendue sur le sol et la fillette immobile posée sur son corps. Le sang qui se répandait sous elles formait à présent une flaque démesurée. Elle reposa enfin les yeux sur le landau où le bébé la scrutait plus intensément encore.

Puis, subitement, la solution éclata, aussi violente, aussi nette que les coups de feu qu'elle venait d'entendre.

Elle ne pourrait jamais expliquer comment une telle folie avait pu ne serait-ce que traverser son esprit avec tant de force. Peu à peu, elle prit connaissance du scénario qui se déroulait dans sa tête, elle n'était plus maîtresse ni de ses pensées ni de ses décisions. Elle assista impuissante à la scène, comme si une autre personne guidait ses gestes, son âme et sa raison.

Elle ôta délicatement la robe de la fillette qui s'était assoupie à nouveau. Elle habilla son propre bébé sans vie de la jolie robe, puis le déposa délicatement dans la douce couverture du landau. Les yeux brouillés par ses larmes, elle enveloppa dans son châle l'adorable bébé nu et endormi en le serrant contre son cœur. Elle s'adressa à elle pour la toute première fois en jetant un dernier regard sur la femme blanche étendue à quelques mètres de là :

— Ne crains rien, je suis là maintenant ! Je suis là petit cœur, personne ne te fera de mal, je te le promets. Tu es aussi belle et lumineuse qu'un myosotis. Oui... c'est le plus joli des prénoms pour toi... Luu-Ly !

Le monde semblait avoir attendu la fin de cette scène irréelle avant de se remettre à tourner. Au loin, la sirène des secours qui se rapprochaient enfin se fit entendre. Elle attrapa son vélo et partit en serrant la petite fille contre elle... Son petit myosotis, sa petite Luu-Ly...

Minh-Tâm fila le plus vite possible en direction de Ma Tra, partagée entre la tristesse des événements et la sensation de bonheur indescriptible qu'elle ressentait en sentant le petit souffle chaud de Luu-Ly dans son cou. À la maison, elle serait enfin en sécurité, apaisée et sereine. La petite dormait toujours, bercée par le dandinement du vélo et pour la première fois depuis le début de cette journée particulière, Minh-Tâm sourit, happée par ce bonheur nouveau. La douleur se répandait dans chacun de ses membres, elle était épuisée, mais elle souriait.

Que serait-il arrivé à ce pauvre bébé maintenant que sa mère l'avait quitté ? Et elle, comment aurait-elle pu survivre à la peine et à la honte d'être rentrée à la maison avec un enfant sans vie ? Peu de temps après, Cao-Minh, prévenu par un gamin du quartier, arriva, essoufflé, les yeux brillants de hâte et d'amour. À cet instant, au moment où elle plongea enfin dans le regard si intense de son mari, elle décida de refermer définitivement la parenthèse de cette curieuse journée.

***

Les jours s'écoulaient entre bonheur et bonheur, celui d'être mère, celui d'être aimée. L'enfant s'épanouissait sous les baisers et les câlins de « ses parents ». Bien sûr, Cao-Minh avait trouvé bizarre que le bébé soit si parfait, que son teint soit si pâle et ses yeux si ronds.

— Comment est-ce possible Minh-Tâm ? Elle a presque deux mois d'avance et pourtant elle est si potelée...

— J'ai dû me tromper dans mes calculs, Cao-Minh, ça devait sûrement être le bon moment.

— Chérie, elle doit être malade, elle est tellement pâle.

— Regarde-la, Cao-Minh ! As-tu déjà vu une petite fille aussi jolie et souriante ? Crois-tu qu'elle pourrait être malade ?

— Non, tu as sûrement raison, je m'inquiète pour rien, elle est parfaite.

Il parut également suspicieux en regardant une Luu-Ly aux yeux si pétillants, qui poussait déjà des petits gazouillis alors qu'elle était née le jour même. Mais Minh-Tâm avait su calmer ses doutes et le bonheur immense, presque démesuré, de son épouse chérie encouragea Cao-Minh à oublier ses questions dérangeantes. Elles étaient là, elles allaient bien et son bonheur était infini. Et puis, que connaissait-il des bébés, lui ?

Les remarques des voisins et amis sur la pâleur de leur fille avaient également cessé et Luu-Ly devint ainsi la nouvelle mascotte du quartier tant elle éblouissait par sa beauté, sa délicatesse et sa vivacité. Ses mimiques et sa débrouillardise pour une enfant si jeune étaient époustouflantes.

C'est pourtant à ce moment-là que Minh-Tâm prit conscience qu'en effet, le bébé ne ressemblerait jamais ni à son père, ni à sa mère, ni même à aucun enfant du voisinage. Comment n'avait-elle pas pensé à ce « détail » ? Elle avait besoin d'un enfant, Luu-Ly avait besoin d'une mère, elle n'avait pas cherché plus loin et n'avait pas réfléchi aux conséquences de ce geste fou. Mais au fond d'elle, elle savait ; elle avait pris conscience qu'elle et moi ne donnerions pas le change très longtemps. Elle mit ses idées noires de côté. Cao-Minh était très attaché à « sa fille » et, s'il le fallait, le moment venu, elle lui expliquerait et il comprendrait.

***

Peu à peu, la petite Luu-Ly – que j'étais – grandissait et des petits cheveux fins et blonds commençaient à parsemer ma tête pâle. Peu à peu, les regards des voisins avaient changé. Puis, des rumeurs commencèrent à circuler, elles prirent rapidement de l'ampleur et Minh-Tâm sentit ostensiblement le comportement de Cao-Minh se modifier. Il devint silencieux et distant, aussi bien envers elle qu'envers moi.

Lorsque nous sortions dans le village, en « famille », elle sentait son mari mal à l'aise et effacé, comme s'il tentait de se rendre invisible. Elle percevait nettement la douleur qui se propageait en lui jour après jour, grandissante, jusqu'à devenir dévorante. Plus mes cheveux poussaient, plus Cao-Minh s'éloignait, plus elle avait mal. De mon côté, je m'épanouissais, drôle, belle et intelligente sous mes cheveux blonds et ma peau de porcelaine... *Selon ma mère, bien sûr !*

Évidemment, elle ne pouvait se confier à personne, elle était bien trop empêtrée dans son mensonge, mais surtout... comment rouvrir la « parenthèse » ? Comment se remémorer la mort de son bébé ? Comment expliquer sa folle décision ? Comment pourrait-elle justifier son acte ? Pourtant Thihaly, qui l'avait aidée à accoucher, avait essayé de savoir et de la faire parler.

— J'ai mis ton bébé au monde, Minh-Tâm, un bébé si petit que je me demandais comment il allait pouvoir survivre. Un bébé tellement fragile, tellement brun, tellement... toi. Quelques jours après, tu me présentes ce poupon aux joues roses et potelées, et à la peau si blanche... Que s'est-il passé, Minh-Tâm ? Je n'ai pas aidé cette petite fille à naître !

Thihaly aurait su l'écouter. Elle était jeune, bienveillante et possédait une dose d'empathie bien agréable lorsque l'on était son amie. Mais nul n'aurait pu comprendre qu'il n'y avait en réalité rien à comprendre. Son bébé à elle était là, sans vie, et cet autre nourrisson lui avait sûrement été envoyé par les dieux eux-mêmes. Non, il n'y avait rien à expliquer ni à comprendre, j'étais leur fille, qu'importaient la pâleur de mes joues ou la couleur de mes cheveux.

Minh-Tâm avait alors regardé son amie et lui avait simplement dit :

— Elle est ma fille, Thihaly, c'est tout ce que tu dois savoir. Elle est ma fille et il n'y a aucun doute là-dessus.

Thihaly, impuissante, avait baissé les yeux. Elle avait seulement acquiescé et n'avait plus jamais parlé de rien.

Dans le village, les médisances grondaient et prenaient de l'ampleur. Minh-Tâm vivait à présent dans l'attente du couperet, car Cao-Minh s'était muré dans un silence insoutenable. Le regard interrogateur puis méfiant de son mari s'était finalement transformé en un regard méprisant. À présent, il était inexistant, Cao-Minh ne posait plus les yeux ni sur elle ni sur moi. Elle avait perdu ses yeux, mais probablement son cœur aussi. Il l'évitait de plus en plus et ne lui adressait quasiment plus la parole. Lorsque nous partions aux champs le matin, il refusait de nous accompagner et nous quittait en toute hâte dès que nous franchissions le pas de la porte. Il refusait d'être vu avec nous. Mes sourires et mes gazouillis ne l'attendrissaient plus et même s'il restait là, présent physiquement, il ne vivait déjà plus avec nous. Il restait reclus à l'intérieur de lui-même, comme dévoré par la douleur qui le gagnait jour après jour. Il cherchait une solution, une certitude, une réponse... Une réponse qu'il ne trouverait jamais, Minh-Tâm le savait.

***

Le 25 mars 1994 fut une journée particulière, c'était mon premier anniversaire et Minh-Tâm avait décidé que ce serait une journée exceptionnelle. Aujourd'hui, elle allait reconquérir son époux, lui redonner confiance, lui expliquer qu'elle préférerait mourir plutôt que de le voir souffrir ainsi.

Elle coiffa mes beaux cheveux blonds, m'endimancha d'une robe neuve qu'elle venait de confectionner pour l'occasion et se prépara également avec sa plus jolie tenue. Aujourd'hui, elle allait lui avouer toute l'histoire, il le fallait : son accouchement, la parenthèse, sa douleur d'avoir perdu leur bébé et la peur de le décevoir ou de le perdre lui, et enfin son coup de folie. Mais surtout, elle lui parlerait du bonheur d'avoir auprès d'eux la petite fille la plus merveilleuse du monde. Il ne pouvait pas ne plus nous aimer, il comprendrait, c'était certain.

Enfin prête, elle me prit dans ses bras pour sortir de la chambre, mais lorsque Cao-Minh posa les yeux sur nous, il se figea. Son corps laissa échapper un long hurlement alors même qu'aucun son ne sortait de sa bouche entrouverte. Il était au bout de sa douleur et elle le comprit immédiatement, avant même qu'il ne commence à parler... elle savait.

— Elle n'est pas ma fille ! Tu entends ce que je dis ? Elle n'est pas ma fille ! Regarde-la ! Mais regarde-la bon sang ! Comment serait-ce possible ? Pourquoi, Minh-Tâm ? J'aurais donné ma vie pour toi. Pourquoi ? Qu'est-ce que tu nous as fait ?

Il hurlait ; son corps et son visage ne reflétaient que rage et douleur. Stupéfaite par la fureur de son mari, elle resta bouche bée, interdite. Elle s'attendait à tout sauf à ça. Il pensait qu'elle l'avait trompé ! Qu'elle l'avait sciemment fait souffrir ! Tout son sang avait quitté son corps, son cœur avait manqué plusieurs battements et ses jambes menaçaient de se dérober sous elle.

— Prends ta bâtarde et barre-toi… Fous le camp, tu entends ! Dégage Minh-Tâm… Sois maudite et ne reviens jamais !

Sidérée, elle essaya d'ouvrir la bouche pour lui expliquer, mais il s'effaça pour nous laisser passer. Sans le quitter des yeux, elle sortit en m'emportant dans ses bras tremblants.

Les paroles de Cao-Minh résonnaient dans sa tête : *Qu'est-ce que tu nous as fait, Minh-Tâm ?* Étrangement, l'idée que Cao-Minh ait pu croire qu'elle l'avait trompé ne l'avait jamais effleurée. En effet, il lui aurait semblé plus probable qu'il se dise : *Ma femme a volé un bébé !* Quelle idiote ! Si la situation n'avait pas été aussi catastrophique et l'épreuve si douloureuse, elle aurait sûrement souri de sa propre stupidité.

CHAPITRE 3

Ça fait près de deux jours que maman et moi sommes dans cette grotte. J'ai faim et j'ai soif. Malgré mes douze ans et demi, la peur et les doutes m'assaillent. Je parviens tant bien que mal à convoquer toute ma concentration pour écouter le récit de maman. Je sais que quelque chose de terrible va se produire. J'ai développé un sixième sens pour sentir le danger, et il est là, je le sais. Je n'ai jamais trouvé cette vie étrange, c'était la nôtre et je pensais que d'autres personnes vivaient comme nous. Je comprends tout maintenant : notre vie bizarre, qui nous oblige à éviter tout contact avec le monde extérieur, pas de lien, pas d'ami, nos fuites incessantes. Je sais que je suis différente, aucun autre enfant ne veut jouer avec moi et mon physique est aux antipodes de la beauté incroyable de ma mère. Pourtant, pendant qu'elle me raconte tout ça, je comprends doucement que je ne suis pas vraiment sa fille. Elle a bouleversé son destin pour me protéger. Elle a délaissé son mari, ses amis, sa maison... sa vie, par amour pour moi. Jamais je n'aurais pu imaginer une telle chose. Malgré ma prétendue « grande intelligence », dont ma mère me rebat les oreilles, je ne me suis jamais posé de questions sur nos différences. À douze ans, je suis presque plus grande qu'elle, je suis aussi blonde qu'elle est brune, ma peau est aussi claire que la sienne est hâlée, sans parler de mes yeux qui me mangent le visage et qui sont aussi ronds que les siens sont en amande... Et je ne me suis jamais demandé pourquoi ?

J'avais raison durant toutes ces années, je me suis toujours sentie comme une extraterrestre, et finalement je viens bien d'une autre planète, d'une autre vie... d'une autre naissance.

— Mais alors, maman, je ne suis pas vraiment ta fille ? C'est pour ça que je suis si laide ?

— Luu-Ly, je t'interdis de penser ça de toi. Tu es différente... Tellement différente.

— Tu crois qu'en France, les gens me ressemblent ? Maman... qui était l'autre bébé dans les bras de la femme blanche ?

— Oui, les gens là-bas sont un peu comme toi, beaucoup de femmes ont les cheveux blonds, comme les tiens. Tu as bien vu des femmes comme ça à Hanoï, n'est-ce pas ?

— Oui, j'en ai vu quelquefois, mais je pensais que comme moi, elles avaient un défaut... Je ne pensais pas qu'il en existait des milliers sur un autre continent ! Je pensais que tu me cachais parce que tu avais honte de moi...

En réalité, si je marche toujours la tête baissée, c'est pour ne pas attirer l'attention sur moi, alors je croise rarement les visages et encore moins le regard des autres.

— Oh Luu-Ly, comment peux-tu croire une chose pareille ? Tu es tellement jolie. C'est juste que j'ai toujours eu peur qu'on t'enlève à moi. Je voulais te protéger...

— Maman, ne pleure pas ! Ce n'est pas grave, tout ça ! Tout va bien tant que je suis près de toi.

Les joues de ma mère s'empourprent, on ne se dit pas trop ces choses-là toutes les deux, mais elle semble tellement perdue.

— Laisse-moi finir Luu-Ly, les hommes vont arriver et il faut que tu connaisses toute ton histoire, c'est important. Mais surtout, ne dis rien à personne, tu as bien compris ? Il ne faudra jamais raconter ça...

Après avoir pris une profonde inspiration, ma mère a continué son histoire... Notre histoire :

— Nous étions sur la route, toi, moi, ma peur et mon chagrin. Il fallait que je reprenne mes esprits, que j'associe mes idées, mais le courage me faisait défaut et seules la terreur et la tristesse accompagnaient chacun de mes pas. Il fallait que je te mette à l'abri et que je trouve de quoi te nourrir, tu n'avais qu'un an.

Puis, peu à peu, la solution s'est imposée à moi. La pire des solutions, mais la plus raisonnable aussi. La seule personne qui pouvait te venir en aide était ton père biologique... Il fallait que je le retrouve.

J'avais perdu Cao-Minh et je savais très bien que je ne pourrais pas vivre sans toi, mais te voir miséreuse et affamée m'était encore plus insupportable. Te rendre à lui était la meilleure des choses à faire. Je me suis donc mise en marche vers Sapa. La femme blanche était à pied le jour de « la parenthèse », elle ne devait donc pas habiter bien loin du dispensaire et, par conséquent, lui non plus.

À mon arrivée, le docteur Anderson était occupé à panser le bras d'un petit garçon fougueux et plein de vie. Après une attente interminable, il s'adressa enfin à moi en posant sur toi un regard curieux et suspicieux, le genre de regard que la plupart des gens posent systématiquement sur nous.

— Docteur Anderson, j'avais une amie... il y a quelque temps... enfin, elle a été tuée lors de la fusillade de l'an dernier et je souhaiterais voir son époux... J'ai des choses importantes à lui dire. Pourriez-vous m'indiquer où le trouver ?

— Madame, quel est votre nom ? m'a-t-il demandé d'un ton hésitant. Paul... enfin, monsieur Becker est retourné en France depuis plusieurs mois... Mais qui est cette petite fille ? Qui êtes-vous ?

Ses yeux étaient rivés sur toi et je savais qu'il analysait la situation au fur et à mesure qu'il t'observait. Mon cœur menaçait d'arrêter de battre et ma gorge était si serrée que lorsque ma bouche s'ouvrit enfin, aucun son ne put sortir. Alors, j'ai fait volte-face, j'ai pris mes jambes à mon cou et j'ai couru, et couru encore. Je l'ai vu dans son regard, il a su qui tu étais à l'instant même où il a posé les yeux sur toi, et plus j'y pensais, plus la terreur me gagnait. Je l'ai entendu s'élancer derrière nous en m'interpellant, mais la peur m'a donné des ailes ce jour-là et nous avons pu lui échapper. Il m'avait donné l'information que j'espérais secrètement : ton père avait quitté le pays et nous ne pourrions donc pas le retrouver. Ça aurait pourtant été la meilleure solution pour toi, mais pour moi, c'était la première bonne nouvelle de cette journée cauchemardesque.

Nous nous sommes cachées dans la campagne jusqu'à la tombée de la nuit. Une fois que l'obscurité eut tout enveloppé, je me suis dirigée vers le hangar de monsieur Curong, mon patron. Je refaisais, à l'envers et à pied, le trajet que j'avais fait à vélo, un an plus tôt, jour pour jour, pour tenter de sauver mon bébé. L'entrepôt était immense, il y avait un coin repas aménagé dans le fond, c'est là que les responsables et le patron devaient déjeuner. À la hâte, j'ai attrapé une lampe et des allumettes, deux écuelles et une tasse. J'ai fini par trouver un bidon d'eau que j'ai chargé sur une petite carriole carrée, aux rebords assez hauts, dénichée à l'entrée du hangar. Près d'une grande étagère, des dizaines de sacs de riz étaient entreposés. Ce lieu était une aubaine pour nous. Mis à part le jour de « la parenthèse » où je n'étais pas vraiment moi-même, c'était la première fois de ma vie que je faisais quelque chose de défendu. J'ai volé la petite carriole qui me permettrait de te transporter et d'emporter ces quelques vivres, deux couvertures miteuses et un vieux gilet.

Nous avons dormi quelques heures et, à mon réveil, je t'ai observée tout en me demandant ce que nous allions devenir. Tu étais toujours assoupie et tu semblais tellement paisible et confiante que mon courage et ma détermination ont refait surface comme par miracle.

Ma décision était prise, nous irions vers Hanoï. La capitale était réputée pour proposer du travail à tous et elle était tellement peuplée que les gens ne se mêlaient pas de la vie de leurs voisins. Il fallait éviter d'attirer l'attention sur nous, et dans une grande ville, ce serait plus aisé que dans les campagnes où tout le monde connaissait tout le monde. Je savais aussi qu'il nous faudrait plusieurs semaines, voire plusieurs mois, pour arriver à pied jusque là-bas, mais j'étais convaincue que c'était la bonne décision.

***

Même si certaines heures furent plus compliquées que d'autres, nous avons fini par arriver à Hanoï. Notre périple avait duré quatre mois, j'étais éreintée, mais nous avions atteint notre but. Notre voyage avait été désorganisé et périlleux, mais grâce aux moines qui nous avaient régulièrement donné de la nourriture et à quelques petits travaux que j'avais pu effectuer, nous ne nous en étions pas si mal tirées. J'avais pris l'habitude, dès que nous traversions des villes, d'entourer tes cheveux de mon foulard afin de ne pas attirer l'attention sur ta blondeur qui dénotait vraiment avec mes cheveux bruns, alors que tu passais tes journées à crier « maman » en me tendant les bras. J'avais peur que le docteur Anderson n'ait donné l'alerte et que quelqu'un nous retrouve.

Comme je l'imaginais, la capitale était grouillante. Assise dans ton chariot, tu regardais les gens d'un air ahuri. Tu n'avais jamais vu autant de monde et tes yeux étaient encore plus ronds que d'habitude. Tu me faisais tellement rire. Je me suis immédiatement dirigée vers le premier temple que nous avons croisé. Le moine t'a bien sûr dévisagée, mais n'a posé aucune question. Il nous a donné de quoi manger, puis m'a indiqué les noms de deux ou trois agriculteurs susceptibles de m'embaucher. Et en effet, dans la journée, j'avais déjà décroché un travail dans les rizières, juste à la sortie de Hanoï. Mon nouveau patron, monsieur Chen, m'a proposé une petite cabane dans laquelle il nous autorisait à loger. La chance nous souriait enfin et l'idée de souffler un peu m'a réconfortée, j'étais tellement fatiguée. C'était parfait comme endroit, nous étions à Hanoï sans pour autant être dans la cohue de la ville.

Chez monsieur Chen, les enfants étaient les bienvenus. Le patron était un homme gentil et humain et je crois que nous étions heureuses à ce moment-là. Tu t'époumonais toute la journée avec les autres enfants et moi, je travaillais en toute quiétude sachant que tu t'amusais et que tu t'épanouissais, là, juste sous mes yeux.

Quelques jours plus tard, j'ai trouvé une place dans une usine de couture que je m'empressais de rejoindre en fin d'après-midi quand je finissais ma journée aux champs. Le soir à l'usine, l'ambiance était tout autre, tu devais rester tranquillement assise par terre à mes pieds, la patronne m'avait prévenue… Mais comme d'habitude, tu restais sage et personne ne t'entendait. Je me débrouillais pour trouver de quoi t'occuper et, en général, des feuilles et des crayons faisaient ton bonheur. Tu avais cette faculté à t'adapter à toutes les situations, aussi improbables fussent-elles. Un vrai petit diable la journée et un parfait petit ange le soir. Tu as toujours été exemplaire.

Mon salaire du jour nous permettait de vivre. J'avais aménagé au mieux la petite cabane miteuse, mais rassurante. Elle était éloignée des champs et des baraques habitées par d'autres familles. Nous étions tranquilles et personne ne venait fourrer son nez dans nos affaires. Bien sûr, à notre arrivée, nous avions eu droit aux regards inquisiteurs de tous, mais je m'appliquais chaque jour à cacher tes cheveux et personne n'avait posé de question. Mon salaire du soir, je le mettais de côté afin de te donner, le temps venu, la meilleure éducation possible. Je sais que tu feras de grandes choses et je voulais mettre toutes les chances de ton côté.

CHAPITRE 4

Les jours, les mois, puis les années se sont écoulés et je pensais sans cesse à Cao-Minh. Il croyait que je l'avais trahi... Je me demande souvent s'il a refait sa vie, si son cœur a pu me pardonner. Il a toujours dû penser que je l'avais trompé de la façon la plus vile qui soit et, en quelque sorte, c'est bien ce que j'ai fait. J'ai anéanti sa vie et son honneur, et toi... toi, je veux que tu sois heureuse. Tu n'es pas faite pour la vie que je t'ai imposée, mais jour après jour, dong après dong[1], j'ai préparé ton avenir. Tu es belle et intelligente, Luu-Ly, ne laisse jamais personne te dire le contraire. Tu dois absolument devenir quelqu'un... N'oublie jamais ça !

Dès que tu en as eu l'âge, j'ai pu t'inscrire à l'école du temple et les moines disaient que tu avais des dispositions incroyables pour l'apprentissage. J'étais bien sûr très fière, mais je savais déjà tout ça. Tu excellais dans toutes les matières et tu apprenais de façon étonnante. C'est également à cette époque que j'ai vu le changement qui s'est opéré en toi. Tant que tu étais avec moi, chez monsieur Chen, tout allait bien, les enfants te connaissaient depuis ton plus jeune âge et personne ne t'avait jamais jugée. Mais dès que tu es rentrée à l'école, ça n'a plus été pareil. Je savais ce que

---

[1] Monnaie vietnamienne

tu vivais là-bas. J'imagine que les enfants t'ont mise à l'écart à cause de ton extrême timidité et peut-être un peu à cause de ta différence aussi. C'est là que tu as commencé à t'inventer cette amie imaginaire. Au début, cela m'inquiétait, mais finalement, tu semblais si bien t'amuser... Tu sais, Luu-Ly, il ne faut pas faire attention à ce que pensent les autres, chaque personne est différente et toi, ma fille, tu es unique.

Lorsque tu as eu onze ans, tes professeurs ont accepté de te donner une place au collège des filles de Hanoï. C'était un privilège, car les filles de ton âge arrêtent souvent l'école pour aller travailler auprès de leurs parents. Le prêtre m'avait convoquée à plusieurs reprises afin de comprendre l'origine de la couleur de tes cheveux, du teint de ta peau et de la forme de tes jolis yeux bruns, mais il avait fini par abandonner en se disant probablement que si Dieu nous avait réunies, il devait y avoir une bonne raison. Comme moi, il avait décelé en toi des dons rares et précieux qu'il ne voulait pas contrarier. Ainsi, tu as obtenu une de ces places si convoitées au collège. Mais tu as continué à te renfermer, je sais que tu n'as aucune amie et pour ça aussi je suis désolée.

Et puis mardi matin, tout a basculé. Je travaillais aux champs comme tous les jours pendant que tu étais au collège, et une voiture s'est arrêtée au loin. Deux hommes sont sortis du véhicule et se sont approchés des femmes qui travaillaient. Nous avons l'habitude de voir des hommes venir visiter la rizière, mais en général, il s'agit de Vietnamiens accompagnés de monsieur Chen. Ils ont commencé à poser des questions en leur montrant des photos. Je ne sais pas pourquoi, mais j'ai tout de suite compris que notre vie allait encore une fois être bouleversée. Cela dit, dès que quelque chose d'inhabituel se produit, je suis tout de suite en alerte. En fait, j'ai toujours su qu'on finirait par t'arracher à moi, je ne sais pas qui, quand ni comment, mais je suis préparée à cela depuis toujours et je ne comprends pas comment j'ai pu te protéger tout ce temps.

Je suis restée le plus loin possible des deux hommes afin qu'ils ne m'interrogent pas et qu'ils ne me voient pas de trop près. La tête baissée, comme si j'étais trop absorbée par mon travail, je ne respirais plus. Je fixais le sol en attendant la sentence, mais les hommes sont remontés dans leur voiture et ont disparu. Je n'osais plus regarder personne, j'avais l'impression que tous les yeux étaient braqués sur moi. Je m'entends bien avec tout le monde, mais je n'ai permis à personne de nous approcher de trop près depuis toutes ces années. Je suppose que chacun sait que nous cachons un lourd secret. En même temps, lorsque l'on nous voit ensemble, ce n'est pas difficile à comprendre.

En fin de matinée, le contremaître est venu me chercher car monsieur Chen demandait à me voir. En plus de dix ans, c'était la première fois qu'il me faisait appeler. La peur au ventre, je me suis rendue dans son bureau, mais notre entretien n'a pas duré plus d'une minute.

— Minh-Tâm, des hommes te cherchent... Je ne veux pas d'histoire. Il faut que tu t'en ailles.

Alors, je suis partie et j'ai couru jusqu'au collège pour te récupérer, nous avons fait nos bagages et...

— Maman ! dis-je doucement. J'étais avec toi, je sais ce qui est arrivé à partir de là.

Ma mère ne m'avait jamais autant parlé, elle était plutôt discrète et je savais l'effort inestimable qu'elle venait de fournir pour me raconter tout cela.

— Luu-Ly, laisse-moi continuer, tu sais ce que tu as vu, mais tu ne sais pas pourquoi c'est arrivé et pourquoi nous sommes là, terrées dans ce trou. Laisse-moi poursuivre, il faut que tu saches. Je suis coupable d'enlèvement, je suis coupable de t'avoir entraînée dans cette vie miséreuse, je suis coupable de la peine causée à ta famille, je suis coupable du malheur de Cao-Minh... Luu-Ly, je suis indéniablement coupable, mais le jour de « la parenthèse », je n'ai pas réfléchi à tout cela ; tu étais là, tu me fixais de tes yeux ronds et je n'ai pas trouvé d'autre solution. J'étais bouleversée et mon cerveau ne fonctionnait plus, le temps s'était suspendu, même la terre avait cessé de tourner. Alors, c'est arrivé, c'est tout.

— Ne t'inquiète pas, maman.

Tandis que je la fixe avec une admiration non dissimulée, elle reprend doucement :

— Nous avons donc fait nos bagages afin de pouvoir partir le lendemain avant le lever du jour. Je me disais que nous pourrions alors traverser la ville sans être repérées. Je ne savais plus du tout où nous devions aller, mais j'avais toute la nuit pour réfléchir à notre avenir. J'étais perdue dans mes pensées à élaborer le meilleur plan possible lorsque le bruit d'une voiture m'a fait sursauter. Nous nous sommes figées. Aucun véhicule n'était jamais venu jusqu'ici. Je t'ai empoignée par le bras, tu as attrapé ton baluchon au vol et moi le mien et nous nous sommes précipitées vers la porte arrière, celle qui donne directement sur la forêt. Une fois de plus, nous avons fui et nous nous sommes cachées dans cette grotte. À présent, nous voilà terrées comme de vulgaires animaux, la peur au ventre. Moi qui rêvais de grandeur et d'avenir pour toi !

— Ne pleure pas, maman, ne dis pas ça ! J'ai douze ans maintenant et je ne me souviens pas de mauvais jours. Ne te fais pas tant de reproches. Tu dis toi-même que c'est Dieu qui nous a réunies. Aucune vie, aucun père ni aucun autre pays ne m'auraient rendue plus heureuse. Je t'en prie maman, ne pleure pas !

— Mais Luu-Ly, ton avenir ?

— Maman, tu es mon avenir et je ne veux aucune autre vie.

— Écoute, ma fille, ils vont nous retrouver, ton père a dû engager ces hommes, ils vont sûrement m'emmener et te reconduire auprès de lui. Je voulais que tu saches tout cela... si nous devions être séparées.

— Maman, je t'en prie, ne dis pas ça !

— On va essayer, on va peut-être y arriver, mais...

— Maman... Tu ne m'as pas raconté pour les quatre hommes du soir... Ceux qu'on rencontrait souvent en rentrant de l'usine de couture ?

— Luu-Ly... ne reparle jamais d'eux, tu m'entends ? Oublie-les ! Tu n'as pas besoin de savoir quoi que ce soit là-dessus. N'y pense plus, d'accord ?

— D'accord...

J'étais horrifiée par les paroles de ma mère et par ses larmes surtout. Elle semblait toujours tellement sûre d'elle... Je ne l'avais jamais vue pleurer et je ne voulais pas la perdre, je ne voulais pas être rendue à un père que je ne connaissais pas.

— Si tu retrouves ton père, Luu-Ly... surtout pense à être heureuse, ne reviens pas sur ton passé.

— Mais maman, lorsque tu as mis ton bébé à ma place, ils ont bien dû voir que ce n'était pas moi ? Pourquoi ne sont-ils pas venus me reprendre à ce moment-là ? C'est insensé !

— C'était il y a plus de douze ans, il n'y avait quasiment rien à Sapa. Lorsque le docteur Anderson avait créé la clinique, c'était la première fois que quelqu'un s'intéressait à cette petite partie de la région. Alors, j'ai su par les journaux que ton père avait crié haut et fort que ce bébé n'était pas le sien, qu'il ne s'agissait pas de sa fille, mais tout le monde a pensé que, dévoré par son chagrin, il n'avait plus toute sa tête. Le docteur avait été légèrement blessé pendant le cambriolage et n'avait pas pu voir le bébé dans le landau. Puis, évidemment, j'ai évité soigneusement de savoir ce qu'il était devenu. Je ne voulais pas que l'on m'enlève mon bébé et je ne voulais surtout pas penser à la douleur que j'avais infligée à cet homme. Aujourd'hui, ça me semble tellement irréel... Comment ai-je pu faire une chose pareille, Luu-Ly ? Je te supplie de me croire, quand ma raison est enfin revenue, il était trop tard, j'étais trop enlisée dans mon mensonge. Qu'aurais-je bien pu leur dire ? Qu'aurais-je pu raconter à Cao-Minh ?

— Maman, je t'en prie, ne t'inquiète pas.

— Si je t'ai raconté tout ça, Luu-Ly, c'est parce qu'il va falloir reprendre la route, ma fille, il faut que je trouve de quoi manger, tu es si pâle et déjà si maigre...

— Si nous sortons, les hommes vont nous attraper !

— Ils ont dû continuer leur route, nous n'avons pas le choix, nous serons prudentes.

Après avoir méticuleusement enveloppé mes cheveux dorés dans son foulard, elle me prit la main, s'apprêtant à quitter cette grotte qui nous avait abritées pendant près de trois jours. Elle tenta de glisser dans mes affaires la petite bourse en toile qui contenait l'argent mis de côté pour mon avenir, mais en voyant mon air affolé, elle se ravisa :

— Luu-Ly, tu entendras sûrement des horreurs sur moi, je ne vais pas te dire de ne pas les croire parce que... ce que j'ai fait est impardonnable. Si je ne me cherche pas d'excuses, je veux que tu saches que je n'étais pas moi-même ce jour-là... N'oublie jamais que je t'aime et que je penserai à toi chaque seconde de ma vie. Si tu te sens seule, tu sais que je suis forcément en train de penser à toi, le jour et la nuit, je reste là, dans ton cœur... Sois heureuse, ma fille chérie.

Au lieu de me réconforter, ses paroles me terrifiaient. Pour la première fois de ma vie, ma mère baissait les bras, elle se sentait vaincue et ne trouvait pas d'issue. Je ne comprenais pas, ne suffisait-il pas de fuir ? Mais, en y repensant aujourd'hui, je sais que c'était comme un sixième sens.

— Viens, ma petite fleur !

CHAPITRE 5

Maman s'est finalement décidée à quitter cette grotte sinistre. Terrorisées, nous avons commencé à marcher. Les yeux rivés sur mes chaussures, je sens qu'elle se retourne dans tous les sens tout en me tirant pour avancer plus vite. Elle regarde partout, mais les hommes ne sont pas là. Nous arrivons enfin au centre de Hanoï, mais nous avons passé tellement de temps en marge de la planète que je suis étourdie par tout ce bruit et tout ce monde qui déambule dans les rues.

Depuis le flot de paroles dans la grotte, ma mère n'a pas prononcé un mot et tient toujours fermement ma main. Elle s'est arrêtée en chemin pour acheter de l'eau et de la nourriture et, comme deux ogresses, nous engloutissons tout ça sans cesser de marcher. Nous ne mangeons pas toujours convenablement, mais j'ignorais que la faim pouvait être aussi douloureuse. Ça y est, nous apercevons le bout de la ville et, par conséquent, notre liberté. Une fois que nous aurons quitté Hanoï, nous pourrons fuir vers une autre ville, une autre vie et tout recommencer. Je sens ma mère se détendre au fur et à mesure que le flux de passants dans les rues diminue.

Nous avons réussi, nous sortons de la ville... Je n'ose toujours pas redresser la tête, mais sans que je puisse l'en empêcher, je perçois un petit sourire se dessiner lentement sur mes lèvres. J'ai eu si peur, mais nous y sommes, nous quittons Hanoï... Un pas après l'autre ! Mes muscles se dénouent petit à petit et même si nous marchons d'un pas déterminé, nous essayons d'avancer le plus naturellement possible. Je ne réprime plus le sourire qui s'étend maintenant largement sur mon visage. Mais alors que je me persuade de notre réussite, je sens la main de ma mère me serrer plus fort et mon sourire s'éteint instantanément, comme si elle venait d'appuyer sur un interrupteur. Une voiture, que je n'avais pas entendue, passe en trombe à côté de nous et dans un dérapage à peine contrôlé, nous barre la route. Lorsque je m'oblige à lever les yeux vers ma mère, je devine l'horreur et l'effroi sur son visage... Mon sang se glace littéralement et le froid m'envahit. À ce moment-là, je sais avec certitude que ma vie est en train de basculer.

Deux agents de police sautent de la voiture et se mettent à nous hurler dessus comme si nous venions d'assassiner tout un village. Ma mère tourne la tête dans tous les sens pour trouver un passage qui nous permettrait de fuir puis, complètement affolée, me plaque derrière elle pour me protéger. Je suis sur le qui-vive, j'examine avec attention chaque mouvement de son corps, je sens chaque pulsation de son cœur que j'ai l'impression d'entendre tambouriner tandis que je me cramponne à ses hanches. Le front posé contre son dos, je tente d'appréhender au mieux ses prochaines réactions... Tous mes sens sont exacerbés, je suis prête à bondir pour la suivre et j'attends le moindre mouvement de sa part qui me donnera l'ordre de m'élancer. Mais d'un seul coup, alors que je ne m'y attends pas... tout son corps se détend… Elle vient de rendre les armes. Je n'ai pas besoin de voir son visage pour le comprendre. Elle ne cherche plus à fuir, elle regarde autour d'elle et aperçoit les quelques badauds qui, incrédules, observent cette scène étrange d'une jeune femme vietnamienne et d'une petite fille blonde en train de se faire arrêter par la police comme deux dangereuses criminelles. Puis elle tire sur mon bras pour me blottir contre son cœur et me serre, *un peu trop fort*, dans ses bras en une ultime tentative de protection… Mais là, je me sens seule… seule et abandonnée.

L'agent pose sa main sur ma tête. Je suis tétanisée. Il fait glisser le foulard sur mes épaules, découvrant ainsi totalement mes cheveux blonds. Il vient d'ôter mon bouclier le plus précieux, mon armure que je pensais pourtant inaltérable. Maman ne fait pas un geste et plante son regard dans le mien, puis tout va très vite. L'autre policier l'attrape par le bras et l'oblige à monter dans le véhicule. Celui qui a découvert mes cheveux me presse de questions et me fait vraiment peur. Il veut tout savoir, mon nom, mon âge, d'où je viens, où je vais… Il me regarde sous toutes les coutures en soulevant mes bras et en me faisant tourner sur moi-même.

— Ne t'inquiète pas ! me dit-il. Tu es sauvée. Donne-moi ton nom ! Dis-moi qui tu es !

Mais je ne veux pas être sauvée ! Je suis Luu-Ly et je veux ma maman, celle qui, dans la voiture, me fixe d'un regard pénétrant et débordant d'amour… *Rendez-la-moi !*

***

Au poste de police, les deux hommes en costume qui nous pourchassent depuis des jours sont déjà là. Ils parlent fort et veulent m'emmener, mais les policiers refusent. Je ne comprends rien : ils n'ont pas les documents nécessaires, il faut mener une enquête, éclaircir certains points, faire des recherches sur mon identité... Les questions déferlent sur moi à un rythme effréné et je suis terrifiée. Je garde le silence, calquant mon attitude sur celle de ma mère qui, son regard toujours plongé dans le mien, ne dit pas un mot.

Je ne me rappelle pas avoir eu aussi peur de toute ma vie, même avec les hommes du soir, ceux qu'on rencontrait parfois en quittant l'usine de couture, parce que quand ils étaient là, maman me protégeait. Subitement, un policier se lève, contourne son bureau et, sans ménagement, attrape ma mère par le bras. J'ai envie de hurler, de pleurer et de me jeter sur lui pour ôter ses sales pattes du corps délicat de ma mère. Mais au lieu de ça, je la regarde s'éloigner, menottes aux poignets, tirée en avant par l'agent peu loquace. Tandis que je fournis un effort surhumain pour ne pas pleurer, elle s'éloigne en me fixant encore et, dans ses yeux, je peux lire une dernière fois l'amour qu'elle me porte.

***

Ça fait deux semaines que je suis arrivée à l'orphelinat de Hòa Binh et madame Nguyen, la directrice de l'orphelinat, m'a gentiment accueillie en m'expliquant qu'une enquête était en cours pour retrouver mes parents. Mes parents ? *Quels parents ? Ma mère ou bien le père français dont elle m'a parlé avant que les policiers ne nous arrêtent ?* La directrice m'a montré ma chambre, m'a donné quelques vêtements et m'a présentée aux autres qui ont rigolé en me voyant. Peut-être à cause de mes cheveux blonds qui dépassaient de mon foulard ? Ce qui est très bizarre ici, c'est que tout le monde dort dans de grands dortoirs. Tout le monde sauf moi. Il y a le dortoir des tout-petits et le dortoir des plus grands avec des lits de camp posés les uns à côté des autres. Moi, on m'a installée dans une espèce de cagibi meublé d'un matelas et d'une étagère. C'est vraiment minuscule, mais au moins je peux être un peu seule.

Ici, il y a des enfants partout, des petits et des plus grands. Certains sont mis à l'écart, les autres les traitent de *Sidas*, je ne sais pas ce que cela veut dire mais personne ne les approche, du coup j'évite aussi, ils me font peur mais je ne sais pas pourquoi.

Moi non plus personne ne m'approche, mais personne ne me traite de *Sida*. Ils me regardent tous comme une extraterrestre, mais je m'en fiche, j'ai l'habitude. Ils ont le même regard que les filles de l'école, du collège et que tous les gens que j'ai pu croiser dans la rue avec ma mère, mais je ne quitte pas mon foulard, qui comme toujours me protège.

Je reste seule et c'est tant mieux, j'ai bien compris dans le regard de maman qu'il ne fallait rien dire. Alors, je ne parle pas. Finalement, je ne sais pas si c'est la bonne méthode, car les autres, qui me raillaient déjà à cause de mon foulard, de ma taille et même de mes yeux, se moquent aussi maintenant de mon mutisme. On m'a pris ma mère, mais j'ai gardé Mady avec moi, « mon amie imaginaire » comme l'appelle maman. Moi, je n'ai pas l'impression qu'elle est imaginaire. Je sais que personne ne la voit et qu'elle n'existe pas vraiment, mais je lui parle et me confie à elle tout le temps. J'ai la sensation qu'elle est mon double, comme si Mady et moi étions une seule et même personne. Pour

résumer, c'est moi, mais en plus forte et plus courageuse !
Elle est aussi plus effrontée et plus coriace, du coup elle me
donne du courage, mais elle s'agace aussi très souvent de
mes réactions trop timides et n'hésite pas à me houspiller
pour me secouer un peu.

C'est une maîtresse qui vient à l'orphelinat pour nous
faire la classe, mais moi j'étais au collège et je connais déjà
tout ce qu'elle nous enseigne. Elle nous explique qu'à partir
de la semaine prochaine, un autre maître donnera des cours
de français deux fois par semaine. Je trouve ça très bizarre
parce que l'orphelinat n'est vraiment pas grand, mais c'est
tant mieux, j'adore les langues et j'ai déjà bien appris
l'anglais au collège.

Une autre dame vient régulièrement, elle doit être
médecin parce qu'elle porte une blouse blanche. Elle voit
seulement les enfants qui ont un problème ponctuel, les
Sidas et moi. Elle me pose toujours tout un tas de questions
et je crois que tout le monde commence à se dire que je ne
sais pas parler ou que je suis muette. Je sais que je devrais
dire que je peux parler, mais je préfère faire comme maman
et me taire. Ils me posent tellement de questions ici que s'ils
s'aperçoivent que je suis capable d'y répondre, ils
m'obligeront à raconter mon histoire et maman aura de
sérieux problèmes.

Je pense souvent à mon père, celui qui est français et qui
me cherche... Je me dis qu'il ne doit pas chercher bien vite,
car je suis là depuis le 3 septembre 2005. Les semaines
passent et je n'ai pas de nouvelle, ni de lui, ni de maman, ni
de personne.

***

Je me disais qu'en laissant faire le temps les choses allaient s'arranger un peu, mais les autres enfants et les *Sidas* ne m'approchent toujours pas ! Je crois qu'ils ont peur de moi, mais les plus téméraires commencent à me bousculer et parfois même à me glisser des méchancetés quand ils me croisent. Au grand dam de Mady, je ne réponds rien, alors que dans ma tête elle me souffle tout un tas de parades avec lesquelles je pourrais me défendre. Forcément, comme je ne dis rien, les taquineries commencent à se transformer en agressivité. Très vite, les plus grands se mettent à voler mon foulard ou à me tirer les cheveux quand je ne le porte pas. Je pleure souvent le soir quand je suis dans mon lit, mais c'est aussi le moment que je préfère. Là, je suis enfin tranquille, je peux penser à maman, j'ai tellement peur pour elle. Où est-elle ? Que lui est-il arrivé ? Elle doit être dévastée par le chagrin, elle n'a jamais supporté l'idée que nous puissions être séparées. Moi en tout cas, je le suis... dévastée par le chagrin !

Heureusement, Mady m'aide beaucoup parce qu'avec elle je peux parler de tout. Elle me conseille, me console et me donne du courage. Si les autres savaient que je parle avec elle, ils me prendraient pour une folle, mais elle est tout ce qu'il me reste. *Je suis seule, je m'ennuie, j'ai peur et je ne comprends pas ce que je fais là... Je veux retrouver ma vie d'avant.*

***

J'ai quatorze ans et je suis toujours ici ! Personne ne me parle de ma mère, de l'enquête ou d'un éventuel père qui serait encore à ma recherche. D'ailleurs, à part madame Nguyen, personne ne me parle du tout. D'autres filles semblent seules, timides et un peu perdues, mais elles préfèrent rester loin de moi pour ne pas s'attirer les foudres des plus grands, qui me sont jusqu'ici presque exclusivement réservées. Je ne m'habitue pas à cet endroit, mais aujourd'hui je suis contente car madame Nguyen m'a annoncé qu'à partir de maintenant, j'irai aider à la cuisine après la classe. Je ne comprends pas très bien si elle envisage de me faire arrêter l'école parce que je ne parle pas, si elle veut que j'apprenne à cuisiner pour avoir un bon métier ou si elle souhaite simplement m'éloigner des autres enfants.

Madame Nguyen sait que quelque chose ne va pas parce que la femme médecin l'avait déjà appelée à plusieurs reprises pour lui montrer mes bosses, mes bleus puis mon coquard. Et la semaine dernière, il a fallu m'emmener à l'hôpital pour recoudre mon menton car un petit m'a poussée et je suis tombée la tête la première sur le coin de la table. C'est la deuxième fois que j'y vais. Il y a quelques semaines, un garçon m'a fait tomber et je me suis cassé le poignet. Je n'avais encore jamais ressenti une douleur pareille, mais j'ai réussi à ne pas pleurer, je ne veux pas leur faire ce plaisir.

C'est après la classe que mes ennuis commencent car nous avons « temps libre » jusqu'au moment du repas… Chaque jour, j'essaie d'aller le plus vite et le plus discrètement possible de la classe à ma chambre et si j'y arrive, je suis tranquille. En revanche, si j'échoue, les autres me rattrapent et me font passer un sale quart d'heure. Ils m'assènent des coups de pied, me traînent par terre en me tirant par mon foulard et se servent de mes cheveux pour frotter le sol. Ils disent que je suis leur serpillière. Je sais que je devrais réagir et riposter, car il y a maintenant des enfants plus jeunes que moi qui s'y mettent aussi, mais je ne peux pas crier puisque je ne suis pas censée parler, et surtout je suis pétrifiée. Mais je ne pleure pas, maman m'a toujours dit de ne pas pleurer devant les autres. Dans ces moments-là, Mady prend le relais et j'ai du mal à la faire tenir en place, elle aimerait leur rendre coup pour coup, et je fais tout ce que je peux pour la retenir, mais c'est grâce à elle que mes yeux restent secs et que de ma bouche ne sort aucun son. Heureusement qu'elle est là, Maman me manque... je veux partir d'ici... Pourtant, maintenant j'ai bien compris que personne ne viendra jamais me chercher. Maman doit être retenue je ne sais où... Peut-être est-elle en prison ? Mon père français a dû arrêter de me chercher et personne d'autre ne sait que j'existe. J'ai bien pensé à m'enfuir... mais pour aller où ? Je suis muette, stupide, méprisable, j'ai les cheveux blonds et je ne sais rien faire de mes dix doigts.

CHAPITRE 6

J'ai commencé à aider madame Wuang à la cuisine et j'adore ça. Elle est gentille, m'explique plein de choses et rigole tout le temps. J'apprécie beaucoup d'être avec elle et chaque jour, j'ai hâte de la retrouver. C'est la première fois que je m'amuse depuis que je suis arrivée ici. Toutefois, le vendredi, c'est Duong qui remplace madame Wuang. Il est jeune, il doit avoir vingt ans et je ne sais pas pourquoi, mais il me fait peur. Il est gentil, me sourit tout le temps et ne crie jamais, mais je suis vraiment mal à l'aise en sa présence. Il pose sans arrêt ses mains sur mes épaules ou mon dos quand il me parle, ça m'embarrasse terriblement. Je me sens stupide, car il est vraiment très aimable et c'est probablement parce que je n'ai pas l'habitude de tant d'attention que je me sens si gênée.

Cependant, les semaines passent et Duong est de plus en plus bizarre. Il fait semblant de jouer avec moi, mais j'ai le sentiment que c'est juste pour poser ses mains sur moi. Il n'arrête pas de m'embrasser les joues, le front et même le cou. À la moindre occasion, il me caresse les cheveux, la nuque ou le dos et chaque fois, je prends une grande inspiration pour maîtriser la panique qui m'envahit. De semaine en semaine, j'ai l'impression qu'il prend de l'assurance et maintenant, quand j'épluche les légumes, il se colle derrière moi pour me montrer comment faire et se frotte contre mes fesses. Ça me répugne tellement que j'ai du mal à respirer. Le temps passe si lentement quand je suis avec lui... les secondes se transforment en minutes interminables, les minutes durent des heures et ces heures du vendredi me hantent ensuite toute la semaine. Je n'arrive même plus à apprécier les autres jours en cuisine. Madame Wuang tente désespérément de m'apprendre de nouvelles choses et de me faire rire, mais je ne suis plus concentrée, je n'ai plus envie de sourire et, parfois, je m'aperçois que je ne l'écoute même pas. Je m'en veux énormément. De plus en plus souvent, Duong m'attrape et m'assied sur ses genoux pour jouer avec moi, mais je ne veux PAS jouer avec lui ! Pourtant, je ne réagis pas, je déteste ça et je me déteste encore plus de le laisser faire. Lorsque j'ai les mains mouillées, il les attrape et les frotte sur son pantalon, *juste là*, pour m'aider à les essuyer, mais je sais bien ce qu'il fait. Je suis oppressée, j'ai le sentiment que je vais étouffer tellement ma respiration se bloque et je ne sais pas comment arrêter tout ça.

***

Je suis dans mon lit et demain c'est encore vendredi... La dernière fois que j'ai travaillé avec Duong, il a passé sa main sous ma robe. Au début, il a fait mine de me tapoter gentiment les cuisses... Il sait que je ne parle pas, mais je crois qu'il voulait voir si j'allais crier. Mais crier pour prévenir qui ? Personne au premier étage ne s'inquiète de moi, les éducateurs ne m'adressent plus beaucoup la parole puisque je ne réponds jamais et madame Nguyen est toujours dans son bureau à l'autre bout de la maison. Elle ne m'entendrait jamais de toute façon... Voyant qu'il ne risquait pas d'être interrompu, il a commencé à caresser mes cuisses en s'approchant de plus en plus de mon sous-vêtement, puis il a continué en passant sa main sur mes fesses tout en poussant des petits grognements répugnants. Je n'ai plus dix ans et je sais très bien à quoi pensent les garçons qui font des choses comme ça ! Je vois les yeux de Duong se plisser et ses prunelles rétrécir quand il pose les yeux sur moi. Je suis terrifiée et même Mady a peur parce qu'elle me laisse seule dans ces moments-là. Ses mains sous ma jupe me donnent envie de vomir, mais encore une fois je ne bouge pas, paralysée par ma peur ou ma bêtise, je ne sais plus.

La cloche vient de sonner, dans dix minutes je dois être en bas, dans la cuisine... avec Duong. Je n'ai pas le courage de m'enfuir, j'y ai pensé toute la semaine et il faut bien que je me rende à l'évidence, je suis bien trop lâche pour ça. Je pourrais aller parler à madame Nguyen, mais pour lui dire quoi ? Duong semble travailler ici depuis longtemps alors que moi, sans jamais avoir ouvert la bouche, je lui mens depuis mon arrivée. Ça fait plusieurs nuits que je ne dors pas parce que je fais des cauchemars tellement terrifiants que j'ai peur de hurler pendant mon sommeil. Bon, de toute façon, je n'ai pas le choix, je dois y aller, je ne peux pas être en retard.

En entrant dans la cuisine, les battements de mon cœur redoublent d'intensité. Il est là et je vois tout de suite à l'expression de son visage qu'il m'attendait avec impatience. *Mon intelligence incomparable, mon sixième sens pour sentir le danger... mais pourquoi suis-je descendue ici ?* Cette fois, il ne prend pas la peine de faire semblant d'être poli, doux ou gentil, il m'attrape fermement le bras et m'attire dans l'arrière-cuisine. Il empoigne vigoureusement ma main pour la poser à nouveau sur son pantalon.

— Alors, la blondinette, tu étais pressée de venir voir Duong ? chuchote-t-il. Tu m'as beaucoup manqué, tu sais. On va s'amuser tous les deux, tu vas voir. Je sais que tu en as très envie.

Tandis qu'il se caresse toujours avec ma main, sa bouche et son nez sont collés contre ma joue, il sent la sueur et le tabac froid et j'ai la nausée... Je crois que je vais vomir. Cette fois, j'ai beau essayer de me concentrer, je n'arrive pas à retenir les larmes qui coulent le long de mes joues. J'essaie d'extraire mes mains de son emprise, mais il me maintient solidement, affichant un sourire sordide. Son odeur me retourne l'estomac et la panique m'empêche de réfléchir. Mes larmes et mon dégoût redoublent lorsqu'il se met à grogner des paroles abjectes à mon oreille. Je tire à nouveau sur mes mains pour me dégager, mais pour toute réponse à mes tentatives de résistance, il me projette contre le mur en pierre juste derrière moi. J'ai du mal à retenir le cri de douleur qui menace de m'échapper. Sans ambages, il pose une main sur ma cuisse et de l'autre, commence à dégrafer ma robe. Il se frotte contre moi alors que le quatrième bouton vient de sauter et qu'il commence à tirer sur mon sous-vêtement. Il est en transe et quand je sens sa bouche dégoûtante s'écraser sur mes lèvres et que sa sueur répugnante coule sur mon visage, je sais que rien ne pourra plus me sauver... Je lâche prise une seconde, prête à rendre les armes, prête à abandonner ce combat perdu d'avance, mais l'image de ma mère traverse mon esprit et je sais qu'il faut que je réagisse... pour elle, pour moi... Il faut que je résiste, que j'agisse, et là, tout s'éclaire... Je sais que je préfère mourir plutôt que de subir ce que ce porc s'apprête à me faire.

Je tente à nouveau de me débattre, mais il me gifle avec une puissance inouïe. Il agrippe mes hanches en me repoussant à nouveau contre le mur où ma tête heurte violemment l'étagère accrochée en hauteur, tandis que la vaisselle posée dessus menace de venir s'écraser au sol. J'ai le souffle coupé par le choc et mon cerveau semble avoir explosé en mille morceaux tellement le coup a été brutal. Mes jambes flageolent, mon esprit s'embrume et je crois que je vais m'évanouir, mais en repensant au bruit des assiettes qui s'entrechoquent, l'idée de la dernière chance s'impose à moi. Je suis incapable de faire ce que mon esprit vient de me souffler, mais je sais que Mady le peut. Je me mets à la supplier de tout mon être, je la supplie d'intervenir à ma place et de trouver le courage qui me manque. Alors, ma main guidée par la rage de Mady se soulève pour fouiller l'étagère au-dessus de ma tête, attrape fermement deux assiettes puis les écrase sur la tête de Duong avec une violence à peine croyable. Cette fois, c'est sûr, ma dernière heure est arrivée, je suis seule et il va me tuer... mais je veux mourir... à cet instant, je ne veux rien d'autre.

Duong a reculé sous l'effet du coup que Mady vient de lui porter, mais il se redresse presque aussitôt tout en hurlant de douleur. Sa main se lève et il m'assène une nouvelle gifle qui me propulse au sol. Le sang qui dégouline de son arcade sourcilière et qui se répand sur son tee-shirt blanc m'offre une vision cauchemardesque. Il se reprend pourtant à une vitesse surprenante, le visage couvert de sang. Il revient vers moi à grands pas, son regard est mauvais et menaçant. Il va me tuer et je dois crier, mais la terreur me paralyse et aucun son ne sort de ma bouche grande ouverte. Sa main droite s'empare de mon poignet tandis que sa main gauche m'attrape par les cheveux avec une sauvagerie phénoménale et je ressens une douleur fulgurante traverser ma main, exactement comme quand le garçon m'a poussée et que l'os de mon poignet a cassé. Ma bouche s'ouvre et se referme, et j'ai beau essayer encore et encore je n'émets pas le moindre son, pas même le moindre gémissement, rien... Alors, dans une dernière tentative, je rassemble le peu de force qu'il me reste pour résister encore à mon agresseur et, contre toute attente, le hurlement que je n'espérais plus retentit dans la pièce, suspendant Duong dans son élan. Je lutte de toutes mes forces pour ne pas m'évanouir. Je n'ai même pas reconnu ma voix... ce n'est pas moi... je n'ai pas crié... mais qui ? Mady ? Impossible ! C'était une voix d'homme... Je ne vois plus rien, les larmes me brouillent la vue et j'attends que les coups reprennent, mais j'entends à nouveau des éclats de voix puissants, quand enfin j'aperçois un vieil homme qui se précipite vers nous.

— Qu'est-ce que tu fais ? Lâche-la immédiatement !

Il repousse brutalement Duong, bien obligé de relâcher mes cheveux sous la violence de l'injonction du vieux monsieur. Tout en insultant et en menaçant mon agresseur, le vieil homme passe son bras autour de moi pour m'aider à me relever. Il est plutôt petit et frêle, mais Duong semble pourtant terrorisé. Le visage ensanglanté, il se précipite vers la porte mais se retourne une dernière fois vers moi avant de s'enfuir en courant.

— Je te retrouverai, sale petite pute, on n'en a pas fini tous les deux !

Je reste abasourdie par ses paroles haineuses et je n'arrive pas à croire non plus que ce monsieur, qui sort de je ne sais où, soit venu me sauver. Il n'y a jamais personne d'autre en cuisine à cette heure-ci.

Il me relève, ôte sa blouse et la passe autour de mes épaules en essayant de me réconforter. Arrivée en haut de l'escalier, je me dégage de son étreinte et cours vers ma chambre pour me réfugier au fond de mon lit, enfin à l'abri. La terreur qui me glace refuse de me quitter. Un peu plus tard, la femme médecin vient me voir dans ma chambre, mais je reste prostrée sous mon drap, incapable du moindre geste. Toutefois, la douleur qui émane de mon poignet est si intense que je finis par la suivre.

Le lendemain, madame Nguyen m'informe que je n'irai plus à la cuisine le vendredi. À partir d'aujourd'hui, je travaillerai uniquement avec madame Wuang, et c'est tant mieux. En revanche, elle ne me dit rien d'autre et je ne sais donc pas si le vieux monsieur lui a raconté ce qui s'est passé. Elle ne fait aucune allusion à l'agression d'hier et ne me parle pas de mon nouveau plâtre... Elle pense peut-être que tout est de ma faute. Je n'ai jamais eu aussi peur de toute ma vie et je me sens encore plus seule qu'avant. Il peut m'arriver n'importe quoi... personne ne s'inquiète et c'est terrifiant.

***

Les semaines puis les mois se sont écoulés, on ne m'a jamais reparlé de Duong, je n'ai jamais revu le vieux monsieur et personne ne vient me dire ce que je vais devenir.

Je commence à croire que je vais rester là. Peut-être que mon père a appris que je ne parlais pas et qu'il ne veut plus de moi ! Ce serait bien, comme ça maman pourrait venir me chercher. J'ai déjà une mère, je n'ai pas besoin d'un père.

Avec Mady, on se demande tout le temps où est maman. J'ai peur pour elle, mais ce qui me rassure, c'est que je sais qu'elle pense à moi tout le temps, elle me l'a dit et je le sens. Je sens sa présence dans un coin de ma tête et dans mon cœur. J'espère qu'elle va bien et qu'elle n'est pas en prison. Elle m'a dit que c'était là qu'on la mettrait si quelqu'un apprenait ce qu'elle a fait. Mais je n'ai rien dit à personne... Et puis je ne pense pas qu'on aille en prison parce qu'on aime son enfant, même si c'est moi.

Je vais en classe. J'évite de me retrouver seule avec les autres enfants. Je vais en cuisine. Je fais des cauchemars. Je vois le docteur... et j'attends, j'attends, j'attends... Mais rien ne se passe et personne ne vient.

CHAPITRE 7

J'ai quatorze ans et demi, nous sommes le 3 septembre 2007, ça fait deux ans que je suis là et je n'ai toujours pas parlé. C'était dur au début, mais maintenant je suis habituée, je parle tout bas le soir dans mon lit avec Mady. J'ai grandi et même si certains camarades s'en prennent toujours à moi, ils sont beaucoup moins nombreux à oser me malmener et la plupart m'évitent. Il y a bien quelques intrépides qui se moquent encore de moi, mais comme tout le monde m'appelle « *ma quý²* », ils manquent souvent de courage pour venir me défier. Quand cela arrive, je fixe le coupable droit dans les yeux – *ou plutôt Mady le fixe dans les yeux* – et je vois son audace diminuer avant de disparaître.

Parfois, des Occidentaux viennent à l'orphelinat. Je comprends de mieux en mieux ce qu'ils disent et je suis bien contente d'avoir tant progressé en anglais et en français. Je passe le plus clair de mon temps à apprendre les langues parce que maman m'a toujours dit que lorsqu'on parlait anglais et français, on pouvait trouver un bon métier et éviter ainsi les rizières. Ces gens ont, la plupart du temps, les yeux bien ronds comme moi et parfois même les cheveux blonds. Ils viennent pour visiter ou pour adopter un enfant,

---

² Mot vietnamien signifiant « le diable »

mais j'évite de les regarder pour ne pas attirer l'attention et je remonte bien mon foulard sur mes cheveux. Je vois qu'ils me regardent de façon étrange, ils doivent se demander ce que je fais là, mais ils ne posent jamais la question. Ils ne connaissent donc pas la réponse et *par conséquent, moi non plus.*

Je m'applique à apprendre tout ce que je peux pour devenir quelqu'un parce que je l'ai promis à ma mère. Je prends alors tous les livres d'école et je fais tous les exercices. Je lis les journaux aussi quand il y en a, comme ça, je vois ce qui se passe partout dans le monde. J'avais déjà étudié les différents pays et les différentes cultures au collège, mais à travers les journaux j'apprends plein de nouvelles choses, par exemple que beaucoup de pays sont plus riches que le mien. La France fait partie de ceux-là et c'est drôle de penser qu'il y a des familles qui viennent de France, d'Europe et des États-Unis pour chercher des enfants ici, et que moi j'ai déjà une famille là-bas et pourtant... je suis ici.

***

J'ai quinze ans. Madame Nguyen me demande de la suivre dans son bureau. Je ne suis pas rassurée parce que c'est la première fois qu'elle me convoque. J'ai peur qu'il soit arrivé quelque chose à ma mère ou encore qu'elle me demande de partir parce que je suis trop grande. Des centaines d'histoires se bousculent dans ma tête, toutes plus terrifiantes les unes que les autres.

Elle me fait asseoir dans son bureau et commence à m'expliquer que depuis mon arrivée, une enquête à mon sujet est en cours et qu'elle a enfin progressé. J'ai envie de sourire, car je suis ici depuis plusieurs années, alors « depuis mon arrivée » … On ne doit pas se pencher sur mon enquête bien souvent. Mais je ne souris pas et j'écoute attentivement, car je sens, au ton très solennel de madame Nguyen, que les informations qui vont suivre vont être très importantes pour moi.

— Les recherches qui devaient être faites sur ta situation sont terminées. Ton père vit en France, Luu-Ly. En fait, la police pensait que tu étais décédée le jour où… enfin… le jour où ta mère a été tuée. Finalement, ton père a réussi à prouver que tu étais bien en vie et… que tu résidais ici, alors… Enfin, je ne pense pas que toutes ces explications t'intéressent, sache simplement que ça a été long et compliqué.

Long et compliqué, c'est le moins que l'on puisse dire ! Et comment peut-elle penser que ses explications ne m'intéressent pas ? Il s'agit de ma vie tout de même. Elle plonge longuement son regard dans le mien pour évaluer ma réaction. Je reste impassible, j'ai bien appris à faire ça ! Ne rien laisser paraître… jamais. Je la regarde à mon tour intensément pour l'encourager à continuer, la panique commence à m'envahir sérieusement.

— Luu-Ly, ton père va venir te chercher et te ramener chez lui, en France. C'est une excellente nouvelle pour toi, tu vas enfin avoir un foyer et une famille.

— J'ai déjà une famille ! Je veux voir ma mère.

Ces mots m'ont échappé, j'ai pensé tout haut ! La surprise d'entendre ma voix me fait me redresser sur ma chaise et madame Nguyen a un tel sursaut qu'elle manque de tomber de la sienne. Elle écarquille les yeux comme si elle venait de voir un fantôme :

— Tu parles ? Luu-Ly, tu sais parler ?

— Je veux voir ma mère, s'il vous plaît, laissez-moi la voir !

Entendre ma propre voix, tout fort, me fait vraiment un drôle d'effet ! Je ne la reconnais même pas !

— Mais, comment as-tu fait pour rester silencieuse tout ce temps si tu peux parler ? Luu-Ly, ça fait plus de trois ans... C'est impossible.

J'ai bien l'impression qu'elle n'arrive pas à s'en remettre et je crois que d'un seul coup, je lui semble un peu plus « normale », car elle prend maintenant un ton complètement différent pour s'adresser à moi. Elle a toujours été extrêmement gentille, mais elle me parlait un peu comme à une idiote qui, en plus de ne pas parler, ne pouvait pas saisir ce qu'on lui expliquait. Du coup, je sens qu'elle ne sait plus trop comment m'expliquer la situation et elle semble avoir du mal à se concentrer.

— Il faut que tu comprennes bien. Ta mère est décédée lorsque tu étais toute petite, tu avais à peine trois semaines. Tu as un père qui rêve de te retrouver et qui a remué ciel et terre pour te récupérer... Mais enfin, pourquoi n'as-tu jamais dit que tu savais parler ? J'ai déclaré dans ton dossier que tu étais muette.

Visiblement, elle est tellement déstabilisée qu'elle semble incapable de continuer les explications qu'elle s'apprêtait à me livrer. Elle me regarde, ne sachant plus très bien comment réagir. Je vois bien qu'elle veut que je parle à nouveau, mais je n'ai rien d'autre à dire, je veux voir ma mère, c'est tout. Je n'arrive pas à savoir si elle est contente que je parle, exaspérée que je ne l'aie pas fait plus tôt ou encore contrariée de s'être fait berner par une sale gamine qui a menti tout ce temps.

— Luu-Ly, tu n'as pas d'autre famille, tu comprends ? Juste un père, mais pas de mère...

Elle baisse les yeux en prononçant ces mots et je fais comme elle.

— Il sera là dans deux jours pour te ramener chez toi, en France. Ramasse tes affaires, dis au revoir à tes petits camarades ! Tu nous quitteras ce samedi.

Je suis sous le choc. J'ai envie de hurler. La colère bouillonne au fond de moi et je n'ai jamais ressenti une telle rage. Je n'ai pas envie d'un père, je n'ai pas envie de partir, je n'ai pas d'affaires à empaqueter et encore moins de camarades à qui je vais manquer. Je ne veux pas partir en France. Les derniers espoirs que j'avais de retrouver ma mère viennent de s'évanouir, je vais m'éloigner d'elle, sûrement à tout jamais. Mes larmes menacent de couler mais je ne veux pas pleurer devant madame Nguyen. Je sais être forte, j'ai bien appris à ne rien laisser paraître, je reste donc de marbre. Mais le désespoir m'envahit... Ici, je pouvais espérer la voir un jour franchir le seuil de la porte pour venir me chercher. Mais là-bas, je sais que je ne la reverrai plus jamais.

Je ne sais pas comment j'ai pu rejoindre ma chambre, mes jambes me portent à peine. Il faut que j'établisse un plan, je ne suis plus une enfant et je dois trouver le moyen de ficher le camp d'ici pour retrouver ma mère. Elle ne m'a donné aucun signe de vie depuis plus de trois ans, mais je sais que si elle avait pu, elle serait venue, elle aurait trouvé une solution pour me contacter. Je ne sais même pas si elle est encore en vie, mais j'ai la certitude qu'elle continue de penser à moi chaque seconde de mes jours et de mes nuits. J'aurais forcément ressenti son absence si elle n'était plus là, j'aurais senti comme une perte, un manque, un vide.

Je passe alors l'après-midi à concocter des plans d'évasion, à trouver une échappatoire, un moyen de prendre la fuite, n'importe quoi pourvu qu'on ne m'éloigne pas encore plus d'elle. Ce « père français » qui débarque sans crier gare alors que je suis piégée ici depuis toutes ces années, décide aujourd'hui qu'il est temps de penser à moi, de me récupérer comme une vieille valise oubliée dans un coin... Il faut que je réfléchisse plus vite, je n'ai plus de temps à perdre, mais chaque nouvelle idée soulève de nouvelles questions et de nouveaux problèmes. Une fois que je serai dehors, devrai-je vivre en cavale comme une criminelle ? Comment vais-je pouvoir me nourrir ? Où me mènera cette escapade insensée ? Mady, pour une fois plus raisonnable que moi, m'interrompt dans mes rêves utopiques et me rappelle à l'ordre sans prendre de gants : *Allons, Luu-Ly, tu cherches quoi là ? Tu veux t'enfuir ? Ma pauvre fille, tu n'as ni les moyens ni le potentiel et encore moins le courage d'échafauder un plan comme celui-là. Alors rassemble tes affaires et prépare-toi au grand départ !*

Je me calme un peu pour revenir à l'instant présent et je regarde autour de moi, histoire de voir combien de temps il va me falloir pour réunir tout ce qui compose mon existence. J'ai un pantalon trop petit et deux robes qui ne me vont plus depuis bien longtemps, quelques sous-vêtements et un pyjama, le reste appartient à l'orphelinat et servira probablement pour d'autres enfants. J'ai mon cahier d'école et mon petit bloc-notes que j'appelle pompeusement « mon carnet de voyages ». C'est mon passe-temps favori. Je colle dans mon carnet tout ce que je peux trouver les pays du monde et je rêve pendant des heures en lisant et relisant les descriptifs élogieux des sites les plus majestueux. Je m'imprègne des différentes cultures en espérant qu'un jour, peut-être... Et pour finir, j'ai la seule chose dont je ne me séparerai jamais, qui compte plus que tout parce qu'il me protège quasiment depuis ma naissance : le foulard de ma mère. Ce foulard qu'elle portait lorsque nous étions seules et que je mettais dès qu'elle voulait camoufler mes cheveux blonds. Je souris en pensant que la seule arme de ma mère avait été ce foulard. Un rempart redoutable derrière lequel je pouvais me cacher et qui avait tellement bien rempli son rôle pendant tant d'années...

Elle m'a fait promettre de devenir *quelqu'un* et de continuer mes études afin de pouvoir avoir un avenir plus facile. Si je veux tenir cette promesse, le meilleur moyen est de quitter cet endroit et de partir à Paris où je pourrai étudier. Ma décision est prise... *en admettant que je puisse donner mon avis sur mon propre sort, bien sûr...* Je prends mon carnet d'articles, je me mets à relire tout ce qui concerne les écoles du bout du monde, les reportages sur la France et tout ce que je peux trouver sur Paris.

***

Mes affaires sont prêtes et madame Nguyen a demandé à me voir. Je suppose qu'il est arrivé. Depuis deux jours, je m'amuse à imaginer à quoi il ressemble. Parfois, pour justifier la colère que je ressens envers lui, je l'invente avec un regard sévère, un costume strict et une allure austère et je me laisse alors envahir par la peur. Puis, quand je laisse dériver mon esprit vers l'espoir d'un bonheur chimérique, je l'imagine charmant, beau et protecteur, mais j'ai alors l'impression de tromper ma mère et je chasse vite ces idées inopportunes.

Je crois que jamais je n'ai été aussi impressionnée en parcourant le long couloir qui me mène vers celui à qui ma vie aurait dû être liée depuis mon tout premier jour. J'ai déjà eu peur, je me suis sentie abandonnée, perdue, terrifiée, mais ce sentiment est vraiment nouveau. J'ai tellement envie de le détester et en même temps tellement peur de ne pas lui plaire, c'est vraiment très déroutant.

J'arrive enfin devant le bureau de madame Nguyen et au moment où je frappe, un grand bruit de chaise à l'intérieur du bureau me fait sursauter. La porte s'ouvre rapidement... Il est là, devant moi, la bouche entrouverte parce que je crois qu'il vient de réprimer de justesse un cri de surprise. Ses yeux s'écarquillent de façon saisissante et je ne sais pas si c'est bon ou mauvais... Sa chaise, qu'il a dû bousculer en se levant, est renversée... Il ne bouge pas, il semble paralysé par le choc et quelque chose d'indéfinissable me parcourt tout le corps.

Du calme Luu-Ly ! Respire, reprends-toi et ne laisse pas tomber ta carapace, me souffle Mady !

CHAPITRE 8

Je redresse les épaules pour me donner de la contenance. J'ai bien appris à le faire ici, depuis quelques mois, pour essayer d'impressionner les autres. Je me concentre à nouveau sur les réactions de ce père qui déboule dans ma vie sans sommation. Sa surprise, je peux la comprendre ; il me voit pour la première fois depuis ma disparition et j'avais à peine trois semaines... Mais il y a autre chose et je ne sais pas quoi. Il me trouve sûrement bizarre, lui aussi, il doit se demander quel étrange animal on vient de lui livrer. J'ai l'habitude, mais ça n'empêche que mon cœur se serre et que cette fois, le regard stupéfait qu'il me lance me blesse plus que ça ne devrait.

Désolée « monsieur le papa français » ! Ouais, ce n'est que moi ! Mais tu peux toujours faire demi-tour, prendre tes jambes à ton cou et t'enfuir ! T'inquiète, je ne t'en voudrai pas, je fais toujours cet effet-là. Mady, meurtrie, me souffle ce que je suis bien trop polie pour penser toute seule.

Son regard est tellement intense que je finis par baisser les yeux. J'ai pourtant l'habitude d'être regardée avec insistance, c'est même l'histoire de ma vie, mais là c'est différent et mes cheveux sont pourtant bien cachés sous mon foulard. Il a l'air jeune, mais pas autant que je l'avais imaginé. Il est très grand et plutôt séduisant, mais quand même un peu moins beau que le prince charmant que j'avais créé dans mon imagination. Bon, cela dit, il n'est ni vieux ni repoussant et c'est tant mieux, j'ai déjà bien assez peur comme ça. Il est tout simplement un homme qui me regarde avec intensité et comme je n'ai jamais vu ce genre d'expression, je ne sais pas trop comment l'interpréter. Contrairement à moi, il a les yeux d'un bleu profond et des cheveux châtains. Il se tient bien droit, porte un costume, comme les hommes importants que je contemple dans les journaux. Il semble sûr de lui et tout ça m'intimide un peu, même si sa sérénité et son regard doux me rassurent. À défaut de communiquer, j'ai pris l'habitude de lire dans les yeux des gens, c'est même devenu ma spécialité et je ne me trompe jamais.

En continuant à me fixer, il s'exclame comme s'il pensait tout haut, comme si ses mots sortaient de sa bouche sans qu'il en ait conscience.

— C'est impossible !

Merci, cette fois j'ai vraiment l'impression d'être une bête de foire. Mady commence à être carrément vexée !

— Luu-Ly, voici ton père, Paul Becker, m'informe madame Nguyen.

Paul Becker prend alors la parole avec des phrases que je ne comprends pas vraiment. J'ai pourtant étudié du mieux possible tous les livres de français que nous a donnés le professeur et je comprends beaucoup de mots qu'il exprime, mais il parle trop vite, trop bas, et le stress m'empêche de me concentrer correctement. Un seul mot a pourtant retenu mon attention dans sa phrase et je suis stupéfaite.

Une jeune femme, qui doit être l'interprète, me traduit ses paroles. J'ai l'habitude parce que chaque fois que des visiteurs viennent à l'orphelinat, il y a des interprètes ou des guides qui font le lien avec les gens d'ici, mais je ne l'écoute plus, le mot qu'a utilisé Paul Becker tourne en boucle dans ma tête.

— Votre père est très heureux de vous avoir retrouvée, il vous a cherchée durant de longues années. Vous ressemblez beaucoup à votre maman et à...

— Ma sœur !

J'étais pourtant bien décidée à garder le silence pour ne pas me mettre en danger, mais c'est plus fort que moi... *J'ai une sœur !*

Ferme-la, Luu-Ly, tu n'es pas censée parler à cet inconnu ! me balance Mady, énervée.

Madame Nguyen a les yeux qui lui sortent de la tête quand elle se rend compte que j'ai compris les paroles de Paul Becker avant même que la femme ait terminé sa traduction. Son visage a littéralement changé de couleur :

— Tu parles français ?

Elle échange un regard avec Paul, elle a dû le prévenir que contrairement à ce qu'elle avait indiqué sur le dossier, je pouvais parler, mais de là à m'entendre m'exprimer dans une autre langue, ils semblent surpris tous les deux. *Hé ouais, gentil papa français, finalement, j'ai même le son... Mady ! chut !*

Paul Becker se remet à parler très lentement cette fois pour s'adresser directement à moi. Il adapte son débit de paroles pour que je puisse comprendre. Je me concentre sur sa bouche pour déchiffrer ce qu'il me dit. Mais la femme, qui ne semble pas avoir saisi son but, continue à traduire :

— Vous avez une sœur, mademoiselle, une sœur jumelle qui a grandi auprès de votre père. Elle est extrêmement impatiente de vous retrouver.

C'est bon, j'avais compris ! Mademoiselle... c'est bien la première fois que quelqu'un m'appelle « mademoiselle ». Mon cerveau fonctionne à toute vitesse... une sœur jumelle ! Maman m'a bien parlé d'un second bébé, mais elle l'avait pensé mort dans les bras de sa mère. Est-il possible qu'en fait elle ait survécu ? Visiblement, c'est le cas ! Jamais autant de sentiments contradictoires ne se sont bousculés ainsi dans ma tête. Je suis terrorisée et même au-delà, et paradoxalement, je suis excitée et curieuse. J'ai un père et maintenant, en plus, j'ai aussi une sœur.

J'ai toujours rêvé d'avoir une sœur avec qui j'aurais pu jouer et partager des secrets. Tant de fois je l'ai imaginée et, en fait, elle existe et je vais la retrouver... enfin, si Paul Becker veut bien m'emmener et surtout si je décide d'accepter de le suivre. Je ne sais pas si j'ai le droit de refuser de partir et si oui, quelle sera ma décision. *Du calme Luu- Ly, concentre-toi et ressaisis-toi !*

Mon cerveau méthodique cogite à toute vitesse. Visiblement, je n'ai aucune possibilité de retrouver ma mère pour le moment. Alors, rester là, toute seule, à attendre je ne sais quoi ou suivre ce père français qui apparemment n'attend que moi ? M'éloigner d'elle ou me rapprocher de lui ? Je pourrai tenir la promesse faite à ma mère et devenir quelqu'un d'important si je pars... mais je ne sais même pas ce que cela veut dire, « être quelqu'un d'important ». Est-ce simplement devenir riche ? Mais riche comment ? Ou alors servir de nobles causes, comme madame Nguyen qui tient cet orphelinat avec beaucoup de ferveur et de dévotion ? Je n'ai aucune idée de la façon dont je suis censée tenir cette promesse.

Mon père français reste là et me fixe toujours intensément. Convoquant le peu d'audace qu'il me reste, je relève le menton pour le fixer à mon tour droit dans les yeux :

— Je veux voir ma mère !

Je m'exprime en français avec des mots simples et madame Nguyen n'en revient toujours pas, je le vois dans ses yeux.

— Tu parles tellement bien ! susurre Paul.

Il doit se douter de la lutte intérieure qui me ronge, car il est de plus en plus mal à l'aise et madame Nguyen me regarde cette fois un peu plus sévèrement.

— Tu sais que tu ne peux plus la revoir, Nous en avons parlé.

Paul Becker, ne sachant sûrement pas quoi répondre, baisse les yeux à son tour. Le silence devient pesant et madame Nguyen, comme pour briser la glace, me demande enfin d'aller saluer mes camarades et de suivre mon père.

— J'ai déjà dit au revoir à tout le monde, madame.

Elle sait comme moi que je n'ai personne à saluer. Elle n'insiste pas et s'adresse à la jeune femme pour lui signifier que nous pouvons partir.

Elle s'approche de moi et dépose un baiser sur mon front avec un regard réconfortant qui me fait chaud au cœur. Jamais elle n'a eu de geste aussi familier à mon égard et, la peur aidant, mes larmes menacent d'engloutir les miettes de courage qu'il me reste.

La jeune femme ouvre la porte et nous invite à la suivre. Après une longue hésitation, sous le regard tendu de Paul, je me dirige vers la sortie, direction ma nouvelle vie.

CHAPITRE 9

Ça y est nous y voilà, je suis à l'aéroport, sur le point de quitter mon pays et ma vie pour aller atterrir sur une nouvelle planète. Je n'ai plus qu'à prier pour que l'air y soit respirable. Dire que j'ai peur serait un euphémisme, ce que je ressens va bien au-delà. Mon père français ne cesse de me regarder à la dérobée et je fais ce que je peux pour garder la tête baissée. Je ne veux pas être impolie, mais j'ai tellement peur de ce que je pourrais voir dans ses yeux... Les images de son premier regard sur moi tournent en boucle dans ma tête. Il a été tellement choqué en me voyant qu'il ne pouvait même plus ouvrir la bouche. Et dire que j'imaginais bêtement qu'en me découvrant il aurait ressenti cette petite chose qui existe automatiquement entre les enfants et leurs parents, cet élan d'amour inconditionnel étalé en toutes lettres dans les nombreux romans que j'ai lus jusqu'ici... Tout ce que j'ai pu voir dans ses yeux à ce moment-là, c'est un télescopage brutal de perplexité, d'embarras et d'incertitude, alors que moi, à l'instant même où je l'ai vu, j'ai pu sentir en moi la partie de lui qui coule dans mes veines. C'était fugace, éphémère et insaisissable, mais bien réel. De toute façon, jamais je ne le laisserai entrer dans ma vie ou s'immiscer dans ma tête comme je le fais avec maman. C'est elle qui se bat pour moi depuis toujours, pas cet étranger qui m'a laissée croupir dans cet enfer. Tout ça n'a pas d'importance, mais sa réaction m'a tout de même un peu blessée.

L'interminable file d'attente s'amenuise enfin et mon père français dépose ses bagages sur le tapis roulant. Brusquement, il se retourne vers moi, les yeux tellement écarquillés que je fais un pas en arrière :

— Mince, Lily-Rose, où sont tes valises ? Ce n'est pas vrai, j'ai oublié tes valises !

— Mes valises ?

Lily-Rose ! C'est qui celle-là ? Je suis stupéfaite et apeurée par tant d'emportement et je lui montre timidement mon petit sac en toile en lui expliquant que toutes mes affaires sont là. Il paraît à la fois soulagé et surpris, mais semble se rendre compte de sa réaction excessive :

— Excuse-moi, je ne voulais pas t'effrayer.

Son ton est beaucoup plus doux, mais instinctivement je recule à nouveau quand il pose sa main sur mon épaule. Je regrette immédiatement ce réflexe, mais ses réactions me déroutent... En l'espace d'une nanoseconde, il s'exclame, s'irrite et s'emporte puis se radoucit et s'excuse.

Je ne sais pas comment réagir et je ne comprends pas ce qui l'a autant bouleversé.

— Ne t'inquiète pas, nous irons acheter ce qu'il te faut quand nous arriverons à la maison.

— Ah !

À la maison ? Il paraît tellement perturbé par cette histoire de valise, je ne sais pas bien quoi penser. Est-il inquiet parce qu'il a peur de devoir faire des dépenses ? Il faut que je le rassure, il a l'air vraiment bouleversé. Je prends mon courage à deux mains pour m'adresser à lui :

— J'ai tout ce qu'il me faut dans mon sac. Ce n'est pas la peine d'acheter des choses.

— Il te faudra quand même quelques vêtements.

— Non, non, ne vous inquiétez pas, j'ai déjà deux tenues. Et j'ai des crayons aussi. Il ne faut pas vous alarmer.

J'ai tellement vu maman coudre que je suis sûre que je peux retoucher mes robes pour pouvoir les enfiler à nouveau. Il faut que je lui dise au plus vite que je veux aller à l'école, mais je n'ose pas demander. S'il sait que j'ai déjà mes crayons, ça va peut-être le rassurer.

— M'alarmer ? C'est avec plaisir que je t'achèterai des vêtements ou... des crayons.

— Je vous assure que j'ai tout ce qu'il me faut, vous n'aurez rien à dépenser.

— Lily-Rose... Tu ne dois pas me vouvoyer ! Tu peux me dire « tu » ! Tu comprends ?

— Oui, d'accord ! Mais... je m'appelle Luu-Ly, monsieur.

— Très bien, Luu-Ly ! Et moi je m'appelle Paul et non pas « monsieur » ! Ou papa, mais... ne m'appelle plus « monsieur ».

Il a pratiquement murmuré ces derniers mots en me souriant gentiment et je lui rends un petit sourire timide en baissant très vite la tête et en réajustant mon foulard sur mes cheveux.

Nous sommes dans l'avion et je me retrouve seule à côté de mon nouveau père français. L'ambiance est un peu tendue, on ne sait pas trop quoi se raconter. C'est la première fois que je prends l'avion et je suis à la fois émerveillée et terrorisée. Je m'éloigne encore un peu plus de ma mère... peut-être pour toujours. J'ai la désagréable sensation de la trahir, mais puisque je n'ai pas le choix, je ne veux pas y penser pour le moment. Même si je tente de chasser cette idée, je me sens également surexcitée. Je quitte enfin l'orphelinat où j'ai passé les pires années de ma vie. *Oh non, l'avion commence à bouger !*

— Tu n'as jamais pris l'avion ?

— Non.

— Tu as sûrement un peu peur ?

— Non.

Si... je suis terrorisée ! L'avion roule sur le tarmac, mes jambes se mettent à trembler et tout mon sang a dû quitter mon visage car je suis glacée et j'ai des fourmillements dans le crâne. Je baisse la tête et ferme les yeux pour tenter de me reprendre un peu. *Je ne peux quand même pas lui sauter sur les genoux !*

— Je ne suis pas très à l'aise non plus avec le décollage, ça te dérange si je prends ta main ?

Quoi ? Sans me laisser le temps de répondre, il pose sa main sur la mienne et quand l'avion commence à quitter le sol, je m'y cramponne comme à mon dernier espoir. Il ne bronche pas et serre ma main de façon rassurante pendant que je lui broie les doigts. Quand l'appareil prend finalement son équilibre et sa vitesse de croisière, je dégage doucement ma main en réajustant mon foulard pour camoufler ma honte. *Non mais, quelle attitude désastreuse, pour qui va-t-il me prendre ?*

Durant le voyage, mon père français... enfin Paul, tente plusieurs fois d'engager la conversation, mais j'ai beau réfléchir, je ne vois décidément pas ce que je pourrais bien lui raconter. Ça fait trop longtemps que je n'ai pas parlé, j'ai l'impression que je ne sais plus comment faire. En plus, je crois qu'à part aux moines qui faisaient la classe, je ne me suis jamais adressée à un homme et cette idée me met encore plus mal à l'aise. Bon, de toute manière, je n'ai pas d'histoire à raconter !

Maman a travaillé dur pour m'élever dans tous les sens du terme et moi je fais au mieux pour m'élever vers les rêves de maman... Fin de l'histoire.

Je ne peux pas lui servir ça et pourtant, qu'est-ce que je peux lui dire d'autre ? Je ne peux pas lui parler de la « parenthèse » et du coup de folie de maman, de sa bataille perpétuelle pour pouvoir me nourrir, des hommes du soir, de nos fuites incessantes ou encore de ma vie à l'orphelinat, alors...

Je ne sais pas trop comment je devrais me comporter, mais je suis un peu rassurée par sa douceur. Sa voix est posée et profonde, et il déploie tous les efforts du monde pour me mettre à l'aise.

— Votre fille désire-t-elle quelque chose, monsieur ? demande l'hôtesse souriante.

Paul sursaute, se tourne vers elle puis, troublé, me fixe intensément. Jamais on ne m'avait regardée ainsi et c'est tellement incroyable ! Cet homme que je ne connais pas, que je n'ai jamais vu de ma vie, se comporte avec moi comme si j'étais la personne la plus importante du monde. Il pose sur moi des yeux émerveillés et je ne sais vraiment pas quoi faire de tant d'égards. Il me commande un verre de lait et un cake aux raisins tout en continuant de sourire, comme s'il venait d'entendre la plus belle phrase du monde. Je souris intérieurement. C'est la première fois que quelqu'un d'autre que maman semble aussi fier d'être en ma compagnie. C'est un sentiment bon et rassurant, mais tellement improbable que je réajuste mon foulard sur mes cheveux.

Tout est impressionnant : la compagnie de cet homme, l'avion, le voyage, les gens autour de nous. Malgré l'angoisse qui ne me quitte pas, je suis fascinée.

***

L'avion vient d'atterrir et Paul me réveille doucement. L'attention qu'il a envers moi, sa peur de me brusquer, son besoin de savoir que je vais bien me font fondre à nouveau. Je sens au plus profond de moi que l'homme qui est à mes côtés va être très facile à aimer. Sa chaleur et sa douceur m'apaisent, mais ce qui me surprend le plus c'est que je me sens réellement à l'abri. Il semble si fort et sûr de lui… Quand j'étais avec maman, j'avais si souvent peur pour elle que finalement, même si l'anxiété me torture les entrailles, j'éprouve un sentiment jusqu'alors inconnu.

Paul me fait monter dans une voiture en me précisant qu'il s'agit d'un taxi puis il prend soin de m'expliquer, le plus clairement possible, son utilité. Alors, je ne sais pas si c'est la fatigue, l'angoisse, l'excitation ou tout à la fois, mais pour la première fois depuis des années un éclat de rire sort du fond de ma gorge sans que je puisse le réprimer. Il me fixe, surpris, et je vois qu'il se demande ce qu'il a bien pu dire de si drôle.

— Le Vietnam ne ressemble pas à la France, mais nous avons des taxis à Hanoï.

— Mmmh, oui, bien sûr, je ne voulais pas, enfin…

Mince, il a l'air embarrassé… Quelle idiote, je l'ai vexé. Je m'aperçois que ce que je viens de dire est terriblement déplacé. Zut et zut, il fait tous les efforts possibles pour être agréable et moi, je ris de lui ouvertement.

Avec un sourire timide et un regard en coin, il ajoute :

— Tu te moques déjà de moi ? Alors, entre ta sœur et toi, je ne vais pas survivre.

Quoi ? Il ne va pas survivre ? Pourquoi m'annonce-t-il ça comme ça ? Qu'est-ce que ma sœur a à voir là-dedans ? L'angoisse me reprend

Je m'en veux terriblement d'avoir eu ce comportement. Je ne suis pas encore arrivée qu'il doit déjà penser à me remettre dans le prochain avion.

À son tour, il paraît surpris de ma gêne soudaine et du coup, n'ose plus m'adresser la parole. Le voyage se termine dans le silence.

Le taxi arrive enfin devant... une résidence, une bâtisse, une demeure... je ne sais pas trop, mais c'est immense. La voiture s'arrête et le chauffeur vient m'ouvrir la portière puis dépose les valises de Paul sur le trottoir.

Nous grimpons les quelques marches qui conduisent à l'entrée et lorsque la porte s'ouvre, je retiens mon souffle tant ce qui se présente devant moi m'émerveille. Nous sommes entrés à l'intérieur d'un immeuble et la végétation du patio est si abondante que j'ai l'impression d'avoir pénétré dans un jardin. Paul m'explique que nous sommes rue Caron, dans le quartier du Marais, tout proche de la place des Vosges, et qu'il s'agit d'un ancien hôtel particulier qu'il a fait aménager en appartement. Il m'invite à le suivre le long de la jolie voie pavée qui traverse le vaste patio-jardin entouré d'arcades magnifiques. Il dépose ses bagages dans un immense hall et me dévisage sans dire un mot. Je pense qu'il devine mon émotion et qu'il n'ose pas m'interrompre dans ma contemplation. Je regarde partout autour de moi sans en croire mes yeux. Le sol est recouvert de marbre dont la clarté est rehaussée par une immense rosace aux couleurs plus sombres au centre de la pièce. Les murs aux teintes douces et chaudes procurent une sensation de bien-être immédiate. Tout ici respire le luxe sans pour autant être guindé. Je n'ai jamais pénétré dans un lieu aussi beau.

— Bienvenue à la maison, Lily-Rose.

— Je m'appelle Luu-Ly, monsieur.

J'ai peur de le froisser à nouveau, mais cette Lily-Rose n'existe pas, je crois qu'elle est morte en même temps que sa mère le jour de la « parenthèse ». Moi c'est Luu-Ly, c'est le prénom que ma mère m'a donné et c'est comme ça que je m'appelle. Il vient de m'arracher à mes racines, il ne va tout de même pas me voler mon identité en plus ! Je ne veux pourtant pas attiser sa colère parce que si maman m'a raconté la douceur et la gentillesse de Cao-Minh, elle m'a également décrit sa colère et son mépris quand il nous a mises dehors. Tous les hommes sont-ils comme ça ? Maman aimait tellement Cao-Minh… Je ne le lui ai jamais dit, mais je lui en ai beaucoup voulu de nous avoir abandonnées sans aucune ressource et je l'ai souvent détesté. Cependant, depuis qu'elle m'a raconté toute l'histoire, je le comprends un peu mieux. Maman était si jeune quand elle m'a eue, elle n'avait que dix-sept ans…

CHAPITRE 10

Son regard toujours rivé sur moi, Paul Becker rompt enfin le silence qui s'est installé entre nous :

— Tu viens Luu-Ly... ta sœur doit trépigner d'impatience.

Il n'a pas terminé sa phrase que j'entends une porte claquer et qu'une tornade blonde arrive sur nous en courant et en hurlant. Je reste là, sidérée, incapable du moindre geste. Cette tornade me fait l'effet d'une douche froide... C'est moi... Mon clone... Mon sosie... Je suis là et pourtant je me regarde courir et hurler.

— Papa, vous êtes là, comme je suis contente !

Ce « moi », qui se précipite, glapit et gesticule dans tous les sens, se jette au cou de Paul en l'embrassant bruyamment sur les deux joues. La stupéfaction me fait reculer de deux pas.

— Doucement, calme-toi Angie, tu vas me faire tomber, dit Paul en riant.

Il se tourne vers moi tout en serrant la jeune fille dans ses bras.

— Luu-Ly, je te présente ta sœur, Angela.

Je savais en effet que j'avais une sœur, je savais également que c'était une sœur jumelle, mais là... Je n'en crois pas mes yeux. Je comprends mieux le regard que Paul a posé sur moi lorsqu'il m'a vue à l'orphelinat.

Nous avons exactement le même visage, la même taille et surtout les mêmes cheveux... exactement les mêmes cheveux sauf qu'elle ne les porte pas tressés et cachés sous un foulard. Bien que très fine et élancée, elle semble avoir quelques kilos de plus que moi. Elle est tellement moi et tellement différente à la fois... Je suis laide, trop grande et trop maigre alors qu'elle est sublime, gracieuse et parfaite. Comment est-ce possible ?

— Waouh, la vache, j'imaginais bien qu'on devait se ressembler, mais là, j'avoue que c'est plutôt bizarre. On dirait moi ! s'exclame-t-elle.

Elle s'approche vivement de moi et sans que j'aie le temps de réagir, m'enlace et me serre longuement dans ses bras. Jamais personne ne m'a serrée ainsi dans ses bras. *Personne, jusque-là, ne m'avait appelée « la vache » non plus !* Je ne comprends pas, c'est peut-être un compliment ici, car son comportement n'a vraiment pas l'air hostile.

— Allez, Angie, allons faire visiter la maison à Luu-Ly pour qu'elle puisse s'installer, elle doit être épuisée.

— Oui, oui, suis-moi Lily... heu enfin, Luu-Ly.

À peine sa phrase terminée, Angela détale sans se retourner. Elle est pétillante, spontanée, pleine de vie et d'audace. Elle est libre, libre de tout jugement. Tout dans son comportement me fait penser à Mady... *C'est ma Mady !*

— Tu vois ce que je voulais dire ? Elle va m'user avant l'âge, me dit Paul avec un sourire, en désignant la tornade blonde avant qu'elle ne disparaisse, engloutie par l'immensité des lieux.

En fin de compte, il blaguait quand il m'a affirmé qu'il allait probablement mourir à cause de ma sœur ! Ils ont vraiment de drôles de plaisanteries par ici... Une chose est sûre, c'est que même l'orphelinat tout entier était bien plus petit que cet appartement. Je me demande combien de personnes vivent ici. Paul m'a seulement parlé de ma sœur, mais vu la taille de la maison, il y a sûrement tout un tas de gens. Ils vont encore me regarder de travers en se demandant d'où je sors. *Je suis terrifiée et dans ma tête, même Mady reste introuvable.*

Partout sur les murs, de jolis tableaux sont disposés et un large escalier en marbre blanc trône au milieu du vestibule. Angela réapparaît comme par enchantement. Elle descend à toute vitesse et se plante devant moi. Elle est extrêmement drôle, sa vivacité est débordante et elle dégage une joie de vivre incroyable... mais elle parle vite et je n'arrive pas à la suivre ! Son père la gronde gentiment :

— Angie, je crois que si tu hurles comme ça, tu vas plutôt effrayer Luu-Ly. Et si tu parles si vite, elle ne comprendra rien à ce que tu dis.

En effet, je n'ai rien compris, mais Paul parle d'une voix douce et lente, et je me félicite d'avoir si bien étudié le français.

— Pardon papa, je vais faire attention, mais j'ai tellement hâte de lui montrer sa chambre et la terrasse aussi.

— Bon, d'accord, mais je t'en prie, Angie, ta sœur est fatiguée, sois plus calme. Vous avez toute la vie pour jouer, parler et même hurler si vous voulez, mais là, elle doit avoir besoin d'un peu de calme.

Toute la vie ! Je n'en crois pas mes oreilles, des frissons me parcourent le dos. Je dois retourner chez moi, je dois retrouver ma mère, je ne peux pas rester ici. En tout cas, pas toute la vie. Néanmoins, je suis Angela sans un mot.

L'escalier est époustouflant, je n'en ai jamais vu de pareil. Elle ouvre une porte et me fait pénétrer dans une pièce extraordinairement grande, lumineuse et magnifique.

— Voilà, ici c'est ma chambre ! En général, c'est un peu le chaos, mais Nana m'a aidée à tout ranger pour que tu ne sois pas affolée.

Son sourire mutin me fait fondre. C'est incroyable, ce sentiment de dédoublement que je ressens, j'ai vraiment l'impression de me regarder vivre. La chambre est ravissante et j'imagine que la compagnie d'Angela va être très agréable, mais il n'y a qu'un seul grand lit et à l'orphelinat, mon lit était un peu mon refuge, l'endroit où je pouvais réfléchir, m'évader dans mes rêves sans être vue et surtout, où je pouvais parler de maman avec Mady. Forcément, en partageant le lit d'Angela, ça ne va pas être facile de pouvoir me retrouver seule, à l'abri des regards. Je pose mon sac et pénètre dans la pièce, ne sachant pas très bien ce que je dois faire et comment ranger mes affaires, mais Angela m'interrompt en riant :

— Non, Lily, tu ne vas pas t'installer ici, c'est MA chambre. Viens, je vais te montrer la tienne.

— Luu-Ly... je m'appelle Luu-Ly.

Mais le temps que je réponde, Angela a déjà quitté la pièce. Je reste un moment clouée sur place en écoutant ses babillages incessants.

— Tu verras, tu seras bien ici. Désormais, papa va prendre soin de toi. Tu sais qu'il est président-directeur général d'une des plus grosses entreprises de Paris... peut-être même la plus grosse d'ailleurs. C'est lui qui a créé la

Financière Becker et Cie, enfin la FBC, ajoute-t-elle fièrement en pointant le doigt en l'air. Lily, tu viens ?

J'avance dans le couloir où Angela, qui s'est interrompue, m'attend, impatiente. Elle ouvre une seconde porte et me dit en articulant chaque mot exagérément :

— Voilà, là, c'est TA chambre à TOI ! C'est ici que tu peux poser TES affaires. J'ai un peu décoré à ma façon, mais tu pourras l'arranger comme tu veux.

La chambre est absolument somptueuse, il y a un large lit blanc en fer forgé sur lequel reposent deux oreillers mauve pâle qui ont l'air tellement moelleux ; je n'ai jamais eu d'oreiller ! Un couvre-lit de la même couleur est joliment posé sur le matelas, le tout formant un étonnant nid qui semble si douillet que j'ai hâte de m'y pelotonner pour réfléchir à tous les événements de cette journée qui n'en finit pas. Je commence sérieusement à ressentir les effets du voyage, du stress et surtout du décalage horaire. Sous la fenêtre, habillée de rideaux en dentelles, trône un magnifique bureau blanc dont le bois ciselé est coordonné à la chaise posée juste devant. Un large tapis délicat repose sur le sol juste devant le lit et je me vois déjà allongée dessus pendant que je relis mes journaux et mon carnet. Je sais bien que l'on ne se conduit pas comme ça, mais il a l'air tellement confortable... J'imagine la tête de maman et son air désapprobateur face à mes pensées effrontées et ça me fait sourire.

— Angela... Qui dort là ?

— Comment ça, qui dort là ? Ben, toi bien sûr ! C'est TA chambre Lily, je te l'ai dit, la mienne est juste à côté.

— Moi... Mais c'est tout ?

— Mais enfin oui, évidemment, avec qui d'autre veux-tu dormir dans ta chambre, Lily ?

— Luu-Ly.

— Comme tu veux ! Viens par-là, je vais te montrer ta salle de bains et ton dressing !

Angela ouvre une porte au fond de la chambre et je découvre une salle de bains encore plus vaste que la petite cabane que nous habitions maman et moi. Je suis stupéfaite. Un immense lavabo en pierre naturelle, une douche, une baignoire, la faïence magnifique, c'est presque irréel. Il y a même des toilettes

— Ferme la bouche ou ta mâchoire va se décrocher ! Ce n'est qu'une salle de bains.

— C'est tellement beau, c'est la première fois que je vois une baignoire en vrai.

— Tu veux dire que tu n'as jamais pris de bain ! Non, mais tu plaisantes !

— Pardon, je ne voulais pas...

Mes joues s'empourprent et je bégaye.

— Non, non, c'est moi, tu n'as rien dit de mal. C'est que... c'est la première fois que tu vois une baignoire et moi, c'est la première fois que je vois quelqu'un qui voit une baignoire pour la première fois !

Nos regards se croisent et, à ce moment-là, nous rions ensemble pour la première fois. Enfin... grand rire bruyant pour elle et petits gloussements pour moi. Je n'avais encore jamais rigolé avec quelqu'un d'autre que maman. Même si elle parle beaucoup trop vite et que je ne comprends que la moitié de ce qu'elle me raconte, elle est vraiment drôle. Ma propre voix sonne bizarrement à mes oreilles et mon rire bien plus encore, ça fait tellement longtemps que je ne m'étais pas entendue parler et rire !

— Eh bien, les filles, ça rigole bien !

Paul se tient dans l'embrasure de la porte, un sourire attendri sur les lèvres. Je crois qu'il a des larmes dans les yeux et je ne comprends pas très bien pourquoi. J'ai tellement peur de mal me conduire ou de faire des choses qui pourraient le contrarier...

— Tu sais, Angie, le pays de Lily est bien différent du nôtre et je crois que pendant un bon moment, tout ce qu'elle va faire ou voir sera une première pour elle... sauf les taxis !

Il me regarde avec des yeux rieurs et j'ai bien compris maintenant qu'il plaisante et me taquine.

— Oui, je sais, c'est seulement que je n'y ai pas pensé... c'est juste une baignoire !

— Lily aussi va nous apprendre plein de choses que nous ne connaissons pas. Hein Lily ?

Cette fois, même Paul s'y met. Je suis sûre que Mady me conseillerait de l'appeler « monsieur » chaque fois qu'il m'appelle Lily-Rose, mais je sais très bien que je n'oserai jamais faire ça. C'est très bizarre, cette envie de le contrarier et cette peur de lui faire de la peine qui s'affrontent dans ma tête.

— Bon, Lily, où sont tes valises ? Je vais t'aider à ranger tes affaires dans ton dressing et après, si tu veux, tu pourras prendre un bain, s'exclame Angela en me faisant sursauter.

— Ses affaires sont dans le sac, Angie, nous irons demain faire du shopping pour trouver ce qui lui manque.

Les yeux d'Angela vont de mon sac à son père, puis se posent à nouveau sur moi. *C'est quoi le problème avec ma besace ?* Encore une fois, ça m'échappe, je ne comprends pas ce qui cloche et je remonte mon foulard sur mes cheveux.

C'est épatant, je m'applique depuis toujours à camoufler au mieux mes émotions, c'est la première règle pour ne pas être vulnérable. Et cette fille devant moi, qui me ressemble comme un sosie, affiche toutes ses pensées aussi bien dans ses yeux que sur son visage. Elle change d'état chaque seconde et c'est incroyable. Elle passe de la joie à la tristesse, elle peut rougir de gêne et rosir de bonheur presque à la fois. Et alors qu'elle semblait embarrassée par la présence de mon sac, elle se met à crier :

— Du shopping ? Oh merci papa... Lily, tu vas voir comme on va s'amuser. Génial !

— Angie, Angie, arrête une minute ! Allez, direction la cuisine, nous allons aider Nana pour le dîner.

Nana ? Ça y est, je vais rencontrer les autres ! Ils vont probablement me poser tout un tas de questions ! Je suis tellement fatiguée... Je n'ai ni la force ni le courage d'affronter tout ça. Pour combler le tout, Paul veut m'emmener faire du shopping. Je ne veux pas qu'il dépense d'argent pour moi, il n'a pas dû comprendre dans l'avion quand nous en avons parlé. Il faut aussi que je lui parle de l'école... C'est le plus important. Ma sœur interrompt le cours de mes pensées :

— Viens, je vais te présenter Nana !

Une nouvelle fois, à peine a-t-elle fini sa phrase qu'elle a déjà disparu. Je la regarde, médusée, alors que Paul m'observe, amusé. Il faut que je lui parle maintenant, pendant que sa fille est en bas.

— Monsieur...

— Je t'en prie Lily, appelle-moi au moins Paul. Je suis ton père !

Et moi, je m'appelle Luu-Ly. Il semble blessé et je rougis à nouveau en triturant mes doigts dans tous les sens.

— Paul, je n'ai pas besoin de shopping, j'ai tout ce qu'il me faut. Je voulais juste demander quelque chose...

— Je t'écoute Lily, tout ce que tu veux !

Mon cœur menace de s'arrêter, il m'écoute ! Je n'ose plus le regarder, je dois vraiment batailler avec ma conscience pour mettre ma bonne éducation de côté. Que penserait ma mère d'une telle audace ? Je ne sais pas comment il va réagir alors, pour me donner une contenance, j'ajuste à nouveau mon foulard sur mes cheveux.

— Lily, tu dois me dire ce dont tu as besoin ! C'est important... Parle-moi.

— Il y a une chose que je voudrais, c'est vraiment...

— Je t'écoute... Tout ce que tu veux, dis-moi.

Je ne sais plus où me mettre, je n'ai jamais réclamé quoi que ce soit, pas même à maman, alors, à un inconnu... Si je me comporte mal, il va sûrement me raccompagner à l'orphelinat, mais je dois lui dire, ça ne sert à rien d'être venue jusqu'ici si je ne peux pas tenir ma promesse... Je dois devenir quelqu'un !

— Il faut que j'aille à l'école. C'est vraiment important et...

— L'école ! Bien sûr que tu vas aller à l'école, mais nous sommes au mois de juin et d'ici deux semaines ce sera les vacances scolaires. J'ai déjà fait ton inscription pour le lycée au mois de septembre, alors tu vas devoir patienter un peu. Je sais que cela doit être difficile pour toi, mais ton identité, les papiers, ton inscription... Là-bas aussi tu seras Lily-Rose, m'informe-t-il gêné.

— Oh, merci !

C'est fantastique, je vais aller dans une école française ! Malgré moi, ma bouche se fend d'un sourire stupide que j'essaie, sans succès, de réprimer. Paul me regarde curieusement et me rend un sourire amusé et rassuré. *Je vais aller dans une école française !* Je crois qu'il va falloir que je me fasse une raison, ici je suis Lily-Rose. Ce n'est pas grave... Au moins, si Lily se plaît dans cette nouvelle vie, j'aurai un peu moins l'impression que Luu-Ly trahit maman. *Je déclare donc officielle la naissance de Lily-Rose Becker.*

— Mais de rien, c'est normal, Lily, je suis ton père, tu peux me demander ce que tu veux. Demain, nous irons faire quelques courses pour t'acheter des fournitures pour l'école et quelques vêtements aussi, même si tu en as déjà un peu. Je suis content de pouvoir acheter des choses pour toi, je t'assure.

— Ah !

Je suis rouge de confusion, mais lui paraît plutôt content d'avoir parlé avec moi. Il semble comprendre tout ce que je dis et je suis vraiment fière de m'exprimer aussi bien.

Comme nous tardons, Angela revient nous chercher et continue la visite de la maison avant le dîner. Il y a un nombre impressionnant de pièces : des salles de bains, des toilettes, des dressings, des salons, le bureau de Paul, une bibliothèque, il y a même une salle de sport prolongée d'une véranda sous laquelle s'étend une piscine. Le patio par lequel nous sommes arrivés est entouré d'arcades transformées en véranda qui, selon Angela, permet de profiter de la piscine et de la luminosité été comme hiver.

C'est au moment où ma sœur me conduit sur le toit-terrasse que je comprends que je suis dans un rêve et que je vais probablement me réveiller d'une minute à l'autre. C'est impossible, un tel endroit ne peut tout simplement pas exister, même ici, en France ! Il y a des arbres... nous sommes sur le toit d'un immeuble et il y a des arbres dans de grands pots et de l'herbe, et des fleurs... Le paysage qui se déploie sous mes yeux est à couper le souffle. Les feuillus aux couleurs dorées sont dispersés sur la terrasse, la vue sur Paris est à peine croyable. Je ne sais pas trop quelle réaction adopter, alors je ne dis rien et je suis Angela lorsqu'elle décide de redescendre pour me guider vers la cuisine. Une femme d'un certain âge, au visage rond et jovial, s'affaire aux fourneaux.

— Lily, voici Nana, c'est... heu... enfin, c'est Nana ! Nana, je te présente Lily-Rose... annonce ma sœur, décidément très énergique.

La dénommée Nana avance jusqu'à moi et prend mes deux mains dans les siennes avec beaucoup de douceur :

— Lily-Rose, je suis vraiment émue et ravie de faire enfin ta connaissance. Tu nous as tellement manqué. J'espère que tu te plairas parmi nous.

— Passons à table, déclare Paul, pour clore ces effusions qui me mettent vraiment mal à l'aise.

Angela s'installe et Paul m'indique une chaise, tout en s'asseyant à son tour alors que Nana commence à déposer des plats sur la table. Elle nous apporte des assiettes toutes chaudes dans lesquelles sont disposés des petits feuilletés au crabe et une salade verte fraîche. Je n'ai jamais rien mangé d'aussi bon. Elle dépose ensuite sur la table un plat sur lequel repose un rôti de porc glacé au sirop d'érable accompagné de petites pommes de terre sautées aux herbes. C'est tout simplement succulent. Enfin, pour le dessert, nous avons droit à un gâteau aux pommes. Je ne veux pas être impolie alors j'essaie de finir toute mon assiette, mais je n'ai jamais autant mangé et je commence à avoir des crampes au ventre.

Angela n'arrête pas de parler et Paul l'écoute tout en me regardant du coin de l'œil. Je garde le nez dans mon assiette sans oser lever les yeux.

— Lily, si tu as trop mangé, ne te force pas, me propose Paul.

Jamais maman ne m'aurait permis de laisser quoi que ce soit dans mon assiette. Ce serait vraiment un manque de respect pour Nana qui s'est donné du mal pour tout préparer. Puis, on ne gâche pas la nourriture. *Même si je vais exploser ?*

Ils tentent tous d'être naturels et de faire comme si tout était normal. Sauf que je suis là et que je ne me sens vraiment pas à ma place avec ces gens. Je dois me concentrer pour comprendre ce qu'ils disent, c'est très éprouvant. Ils semblent pourtant très gentils... J'ai vraiment l'impression qu'ils m'attendent depuis toujours et qu'ils tiennent beaucoup à moi sans même me connaître, alors que moi j'ignorais totalement leur existence. Ce qu'ils ne comprennent pas, c'est que c'est Lily- Rose qui leur a manqué, mais moi, je suis Luu-Ly. Comment leur présenter cette fille qu'ils aimeraient retrouver alors que je ne la connais pas moi-même ? *Tu nous as tellement manqué !* Comment peut-on manquer à des gens que l'on ne connaît pas ?

CHAPITRE 11

Ma première nuit n'est pas très reposante, je me sens seule, perdue et j'ai du mal à trouver le sommeil. Je ne comprends pas très bien comment je dois me comporter au milieu de cette famille. Je fais mon possible pour être polie, mais il suffirait que je fasse un faux pas pour que Paul se rende compte que je ne suis pas la fille dont il rêvait et qu'il me reconduise tout droit à l'orphelinat. Il semble content de me voir, mais Cao-Minh aussi aimait beaucoup maman ! Je ne sais pas ce qui se passerait si je devais retourner là-bas. Les autres rigoleraient bien si même ma vraie famille ne voulait pas de moi. Paul n'a peut-être plus d'autre choix que de me garder maintenant que je suis là et que les autorités m'ont confiée à lui... Je ne veux pas être un poids pour lui ou qu'il me garde par obligation. Il faudra que j'aborde le sujet avec lui, car ces réflexions m'obsèdent depuis le début de la nuit et cette boule dans ma gorge contrôle désormais mes pensées, mon angoisse et ma respiration. Je suis seule, j'ai peur, je n'arrive plus à retenir les larmes qui inondent à présent mon visage et Mady reste toujours aux abonnés absents !

Le réveil sur la table de nuit indique six heures quand je suis tirée de mon sommeil par un cauchemar terrifiant. Je suis en sueur, j'ai soif et je tente, en inspirant profondément, de réguler ma respiration qui s'est affolée sous l'effet de l'adrénaline. Il y a quelques instants, je me trouvais dans l'arrière-cuisine de l'orphelinat. Tandis que Duong s'esclaffait à grand bruit, Paul serrait Angela dans ses bras. Elle avait un sourire narquois aux lèvres pendant que son père me disait des horreurs dans un grand éclat de rire : *Tu as vraiment cru que tu pourrais rester avec nous ? Crois-tu sérieusement que j'aurais mis quinze ans à te retrouver si j'avais vraiment voulu de toi ?* C'était tellement réel... Je ne veux pas me rendormir, j'ai la bouche sèche et de toute façon je me lève toujours très tôt. Mes yeux me brûlent d'avoir tant pleuré avant de m'endormir et j'ai terriblement soif. Je me faufile hors de ma chambre pour descendre chercher un verre d'eau en attendant que les autres se lèvent.

— Tout va bien, Lily ? Où vas-tu ?

La voix de Paul me fait sursauter et je me cogne violemment contre la porte de ma chambre. Je passe machinalement la main dans mon cou pour remonter mon foulard sur mes cheveux, mais il est resté au pied de mon lit et je me sens encore plus vulnérable.

— Lily, doucement, c'est moi ! Est-ce que ça va ? Tu n'arrives pas à dormir ?

— Je suis désolée, je voulais juste aller chercher un verre d'eau à la cantine.

— À la cantine ?

— Pardon, à la cuisine. Je ne voulais réveiller personne. Je suis désolée.

— Non, non, tu ne me réveilles pas, j'ai un peu de travail ce matin, j'allais dans mon bureau. Est-ce que ça va, Lily ? Tu as l'air...

Il fait un pas vers moi et machinalement je recule. Je n'ai pas l'habitude d'être regardée ainsi et je suis extrêmement gênée. C'est ma mère qui devrait être en train de me rassurer, pas lui, mais Paul saisit tout de suite mon embarras et cesse immédiatement de me questionner.

— J'ai mis des viennoiseries au four avant de prendre ma douche. Je vais descendre avec toi, comme ça, nous pourrons prendre notre petit déjeuner ensemble.

Je le suis dans la cuisine et même s'il fait tout ce qu'il peut pour me parler gentiment et me mettre à l'aise, les images de mon cauchemar refont surface. Je ne dois pas l'obliger à s'occuper de moi. J'ai déjà une mère à qui je manque et que je dois retrouver, je n'ai pas besoin de lui et de ses états d'âme. J'essaie de formuler des phrases dans ma tête avant de me lancer, mais il me tire de ma réflexion en posant devant moi un bol de lait chocolaté et une assiette de croissants chauds dont l'odeur, absolument fabuleuse, me détourne totalement de mon but. Je tente de me reprendre, il faut que je lui parle :

— Paul, je voulais te dire que... enfin, je peux très bien...

— Vas-y, Lily... tu peux me parler. Qu'est-ce qu'il y a ?

Je redresse les épaules pour me donner un peu de contenance. L'homme qui est devant doit savoir qu'il peut changer d'avis. S'il ne veut pas me garder, alors il faut qu'il me ramène chez moi. Il doit savoir que je peux comprendre tout ça. Je ne sais pas vraiment par où commencer ni comment je réagirai s'il accepte. Mais si j'apprends qu'il me garde par obligation, ce sera pire encore. Je dois lui laisser le choix. Il est tellement chaleureux et gentil... je ne peux pas m'imposer comme ça dans sa famille.

— Je voulais juste être sûre… enfin… tu n'es pas obligé de me garder ici, je peux retourner là-bas si tu préfères. Je ne suis pas… enfin, tu vois ! Ça ne fait rien si…

— Lily…

Mon nouveau prénom claque dans le silence paisible de la cuisine sur un ton oscillant entre surprise, colère et déception… *je ne sais pas vraiment*. Ses yeux ressemblent à deux soucoupes qui lui sortent de la tête. Il se redresse rapidement en plongeant son regard dans le mien et reprend d'un ton beaucoup plus calme et doux :

— Lily… Ce n'est pas ce que tu veux, n'est-ce pas ? Tu es perdue et terrifiée, mais tu vas t'habituer, c'est normal d'avoir peur, mais ça va s'arranger. Laisse-moi le temps… Tu seras bien ici, je t'en fais la promesse.

— Mais je ne veux pas t'obliger à t'occuper de moi… Tu as déjà Angela et…

Je sens qu'il réfléchit à toute vitesse, il analyse mes paroles et tente de lutter contre la panique qui le gagne. Sa mâchoire se resserre alors qu'il prend une profonde inspiration :

— Mon Dieu, je pensais que tu étais en train de me dire que tu voulais retourner là-bas… Mais tu es en train de me demander si je veux de toi… c'est ça ?

Oui, en gros, c'est ça. Je dois savoir ! C'est comme s'il avait pensé tout haut, j'ai l'impression de le mettre au pied du mur et je n'ai jamais eu de conversation aussi humiliante. *Bon, en fait, je n'ai jamais eu de conversation tout court !* Je regrette déjà de lui avoir laissé ce choix, car s'il décide de me raccompagner à l'orphelinat, alors c'est sûr mon cœur va s'arrêter de battre d'un seul coup.

— Lily, je ne sais pas ce que j'ai dit ou fait pour que tu puisses te poser cette question... Je te cherche depuis plus de quinze ans et maintenant... Depuis la seconde où j'ai posé les yeux sur toi, je me retiens de te prendre dans mes bras pour ne pas t'effrayer davantage, mais bon sang Lily, ne dis plus jamais une chose pareille. Jamais plus je ne te quitterai des yeux et jamais plus je ne laisserai qui que ce soit t'éloigner de moi.

— Ah !

— Lily, laisse-nous juste un peu de temps. Je t'en prie, fais-moi confiance.

Il me regarde avec une telle intensité qu'en temps normal, j'aurais immédiatement baissé la tête, mais là je sens mes cils papillonner. J'essaie de refouler mes larmes, mais je ne peux détacher mon regard de celui de Paul. Il ne veut pas que je m'en aille, il veut me garder et j'ai beau chercher la faille dans son regard, j'ai beau attendre le « mais » qui fera tout capoter... il n'ajoute rien et guette à son tour ma réaction. Seulement, je suis tellement choquée que je n'ai aucune réaction, je n'en crois pas mes oreilles. Il veut de moi parce que c'est moi ! Comme il me regarde toujours en épiant chacun de mes mouvements, je finis par répondre quelque chose que je bafouille comme je peux :

— Je voulais juste être sûre. Ce ne serait pas bien... enfin...

— Ne te pose plus jamais ce genre de question. Ta place est à mes côtés tout comme ta sœur. Je suis désolé pour tout ça, ma Lily-Rose. Mange maintenant, ton chocolat va refroidir.

— Merci !

Je ne sais pas trop de quoi il est désolé ! Je commence à manger pour détourner un peu son attention, mais tout ça m'a noué l'estomac et coupé l'appétit. Je tente de me calmer en me concentrant sur mon bol, mais après mon cauchemar et les révélations de Paul, la journée promet d'être encore un peu trop intense à mon goût.

La matinée passe à une vitesse folle, rythmée par les babillages d'Angela qui virevolte et s'éparpille dans toute la maison. Elle m'invite dans sa chambre et entreprend de déballer toutes ses affaires. Elle me montre ses vêtements et le nombre d'habits dans son dressing est tout simplement impressionnant. Même si elle se changeait trois fois par jour, elle ne pourrait jamais porter tout ça et je comprends mieux son air atterré au moment où elle a vu que mes vêtements tenaient dans ma petite besace en toile. Elle exhibe ensuite son téléphone portable, son ordinateur et tout un tas d'autres choses dont je ne soupçonnais même pas l'existence. Je perds définitivement le fil de la conversation lorsqu'elle me parle d'iPad, d'iPod, d'iTunes, d'iCloud... Paul met fin à son agitation en annonçant notre départ pour les magasins.

Selon Angela, nous devons posséder une montagne de choses obligatoires et après l'achat d'une multitude d'objets futiles, elle se dirige vers le rayon des fournitures scolaires. Paul a annoncé ce matin qu'un professeur de français viendrait à la maison pendant les congés et qu'il faudrait qu'Angela se charge de m'expliquer les grandes lignes des programmes de chaque matière. Quand je regarde l'intérieur du chariot qu'elle remplit au fur et à mesure que nous parcourons les allées du magasin, j'ai envie de m'enfuir en courant. Je sais qu'il est impossible que l'école demande une telle quantité de choses, même ici.

Toujours surexcitée, elle implore ensuite son père d'aller m'acheter des vêtements. En voyant mon visage se décomposer, Paul devine combien je suis affectée par toutes ces dépenses. Il finit par proposer que, d'ici quelques jours, nous revenions faire notre fameuse journée shopping. Je suis dépitée par cette nouvelle, mais bien contente de rentrer chez Paul.

**

S'ensuivent alors des journées à la fois effrayantes et féeriques, et des nuits angoissantes et... *en fait, rien qu'angoissantes.* La journée shopping est tout simplement épuisante, mais même si j'ai un peu honte, j'adore ça ! Comme si j'étais une princesse, Angela me fait essayer une multitude de robes, de jupes, de pantalons, de vestes et de chaussures. Elle veut tout acheter et s'amuse comme une folle. Je me revois avec ma mère entrer dans la petite épicerie de Hanoï... Elle comptait son argent et cherchait ce qui serait le plus judicieux pour un repas à peu près complet.

Aujourd'hui tout est possible, c'est à la fois grisant et dérangeant. La nourriture, les vêtements, les chaussures, tout est à la portée de ma sœur, *et à la mienne aussi semble-t-il.* Partout où nous passons, je m'applique à me faire la plus discrète possible et à bien couvrir mes cheveux pour ne pas être remarquée, tandis qu'Angela se borne à parler fort, à rire de n'importe quoi sans aucune retenue et tous les yeux sont braqués sur elle, peu importe où nous sommes. Elle est époustouflante par sa beauté, sa grâce et sa joie de vivre.

— Oh Lily, tu es tellement belle dans cette robe, prends-la ! s'exclame-t-elle.

— Mais Angela, j'ai déjà une robe que ton père m'a achetée il y a cinq minutes.

— Et que vas-tu faire avec une seule robe ?

À peine sa phrase terminée, elle saute à l'autre bout du magasin, puis m'interpelle pour me montrer les chaussures les plus « chou » qu'elle ait jamais vues de sa vie entière. Je ne comprends pas très bien le rapport entre le chou et les chaussures, mais je la suis, sans oser l'interrompre dans son entrain. C'est véritablement incroyable : en quelques heures à peine je me retrouve avec une garde-robe qui pourrait vêtir toutes les filles de l'orphelinat ! Je suis totalement horrifiée par tout ce que Paul dépense pour moi ce jour-là et l'idée qu'il puisse changer d'avis et me ramener ne me quitte pas. Tout cela est tellement indécent que même si, au fond de moi, je m'amuse de voir Angela à ce point euphorique, je ne peux m'empêcher de penser à mon pays et à ce que tout cet argent pourrait permettre de faire là-bas. Je sais bien qu'il y a des gens plus riches que d'autres, mais je sais aussi que personne ne peut dépenser autant en une seule journée pour de telles futilités.

CHAPITRE 12

Paul a pris quelques jours de congé pour venir me chercher et m'accueillir ici et même si elle doit passer son examen de fin de collège dans une semaine, Angela a été dispensée des derniers jours d'école avant les vacances scolaires. Ils sont bien décidés à me faire découvrir mon nouveau pays ou, du moins, ma nouvelle ville. Paris est une capitale exceptionnelle et tellement différente de Hanoï. Comme chez moi, il y a des gens partout, mais ils marchent à toute allure à n'importe quelle heure de la journée, courent tout le temps et dans tous les sens. Ils ont l'air tellement importants que ça me ramène à la promesse faite à ma mère. Être parisienne, c'est peut-être déjà un pas en avant pour devenir quelqu'un ! En tout cas, ces gens semblent vraiment faire tourner le monde. En suivant mon regard, Paul semble percevoir mon étonnement et le cours de mes pensées.

— Ils sont fous ! Ils ne pensent qu'à travailler. Ils sont pressés d'aller au bureau, pressés d'aller déjeuner, pressés de rentrer chez eux ou de se rendre à mille endroits tous plus importants les uns que les autres. Le monde semble croire que la preuve incontestable du bonheur et de la réussite est de posséder le plus de choses possibles. Ils n'ont vraiment rien compris...

Il a les yeux dans le vague, je crois qu'il ne se rend même plus compte qu'il parle tout haut et mon intervention le ramène à l'instant présent parce qu'il me regarde comme s'il me voyait pour la première fois.

— Comment ça ?

— J'ai fait la même erreur. Je travaillais tellement… je n'ai jamais pris le temps de m'occuper de votre mère. Si j'avais su que nous aurions si peu de temps ensemble, crois-moi… j'aurais agi tout autrement. Enfin, tout ça pour te dire que la vie est plus importante que l'argent, je suis bien placé pour le savoir.

Ses confessions sont pleines de bon sens et je crois que je comprends ce qu'il essaie de me dire, mais a-t-il seulement idée de ce que c'est que de courir après le moindre dong pour pouvoir manger, comme le faisait maman ? Mes pensées sont confuses, je ne sais pas si je dois tenir compte de ce que Paul est en train de m'expliquer ou me concentrer sur la promesse que j'ai faite à ma mère il y a quelques années maintenant.

Un petit sourire triste se dessine sur son visage, je sens le regret dans ses yeux et sa voix, mais à cause de lui, j'ai été arrachée à ma mère alors je sais mieux que quiconque ce que ça fait d'être séparé d'une personne que l'on aime.

— Elle doit beaucoup te manquer.

— Oui, et elle aurait dû te manquer à toi aussi si seulement…

— J'ai moi aussi une mère qui me manque.

C'est sorti tout seul et quand je rencontre le regard de Paul, je m'en veux immédiatement.

— Je sais, Lily.

Paul est gêné, Angela serre les dents et je tente de me rattraper comme je peux.

— Comment était Suzanne ?

Il semble réfléchir un instant avant de reprendre d'un air songeur :

— Gentille, bienveillante et sensible. Dès que je l'ai rencontrée, c'est un peu comme si je m'étais senti investi d'une mission. Celle de la rendre heureuse, celle de rendre hommage à son dévouement et à sa douceur. Tu te rends compte, elle m'a épousé alors que nous nous connaissions à peine. Elle m'a suivi sans la moindre appréhension parce qu'elle croyait en moi... Je lui avais pourtant promis que tout se passerait bien...

— Je suis désolée.

— Dès que nous serons rentrés, je te montrerai des photos, reprend-il d'une voix plus enjouée pour cacher son trouble. Je suis tellement heureux que tu sois là.

Plus je le regarde, plus je suis convaincue qu'il prend possession de mon cœur petit à petit. Je voudrais lutter contre ces sentiments qui naissent en moi, mais j'ai bien l'impression que, quoi que je fasse, je ne pourrai pas m'y soustraire. Peut-être que les liens du sang y sont pour quelque chose.

Je ne sais pas combien de temps je vais devoir rester avec eux, mais je n'oublie pas mon objectif et j'ai hâte d'aller à l'école. Je sais que c'est là que tout va se jouer et il faut que je reste concentrée sur mes priorités. En attendant cette rentrée des classes, j'ai donc droit à une visite guidée et détaillée de Paris. Les musées, les galeries, les monuments, Paul me conduit partout. Je reconnais plusieurs bâtisses que j'ai déjà vues dans mes livres et bien sûr la fameuse tour

Eiffel. Si je n'étais pas si bien entraînée à cacher mes émotions, j'en aurais sûrement pleuré.

C'est lorsque nous arrivons devant une immense cathédrale que mon cœur s'arrête littéralement. Ce que Paul me confie ensuite n'aide vraiment pas à le faire redémarrer.

— Regarde comme c'est beau, Lily. C'est Notre-Dame et ta mère adorait venir ici. Je crois que c'était son endroit préféré.

Je reste sans voix. Je sais très bien que ma mère adore cet endroit. Combien de fois avons-nous fait un détour pour passer devant... Cette cathédrale ressemble étonnamment à la cathédrale Saint- Joseph de Hanoï et ma mère adorait l'admirer pendant de longs moments. Elle m'avait bien expliqué qu'il s'agissait d'architecture française, mais le choc est immense et se répète lorsque nous passons devant l'opéra Garnier qui me fait penser en tout point à l'opéra de Hanoï près du lac Hoàn Kiêm. Paul ajoute encore à mon trouble en me confiant à nouveau l'adoration que ressentait Suzanne pour cet endroit. Ces coïncidences sont tellement déconcertantes que je n'arrive plus à parler.

Nos innombrables sorties sont toujours accompagnées par les achats compulsifs d'Angela qui veut que son père, *enfin, le nôtre*, m'achète tout ce dont j'ai « obligatoirement besoin » et la liste n'en finit jamais. Il me faut absolument et impérativement le sac à main à la mode, le téléphone portable dernier cri, une tablette tactile, un rendez-vous chez l'esthéticienne et le coiffeur. Jamais je n'aurais pensé que l'on puisse posséder tant de choses et avoir tant de besoins obligatoires. Je crois que je suis en train de coûter plus cher à Paul en quelques semaines que ce que j'ai coûté à ma mère en douze ans et demi.

Les deux premiers mois de ma nouvelle vie se déroulent donc ainsi. Chaque matin, Paul s'enferme dans son bureau pour s'occuper de ses affaires, pendant que ma sœur s'occupe de mon apprentissage technologique. C'est extraordinaire. J'ai l'impression que l'ordinateur est un livre immense comportant des chapitres à l'infini. Les après-midis sont réservés aux sorties en famille.

Au fil de nos sorties, je commence à comprendre que, malgré mon côté « petit génie » devant lequel ma mère et mes professeurs s'extasiaient tout le temps, j'ai tout de même pas mal de lacunes. Je ne sais pas faire de vélo, je ne sais pas nager, je ne sais pas me comporter correctement... Nos sorties au restaurant sont une torture pour moi et des moments de pur bonheur pour Angela, qui rit tout ce qu'elle peut chaque fois que je commets des impairs. Paul passe son temps à la calmer et à me rassurer. En plus, depuis que je suis là, j'ai l'impression d'ingurgiter des tonnes de nourriture, alors que Nana, qui nous accompagne souvent, ne cesse de s'inquiéter de mon « appétit d'oiseau ». Pourtant, je n'ai jamais rien mangé d'aussi bon que tout ce que je déguste ici. Certains plats sont tellement fins et délicats que j'imagine que ma mère en aurait les larmes aux yeux si elle pouvait les goûter. Mes remarques sur ces plats délicieux se soldent souvent par cette petite phrase de Paul que je ne comprends pas, mais qui semble expliquer à elle seule toute la cuisine française : « Tu as raison, le chef mérite son étoile ». La bonne humeur de ma sœur et l'attention que Paul me porte rendent tout vraiment très facile. Angela se moque de moi tout le temps, mais avec tellement de tendresse que je ris aussi à ses nombreuses remarques.

C'est vraiment un changement de vie radical. Plus personne ne me fuit, ne me malmène ou ne me regarde comme si j'étais la pire personne qui soit. Sans aucune transition, je passe du statut de souffre-douleur pestiféré à celui de *côngchúa*[3] adorée. J'ai encore du mal à savoir ce que je dois faire et comment me comporter. Je ne sais pas me laisser aller à rire et à m'amuser comme le fait ma sœur, même si la regarder évoluer est déjà une vraie distraction en soi. Paul a les yeux rivés sur moi en permanence, il épie chacune de mes réactions et intervient pour me rassurer dès qu'il sent que je suis mal à l'aise. Chaque fois que je remonte mon foulard sur mes cheveux, il vient se poster tout près de moi et sans avoir besoin du moindre contact, sa posture protectrice et son regard m'apaisent instantanément. Quant à Angela, elle reste très naturelle et ne s'embarrasse jamais de mes états d'âme. Elle m'enlace, m'embrasse, me prend la main lorsque nous marchons dans la rue et redescend mon foulard dès qu'il recouvre mes cheveux. Notre ressemblance est telle que partout où nous allons, tout le monde nous dévisage et se retourne sur notre passage. Les regards et les réflexions des passants rendent Angela hilare tandis que je rougis systématiquement, et ça l'amuse énormément. Paul se tient toujours très près de nous, il a la tête haute et l'on peut lire la fierté sur son visage et dans chacun de ses gestes. Pour ma part, je souhaiterais souvent être cachée au fond de mon lit, surtout quand Angela me donne la main dans la rue pour que tout le monde remarque notre gémellité. Mais en

---

[3] Mot vietnamien signifiant « princesse ».

quelques jours à peine, je me sens vraiment très proche de Paul et je suis en adoration devant ma sœur.

À la maison, la gentille Nana s'occupe de tout et de tout le monde. Elle me parle toujours avec une extrême douceur, fait preuve de beaucoup d'empathie envers moi et comme elle a un léger accent, je me demande si elle aussi n'aurait pas été déracinée. Elle s'inquiète constamment pour moi et est soucieuse de savoir si mes amis me manquent, si je n'ai pas le mal du pays, si j'ai des besoins auxquels elle ne penserait pas... Elle s'intéresse aussi bien au travail de Paul qu'aux multiples histoires d'Angela. C'est le pôle central de la maison autour duquel chacun gravite. Je n'ai pas très bien compris qui elle était, personne ne me l'a vraiment dit, mais elle est là et c'est tant mieux.

***

Ça y est, cette fois, c'est le grand jour. C'est ma première journée de classe et plus Angela tente de me rassurer, plus le stress me tiraille le ventre.

Avant de prendre le chemin de son bureau, vers le quartier des affaires de la Défense, Paul nous conduit en voiture. Le lycée des Francs Bourgeois est seulement situé à quelques centaines de mètres de la maison et par la suite, nous irons à pied, mais pour ce matin, je crois que ça rassurait tout le monde qu'il nous dépose. Nous sommes passées plusieurs fois devant le lycée avec ma sœur, et ici, même les écoles ressemblent à de vrais monuments historiques. Angela, partagée entre l'excitation et l'anxiété, est encore plus agitée que d'habitude, mais ne se défait pas de son sourire et de sa joie de vivre. Je crois que tout la rend heureuse, elle est douée pour le bonheur, c'est inné, c'est en elle. Même si pour elle, l'établissement est le même que l'an passé, elle commence sa première année de lycée et c'est tout de même une grande nouveauté. Quant à moi, je n'en mène pas large, comme dirait Angela. Elle a tout un tas de drôles d'expressions que j'adore.

Paul reste silencieux, j'ai l'impression qu'il est anxieux et que ma rentrée le préoccupe. En même temps… Paul semble toujours soucieux à mon sujet. Angela continue à m'expliquer pour la millième fois les bonnes attitudes à adopter et les trucs à éviter pour ne pas avoir l'air bizarre.

— La plupart des élèves sont sympas, tu verras, ils vont peut-être te coller un peu au début. Ils sont curieux et impatients, ça fait des mois que je parle de toi. Charlène est une vraie peste avec tout le monde, alors si elle te dit des trucs à la con, ne fais pas gaffe.

— Angie, ne parle pas comme ça !

— Pardon, papa, oui… enfin, tu vois ce que je veux dire, Lily. Et si tu ne sais pas un truc, tu me demandes. Et n'oublie pas, tu éteins ton portable avant chaque cours et tu ne mets pas ton foulard sur la tête, sinon les autres vont se moquer de toi. Ça fait cent fois que je te le dis, je sais, mais vraiment tu devrais le laisser dans la voiture.

Je passe ma main sur le doux tissu pour m'assurer qu'il est bien là, sur mes épaules. Si je ne l'emmène pas, j'aurai l'impression d'être bien trop vulnérable. Quant à mon portable, j'ai envie de lui répondre qu'elle est la seule sur terre à avoir mon numéro, mais je ne dis rien, le trac me rend encore plus muette que d'habitude.

— Arrête, Angie, tu es en train de la stresser. C'est l'école, pas un champ de bataille ! Ne t'inquiète pas, Lily, fais ce que tu peux, comme tu peux, et tout se passera bien.

— Y a-t-il beaucoup de gens qui ont la peste ?

Les yeux de Paul et d'Angela s'agrandissent d'un coup et Paul semble réellement choqué par ma question.

— Mais enfin, non, personne... Il n'y a pas ce genre de maladie ici.

— Oh, mais Angela a dit que Charlène avait la peste.

Tous deux partent d'un même éclat de rire et je vois bien que j'ai encore dit quelque chose qu'il ne fallait pas.

— Bon, laisse tomber, viens, je vais t'expliquer en chemin, me dit ma sœur en riant.

Elle saute de la voiture et je suis ébahie par sa grâce et son assurance. Elle sait où elle va et pourquoi elle y va. Moi, je n'ose pas sortir, j'ai peur et je ne veux pas me séparer de Paul. Il est tellement réconfortant. *Évidemment, je ne peux pas lui dire un truc pareil !*

— Tu dois y aller, Lily, me dit-il d'une voix douce.

— Oui, je sais...

Je baisse les yeux, je manque de courage et n'arrive pas à quitter la voiture.

— Lily, tu t'y feras, c'est le premier jour, mais après ça ira, je te le promets. Et puis, c'est la première chose que tu souhaitais en arrivant... aller à l'école... Tu te souviens ?

— Oui, et je veux y aller, c'est juste que...

— Quoi Lily, dis-moi ? m'encourage-t-il.

— Non, rien !

C'est juste que... je suis terrorisée ! Reste avec moi...

— Ne t'inquiète pas, on se voit ce soir. C'est le premier jour, tout le monde a peur le premier jour, c'est normal.

— Oui, sûrement.

Je quitte enfin le confort rassurant de la voiture où je laisse mon nouveau père français, le visage défait par l'anxiété. Un instant, j'ai le sentiment qu'il va me prendre dans ses bras, *à moins que ce soit moi… Bon, allez, courage !*

— À ce soir, Paul.

— À ce soir, Lily. Je t'en prie, ne t'inquiète pas tant, tout se passera bien, tu verras.

CHAPITRE 13

Lorsque nous pénétrons dans l'enceinte du campus, je suis littéralement collée à ma sœur. La panique guide mes réflexes et je relève mon foulard sur mes cheveux, mais ma sœur le redescend sans s'arrêter de marcher. Je suis vêtue d'un jean et d'un chemisier et même si, grâce à Paul, j'ai échappé à la robe ultra voyante qu'Angela voulait que je porte, je regrette tout de même l'uniforme de mon ancienne école. Je ne me sens pas vraiment moi-même dans cet accoutrement... Je ne peux pas croire que je suis en train de pénétrer dans un lycée français. Je ne sais pas laquelle de mes émotions prédomine : l'excitation ou la panique.

Nous continuons d'avancer, ma tête est nue, exposée à tous les regards et quand je me retourne pour chercher du réconfort, la voiture de Paul a déjà disparu. J'ai l'impression que mon ange gardien m'a abandonnée et je me sens encore plus seule. Mady ne dit rien du tout, d'ailleurs je ne l'ai pas entendue depuis que je suis arrivée ici, elle doit avoir peur.

Le lycée est immense. Il y a dans la cour un nombre incalculable d'adolescents riant, sautant et parlant fort. J'ai l'impression d'être sur une autre planète, je suis terrorisée et je marche le plus près possible de ma sœur.

— Salut Angie, je suis trop contente de te voir.

— J'espère qu'on va être dans la même classe, les filles.

Deux jeunes filles s'arrêtent devant nous, le sourire jusqu'aux oreilles. Elles s'adressent à Angela mais me dévisagent de la tête aux pieds et machinalement, je recule d'un pas et j'ajuste mon foulard sur mes cheveux.

— Je vous présente ma sœur, Lily-Rose. Elle arrive tout droit du Vietnam !

Angela semble tellement fière de me présenter que j'en ai le souffle coupé.

— Oh punaise, c'est incroyable, c'est ta photocopie, c'est trop marrant. Salut Lily !

Elles me regardent sans aucune animosité alors je leur rends un sourire timide.

— Salut !

Je ne trouve rien d'autre à dire et j'ai beau réfléchir à toute vitesse, rien ne me vient. Mais qu'est-ce que je fais ici ? J'ai envie de fuir, d'être n'importe où ailleurs. Comme toujours dans ces cas-là, je pense à ma mère qui me manque terriblement et instantanément, je sens notre fameux lien. Elle pense à moi, elle tient sa promesse, et à mon tour je dois tenir la mienne. Pour ça, je vais étudier, étudier et étudier encore.

Autour de nous, une foule s'amasse. Plus que jamais, j'ai l'impression d'être une extraterrestre. J'ai toujours eu ce sentiment, mais là, il y a trop de monde, trop de bruit, trop de questions. Je sens l'affolement qui me gagne, je ne connais pas les réactions des gens d'ici et chaque fois que quelqu'un m'approche, je recule d'un pas. Je dois fuir, je veux rentrer chez Paul, je veux être seule, à l'abri dans mon lit.

Angela discute avec ses amis et je me retourne pour évaluer la distance qui me sépare de la sortie. Je réajuste une fois de plus mon foulard et je commence à me diriger vers la grille que nous avons franchie quelques minutes plus tôt. Je m'arrête net lorsque mon regard croise celui d'un garçon aux cheveux châtain clair tout ébouriffés. Il me fixe sans ciller et son regard insistant me gêne. Il est assis à califourchon sur une moto, les deux bras appuyés sur son casque posé entre ses jambes. Soudain, la voix inquiète d'Angela me fait sursauter. Je n'ai pas trente-six mille solutions, soit je retourne auprès d'elle, soit je continue mon chemin. Mais dans ce cas, je dois passer à côté du garçon qui me fixe d'un drôle d'air. Je renonce donc à m'enfuir et je me contente de vérifier la place de mon foulard sur ma tête. Ce geste le fait sourire alors que ses yeux ne me quittent pas.

Angela m'attrape par la main et me ramène au beau milieu de la cour, de la foule et du bruit. Je voudrais que le sol s'ouvre sous mes pieds pour m'engloutir.

Les questions incessantes et l'empressement de cette nuée d'ados bruyants me font tourner la tête et je me mure dans un silence protecteur en regardant Angela d'un air désespéré.

— Comment tu t'appelles ?

— C'est vrai que tu viens du Vietnam ?

— Il paraît que tu étais dans un orphelinat ?

— T'es arrivée il y a combien de temps ?

— Est-ce que tu parles français ?

Au moment où, finalement, je me décide à m'élancer pour fuir tout ça, Angela m'attrape fermement la main, plante son regard dans le mien et je peux y lire : *Oublie ça, Lily, tu restes là. Aie confiance en moi !*

— Arrêtez... Arrêtez maintenant ! Ça suffit ! Allez, on va en cours, ça va sonner de toute façon.

— Oh, mais elle a l'air super fun ta sœur, Angie ! Elle vient d'où déjà ? Ah oui, de chez les bouseux, c'est ça ? Alors c'est sûr, vous êtes jumelles ! Et son foulard, c'est pour faire joli ? On avait déjà une crétine, voilà qu'on en a deux pour le prix d'une. Salut les affreuses !

La fille qui vient de prononcer cette diatribe attrape deux autres adolescentes par le bras et elles s'éloignent toutes les trois en riant. Pas besoin de demander à Angela, cette fille est sûrement « la peste » dont elle m'a parlé dans la voiture. Je n'ai pas compris la moitié des mots qu'elle a prononcés, mais vu la tête d'Angela et des autres, ça ne doit pas être sympa. Ma sœur avait raison de me mettre en garde, elle n'a pas perdu de temps pour balancer ses… *quoi déjà ? Ah oui, ses « trucs à la con »* !

L'intervention de ma sœur a au moins le mérite de faire taire tout le monde. Alors que le groupe s'éloigne et se dirige vers le grand bâtiment en brique rouge, le garçon aux cheveux ébouriffés pose toujours son regard perçant sur moi. La seule chose que je trouve à faire, c'est de réajuster mon foulard pour échapper à son regard. Mes joues sont brûlantes et mes jambes refusent d'obtempérer aux exigences de mon cerveau qui m'ordonnent pourtant de fuir tout de suite. Je vois une lueur d'amusement qui traverse son regard azur, et, d'une démarche nonchalante, il se dirige vers le grand bâtiment. Tandis que je le regarde s'éloigner, deux filles courent à sa hauteur et le rattrapent en criant et en riant.

— Non mais tu fais quoi, là ? me murmure Angela à l'oreille. Ce garçon est à bannir, il saute sur tout ce qui bouge, il est plus vieux que nous et, crois-moi, il n'est pas fréquentable. D'ailleurs, à une époque, il me plaisait beaucoup, mais nous étions vraiment incompatibles. Allez viens, ça sonne, il faut aller en cours.

— Oui.

— Désolée pour tout ça, je n'imaginais pas que tu aurais un tel comité d'accueil.

— Pourquoi il saute sur tout ce qui bouge ?

Angela éclate d'un rire rauque et sonore et ne semble plus pouvoir s'arrêter. J'ai encore dû dire une bêtise. Enfin, je n'ai fait que répéter ce qu'elle m'a dit trois secondes plus tôt. Elle tire sur mon foulard pour libérer mes cheveux.

— On en reparlera ce soir à la maison. Ce ne sont pas des choses qu'on peut se dire quand il y a tant de monde.

— Ah !

Bizarrement, le petit numéro du garçon-qui-saute-sur-tout-ce-qui-bouge a au moins eu le mérite de calmer ma crise de panique.

***

Angela a trouvé nos noms sur les listes affichées dans le hall et nous guide vers une salle de classe où notre professeur principal attend les élèves d'un air peu avenant.

Après avoir écouté Angela, madame Zimmer, qui est également notre professeur de mathématiques, me demande de rester à ses côtés et invite Angela à aller s'asseoir. Deux autres élèves se trouvent déjà près d'elle. Le garçon me regarde avec insistance alors que la jeune fille me salue d'un sourire timide. Lorsque tout le monde est assis, madame Zimmer passe sa main autour de mes épaules et déclare d'un ton presque solennel :

— Un peu de silence, s'il vous plaît ! J'espère que tout le monde a passé de bonnes vacances. Nous accueillons trois nouveaux élèves qui rejoignent notre établissement cette année. Je vais les laisser se présenter et je vous demande à tous d'être sympathiques et serviables.

Elle s'éloigne en me dévisageant. Tous les regards se braquent alors sur moi, puisque l'enseignante m'a placée sur le devant, et un silence écrasant règne tout à coup dans la salle. Presque tous les élèves qui étaient autour de nous dans la cour sont assis en face de moi, même la peste et ses copines. Je recule de deux pas, mais je me heurte au grand tableau noir, déclenchant aussitôt des rires de part et d'autre de la salle. Je suis là, debout devant tout le monde et je ne sais pas ce que je dois faire, parce qu'à cause du stress je ne suis pas sûre d'avoir bien compris ce que madame Zimmer attend de moi. Alors que, machinalement, mes mains remontent dans mon cou pour s'emparer de mon foulard, je croise le regard de ma sœur dans lequel je peux lire comme dans un livre ouvert et mes doigts libèrent immédiatement le fin tissu. Elle a le visage contrit et la panique me tord le ventre quand je décrypte la suite de ses pensées : *Désolée, Lily, je ne peux rien faire pour toi*. Non mais, qu'est-ce que je fais là ? Il faut sûrement que je dise quelque chose, tout le monde attend. Madame Zimmer me dévisage d'un air sévère, elle attend une réaction de ma part :

— Vas-tu enfin te présenter à la classe ?

Quoi ? Non ! Elle veut que je parle, là, devant tout le monde... *Non, non... il faut que je respire... ce n'est rien du tout ! Mais qu'est-ce qui ne va pas chez moi ?*

— Bon... Bonjour... heu... je m'appelle Luu-Ly !

Le visage d'Angela vire au cramoisi et des gloussements fusent un peu partout dans la salle.

— Mademoiselle Becker, m'interrompt madame Zimmer de sa voix tranchante, vous allez bien ? Vous êtes bien mademoiselle Lily- Rose Becker, n'est-ce pas ?

Je baisse la tête et fixe mes pieds tandis que mes mains, dans un mouvement que cette fois je ne peux contrôler, attrapent mon foulard et le remontent sur ma tête.

— Oui, madame.

Dans la salle, les rires ont redoublé et dans un sursaut de lucidité, je redescends mon foulard. Mais bon sang, qu'est-ce qui m'a pris, je voudrais être n'importe où ailleurs, je sens que je vais pleurer.

Non ! Je ne vais pas pleurer parce que j'ai appris à maîtriser mes émotions. Comment font les gens pour être aussi détendus, naturels et heureux ? Ça, je n'ai pas appris, je ne sais pas faire. Angela semble si confuse qu'elle va tomber raide elle aussi, elle doit avoir tellement honte de moi... La-Peste-Charlène et ses acolytes sont au bord de l'évanouissement tellement elles rient. Je tombe soudain sur les yeux azur qui m'observent d'un air grave et impassible. Qu'est-ce qu'il fait là ? Ma sœur m'a dit qu'il était plus âgé... Ma bouche s'ouvre et se referme à plusieurs reprises, mais aucun son ne sort. Tandis que mon sang cogne contre mes tempes et que le brouhaha des rires résonne de plus en plus fort, les yeux azur me scrutent et emprisonnent mon regard. Ils se font rassurants, puis encourageants...

— Madame Zimmer, puis-je aider ma sœur s'il vous plaît ? Elle est juste impressionnée, implore Angela.

— Asseyez-vous, mademoiselle Becker, j'imagine que, même impressionnée, votre sœur peut se souvenir de son prénom et se présenter, n'est-ce pas ? Maintenant qu'elle est là, il lui faudra s'adapter.

Mon regard est toujours plongé dans celui du garçon bizarre, il m'invite à lui faire confiance, m'incite à me lancer et je finis enfin par murmurer :

— Bonjour, je m'appelle Lily-Rose Becker... Je suis la sœur d'Angela.

— Eh bien voilà, nous y sommes. Que d'histoires pour si peu de chose. Rejoignez votre place mademoiselle Becker ! me sermonne la professeure en invitant le garçon resté à l'écart à se présenter à son tour.

Je prends place à côté de ma sœur alors que les rires fusent encore dans la classe.

Madame Zimmer parle vite et enchaîne les exercices et les explications. À la fin du cours, elle me tend un dossier :

— Tenez, mademoiselle Becker, voici des cours de rattrapage que j'ai préparés spécialement pour vous. Vous ferez les exercices sans vous faire aider pour que je puisse évaluer votre niveau. Nous aviserons d'ici deux semaines.

Elle parle beaucoup trop vite et je n'ai pas compris ce qu'elle attend de moi. Toutefois, j'attrape le dossier qu'elle me tend.

— Merci, madame Zimmer.

La journée se termine un peu mieux, les cours s'enchaînent les uns après les autres avec des profs plus ou moins patients, plus ou moins sympas. Ce n'était pas vraiment l'idée que j'aurais pu me faire d'une école française. Les élèves du lycée privé des Francs Bourgeois sont très dissipés, rien à voir avec mon collège de Hanoï où tous écoutaient les professeurs avec un grand respect. Le midi, à la cantine c'est encore pire, il y a un brouhaha incroyable. Les amis d'Angela sont plutôt gentils et me posent des tonnes de questions auxquelles elle s'empresse de répondre. Elle est tellement à l'aise pour parler en public. Tout le monde l'écoute, elle sait capter l'attention de chacun et je trouve ça prodigieux. N'est-on pas censées être jumelles ? Plus je la regarde, plus je suis convaincue que jamais je ne serai aussi lumineuse qu'elle. Je suis et je resterai transparente face à ma sœur.

Les cours sont enfin terminés et tout le monde se dirige vers la sortie. Je sens mes muscles se détendre au fur et à mesure que l'on se rapproche du grand portail. Je marche près de ma sœur, le nez vers le sol, mais un vrombissement me fait sursauter et me tendre à nouveau. Je redresse la tête pour plonger immédiatement dans le regard azur du garçon de ma classe. Les cheveux toujours en bataille, il est assis à califourchon sur sa moto, prêt à enfiler son casque. Il me regarde avec cette intensité particulière qui me déstabilise complètement et je me fige en le voyant. Son regard me pénètre et me rassure, comme ce matin en classe, pendant ma présentation catastrophique. Il me calme, m'apaise et je reste là, prisonnière de ses yeux magnifiques. Tout à l'heure, Angela m'a dit qu'il était plus vieux que nous, alors je me demande ce qu'il fait dans notre classe ! Je ne sais pas comment il s'y prend pour m'embarrasser à ce point et m'apaiser tout à la fois.

— Mais tu fais quoi, Lily ?

La voix d'Angela me rappelle à la réalité. Elle s'empare de ma main et la tire pour m'obliger à avancer. Je pique un fard en prenant conscience de mon comportement et le regard réconfortant du garçon à la moto se mue instantanément en une expression espiègle et rieuse.

— Rien, rien !

— Mais enfin, tu étais en train de reluquer ce mec.

— Non ! Bien sûr que non... Ça veut dire quoi, « reluquer » ?

— Allez, suis-moi, on rentre.

— Ah !

— Oui « ah ! ». Viens, Nana nous attend à la maison, elle va se demander ce qu'on fait.

Il n'est que dix-sept heures trente et, d'après ma sœur, Paul ne rentrera pas avant deux heures. Je suis épuisée et je me suis sentie tellement perdue aujourd'hui que pour la première fois, en pénétrant dans l'appartement, je me sens dans un endroit rassurant et apaisant... *Enfin, un peu !*

CHAPITRE 14

Mentalement, je fais le point sur toutes mes péripéties et j'ai beau ressasser les événements dans tous les sens, cette première journée a été plutôt catastrophique. Je suis seule depuis toujours, je n'ai pas parlé pendant plus de trois ans, et tout ça, c'est beaucoup trop ! Je ne peux rien laisser paraître, mais si je dois subir cette pression tous les jours, ça risque d'être plus compliqué que prévu. J'essaie d'avoir l'air impassible et courageux, sauf que je ne suis pas courageuse du tout et que la seule chose qui pourrait me calmer serait la présence de ma mère à qui je m'efforce de ne pas penser.

Angela passe le début de soirée à m'aider dans mon organisation, puis Paul rentre enfin. Il accueille, ou plutôt réceptionne, dans ses bras ma sœur qui se jette à son cou en l'embrassant, puis il dépose un baiser sur mon front en posant sa grande main rassurante sur mon épaule. Pour la première fois, je ne recule pas à son contact et, pour être totalement honnête, j'aimerais aussi lui sauter dans les bras pour m'y réfugier comme le fait Angela, mais rien que son baiser me fait rougir. Enfin, je peux me détendre complètement pour la première fois de la journée. Je suis en terrain conquis.

Évidemment, ma sœur lui raconte, d'une manière copieusement drôle et exagérée, mes frasques et mes faux pas, et Paul rit de bon cœur. Entendre tout cela, de façon tellement dédramatisée, *façon Angela*, me fait sourire également. Nana, qui prépare le repas, participe activement en riant à son tour, tout en réprimandant Angela qui se moque de moi.

— Et vous savez quoi ? Mademoiselle a un admirateur ! s'écrie-t-elle tout à coup.

— Quoi ? Mais ce n'est pas vrai !

— Oh ne fais pas l'innocente ! Je parle du beau John qui te fait rougir chaque fois que tu le croises.

Paul et Nana me regardent, intéressés par la tournure que prend la conversation, tandis qu'Angela pose les deux mains sur son cœur en simulant les mimiques d'une fille complètement amoureuse. Je suis horrifiée par ces paroles ! *Que va penser Paul de mon comportement ?*

— Non, ce n'est pas vrai, il s'est moqué de moi, c'est tout.

— Qui est ce John ? s'enquiert Paul.

— Non, papa, pas de panique, je plaisante. Il s'agit de Jonathan Heitzman. C'est vrai qu'il est beau comme un dieu, mais il est plutôt du genre odieux, coureur et prétentieux. Il est avec une fille différente chaque semaine et quand il a vu Lily débarquer, il l'a désignée comme sa prochaine proie, c'est sûr.

— Mais c'est faux !

— Mais si, il prenait son air « craquant je vais te croquer ». Je le connais bien, je sais comment il fait.

Je ressens une pointe de dépit dans la voix d'Angela. Heureusement, son père nous interrompt :

— Bon, les filles, allez finir vos devoirs, maintenant ! J'ai encore du travail et nous dînons dans une heure.

Il a raison, mon but principal est d'avancer. Je ne veux pas commencer en ayant de mauvaises notes et pour le moment, je dois reprendre chacun de mes cours parce que les professeurs parlent tellement vite que je ne comprends pas la moitié de ce qu'ils expliquent en classe. Ils m'ont donné des dossiers de révisions et des exercices à faire. Je ne comprends pas trop les exercices de maths, je dévore les chapitres d'histoire et de géographie en essayant de tout retenir et je survole les cours d'anglais qui me sont déjà tellement familiers. La grande nouveauté, c'est le cours d'espagnol, je n'ai aucune notion dans cette langue et ça me fait très peur. Je sais que si je ne réussis pas à les convaincre en une dizaine de jours, j'atterrirai dans une autre classe avec des élèves plus jeunes et un niveau moins élevé. Or, il faut absolument que je reste avec Angela, je ne survivrais pas sans elle… Elle m'a prêté tous les cahiers et livres d'espagnol qu'elle possède pour me permettre de travailler et je suis complètement absorbée par ma tâche quand la voix de Nana me rappelle à la réalité :

— Venez dîner, les filles, c'est prêt.

À table, Angela fait le show. Aucune de ses interventions ne laisse indifférent ; tour à tour, on est hilares, choqués, stupéfaits ou attendris, mais tout ce qui sort de sa bouche déclenche forcément une émotion. Je ne connais personne comme elle. *Bon, c'est vrai, de toute façon… je ne connais personne !*

Le soir dans mon lit, je reprends les livres d'espagnol et j'apprends les mois, les jours, les couleurs, les chiffres… J'apprends tout ce que je peux en priant pour tout retenir. Mais je n'ai pas vu l'heure et il est déjà deux heures du matin !

Ma courte nuit s'avère peu reposante. Je rêve de maman et je m'inquiète pour elle, je rêve des cours et j'ai peur d'échouer, je rêve de Madame Zimmer et je suis tétanisée. Je rêve aussi de ce garçon spécial et tellement déstabilisant. Je me réveille en sursaut, il est cinq heures. Punaise, qu'est-ce que ce mec fout dans mes rêves ? Il est vraiment énervant, avec son air si sûr de lui. Je m'agace toute seule à penser à lui comme ça.

Les jours d'école, Angela se lève à sept heures trente, alors il me reste deux heures et demie pour travailler un peu et me rafraîchir la mémoire sur ce que j'ai appris la veille. À ma grande surprise, j'ai tout retenu, tous les mots appris la veille sont bien rangés dans ma tête, dans la case « cours d'espagnol ».

***

Paul nous conduit en cours et après s'être assuré que mon stress de la veille n'était plus qu'un mauvais souvenir, et après que je lui ai menti en lui promettant être totalement détendue, il nous souhaite une bonne journée et fait redémarrer la voiture, le sourire jusqu'aux oreilles.

— Je ne l'ai jamais vu aussi heureux. On l'est tous, depuis que tu es là. Il t'a cherchée toute sa vie... et ces trois dernières années, il s'est battu non-stop pour trouver le moyen de te récupérer.

— Ah !

L'aveu de ma sœur est extrêmement gênant et je ne sais pas trop quoi répondre. Je ne peux pas imaginer Paul autrement que souriant et rassurant, et je ne peux pas croire que le bonheur de qui que ce soit puisse dépendre de moi.

J'ai presque envie de rire à cette déclaration et ma sœur doit lire dans mes pensées, car elle se met à m'expliquer :

— Il y a des jours où il tenait à peine debout lorsqu'il a compris que même s'il t'avait retrouvée, il ne pouvait rien faire pour te sortir de là. Il a tout tenté sans jamais avoir gain de cause. Tu savais qu'au Vietnam, tu étais officiellement déclarée morte ? D'abord, il a dû prouver que tu étais en vie et que le bébé retrouvé dans le landau à l'époque n'était pas toi. Puis, quand la bonne nouvelle est arrivée, il a dû justifier qu'il était bien ton père avec tout un tas de tests ADN qu'il a pu effectuer grâce à la directrice de ton orphelinat. Mais ce n'est pas fini. Après tout ça, il a attendu des mois entiers la validation du juge en France, puis idem au Vietnam. Les documents officiels ont mis une éternité à arriver. J'ai cru qu'il allait devenir fou.

— Je me demandais pourquoi on m'avait séparée de ma mère pour finalement me laisser à l'orphelinat, je trouvais ça vraiment injuste ! Et puis, comme le temps passait et que je n'avais aucune nouvelle, je pensais qu'il avait changé d'avis... qu'il ne voulait plus de moi. Je comprends mieux maintenant...

— Comment peux-tu penser à des choses pareilles ? C'est ton père... Il s'enfermait souvent le soir dans son bureau, surtout quand il rentrait du Vietnam et qu'il n'avait même pas pu te voir.

— Parce qu'il est venu au Vietnam ? dis-je, sidérée par cette nouvelle.

— Oui, plusieurs fois, mais il n'a jamais eu le droit de te voir puisque la justice n'avait pas encore tranché et son retour était chaque fois plus difficile.

— Oh, je ne savais pas tout ça.

— Ça a été un tel choc quand il a eu la certitude que les deux détectives t'avaient retrouvée... et une telle déception quand il a compris qu'il ne pourrait pas te récupérer. Il était effondré, c'est comme s'il t'avait abandonnée une seconde fois.

— Abandonnée ? Mais il ne m'a pas abandonnée !

— Il s'en veut vraiment de ne pas avoir réussi à convaincre les policiers que le bébé décédé n'était pas toi. Il allait tellement mal après le décès de maman et après avoir compris qu'il t'avait perdue qu'on l'a pris pour un fou. Personne n'a voulu le croire ni faire de recherches, on pensait simplement qu'il ne voulait pas accepter la réalité. D'ailleurs, il n'y avait aucun témoin et personne ne nous avait jamais vues puisque c'était notre première sortie avec maman. Ils ont cru que mon père, enfin papa, débloquait parce qu'il était malheureux. Une femme et un bébé avaient été tués, ils ont retrouvé les deux corps, alors pour eux l'affaire était classée.

— Le pauvre, ça a dû être difficile.

— En tout cas, il a fait ce qu'il a pu pour t'aider. Il versait de l'argent pour qu'on t'installe dans une chambre au lieu du dortoir et il payait un professeur de français pour que tu apprennes notre langue.

— Pendant ce temps, je ne savais même pas que vous existiez.

Angela se met à rire.

— C'est bizarre, nous sommes jumelles et nous n'avons pas du tout eu la même vie.

Comme à son habitude, elle change d'humeur en une fraction de seconde puis reprend son air grave.

— Papa s'est toujours demandé qui était le bébé dans le landau... Tu le sais, toi ?

— Oui, mais c'est une longue histoire ! Je ne comprends pas trop, si Paul avait la certitude depuis le début que j'étais en vie, pourquoi ne m'a-t-il pas retrouvée plus tôt ? Comment est-ce possible ?

— Ta mère n'avait pas de nom de famille connu... C'était quoi, ton nom de famille ?

— Mon nom de famille ? Je n'en sais rien ! Je... euh... enfin, je n'ai pas de nom de famille. Je ne me suis jamais posé la question ! C'est impossible !

— Elle ne te l'a peut-être jamais dit. Mais ça paraît bizarre, quand même. À l'école ou à l'orphelinat, on t'a bien demandé ton nom de famille ?

— Non... on m'a toujours appelée Luu-Ly, je n'en reviens pas.

La panique s'empare de chaque parcelle de mon corps et machinalement, je remonte mon foulard sur mes cheveux comme chaque fois que je me sens en danger ou désemparée.

— Ben, pourquoi tu fais cette tête-là ? Tu as un nom de famille maintenant !

— Mais non... c'est terrible. Angela, comment vais-je pouvoir faire ?

— Mais qu'est-ce que tu racontes, arrête, tu me fais peur. Ça va, Lily ?

— Angela, comment vais-je faire pour retrouver ma mère si je ne connais même pas son nom ?

Je me laisse gagner par l'affolement. Ma sœur blêmit et une lueur d'inquiétude puis de colère traverse son regard.

— Lily ! Papa a assez souffert comme ça, et moi avec, alors tu ne vas aller nulle part ! Et arrête d'appeler cette femme « ma mère », elle a gâché nos vies. Tu vas rester ici, tu as une vraie famille maintenant, TA famille, alors laisse tomber, OK ?

— Angela, excuse-moi, ne sois pas fâchée, je ne voulais pas dire ça. Mais tu comprends, plus tard, quand je serai grande, quand je serai devenue quelqu'un... alors, il faudra que je retrouve ma... C'est MA mère, Angela, je l'aime et elle me manque.

— Il faut y aller, ça sonne, on va être en retard.

Tout au long de la journée, ma sœur me souffle à l'oreille les bonnes manières à adopter et me reprend sans arrêt afin que je redresse la tête et les épaules lorsque je me déplace. C'est vrai que depuis ma naissance, j'ai le dos voûté et les yeux fixés au sol afin de ne pas me faire remarquer. Maintenant, il convient de marcher droite comme un « i » en affrontant tous les regards qui se présentent devant moi. Je dois avouer que j'adore regarder les gens, c'est un exercice nouveau pour moi, c'est fou, tout ce que l'on peut découvrir en épiant des visages. La journée se passe plutôt bien. La plupart des professeurs m'ont préparé des fiches de révisions accompagnées d'exercices en tout genre que je dois rendre à la fin des cours. La pression est forte, je ne dois pas échouer. Je n'ai jamais été aussi appliquée et concentrée de toute ma vie.

CHAPITRE 15

Il est midi et tous les élèves font la queue à la cantine. Angela, juste devant moi, choisit son menu et j'opte pour la même chose qu'elle. Je n'ai pas le courage de me lancer seule à la découverte de ces nouveaux goûts. Hier, j'ai pu manger une sorte de pâte épaisse et gratinée par laquelle je ne me serais jamais laissée tenter si je n'avais pas suivi Angela. Il s'agissait finalement d'un mélange de purée et de viande appelé hachis Parmentier, nom très chic et très français, avec lequel je me suis régalée. Chez moi, je n'ai presque jamais mangé de viande, mais il semblerait qu'ici un repas sans viande ne soit pas dans les habitudes. Je dispose donc mes aliments sur mon plateau exactement comme elle le fait, si bien qu'en plus de nous ressembler comme deux gouttes d'eau, nous avons exactement les mêmes plateaux. Je suis pathétique, je ne sais pas trop comment me conduire alors je copie précisément tous ses faits et gestes. Elle fait comme si de rien n'était, mais il va falloir que je prenne rapidement mes marques si je ne veux pas qu'elle se lasse de cette situation qui ne doit pas être très agréable pour elle.

— Salut Luu-Ly ! Alors, cette nouvelle vie, tu t'y fais ?

Sans avoir besoin de me tourner, je devine immédiatement à qui appartient la voix teintée d'ironie qui chuchote derrière moi et mon sang se met à cogner dans mes veines. Mince, c'est lui... Celui qui saute sur tout ce qui bouge ! Il a retenu mon prénom... Son visage est tout proche... bien trop près de mon cou et sa bouche frôle presque mon oreille. Si je ne me retourne pas, il va penser qu'il m'effraie, mais si je me retourne, je ne sais pas ce que je vais pouvoir lui répondre ! *C'est quoi mon problème ?* Plus je m'efforce de me comporter normalement en copiant sur ma sœur, plus je dois avoir l'air bizarre. Ma seule défense a toujours été le silence, mais ici ça ne fonctionne pas comme ça. Je vois bien comment fait Angela pour se défendre. Elle joue avec les mots, tourne toujours tout sur le ton de l'humour et même si parfois ses paroles sont cinglantes, elles sont toujours accompagnées d'un sourire radieux. Elle est experte en la matière et je suis stupéfaite quand je la vois faire. Le seul problème, c'est que je ne suis pas Angela et que si je me retourne, je ne pourrai pas sortir un seul mot. *Mince, je fais quoi là ?*

— Bonjour John !

Je ne me retourne qu'à moitié pour pouvoir reprendre ma position initiale au plus vite... *juste au cas où !*

— Oooh, mais tu connais déjà mon prénom, je suis flatté, nous n'avons même pas été présentés !

Je deviens rouge écarlate. En effet, il ne m'a jamais dit comment il s'appelait. Il a son air « craquant je vais te croquer », comme dirait Angela, et son œil brille d'amusement. Mon cœur s'est enfui quelque part entre le néant et Panic Land, en tout cas je ne le sens plus battre dans ma poitrine. En fait, c'est à ce moment-là que je me souviens que jamais de ma vie je n'ai adressé la parole à un garçon. Je veux dire, à un vrai garçon, à part à Paul bien sûr. Au collège, il n'y avait que des filles et à l'orphelinat, je ne parlais pas du tout. Cette prise de conscience ajoute à ma panique.

Je lui tourne le dos et je décide d'en rester là parce que je tremble déjà de la tête aux pieds. Mais qu'est-ce qui me prend ? C'est pourtant ma spécialité de rester de marbre ! Je m'entraîne depuis ma naissance... et là, je n'ai qu'une envie... m'enfuir, vite et loin !

— Tu sais que tu sens très bon ? ça m'ouvre l'appétit... J'ai bien l'impression que je vais tout dévorer aujourd'hui.

Je sens toujours son souffle chaud dans mon cou et je suis tellement décontenancée que, machinalement, je serre le bras d'Angela. Elle se retourne vers moi et quand je vois l'air horrifié qui se dessine sur son visage, j'imagine alors la tête que je dois faire... Elle aperçoit John derrière moi et sans avoir besoin d'aucune explication, sans vraiment savoir ce qu'il a bien pu me dire, elle comprend immédiatement qu'il me tourmente. Juste en me regardant, elle devine ma détresse.

— Eh, John, tu fous la paix à ma sœur, OK ? Tu ne l'approches pas !

— Oh, mais c'est qu'elle mordrait presque, la p'tite Becker !

— Et encore, tu ne sais pas à quel point mes dents sont acérées, John, alors je serais toi, je me méfierais.

J'en reste bouche bée ! Mais comment ose-t-elle parler comme ça à ce garçon ? Elle est impressionnante.

— Ça va, dit-il en agitant les deux mains devant lui en signe de paix, je suis juste en train de faire connaissance, je me présente, c'est tout, sourit-il, narquois.

— Laisse tomber, John, je m'en suis occupée et je t'ai déjà présenté. Elle sait tout ce qu'il y a savoir. C'est-à-dire, rien !

— Ça va, détends-toi Becker, je lui disais juste bonjour, je ne fais que suivre les instructions. Les profs nous ont bien recommandé de l'accueillir correctement pour qu'elle s'intègre plus facilement, non ?

— T'inquiète pas tant pour elle, je m'occupe de son intégration et, si tu insistes, je m'occuperai de ta désintégration, alors ne l'approche plus ! Compris ?

— Oh oh, quel humour, Angie, toujours aussi fougueuse et incandescente.

Je ne sais plus où me mettre, je tremble de tous mes membres. La réaction de ma sœur a été un peu vive. Je ne m'y attendais pas et je regrette de l'avoir mêlée à ça... *Peut-être que c'est pour lui que je regrette, finalement !* Bon, j'aurais pu m'en douter, je sais qu'Angela est comme ça. Elle pleure facilement, se met en rogne facilement, rigole facilement, elle est à fleur de peau. Je ne connais personne d'aussi radicalement opposé à moi. Je ne montre rien, jamais, mais elle, elle expose chacune de ses émotions avec force et puissance à n'importe quel moment et devant n'importe qui. L'attaque de ma sœur semble réellement amuser John qui n'a pas du tout l'air irrité ou vexé. Bien au contraire, son sourire s'est élargi et ses yeux sont devenus encore plus clairs.

— Poulet ou saucisses ?

— Quoi ?

— Qu'est-ce que tu veux, Lily ? Du poulet ou des saucisses ?

Pour arrêter mon geste, Angela attrape mes mains qui sont en train de saisir mon foulard tandis que, toujours derrière moi, John laisse échapper un petit ricanement. Elle reprend sa conversation avec moi comme si de rien n'était et ignore totalement sa présence. *Il faut absolument qu'elle m'apprenne comment elle fait tout ça !*

Ma sœur m'entraîne à une table où nous rejoignons quelques-uns de ses nombreux amis. Les discussions vont bon train et je me demande s'ils ont ouvert un concours pour élire celui qui parlera le plus fort. Jamais, au grand jamais, je n'ai assisté à un chahut pareil. On pourrait se croire sur la place Ba Dinh[4] à Hanoï, c'est tout aussi peuplé et tout aussi bruyant. Je dois me faire violence pour respirer lentement et avoir l'air détendue parce que je sens ma peur viscérale de la foule qui commence à me tourmenter pour me faire perdre pied. Je me répète comme une litanie que je suis en sécurité et que rien ne peut m'arriver, tout en essayant de trouver le courage nécessaire pour prendre part à cette cohue.

Je cherche un sujet facile et agréable avec lequel je pourrais être à l'aise, mais un petit détail qui me vient à l'esprit me coupe dans mon élan... Je ne sais pas comment discuter avec les autres ! Je ne discute qu'avec Angela, parce qu'avec elle, on n'a pas le choix. Tout le monde raconte ses petites histoires : ce qu'ils ont vu à la télé, les anecdotes de leur dernier shopping ou encore les horribles injustices que les parents français semblent faire subir à leurs enfants. Je n'ai rien de spécial à raconter. Il faut pourtant que je me fasse des amis. *Bon allez, je me lance !*

— Ce week-end, avec Angela, nous allons faire de la couture pour nous faire de nouveaux vêtements.

---

[4] Vaste esplanade à Hanoï qui accueille les plus grands événements du Vietnam

Tout le monde se tait et les regards se tournent vers ma sœur. L'incrédulité se lit sur les visages.

— Ah bon ? Tu veux qu'on fasse de la couture ? Mais je ne sais pas coudre, moi !

Quand je vois la surprise sur le visage de ma sœur, je sens tout de suite que quelque chose cloche.

— Heu ben, c'est toi qui as proposé ça !

— Moi ? Mais je n'ai jamais dit ça ! On devait aller au ciné !

— Ah ! Je pensais pourtant que tu voulais de nouveaux tissus ?

Ma voix déraille tellement je suis gênée. Je sens que je m'enfonce et que j'ai encore dû comprendre quelque chose de travers.

— De nouveaux tissus ?

Je ne sais plus quoi répondre, ma sœur semble embarrassée et je sens que si je réponds, je vais dire une bêtise. Mais tout de même, je n'ai pas rêvé, elle m'a bien parlé de ça.

— Je croyais que tu voulais qu'on choisisse de nouvelles toiles.

Je murmure ces derniers mots en sachant pertinemment que je viens encore de dire n'importe quoi. Angela se met à rire si fort que tout le monde dans le réfectoire se tourne vers notre table. J'ai envie de disparaître. Au moment où je lève les yeux, pour voir autour de moi l'étendue des dégâts, je me heurte directement aux yeux azur. John, assis à la table placée juste devant la nôtre, me regarde avec une expression amusée. Angela tente de reprendre sa respiration et d'expliquer aux autres ce que j'ai dit de si drôle. *Et je suis bien curieuse de l'apprendre, moi aussi !*

— Lily, bon sang, quand hier soir je t'ai parlé d'aller se faire une toile... Ça voulait dire : aller au cinéma... voir un film ! Ça ne voulait pas dire qu'on allait choisir de la toile pour se faire de nouvelles robes !

— Oh ! OK, je suis désolée.

Je ne sais plus où me mettre, tout le monde rigole et Teddy, un copain d'Angela, fait mine de glisser sous la table sous l'effet de sa crise de rire. En plus, je ne comprends pas le rapport entre le cinéma et la toile, mais bon, je crois que je vais m'abstenir de poser la question !

— Non, non, Lily, ne t'excuse pas, c'est moi ! Je devrais faire attention à ce que je te dis, désolée, vraiment désolée !

Elle repart dans son fou rire et tout le monde a beaucoup de mal à se calmer, tandis que je tente d'afficher un pauvre sourire sur mon visage cramoisi. Quand j'ose enfin relever les yeux une seconde, le visage de John s'est fermé mais il me regarde toujours.

Tout le monde se lève enfin pour quitter la table et retourner en classe. Contre toute attente, chacun y va d'un petit mot gentil ou d'une petite tape sur l'épaule, comme si j'étais la fille la plus drôle du lycée. Ce n'est pas comme ça que je voyais les choses, mais pour la première fois, les gens s'adressent à moi sans passer par ma sœur.

Enfin, la journée se termine et nous retrouvons Nana à la maison. J'aime bien l'école, mais c'est épuisant. Je dois me concentrer sur chaque phrase, chaque cours, chaque exercice et sur mon comportement. Arrivée dans ma chambre, je m'écroule sur mon lit, les mains derrière la tête, je laisse échapper un profond soupir pour évacuer la tension qui m'habite. Ma sœur ouvre la porte en grand et prend place à mes côtés en adoptant exactement la même position que moi.

— Tu as remarqué que John ne te lâche pas des yeux ?

— Ah ! Non, pas du tout, tu te fais des idées !

Oh si, j'ai remarqué et c'est extrêmement gênant !

— Après son petit numéro à la cantine, je l'ai eu à l'œil et il te regarde sans cesse. Le truc, c'est que j'ai l'impression qu'il ne te laisse pas indifférente. Fais gaffe à lui, il n'est vraiment pas sérieux comme mec. Lily... tu es déjà sortie avec un garçon ?

— Sortie où ?

Elle tourne la tête vers moi et un grand sourire éclaire son visage.

— Oh pardon, tu es tellement drôle quand tu fais ça. « Sortir avec un garçon », c'est encore une expression, désolée. Donc je reprends. As-tu déjà embrassé un garçon ?

— Embrasser un garçon ? Tu es folle. Non, bien sûr que non.

— Pardon, je voulais juste savoir, je ne voulais pas te choquer.

— Non, ce n'est rien. Tu sais... avant aujourd'hui, à la cantine avec John... le seul garçon avec qui j'aie parlé ou même seulement échangé un regard, c'est Paul. Je n'avais jamais parlé à un garçon avant lui.

À la tête que fait ma sœur à ce moment-là, j'imagine bien que pour elle, c'est inconcevable et j'ai bien l'impression que c'est même encore pire que de ne jamais avoir vu de baignoire.

— Dans mon collège, il n'y avait que des filles et à l'orphelinat, personne ne me parlait parce que je n'étais pas comme eux.

— Quoi ? Personne ne te parlait ? Tu avais bien des copines quand même ?

— Heu, non ! C'est de ma faute, j'ai fait semblant de ne pas savoir parler. Alors non, je n'ai parlé à personne là-bas... jamais.

— Mais enfin, comment ça, jamais ?

— Ben... jamais.

— Mais Lily, tu n'es pas restée trois ans sans ouvrir la bouche quand même ?

— Si... Je ne voulais pas qu'on sache que je pouvais parler, alors je n'ai rien dit !

Cette fois, ma sœur s'est carrément redressée sur le lit, à genoux à côté de moi, son torse me surplombe et elle me regarde, horrifiée.

— C'est épouvantable ! Comment c'est possible ? Je n'aurais jamais pu faire un truc pareil. Je savais que papa pensait que tu étais muette, mais quand même... trois ans ! Soit tu as une force de caractère hors norme, soit tu es complètement folle.

— Je pense que je dois être folle !

— Alors, c'est de famille.

Nous éclatons de rire toutes les deux et ces moments, de plus en plus fréquents, me font penser pour la première fois depuis que je suis née que la vie est vraiment magnifique. *Comment peut-on adorer une personne à ce point et en si peu de temps ?*

— Bon, quoi qu'il en soit, je vois bien que John te plaît et...

— Non, enfin pas du tout, qu'est-ce que tu racontes, je te jure...

— Écoute, c'est gros comme le nez au milieu de la figure, mais si tu n'as jamais croisé un garçon de ta vie, alors tu n'en es peut-être pas consciente toi-même. Bref, je voulais juste te dire de faire attention, parce que lui non plus je ne l'ai jamais vu avec ce regard-là ! J'ai l'impression que tu lui plais… un peu trop, enfin tu vois.

— Tu m'as dit que tout le monde lui plaisait de toute façon.

— Oui, enfin, j'ai peut-être un peu noirci le tableau, parce que pour ma part, ça n'a jamais vraiment collé avec lui, mais fais attention quand même. Je te l'accorde, c'est carrément un Apollon, mais… il a souvent une fille différente avec lui.

— Je te dis qu'il ne me plaît pas, c'est juste qu'il m'intimide, comme tout le monde d'ailleurs.

— OK, OK, fin de la discussion… pour le moment en tout cas. Si tu veux en parler, je suis là !

Elle s'apprête à sortir de ma chambre et se retourne vers moi lorsque je l'interpelle :

— Tu sais Angela, j'ai bien conscience que je ne suis pas comme les autres et que… Enfin, je voulais te dire que, si tu trouves que je te colle trop…, je peux comprendre. Tu as tes amis et si tu veux être seule avec eux, ça me va, je comprends.

— Lily, tu as vraiment raison… tu es complètement folle ! Pour toi, ça doit être compliqué, mais tu vois, moi je vis les plus beaux jours de ma vie. D'aussi loin que je me souvienne, je rêve de te retrouver. Je ne te connaissais pas, mais tu n'imagines même pas comme tu m'as manqué… Et maintenant que tu es là, j'ai l'impression que nous n'avons jamais été séparées.

— Tu as raison, je ressens ça aussi, sauf que je ne savais pas que tu existais, mais j'ai toujours rêvé d'avoir une sœur. Je suis contente d'être là, avec toi.

Jamais je n'aurais imaginé dire des choses aussi intimes un jour, mais parler avec Angela, c'est comme parler avec Mady. D'ailleurs, Mady ne vient plus se mêler de mes pensées, je vais finir par croire qu'elle est restée au Vietnam. J'ai échangé ma sœur imaginaire contre une sœur réelle et c'est bien plus cool.

CHAPITRE 16

Je suis dans ma chambre et je n'arrive pas à me concentrer sur mon travail. J'ai l'impression d'avoir commis un délit et d'attendre le verdict du tribunal. Paul est en rendez-vous avec mes professeurs et ils sont en ce moment même en train de statuer sur mon sort.

— Lily, tu es là ? Je suis rentré.

Tiens, quand on parle de l'ours… *J'aime les expressions de ma sœur, elles sont tellement biscornues que je n'en comprends jamais le sens.* Ça y est, Paul est rentré, la sentence va tomber. Je descends l'escalier pour le rejoindre au salon :

— Bonjour, Paul.

— Bonjour, ma chérie.

— Alors ?

— Alors, la décision a été unanime. Tu as encore des progrès à faire pour rattraper tout le programme, mais tu te débrouilles si bien que tu peux rester dans la classe d'Angela.

— Oh !

Je suis aux anges. Je n'en reviens pas. J'étais certaine que, dès lundi, je me retrouverais dans la classe du dessous… c'est vraiment génial. Quand je vois la fierté dans les yeux de Paul et que je perçois le bonheur dans sa voix, j'ai envie de sauter partout. Je suis transportée par quelque chose de bien plus puissant que de la simple joie, sans pour autant savoir comment définir ce sentiment. Avant lui, personne ne m'avait jamais regardée comme ça.

— Tu peux vraiment être fière de toi. En tout cas, moi je le suis. Je te félicite.

— Merci.

— Certains professeurs m'ont conseillé de te faire passer des tests parce qu'ils pensent que tu pourrais être précoce.

— Quoi ?

— On va laisser ça de côté pour le moment et se concentrer sur le programme, mais visiblement ils n'ont jamais rencontré quelqu'un avec une mémoire et des capacités pareilles. Le professeur d'espagnol n'en revient pas que tu puisses avoir retenu autant de choses en si peu de temps. Bon, certains pensent que tu es un peu trop timide et espèrent que tu pourras bientôt t'intégrer un peu mieux, mais ça viendra plus tard, ne t'inquiète pas.

— Oui, j'essayerai.

— D'accord, mais ne t'en fais pas.

Je suis incapable de détourner les yeux de cet homme parce que je n'ai jamais rien ressenti d'aussi exaltant. J'ai le sentiment que les dieux, auxquels je ne veux pourtant plus croire, m'offrent une petite trêve, un intermède, pour que je reprenne mon souffle avant de me jeter à nouveau dans le combat qu'est ma vie. J'étais posée quelque part, vide, ignorante et laide, puis il est arrivé, comme par enchantement... pour faire de moi un phénix. Parce qu'à force de vivre sous son regard, je me sens naître une nouvelle fois. Maman sera tellement fière de moi quand je lui raconterai tout ça.

— Tu es contente, Lily ?

— Oui, vraiment... Je suis vraiment contente, merci.

Je n'arrive pas à exprimer davantage ce que je ressens et il ne doit pas vraiment parvenir à déchiffrer mon état d'esprit. C'est sûr qu'Angela aurait déjà sauté partout et hurlé dans tous les sens. Mais je me contente d'appuyer un peu plus mon sourire parce que c'est tout ce que je suis capable de faire alors qu'en fait, je suis complètement euphorique. Sa réaction me transporte plus encore que la bonne nouvelle qu'il vient de m'annoncer.

***

Les mois passent et tout ce qui m'arrive depuis que je suis là est plutôt incroyable. Maintenant, j'ai même une amie à moi. Charlotte Meunier est une fille timide et discrète, et du coup nous pouvons bavarder calmement toutes les deux. Rien n'est précipité, notre amitié se crée petit à petit et nous commençons même à plaisanter et à nous confier un peu, *enfin, surtout elle.* Je n'ai jamais eu d'amie avant et c'est vraiment génial... C'est sûr que La-Peste-Charlène est toujours à l'affût de méchancetés à faire ou à dire, mais elles ne m'atteignent pas, je pense qu'elle le sait et que ça l'énerve encore plus. Finalement, je la plains, elle doit vraiment avoir un problème pour être toujours aussi désagréable. Mais relativisons : elle ne lave pas le sol avec mes cheveux, elle ne me fait pas tomber et ne me donne pas de coups de poing, alors elle ne me dérange pas. Angela se détend au fur et à mesure et je la sens beaucoup moins inquiète, alors que jusqu'ici elle guettait chacune de mes réactions pour pouvoir me rassurer ou me protéger en cas de besoin. En fait, même si elle ne me l'a jamais dit ouvertement, je sens bien que parfois, elle aimerait respirer un peu au lieu de m'avoir sans cesse sur le dos. Elle est passée du statut de fille unique et libre à celui de sœur-maman-amie-nounou. Elle doit partager sa vie, ses amis et Paul avec qui elle a toujours eu cette relation fusionnelle et particulière. Comme Angela est incapable de cacher ses émotions, lorsque je la sens agacée, même si elle ne le dit pas clairement, je tente de m'isoler pour lui laisser retrouver un peu de cette liberté perdue, et alors c'est elle qui me rejoint.

***

C'est la récré et, comme souvent, j'en profite pour réviser. Dans la cour, Angela s'est éloignée un peu pour parler avec Rudy. Je la vois qui minaude devant lui et je crois bien que ce garçon lui plaît. Assise sur un banc, je viens de relire ma leçon pour le cours suivant. Je meurs de soif et j'attrape mon sac posé à mes côtés pour en sortir ma bouteille d'eau. Au moment où je dévisse le bouchon, mon livre glisse de mes genoux et en voulant le rattraper à tout prix, ma bouteille m'échappe pour aller s'écraser et se déverser un peu plus loin... sur une paire d'escarpins en daim. Vivement, je redresse la tête pour m'apercevoir avec horreur que les escarpins en question appartiennent à Charlène.

Accompagnée de deux amies, elle me fusille du regard avant de se mettre à hurler.

— Non, mais tu es sérieuse ? Regarde mes pompes. Qu'est-ce que t'attends pour te casser et retourner dans ton orphelinat ?

Ses mots sont cinglants et je ne sais plus quoi faire pour réparer ma bêtise, alors je reste là, clouée sur place comme une idiote pendant qu'elle m'insulte sur tous les tons. Qu'est-ce que je peux faire d'autre ? La seule réaction qui me vient, évidemment, c'est de passer la main dans mon cou pour attraper mon foulard que je remonte sur mes cheveux. Ce geste déclenche l'hilarité des trois filles plantées devant moi et l'affolement s'insinue davantage à l'intérieur de mon corps, même si j'essaie, sans trop de réussite, de ne rien laisser paraître à l'extérieur.

Comme toujours, la voix arrive dans mon dos, mais cette fois, elle n'a rien d'ironique ou de chaleureux, ça ressemble plutôt à un grognement qui me fait sursauter.

— Casse-toi avec tes deux boulets, Charlène !

Je me lève d'un coup pour me tourner vers cette voix agressive, mais que je reconnaîtrais pourtant entre mille. John est juste derrière moi, debout, ses mains posées sur le dossier du banc. Il fixe Charlène d'un air mauvais que je ne lui connais pas. Ses yeux ont perdu toute luminosité et son regard est glaçant, à tel point que même La-Peste-Charlène paraît choquée. Elle hésite un moment, ne sachant visiblement pas comment réagir devant la rage qui semble l'habiter, puis rétorque :

— C'est quoi ton problème, John ? T'en pinces pour elle ou quoi ? Elle ne ressemble à rien, cette meuf, tu me fais quoi, là ?

— Pour la dernière fois, Charlène... dégage !

D'un bond, John passe par-dessus le banc, se retrouve à mes côtés et la foudroie du regard. Charlène recule d'un pas et s'empourpre. Elle éclate d'un rire forcé pour se donner de la contenance puis reprend sa route, ses deux acolytes sur les talons.

John les regarde s'éloigner, il semble hors de lui. Je suis bien contente qu'il soit intervenu parce qu'elles commençaient vraiment à me faire peur. Mais là, je ne suis pas prête à affronter les mots gênants qu'il ne va pas manquer de prononcer. Il reporte son regard sur moi et je ne sais pas trop quoi dire.

— Je suis désolée… Heu… Merci !

Mes joues sont en feu, je dois être rouge pivoine, mais au lieu de baisser les yeux comme à mon habitude, je soutiens son regard.

— Merci ?

En répétant ce mot, il tend le bras, pose sa main sur ma tête et fait doucement glisser mon foulard sur mes épaules. Je mets un temps fou à réagir tellement son geste me saisit, mais je finis par reculer pour me tenir hors de portée. Il retire sa main à la hâte en fronçant les sourcils, mais son regard reste rivé au mien et je me mets à bafouiller comme je peux.

— Oui, enfin, merci pour ton intervention… c'est gentil, mais…

— Mais quoi ? dit-il d'un air amusé.

Ses yeux retrouvent leur clarté lorsqu'il m'écoute m'empêtrer dans mes remerciements :

— Mais… je peux me défendre.

Oui, c'est bien connu, c'est ma spécialité !

— Ah ! Je veux bien te croire, mais là, tout de suite, ce n'était pas franchement flagrant !

Je triture mes doigts tout en le regardant toujours droit dans les yeux. *Je suis fascinée par sa beauté, son attitude, son impertinence… par lui tout entier !*

— Alors, comment fais-tu pour te défendre, Luu-Ly ? Parce que là, vraiment, je suis curieux. Tu es championne de kung-fu ou quoi ?

Cette pensée me fait rire moi aussi. D'un air amusé, il a croisé les bras sur son torse en attendant mes explications. *Luu-Ly championne d'arts martiaux !* Bizarrement, son attitude arrogante et désinvolte me calme au lieu de me stresser.

— Le kung-fu, c'est chinois ! Au Vietnam, c'est le *võthuât* ou le *viêtvõ dao*.

— T'es sérieuse là ? Tu voulais vraiment te battre ?

Il feint l'horreur et j'éclate de rire.

— Oui ! Mais pas comme tu penses ! Bouddha m'a enseigné l'arme fatale.

— Bouddha ? L'arme fatale ? T'es vraiment flippante comme fille ! Moi, l'arme fatale, c'est Mel Gibson et Danny Glover qui me l'ont enseignée.

Mais qu'est-ce qu'il raconte ? Je n'ai jamais entendu parler de ça !

— Je suis désolée, je ne connais pas ces divinités. En revanche, Bouddha dit : « Puisque la haine ne cessera jamais avec la haine, la haine cessera avec l'amour ! »

Cette fois, il éclate de rire et je me sens franchement vexée. Ma mère m'a répété cela pendant de longues années et c'est un concept vraiment important pour moi. De plus, moi, je n'aurais jamais l'idée de me moquer de ses croyances, même si je n'en ai jamais entendu parler.

La sonnerie vient de retentir, Angela et Rudy arrivent vers nous en se tenant par la main. Dès qu'elle m'aperçoit, ma sœur fronce les sourcils.

— Qu'est-ce qu'il y a ? Qu'est-ce qui s'est passé ?

Son regard suspicieux détaille John de la tête aux pieds et je sais qu'elle va lui sauter à la gorge avant même de savoir ce qui s'est réellement passé. Je dois intervenir au plus vite avant que le tsunami que peut parfois être ma sœur ne se déchaîne.

— Ne t'inquiète pas, c'est juste Charlène qui me...

— Qu'est-ce qu'elle voulait encore, cette conne ? Qu'est-ce qui s'est passé ?

John fait un pas vers ma sœur et semble encore plus hostile qu'elle. Son regard s'est assombri à nouveau, il paraît toujours fou de rage, mais ne crie pas. Il parle d'un ton neutre mais chacune de ses paroles est presque menaçante.

— Il se passe que tu devrais un peu plus t'occuper d'elle !

— Non, mais ça va pas, qu'est-ce qui te prend de me parler comme ça ?

— Ce qui me prend ? On dirait que tu viens d'arriver, toi aussi ! Tu ne la connais pas, cette folle, ou quoi ? Tu ne devrais pas la laisser s'approcher d'elle, c'est tout.

— Qu'est-ce qu'elle lui a fait ?

— Si tu avais été là, tu le saurais ! Et explique à ta sœur qu'elle devrait laisser tomber Bouddha et se pencher un peu plus sur Mel Gibson !

Il tourne le dos sans me regarder et s'en va vers les salles de classe.

Je n'en reviens pas. Pourquoi s'est-il mis dans un tel état ? Je ne sais même pas s'il est en colère après Charlène ou après Angela, ou même après moi. J'ai dû le vexer par mon ignorance, mais je n'ai pourtant pas été insultante envers ses croyances... Il fait comme Angela, il est passé par la rage, le rire puis la colère en l'espace d'une minute.

Ma sœur semble vraiment perdue et Rudy, resté derrière elle, n'en revient pas non plus.

— C'est quoi son problème à Heitzman ?

— Charlène a dû s'en prendre à Lily ! marmonne ma sœur.

— Et ?

— Je crois qu'il n'aime pas ça du tout !

— Mais qu'est-ce que vient foutre Mel Gibson là-dedans ?

— Ça, j'aimerais le savoir !

— C'est son dieu… Je l'ignorais et je crois que je l'ai blessé.

Rudy et Angela éclatent de rire en même temps. Je sens mon visage rougir à nouveau, j'essaie de me remémorer avec exactitude tous les mots que je viens de prononcer, mais je ne trouve rien d'hilarant.

CHAPITRE 17

Telle une déflagration de bien-être, la lumière du soleil envahit la cuisine. La chaleur des rayons lumineux pénètre en moi et me rappelle combien la touffeur de mon pays me manque. J'ai hâte que l'été arrive enfin pour pouvoir profiter du toit-terrasse, mais je suis interrompue dans ma contemplation par l'arrivée de Paul et de ma sœur.

— Bonjour Lily, joyeux anniversaire, ma fille.

— Bon anniversaire, sœurette.

Paul contourne la table et me serre dans ses bras alors qu'Angela m'étreint à son tour en m'embrassant avec euphorie. Et je reste là, comme une idiote, stupéfaite par leur enthousiasme. Je n'y comprends rien. Angela évoque régulièrement notre anniversaire depuis quelques semaines, mais je ne savais pas que c'était aujourd'hui ! Nous sommes le 4 mars, mais moi, mon anniversaire, c'est le 25. Je réfléchis à toute vitesse, essayant de comprendre ce qui se passe. Puis d'un coup, la clé du mystère s'impose à moi : c'est le jour de la naissance de Lily-Rose Becker. Ma mère m'a toujours souhaité mon anniversaire le 25, soit le jour de mon arrivée, le jour de la naissance de son bébé, et je ne savais même pas que j'étais née le 4 mars. Paul me regarde et semble comprendre en même temps que moi ce qui me tracasse, alors que je m'efforce tant bien que mal de masquer ma confusion. J'ai reçu deux identités, deux vies et donc deux dates de naissance. Et après tout, j'ai changé de pays, de famille, de prénom, alors je peux bien changer de date de naissance. Je vois l'embarras de Paul grandir devant l'insouciance d'Angela, surexcitée à l'idée d'être la star du jour. Alors, même si ce n'est pas vraiment dans mes habitudes, j'enlace tendrement ma sœur, rose de plaisir.

— Bon anniversaire, Angela, je te souhaite la plus belle des journées.

— Toi aussi, ma Lily. Tiens, je t'ai fait un cadeau et j'espère que ça va te plaire.

Mince, je n'ai rien prévu, je pensais avoir encore trois semaines pour m'en occuper. Je suis extrêmement embêtée.

— Merci, Angela, c'est très gentil. Je suis désolée, mais j'avais complètement oublié que c'était notre anniversaire aujourd'hui, dis-je, gênée de ne pas avoir de cadeau à lui offrir en retour.

Je tends le bras pour déposer le paquet d'Angela sur une chaise alors que Paul me sourit et prend place à mes côtés pour déjeuner.

— Mais enfin, Lily, tu n'ouvres pas ton cadeau ?

Quoi, ici, devant toi ?

— Oh, tu veux que je l'ouvre maintenant ?

— Bah, évidemment, quand comptes-tu l'ouvrir sinon ?

Chez moi, on ne fait pas ça, c'est assez impoli d'ouvrir un cadeau devant la personne qui l'offre. L'attitude et la réaction que l'on a lorsqu'on découvre le présent peuvent être gênantes, aussi bien pour celui qui reçoit que pour celui qui offre. *Mais je suis française maintenant...*

Je me retrouve avec un adorable panier contenant une multitude de crèmes pour le corps et le visage, des produits de maquillage et de jolies perles de bain parfumées. C'est vraiment magnifique et Angela semble encore plus heureuse que moi en commençant à m'expliquer les bienfaits de tous ces produits miraculeux.

— Moi aussi, j'ai quelque chose pour vous ! annonce Paul en interrompant sa fille.

Il nous tend à chacune un petit sac de chez Cartier tandis que je vois les yeux de ma sœur s'éclairer de surprise et de bonheur. Fébrilement, elle ouvre la petite boîte et en sort une paire de pendants d'oreilles ornés de deux petits diamants scintillants. Je suis encore plus émue par la réaction de ma sœur que par l'extraordinaire beauté du bijou. Elle est sans voix et c'est la première fois que je la vois comme ça. Paul lui sourit tendrement et j'imagine que le silence d'Angela le prend également de court. Je détourne les yeux, gênée par leur échange silencieux empli d'amour et d'admiration. Je me demande si j'aurai un jour une telle complicité avec Paul. J'ouvre à mon tour le petit écrin dans lequel repose une paire de clous d'oreilles également en diamants. Je ne veux même pas imaginer le prix de ce bijou et je regarde Paul, ne sachant pas très bien comment réagir, d'autant que mes oreilles ne sont pas percées.

— Si tu veux, cet après-midi, nous pourrions aller à la bijouterie pour te faire percer les oreilles ?

Mais il lit dans mes pensées ou quoi ? Contrairement à ce que me raconte Angela sur les garçons, Paul est vraiment attentif à tout.

— Si tu n'en as pas envie, nous pourrons toujours les échanger contre un pendentif ou ce que tu voudras.

— Non, elles sont parfaites, mais… ce sont des diamants et…

— Ça me fait plaisir, Lily, c'est la première fois que j'ai le bonheur de t'offrir un cadeau d'anniversaire, alors ne pense pas à ça. En plus, vous fêtez vos seize ans, ce n'est pas rien.

Comment sait-il à quoi je pense ? Angela m'a déjà montré la devanture de chez Cartier un jour où on se promenait sur les Champs-Élysées, et elles ont dû lui coûter une vraie fortune. Elles sont originales, élégantes et je les adore, mais je reste vraiment mal à l'aise à l'idée que Paul dépense autant d'argent pour moi.

— Lily... il faut que je te montre autre chose.

Machinalement, il me tend la main et, pour la première fois, je l'attrape sans aucune hésitation. Angela nous suit, un sourire complice illumine son visage et je me demande vraiment ce qu'ils ont manigancé. Paul ouvre la porte de ma chambre et je n'en crois pas mes yeux. Une montagne de cadeaux a été déposée sur mon lit. J'écarquille les yeux en me tournant vers Paul qui, tout à coup, semble beaucoup moins à l'aise.

— Je sais que tu n'aimes pas trop les surprises, mais vois-tu... chaque année j'avais espoir que tu serais là pour ton anniversaire alors... Enfin, aujourd'hui tu es là... alors... c'est pour toi.

Je n'en reviens pas : il y a quinze paquets sur mon lit et je tiens le seizième dans mes mains. Paul, à côté de moi, danse d'un pied sur l'autre, ne sachant pas très bien comment je vais réagir devant cette abondance de cadeaux. Je le regarde tandis qu'une boule se forme dans ma gorge. Comment puis-je résister à cet homme dont les yeux débordent d'adoration quand ils se posent sur moi ? J'avance jusqu'à mon lit et je ne sais vraiment pas quoi dire. J'aperçois des petites étiquettes accrochées à chacun des paquets : Lily-Rose/1 an, Lily-

Rose/2 ans, Lily-Rose/3 ans… J'imagine l'amour et la peine que chaque petit paquet représente et mon cœur se serre un peu plus. Tandis que ma sœur et mon père restés sur le pas de la porte me regardent, j'attrape le paquet « Lily-Rose/1 an » et je l'ouvre doucement, le cœur battant. Une petite gourmette de bébé, sur laquelle sont gravés mon prénom et ma date de naissance, est joliment disposée dans un petit écrin en velours blanc… « Lily-Rose, le 4 mars 1993 ». Je me retourne vers Paul qui me regarde toujours, les yeux brillants, et je n'ose même pas ouvrir la bouche pour le remercier parce qu'alors, je sais que je ne pourrai pas retenir les larmes qui menacent de couler.

— Je crois que c'est mieux si nous te laissons regarder tout ça tranquillement.

Je hoche la tête, toujours incapable d'émettre le moindre son. Je tente néanmoins de lui servir un pauvre sourire et mon père hoche la tête à son tour. Puis il sort de ma chambre, entraînant Angela avec lui.

CHAPITRE 18

Comme tout ce qui touche à ma nouvelle vie, les vacances d'été sont tout simplement magiques. Paul nous emmène à Saint-Moritz en Suisse et les paysages sur cette terre Engadine sont stupéfiants. Il possède un chalet magnifique avec bain à remous sur la terrasse et superbe piscine intérieure. J'ai terminé l'année scolaire avec des notes en hausse constante dans toutes les matières. Je parle de mieux en mieux l'espagnol et je n'ai presque plus de lacunes en français. Je me suis même surprise toute seule en m'apercevant à plusieurs reprises que je réfléchissais en français pendant les cours.

Je n'ai pas encore terminé de déballer mes affaires dans ma somptueuse chambre rose poudré lorsque Angela déboule, exhibant un maillot de bain rouge tellement petit qu'un rire incrédule et nerveux sort de ma gorge sans que je puisse le retenir. À la maison aussi nous avons une piscine, mais je crois que c'est l'une des rares choses pour lesquelles je n'ai jamais voulu céder à ma sœur. Il ne s'est pourtant pas passé une semaine sans qu'elle me supplie de venir me baigner avec elle. J'ai peur de l'eau, je ne sais pas nager et il est hors de question que je me promène en maillot de bain, *autant dire quasiment nue*, devant qui que ce soit et encore moins devant un homme, même s'il s'agit de Paul. Seulement là, ma sœur a déboulé... et lorsqu'Angela déboule, elle ne renonce pas ! Elle commence par vouloir me convaincre avec véhémence, puis change de tactique en tentant de me supplier pour finir par m'ordonner d'enfiler cet infinitésimal bout de tissu. Nous sommes dans une impasse parce qu'aucune de nous deux ne cédera.

— Ça suffit, Angie, laisse ta sœur tranquille.

Paul vient d'apparaître dans l'embrasure de la porte et nous nous retournons vers lui comme deux fillettes prises en faute.

— Tiens, Lily, essaye ça ! Tu seras peut-être plus à l'aise.

Il me tend un paquet dans lequel je découvre une combinaison de bain qui, visiblement, devrait me couvrir une bonne partie du corps. Ma sœur et moi le regardons en même temps alors qu'un sourire s'étend sur son visage comme s'il venait de gagner la guerre avant même qu'elle ne soit déclarée.

Mon cœur se gonfle de reconnaissance parce que je sais qu'il a fait cet achat avant notre départ et je suis une nouvelle fois émue par l'attention qu'il me porte. Bien sûr, il y a toutes ces petites choses du quotidien, tous ces petits détails nécessaires à mon bien-être et à mon confort, mais là... ça va bien au-delà. *Quel père aurait pensé à m'acheter une tenue de bain en anticipant le mal-être qu'éventuellement j'aurais pu ressentir si par hasard nous décidions d'aller nous baigner ?*

Après avoir survécu à l'épreuve du maillot de bain, à l'appréhension de me glisser dans l'eau et à l'anxiété de laisser Paul me toucher pour me maintenir à la surface, je m'amuse finalement comme une folle. Bien évidemment, avec les expressions hilarantes et les encouragements de ma sœur qui ne s'encombre jamais de mes états d'âme, tout devient beaucoup plus facile. Contre toute attente et malgré mes fous rires qui me font couler sans arrêt, à la fin des vacances je sais officiellement nager.

Le chalet se situe à distance raisonnable du centre-ville et nous pouvons nous y rendre à pied. Les rues commerçantes, qui n'en finissent pas, font le bonheur de ma sœur, et la multitude de galeries d'art que nous visitons m'émerveille à chaque pas. Même si, au grand dam de ma sœur, je continue quotidiennement mes révisions, ces vacances sont vraiment bénéfiques et reposantes. Ce que je préfère, ce sont les promenades à cheval. Nous traversons les montagnes verdoyantes et ce paysage admirable s'étend à perte de vue. À part le clapotis de l'eau lorsque nous passons à côté d'une rivière ou le craquement des branches mortes qui s'étiolent sous les sabots de nos chevaux, il n'y a pas un seul bruit. J'inspire chaque fois le plus profondément possible pour tenter de capturer les senteurs délicates et enivrantes de ce site paradisiaque. Je me rapproche encore un peu plus de mon père et de ma sœur, et évidemment l'attention et la générosité de Paul contribuent largement à mon bonheur. Petit à petit, je commence à lui accorder la confiance qu'il mérite. Mes cauchemars se sont estompés au fil des mois, et même si je me réveille parfois encore affolée et en sueur, je dois admettre que mes nuits sont de plus en plus paisibles et mes rêves, de plus en plus beaux.

***

J'ai passé des vacances extraordinaires et même si tout ce que j'ai vécu à Saint-Moritz restera à jamais gravé dans ma mémoire, je suis contente de reprendre les cours. Je vais pouvoir continuer à avancer et à apprendre. Je suis plus motivée que jamais. Je veux tout savoir et tout connaître et je suis prête à dévorer mes livres de cours. Maintenant que je maîtrise plutôt bien le français et l'anglais et que je commence à être vraiment à l'aise en espagnol, je veux absolument m'inscrire à l'option d'allemand proposée par le lycée, mais Paul m'en dissuade. Il préfère que je me concentre sur les matières générales sans prendre d'option pour le moment. Il se doute bien qu'il m'a fallu rassembler tout mon courage pour lui faire cette demande, alors, pour atténuer son refus, il promet de faire venir un professeur à la maison si mes notes restent stables.

Bon, pour être tout à fait honnête, j'ai beau rester concentrée sur mon but et mes progrès, je dois avouer que si j'attends la reprise des cours avec tant d'impatience, c'est aussi pour retrouver le regard azur de John, son air espiègle et ses cheveux en bataille. Je pense qu'Angela a raison... je craque pour lui, comme elle dit. Je crois que j'ai pensé à lui à peu près chaque seconde pendant les deux mois de vacances. Il est pourtant tellement exaspérant avec ses remarques déplacées... *mais j'ai tellement hâte qu'il m'exaspère à nouveau.*

***

C'est la rentrée des classes et j'ai les jambes en coton en sortant de la voiture de Paul qui, comme souvent, nous dépose devant le lycée en allant travailler. Nous sommes censées y aller à pied mais c'est sur son chemin et j'ai l'impression que ça lui fait plaisir de passer ces quelques minutes avec nous le matin. Mon cerveau fonctionne à toute allure. Et s'il n'était pas dans ma classe cette année ? Et s'il ne me regardait plus ? Je n'ai jamais osé aller vers lui pour engager la conversation, alors peut-être se sera-t-il lassé de moi ? Il ne me connaît pas vraiment, finalement, puisque je suis frappée de mutisme chronique dès qu'il me regarde et que je m'enfuis chaque fois qu'il m'approche. J'ai la boule au ventre. Il me prendrait pour une folle furieuse d'avoir autant pensé à lui pendant tout ce temps. Je n'en ai pas parlé à ma sœur, j'ai un peu honte de réagir comme ça, surtout avec un garçon qui « saute sur tout ce qui bouge ». Il y a bien longtemps que je ne m'étais pas sentie aussi stressée et, cette fois, rien à voir avec un quelconque danger. *Je suis vraiment pathétique !*

Angela a couru dans les bras de Rudy dès qu'elle l'a aperçu dans la cour et je marche seule en direction des salles de classe. Je cherche Charlotte du regard, mais il y a bien trop de monde et je n'arrive pas à la trouver.

— Bonjour, Luu-Ly !

Je m'arrête net en essayant de reprendre mes esprits, mais en vain. J'arrive à peine à respirer, je me mettrais des claques. Mes jambes, mon cœur et mon cerveau s'arrêtent de fonctionner en même temps, *bande de traîtres*, et je reste figée sur place. Il est là, tout près, et si je fais demi-tour, je sais que je vais être déstabilisée. Après avoir pris plusieurs longues inspirations, je finis par me retourner. *Bravo Luu-Ly, quel courage !*

— Euh... Bonjour, John ! Tu m'as manqué !

Quoi ? Ses yeux s'agrandissent sous l'effet de surprise face à mes paroles stupides et mon visage prend feu instantanément. *Mais d'où ça sort, ça ?* Je viens de penser à voix haute. Et je vois une lueur amusée qui illumine aussitôt son regard.

— Je suis heureux de l'apprendre, mais je pense que tu m'as manqué bien plus encore.

— Euh, non, je suis désolée, je ne voulais pas dire ça... l'école... l'école m'a manqué... enfin les cours.

Mon sang a quitté mes veines, je bégaye et je n'arrive plus à m'exprimer. Son air moqueur a disparu et il a pris mes yeux en otage dans son regard azur.

— Moi, en revanche, c'est exactement ce que je voulais dire. J'avais vraiment hâte de te retrouver... Mais bon, si c'est madame Zimmer qui t'a manqué, tant pis pour moi ! Et sinon, tes vacances, c'était comment ?

Il a la gentillesse de changer de sujet avant que je ne tombe en syncope. Je n'en reviens toujours pas. Comment ai-je pu lui dire ça ? Je viens de lui tendre une perche avec laquelle il ne manquera pas de s'amuser pendant longtemps, je le sais !

— Bien... c'était très bien. Nous sommes allés en Suisse, à Saint- Moritz, et je n'avais jamais rien vu d'aussi beau... Tu connais ? Euh... et toi, tes vacances ?

— Non ! Je ne connais pas ce genre d'endroit, Luu-Ly ! Viens, ça a sonné, il faut qu'on y aille !

Pour la première fois, je viens d'avoir ce qui ressemble le plus à une conversation avec John. Même si je suis mortifiée par les paroles que j'ai prononcées. J'ai du mal à parler, ma bouche est sèche et j'essaie de peser chacun de mes mots, vu que l'option censure de mon cerveau semble être tombée en panne. Je tente de me ressaisir et d'avoir l'air le plus « normal » possible :

— Tu sais dans quelle classe tu es ?

— Non, mais il y a des listes à l'entrée du bâtiment, viens, je vais te montrer.

Je lui emboîte le pas en cherchant à toute vitesse ce que je pourrais bien dire pour alimenter la conversation, mais je ne maîtrise plus rien quand il est si près de moi.

Après avoir scrupuleusement détaillé les listes des classes de première affichées sur les portes du bâtiment, John m'annonce enfin que nous sommes dans la même classe et je ne peux réprimer le sourire idiot qui s'étend sur mon visage et qui le fait sourire à son tour. Si j'étais Angela, j'aurais hurlé de joie et sauté partout. Mais je reste le plus stoïque possible afin qu'il ne remarque pas mon air stupide et béat. *Je crois tout de même que c'est loupé.* Même si, comme l'an passé, nous n'entretenons pas une relation réellement amicale, s'il est dans ma classe je pourrai au moins le voir tous les jours.

— Pas de bol, ta copine Charlène est avec nous aussi, ajoute-t-il avec un mélange d'humour et d'agacement.

— Charlène n'est pas ma copine !

Il rit de bon cœur et comme je l'observe presque toujours en catimini et jamais d'aussi près, je m'aperçois que deux fossettes adorables creusent chacune de ses joues quand il sourit. Je fonds encore un peu plus, *enfin si c'est possible !*

— J'aime bien quand tu réponds du tac au tac, c'est très révélateur ! Mais c'était une blague, je sais bien que tu n'es pas amie avec elle. Ne t'inquiète pas, je l'ai à l'œil.

— Oh ! Bien... Mais tu sais, je sais me défendre.

— Ah oui ! Je sais... le *viêtvõ dao*, Bouddha et tout ça ! Méfie-toi quand même, elle ne peut pas te saquer !

— Je ne lui ai pourtant rien fait.

— C'est simplement que tu as tout ce qu'elle n'aura jamais.

— Je ne comprends pas ce que tu dis. Je n'ai rien !

— Tu as tout, au contraire, ajoute-t-il en me détaillant de la tête aux pieds.

— Arrête de te moquer de moi, John.

Pourquoi fait-il ça ? J'avais tellement envie de croire que je lui avais manqué au moins un peu. Je ne fais pourtant jamais confiance à personne, mais depuis ma nouvelle vie, j'ai un peu tendance à baisser la garde.

Avec son index, John relève doucement mon menton et m'oblige à le regarder. Ce simple contact me transperce. J'ai l'impression d'avoir attrapé une ligne à haute tension des deux mains. C'est la première fois qu'il me touche et, puisqu'il m'y oblige, je plonge mon regard dans ses yeux magnifiques où je ne remarque aucune mauvaise intention.

— Tu ne le sais pas, alors ?

— Quoi ?

— Tu es tellement naïve, Luu-Ly, tu ne sais donc pas à quel point tu m'as manqué ?

Il tient toujours mon menton et sa bouche est tellement proche que j'ai presque l'impression qu'il va m'embrasser. Je voudrais m'enfuir à toutes jambes, mais je suis paralysée. Il n'oserait pas faire ça quand même ? On est au beau milieu du hall et sa bouche, à quelques centimètres de la mienne, me répète que je lui ai manqué ! Je me laisse bercer par ses douces paroles, le son de sa voix m'hypnotise et je dois vraiment avoir l'air stupide à le regarder comme ça, *mais franchement, à ce moment précis, ça m'est égal.*

Il relâche enfin mon menton, s'éloigne de moi et attrape ma main pour me conduire vers la salle de classe. Quand elle arrive devant la porte de notre premier cours, ma sœur ouvre la bouche de stupéfaction lorsqu'elle regarde nos mains enlacées. Je n'ai jamais rien ressenti d'aussi bon et doux que ma peau en contact avec la main chaude et ferme de John. Je suis rouge de confusion, mais je ne peux pas retirer ma main, je n'en ai pas le courage, et en même temps je voudrais être n'importe où ailleurs tellement je suis gênée.

CHAPITRE 19

Comme presque tous les matins depuis la rentrée scolaire, Angela s'est précipitée sur Rudy en arrivant dans l'enceinte du lycée et comme nous avons un contrôle, je décide d'aller directement devant la salle de classe pour réviser un peu avant que la sonnerie ne retentisse. Je m'engage dans le couloir encore désert, j'ai déjà ouvert mon cahier et je commence ma lecture en marchant lentement. Je suis absorbée par mes cours, mais une présence sur mon chemin attire mon regard et je redresse vivement la tête. John est là, juste devant moi, et son visage s'illumine quand il remarque la gêne instantanée qui s'empare de moi, comme chaque fois qu'il m'approche. *Est-ce permis d'être aussi beau ?* Son regard d'un bleu incroyable est doux et pénétrant, ses lèvres épaisses et sensuelles me sourient et laissent apparaître ses dents éclatantes. Une fois de plus, je ne peux détourner mon regard. Mes yeux s'attardent sur ses bras puissants et ses épaules musclées, puis descendent sur son torse tout aussi parfait que le reste de sa personne.

— Salut Becker ! Je rêve ou tu me mates, là ?

— Non... Euh non... je révise ! je bafouille en désignant mon cahier encore ouvert.

— Laisse-moi deviner... Tu révises tes cours d'anatomie, c'est ça ?

Alors qu'il me regarde, les yeux plus brillants que jamais, un sourire goguenard illumine son visage. Je reste plantée devant lui comme une idiote et là, je lui sers la totale : les joues empourprées, la main dans mon cou pour attraper mon foulard, mes jambes qui m'obligent à reculer de deux pas et les yeux qui me sortent de la tête. *Qu'est-ce qu'il peut être arrogant parfois !*

— T'inquiète, Luu-Ly, si t'as besoin d'un cobaye pour tes révisions, je suis volontaire.

Mon humiliation est à son comble – *mais j'étais vraiment en train de le mater* – et son sourire railleur finit de m'achever. Visiblement, il en a fini avec moi, il a obtenu ce qu'il désirait, *comme d'habitude d'ailleurs.* Il passe son chemin en ricanant et me laisse plantée là.

Les yeux rivés sur mes chaussures, je presse le pas tout en essayant de ne pas me mettre à courir. Je suis presque arrivée devant la salle de classe et alors que je tente, *sans trop de résultat*, de récupérer une respiration normale, j'entre violemment en collision avec un garçon. Le choc me propulse brutalement en arrière. En l'espace d'une seconde, je me retrouve par terre au beau milieu du couloir, assise sur les fesses, une douleur fulgurante au poignet. J'ai tendu les bras en arrière pour amortir ma chute, mais mon poignet, déjà cassé deux fois à l'orphelinat, ne semble pas avoir apprécié l'offensive. Je relève la tête pour apercevoir un groupe de garçons, debout devant moi. Celui que j'ai percuté me regarde d'un air exaspéré.

— Merde, tu ne peux pas faire gaffe !

Je ne sais pas ce qui me fait le plus mal, mon embarras ou ma main. Toutes mes affaires sont éparpillées partout autour de moi, mais les garçons reprennent leur route et disparaissent dans mon dos. La douleur, qui s'intensifie chaque seconde, s'est étendue dans tout mon bras et m'empêche de me relever. Je sais très bien ce que cela signifie.

Un vacarme pas possible dans mon dos me fait sursauter et, quand je me retourne, John a empoigné le garçon par le col de sa chemise. Il est fou de rage et le plaque au mur en l'espace d'une nanoseconde.

— Qu'est-ce que tu fous, bordel ? Tu ne peux pas t'excuser ? Tu ne peux pas la relever ?

— C'est bon, mec, t'énerve pas, c'est elle qui m'a percuté.

Le garçon, saisi de stupeur, relève les deux mains devant lui en signe d'excuse ou de capitulation.

— Dégage, connard ! lance John en le relâchant et en le projetant sur le côté pour l'obliger à déguerpir.

Le petit groupe se remet en marche en marmonnant, mais je n'entends plus ce qu'ils disent. John, l'air affolé, se précipite vers moi.

— Luu-Ly, tu vas bien ?

Il attrape mon bras pour me relever, mais la douleur m'arrache un cri. Il le relâche instantanément en se passant nerveusement la main dans les cheveux et je me concentre pour ne pas pleurer. Il n'est pas neuf heures et j'ai déjà eu mon compte d'humiliation pour la journée. *Il y a des jours comme ça...*

— Tu as mal ? Viens, relève-toi, je vais t'aider.

— Non... j'ai le poignet cassé. Va chercher ma sœur, s'il te plaît.

— Quoi ? Mais comment sais-tu que ton poignet est cassé ? Tu aurais bien plus mal si...

— Je le sais parce que c'est la troisième fois et crois-moi... j'ai vraiment très mal. S'il te plaît... va chercher Angela !

Je retiens toujours mes larmes et je parviens à rester à peu près stoïque malgré la douleur, *résultat de plusieurs années d'entraînement.* Pourtant, j'ai les oreilles qui se mettent à bourdonner et je n'arrive plus à respirer... Les puissants picotements dans mon corps et mon crâne m'informent que je vais m'évanouir et d'un coup... c'est le trou noir.

Quand j'ouvre à nouveau les yeux, je suis dans les bras de John, nous sommes à l'infirmerie et j'entends la voix suraiguë de ma sœur expliquer à l'infirmier du lycée ce qui vient de se passer. John baisse les yeux sur moi, il est tout pâle et son visage est empli de compassion.

— Luu-Ly ? Ça va ? Tu t'es évanouie... Ils ont appelé ton père, il va arriver.

— Elle reprend connaissance ? Posez-la sur le lit, jeune homme.

John obéit à l'infirmier qui discute toujours avec ma sœur et me dépose sur un minuscule lit installé dans un coin de la grande pièce, ses yeux toujours rivés aux miens.

— Je suis tellement désolé ! murmure-t-il en baissant les yeux.

— Mais de quoi ? Ce n'est pas de ta faute.

— Si... Avec mes conneries, tu t'es sauvée sans regarder où tu allais et...

— John, je marchais et j'avais les yeux dans mon cahier, c'est seulement de ma faute.

Angela, qui a terminé d'expliquer ma chute à l'infirmier, arrive vers moi affolée. Elle est totalement paniquée.

— Lily, ça va ? Mon Dieu, tu m'as fichu une de ces frousses ! Papa va arriver dans une minute.

— Ne t'inquiète pas, je vais bien, c'est juste mon poignet.

J'essaie de faire bonne figure mais les élancements dans mon bras sont tellement intenses que j'ai peur de m'évanouir à nouveau. Je sens que je perds pied et mes idées commencent à s'embrouiller. Je ferme les yeux un instant pour me reprendre, mais la douleur intense réveille des images qui occupent habituellement mes cauchemars. Les enfants de l'orphelinat me jettent par terre et me frappent en riant, ma robe est déchirée et du sang coule de la tête de Duong... Il m'attrape par les épaules, je veux crier, mais aucun son ne sort. Il me secoue, mais je suis incapable du moindre geste.

— Lily-Rose, que se passe-t-il ? Vous allez bien ?

En une fraction de seconde, je repousse violemment les mains qui emprisonnent mes épaules. Je bondis à l'autre bout du lit et me recroqueville tout contre le mur afin d'échapper à mon agresseur. Angela pousse un cri strident. *Angela ?* J'ouvre les yeux tandis que l'infirmier manque de tomber à la renverse et que John se précipite sur moi. Il attrape mon visage à deux mains et m'oblige à le regarder en plongeant son regard dans le mien.

— Luu-Ly, calme-toi, c'est moi ! Je suis là... Respire, voilà, c'est bien... encore. Regarde-moi, voilà... comme ça.

Je plonge littéralement dans ce regard maintenant si familier qui me prend une nouvelle fois en otage. Ma respiration ralentit, se calant doucement sur la sienne. Son regard pénétrant et rassurant me ramène au moment présent et la terreur s'estompe... alors que mon embarras s'accentue quand je me rends compte que j'ai repoussé vivement l'infirmier. Les mains de John emprisonnent toujours mon visage, il murmure des paroles apaisantes et, même si je n'arrive pas à me concentrer sur ce qu'il me dit, le son de sa voix douce et profonde me tranquillise.

La porte s'ouvre à toute volée et Paul, essoufflé, surgit en balayant la grande pièce du regard. Dès qu'il m'aperçoit, il se précipite vers moi en jetant au passage un coup d'œil interrogateur sur ce garçon qui me caresse la joue et qu'il ne connaît pas. John me relâche et s'écarte pour permettre à mon père de venir me retrouver. L'infirmier prend la parole, se demandant encore ce qu'il a bien pu faire pour me mettre dans un tel état.

— Bon, son poignet est bel et bien cassé. Il semble même salement amoché. Il faut l'emmener tout de suite à l'hôpital.

— Comment ça « salement amoché » ? s'étonne Paul.

— Oui, une radio nous en apprendra plus, mais déjà à l'œil nu, j'ai bien l'impression qu'il ne s'agit pas d'une petite fracture. Ne perdez pas de temps et tenez-moi au courant ! Je ne comprends pas comment une simple petite chute, comme on me l'a rapporté, a pu faire des dégâts pareils.

— Quoi ? Mais de quoi parlez-vous ?

Paul est devenu tout pâle et ne me quitte pas des yeux.

— C'est parce que c'est la troisième fois qu'il est cassé, intervient John en se passant la main dans les cheveux.

Paul et ma sœur, incrédules, se tournent vivement vers lui en attendant la suite, mais il baisse les yeux et n'ajoute rien.

— Viens ma chérie, je t'emmène à l'hôpital, on va te soigner.

— Mais, et ton travail ?

Angela, le visage recouvert de larmes, se met à rire. Paul me regarde en souriant tandis que John et l'infirmier me dévisagent, perplexes.

— Ne t'inquiète pas pour ça. Je vais te porter.

— Non, non, je peux marcher, je t'assure, ça va.

Enfin, j'espère, parce que cette fichue douleur dans mon poignet résonne en moi au rythme d'un métronome réglé sur prestissimo.

John passe à nouveau vigoureusement la main dans ses cheveux, il semble agacé. Je crois qu'il doute fortement de mes capacités à tenir sur mes jambes aujourd'hui.

CHAPITRE 20

À mon grand soulagement, l'hôpital de l'Hôtel-Dieu ne se trouve qu'à quelques minutes du lycée, l'attente aux urgences n'a pas été trop longue et le médecin est particulièrement doux.

— Bon, voilà, jeune fille, vous avez un beau plâtre. On se reverra dans huit jours.

— Elle ne va garder son plâtre que huit jours ? s'étonne Angela encore toute pâle.

— Non, votre sœur va garder son plâtre au moins six semaines. Toutefois, je dois faire un contrôle d'ici une semaine, puis également dans un mois.

— Et si elle a mal ? s'enquiert mon père.

— Je vais vous donner des antidouleurs, monsieur, mais il va falloir être prudent. Il s'agit là de la troisième fracture du radius. Nous avons longuement hésité à l'opérer, mais finalement, l'os n'était pas trop déplacé. En tout cas, il vous appartient de faire en sorte qu'elle reste tranquille maintenant.

— Nous allons faire attention, docteur.

Mais il croit quoi, ce médecin ? Que je fais exprès de me casser le poignet ou quoi ?

— Bon, viens Lily. Tu dois être fatiguée, , je te ramène à la maison.

Dans la voiture, personne ne parle et la tension est palpable. Je me sens vraiment coupable de toute cette inquiétude et je ne sais pas trop quoi dire pour réparer ça.

— Paul, je suis vraiment désolée.

— Enfin Lily, désolée de quoi ? Ce n'est pas de ta faute, voyons.

— Mais ton travail et les cours d'Angela... on avait un contrôle ce matin.

— Ce n'est rien, ta santé est bien plus importante que ce fichu contrôle, arrête de t'inquiéter et cesse d'être désolée !

Pendant quelques minutes, le silence pesant fait son retour dans l'habitacle de la voiture et c'est à peine si j'ose respirer.

— Lily, qu'est-ce qui s'est passé avec ton poignet ? demande Paul doucement.

— Rien, c'est de ma faute, je révisais tout en marchant et je ne regardais pas devant moi. J'ai percuté un garçon et je suis tombée en arrière.

— Je sais déjà tout ça, Lily, je veux dire... avant... Les deux premières fois.

— Oh, ça ?

— Oui, ça... Lily, je veux savoir. Tu dois me le dire.

Paul gare la voiture sur le bas-côté, récoltant une symphonie de coup de klaxon de la part des automobilistes parisiens pressés. Il semble tellement agité qu'il ne peut même plus conduire. Je ne peux pas lui raconter et je peux encore moins lui mentir, mais il semble fâché et ça ne m'aide pas à réfléchir.

Il ne m'a jamais parlé sur ce ton-là et je ne sais pas comment je dois réagir.

— Tu es en colère contre moi ?

— Non, bien sûr que non. Excuse-moi, je ne voulais pas paraître brutal. Je suis juste inquiet... vraiment inquiet. Il faut que tu me dises ce qui est arrivé pour que tu te retrouves deux fois avec ces fractures.

— Ce n'est rien, je suis tombée, c'est tout... une fois dans le couloir de l'orphelinat et une autre fois dans la cuisine, au sous-sol.

Au moins, ce n'est pas un mensonge !

— D'accord, mais comment est-ce arrivé ? Qui t'a fait tomber ?

Est-ce que j'avais imaginé... je veux dire, réellement imaginé, qu'il se contenterait de cette explication ?

— Paul, je ne veux pas parler de ça. Arrête de te poser des questions. Ce n'est vraiment pas grave.

Ma voix est à peine audible et j'entends les sanglots de ma sœur sur la banquette arrière. Des sanglots anticipés qui révèlent une fois de plus que le lien qui nous unit lui permet de s'immiscer au plus profond de mon âme et de ressentir avec beaucoup trop d'empathie la moindre de mes émotions.

— Lily, tu ne peux pas me laisser dans l'ignorance comme ça, c'est invivable pour moi, tu comprends ? J'ai besoin de savoir.

Mon sang se glace dans mes veines parce qu'enfin, je comprends que Paul vit tous les jours dans le doute de ce que j'ai pu connaître durant toutes ces années. Mais à quoi cela va-t-il lui servir, de savoir que j'ai pris des coups ou que Duong a posé ses sales pattes sur moi ? Il va culpabiliser encore plus de ne pas avoir été là pour me protéger. Je sais aussi que le fait de ne rien savoir doit le rendre fou.

— Lily... S'il te plaît !

— Un jour, en chahutant, un garçon m'a poussée... et je suis tombée, c'est tout.

— Pourquoi t'a-t-il poussée ? Ça arrivait souvent ?

— Parfois.

— La cicatrice sur ton menton ?

— Oui, un autre garçon m'avait poussée.

Paul continue de parler le plus calmement possible pour cacher sa colère et ne pas m'effrayer, mais je sens qu'il bouillonne. Je suis stupéfaite que quelqu'un d'aussi calme et serein soit capable d'un tel emportement. Ma voix n'est plus qu'un murmure, je sais que je ne peux pas lui parler du garçon dans la cuisine. Mais au ton qu'il emprunte, j'imagine qu'on ne redémarrera pas tant qu'il n'aura pas obtenu de réponses à ses questions... toutes les réponses.

— Lily, je dois savoir. Ça ne changera pas le passé, c'est sûr ! Tu dois penser que certains événements pourraient me faire de la peine ou me rendre fou d'inquiétude, mais... ne pas savoir va me rendre encore plus fou. Alors, tu vois... fou pour fou... je veux savoir.

À bout d'arguments, je pousse un profond soupir un peu grossier qui aurait fait se dresser les cheveux sur la tête de ma mère. Je ne peux pas le laisser dans l'incertitude, je dois lui raconter, d'autant que finalement, il ne s'est pas passé grand-chose puisque le vieux monsieur est arrivé.

— Il y avait un garçon quand je travaillais à la cuisine de l'orphelinat.

— Tu travaillais à la cuisine ?

— Oui, la directrice m'avait mise là pour que les autres enfants ne m'embêtent pas après l'école.

Paul est blême et je m'en veux beaucoup d'avoir à lui faire vivre tout ça. Il faut cesser cette conversation inutile, ça ne mènera nulle part si ce n'est à lui faire du mal.

— Je suis désolée, Paul, je ne crois pas que...

— Continue, s'il te plaît.

Son visage est crispé, tout son corps est tendu et je ne sais pas si je dois continuer. Ma sœur ne dit pas un mot et je n'ose pas me retourner pour voir la tête qu'elle fait. Subitement, ma respiration s'accélère et l'air commence à me manquer.

— C'était le vendredi... Le vendredi, madame Wuang n'était pas là et le garçon dans la cuisine... il... enfin quand j'arrivais, il...

Sans aucun signe avant-coureur, mon estomac se retourne et la nausée m'envahit d'un seul coup. J'ai juste le temps d'ouvrir la portière de ma main valide et alors que je suis encore à moitié assise sur le siège passager, je déverse dans le caniveau tout le dégoût contenu au creux de mon ventre. Mes cauchemars récurrents me rappellent souvent les mauvais moments que j'ai passés là-bas. Normalement, en journée, je n'y pense presque jamais et au cas où, je sais facilement me reprendre et chasser toutes ces choses de mon esprit. Paul et Angela sortent précipitamment de la voiture et se retrouvent près de moi en un temps record. Ma sœur maintient mes cheveux en arrière tandis que mon père passe son bras autour de mes épaules pour me soutenir.

— Excuse-moi, ma chérie, c'est de ma faute. Ce n'est rien, je suis là maintenant.

Mais c'est trop tard, je suis en crise... de nerfs, d'hystérie, de panique ou de folie, je n'en sais rien, mais je ne peux plus m'arrêter de pleurer, de vomir et de parler. Et je fais tout à la fois pendant que Paul tente de me calmer et que ma sœur pleure sans pouvoir s'arrêter.

— Le vendredi... j'avais horreur du vendredi. Je savais qu'il était là. Il me faisait tellement peur... Il mettait ses mains partout sur moi, tout le temps !

Plus je hurle et plus mon père pâlit.

— Arrête, Lily, calme-toi, c'est fini...

— Le dernier vendredi, je savais ce qui allait se passer, mais j'y suis allée quand même ! Tu te rends compte ? Je suis quand même descendue dans cette foutue cuisine... Qu'est-ce qui ne tourne pas rond chez moi ?

— Arrête, Lily, viens, on va rentrer à la maison.

— Je ne savais pas quoi faire d'autre, alors je suis descendue quand même et il était là... et il m'attendait...

— Calme-toi, ma chérie.

Les vomissements reprennent et Paul a les joues inondées de larmes. Je n'en reviens pas. C'est la première fois que je vois ça et je n'avais jamais imaginé qu'un homme pouvait pleurer. Comme s'ils étaient faits différemment et qu'ils étaient capables de faire face à n'importe quoi. *Parfois, je me demande d'où je peux bien sortir.* Ses larmes créent un choc tellement soudain et intense que je me calme immédiatement. Qu'est-ce que j'ai fait ? Je le regarde dans les yeux et la tristesse que j'y décèle me brise le cœur.

— Pardon, Paul, je suis désolée... Je ne sais pas ce qui m'a pris.

— Lily, continue... s'il te plaît, murmure-t-il en baissant les yeux.

— En fait...

Un rire sans joie sort de ma gorge sans que je puisse l'en empêcher parce que, pour la première fois, je me rends compte du courage qu'il m'avait fallu pour frapper ce porc... Je n'étais qu'une enfant. Paul et Angela me regardent rire sans comprendre et, quand je tourne la tête vers le visage toujours couvert de larmes de mon père, mon rire cesse et mes sanglots redoublent. Je finis par me calmer et j'essaie de mettre fin à son supplice parce que là, il est en train d'élaborer mentalement mille scénarios probablement plus horribles les uns que les autres. Je respire profondément et je poursuis le plus posément possible.

— Je l'ai assommé ! J'ai réussi à attraper des assiettes sur une étagère et je l'ai frappé aussi fort que j'ai pu. Ça l'a projeté en arrière et son visage était en sang... Il est revenu vers moi et m'a giflée en m'attrapant par le poignet et comme ça ne faisait pas très longtemps que j'avais retiré mon plâtre, eh bien, il a été cassé à nouveau.

Voilà, je pense que maintenant, j'ai répondu à toutes ses questions, mais les larmes qui continuent de rouler sur ses joues me brisent encore un peu plus. Il pleure pour moi et la culpabilité me ronge.

— Et après, Lily ? murmure-t-il.

— Quand il m'a giflée, j'ai été projetée au sol et il m'a attrapée par les cheveux et le poignet, mais ma tête avait cogné le sol et mon bras me faisait mal, alors j'ai failli perdre connaissance. Un vieux monsieur que je ne connaissais pas est arrivé et a crié de toutes ses forces... Duong m'a lâchée immédiatement, il m'a insultée, puis il est parti en disant que... qu'il finirait bien par avoir ce qu'il voulait. Le vieux monsieur a mis sa veste sur mes épaules parce que ma robe était toute déchirée et il m'a ramenée en haut. Après ça, je ne l'ai plus revu.

— On va rentrer à la maison maintenant, d'accord ?

Paul me parle comme à une enfant et m'aide à m'asseoir à l'arrière de la voiture avec ma sœur qui pleure silencieusement. Elle m'attrape par les épaules et m'attire contre elle, m'obligeant à poser ma tête sur ses genoux. D'un seul coup, je me sens vraiment épuisée, je me laisse faire sans protester. Nous restons comme ça, sans échanger le moindre mot, elle caressant mes cheveux et moi bien à l'abri, blottie contre ma sœur jumelle.

Lorsque nous arrivons à la maison, Nana nous ouvre la porte et recule sous le choc en découvrant nos visages défaits. Paul entoure mes épaules d'une main rassurante et, sans poser de question, Nana s'écarte pour nous laisser entrer. Quelques minutes plus tard, nous sommes tous les trois allongés sur mon lit. Il ne me faut que quelques secondes pour sombrer dans un sommeil sans rêves *ni cauchemars.*

À mon réveil, Angela a disparu mais Paul est toujours allongé à mes côtés. Appuyé sur son coude et la tête posée sur sa main, il est exactement dans la même position que lorsque je me suis endormie. Les sourcils froncés par l'inquiétude, il me sourit dès que j'ouvre les yeux...

— Paul, je suis navrée pour ma réaction de...

— Chut, Lily, c'est moi qui suis désolé, je n'aurais pas dû t'obliger à raconter tout ça.

— Tu sais, ça m'a fait beaucoup de bien.

— Je regrette tellement de t'avoir laissée là-bas tout ce temps.

— Tu n'y pouvais rien, Paul.

— Je t'aime, Lily-Rose, et je veille sur toi maintenant.

— Je sais. Merci.

— Tu te sens mieux ? Tu peux te lever ? On devrait descendre rassurer les filles.

CHAPITRE 21

Les deux jours suivants, Paul m'interdit formellement de retourner au lycée. Il m'impose le repos et me défend de mettre le nez dehors, histoire de m'habituer à mon plâtre et d'apprendre à me débrouiller avec une seule main. *Ce n'est pas comme si je n'avais pas eu de quoi m'entraîner dans mon ancienne vie.* Nous sommes en avril 2010, j'ai été séparée de ma mère le 3 septembre 2005 et je ne l'ai donc pas vue depuis quatre ans et demi. Elle m'attend quelque part, à l'autre bout du monde, et je ne peux pas perdre mon temps à jouer les malades à la maison. Bon, je suis quand même la sœur d'Angela et, pour la première fois, je décide de lui emprunter sa technique infaillible : je fais les yeux doux à mon père. Je le supplie et je négocie en essayant de le faire fondre, ce qui en soit n'est pas très compliqué, et j'obtiens enfin l'autorisation de retourner en cours dès le troisième jour, un peu honteuse mais tellement heureuse.

Quand nous arrivons au lycée, j'aperçois la jolie Yamaha DT 50 rouge de John. Il est appuyé nonchalamment contre sa moto mais se redresse dès qu'il me voit approcher de la grille. Après un moment d'hésitation, il se dirige vers nous à grands pas et je respire profondément pour bloquer l'agitation qui m'envahit.

— Je te laisse, Lily, je crois qu'il veut te parler. Il n'arrête pas de me demander de tes nouvelles depuis deux jours. On se retrouve en cours.

Elle presse le pas pour ne pas me laisser le temps de protester et disparaît dans la foule sans que j'aie pu dire quoi que ce soit.

— Salut... Comment vas-tu ? commence-t-il, embarrassé, les mains enfoncées dans les poches de son jean.

— Ça va, merci. Ce n'est pas grave, j'ai juste le poignet cassé, je serai vite remise.

— Luu-Ly, je suis désolé...

— Arrête, John, je ne comprends pas pourquoi tu t'en veux comme ça. Je ne regardais pas où j'allais, tu n'y es absolument pour rien.

— Je n'aurais pas dû te mettre mal à l'aise... Tu es partie sans...

— Je ne regarde jamais devant moi quand je marche, je regarde toujours mes pieds, demande à ma sœur, elle te le dira... ça l'insupporte.

— OK, OK, mais excuse-moi quand même de t'avoir saoulée ce jour-là.

— Tu m'as surtout aidée et je te remercie, et moi aussi je suis désolée si je t'ai fait peur quand je suis tombée dans les fruits.

— Les pommes.

— Quoi ?

— On dit tomber dans les pommes.

Quelle idiote, je le sais pourtant, mais quand il est là je dis toujours n'importe quoi !

Il rit et ajoute :

— Oui « oh » ! Viens, ça va bientôt sonner, cette fois je t'accompagne jusqu'à ta place.

***

Je suis tellement concentrée sur mes projets d'adaptation et de réussite qu'en un rien de temps, les semaines, les mois, et les vacances d'été ont défilé sans que j'aie le temps de m'en rendre compte. C'est en faisant mon entrée en classe de terminale que je prends conscience que je m'apprête à vivre l'année qui va donner à ma vie le tournant que maman et moi attendions tant. D'ici quelques mois, je serai majeure et diplômée, même si je sens que Paul a de gros doutes sur le sujet. Il passe la moitié de son temps à encourager Angela qui, malgré ses excellents résultats, s'éparpille et se déconcentre facilement et l'autre moitié à m'expliquer les bénéfices d'un redoublement. Il a peur que je sois déçue si je n'obtiens pas le fameux sésame du premier coup, *d'autant que j'ai déjà cumulé quelques points de retard à l'oral de français*, mais pour ma part, cette option est inenvisageable. Plus tôt j'aurai terminé mes études, plus vite je pourrais aller sortir ma mère de la misère dans laquelle elle doit se trouver. Tous les jours, je regarde sur les réseaux sociaux avec l'espoir qu'elle pourrait me chercher par ce biais, mais je doute qu'elle ait même un jour entendu parler de Facebook ou d'Instagram.

Même si je reste réservée, j'apprécie chaque journée un peu plus que la précédente. Angela est de plus en plus drôle et rayonnante et nous avons créé une complicité incroyable. C'est vraiment reposant d'être dans une famille. Je suis sereine et mes inquiétudes se sont envolées au fur et à mesure. Plus de peur, de violence, d'incertitude ou d'appréhension et, en plus, je vis dans un confort dont je ne soupçonnais même pas l'existence deux ans et demi auparavant.

Ma sœur sort régulièrement avec ses amis et me harcèle sans cesse pour que je participe à chacune de leurs virées. Je cède parfois, mais je préfère largement rester à la maison pour discuter avec Nana ou m'enfermer dans ma chambre où je peux travailler, lire, faire des recherches sur ma mère et penser à John. Je n'arrive pas à saisir ce qu'il attend de moi puisqu'il est si prévenant et si indélicat à la fois. Alors, sans jamais les provoquer, je reste dans l'attente de ces moments précieux mais rares que nous vivons entre deux salles de classe ou parfois dans la cour. Je capture comme je peux ces instants minuscules qui me bouleversent. J'apprends à maîtriser mon sang qui se glace, mon cœur qui tourbillonne, ma respiration qui s'accélère et mon cerveau qui, comme un fourbe, m'abandonne, m'ôtant du même coup tout espoir de parer les assauts déplacés du captivant John Heitzman... *en admettant bien sûr que j'en sois capable.*

***

Ce soir, le repas est encore plus animé que d'habitude. Angela a reçu l'autorisation d'organiser une fête pour célébrer la fin du lycée puisque l'année prochaine, tout le monde sera éparpillé dans des universités différentes. Tandis qu'elle joue au bras de fer avec Nana qui tente de la raisonner et de contrecarrer ses idées farfelues, Paul et moi, témoins impuissants, rions de bon cœur en assistant à cette lutte improbable. Le téléphone se met alors à sonner, obligeant Nana à quitter le champ de bataille pour aller répondre.

— Lily, c'est pour toi. Quelqu'un te demande au téléphone, annonce Nana lorsqu'elle réapparaît dans la cuisine.

Tous les regards se braquent sur moi. Je n'ai jamais reçu un seul appel. C'est sûrement maman, il est arrivé un malheur à ma mère et quelqu'un téléphone pour me prévenir. Je reste figée sans savoir quoi faire.

— Va répondre, Lily, m'encourage Paul qui a l'air aussi inquiet que moi.

Je suis incapable de bouger et je regarde mon père qui attend une réaction de ma part.

— Lily... tu veux que j'y aille ?

— Non, c'est bon, je vais y aller.

À mon retour, Paul, Angela et Nana sont toujours figés, comme si le temps s'était arrêté. En fait, je crois qu'ils attendaient de voir ma tête pour évaluer la situation.

— C'était John Heitzman !

— Jonathan ? s'exclame ma sœur alors que les yeux lui sortent de la tête.

— Il m'a invitée à sortir avec lui samedi soir.

Tandis que Paul tente de soutirer des informations sur l'intrus qui a osé solliciter sa fille, Angela sautille partout en gloussant et en hurlant. En moins de deux le champ de bataille a fait place à un joyeux désordre. *Qu'est-ce qui a pris à ma bouche de dire « oui », alors que mon cerveau lui ordonnait de dire « non » ?*

CHAPITRE 22

Depuis plus de deux heures, Angela a pris les choses en main. John doit passer me chercher pour aller dîner et plus le moment approche, plus je regrette l'empressement dont j'ai fait preuve pour accepter cette invitation. Quoi qu'il en soit, il sera là vers dix-huit heures et même s'il n'est que quinze heures, ma sœur m'a déjà fait subir tout un tas d'expériences inutiles, mais plutôt agréables. J'ai donc pris un bain bien chaud suivi d'un gommage pour purifier ma peau et d'un masque capillaire pour rendre mes cheveux blonds plus brillants. Puis, j'ai eu droit à un déluge de crèmes détoxifiantes, nourrissantes, hydratantes, raffermissantes, tonifiantes. Bref, je crois que ma sœur adorée en fait un peu trop, mais c'est ma sœur...

Même si j'apprécie tous ces soins, je ne peux m'empêcher de me demander si ma mère, une seule fois dans sa vie, a déjà pensé à des choses comme ça. Comment se coiffer ou s'habiller ? Elle n'a jamais passé la moindre crème sur son visage ni même mis les pieds dans une baignoire. Aujourd'hui, je suis presque certaine qu'elle a été jetée en prison après son arrestation. Il faut que j'en parle à Paul. Il a peut-être des réponses ou des renseignements la concernant. Pourquoi n'ai-je pas osé lui en parler plus tôt ?

Peut-être que j'ai peur des réponses qu'il pourrait me donner. Mais il faut que je sache…

Angela m'a imposé une sieste d'au moins une heure afin que « mon teint ne soit pas brouillé d'ici ce soir ». Elle a enfin disparu dans sa chambre. Nana range la cuisine et Paul est dans son bureau. C'est le moment ou jamais d'être un peu seule avec lui. La porte est fermée et après de longues secondes d'hésitation, je me décide à frapper.

— Entre, Nana !

Je ne suis encore jamais allée seule dans le bureau de Paul et ma sœur ne frappe jamais. Dès qu'il m'aperçoit, Paul se lève d'un coup et la stupeur se lit sur son visage. Je retiens un sourire parce que, finalement, je sais de qui je tiens. Ses réactions n'ont jamais de demi-mesure.

— Lily ? Quelque chose ne va pas ?

— Non, non, tout va bien, Paul, je voulais juste savoir si tu avais quelques minutes.

— Oui, je t'en prie. Entre, viens t'asseoir là, ma chérie !

Il se dirige vers le canapé et, d'un geste, m'invite à prendre place à ses côtés. Je ne sais pas trop par où commencer et mon silence commence bien évidemment à l'inquiéter.

— Lily, tu peux me parler de ce que tu veux. Tu le sais ? Tous les sujets, toutes les questions, je peux tout entendre et je ferai de mon mieux pour te répondre.

— Oh, OK ! Paul, en fait, tu sais… Je suis contente que tu sois venu me chercher et je suis heureuse d'être ici avec toi, Angela et Nana. Vous êtes tous si gentils avec moi. Je n'ai pas envie de vous quitter ni rien de ce genre… Mais, Paul, j'ai besoin de savoir…

— De savoir quoi, chérie ?

— Pour ma mère, enfin je veux dire pour Minh-Tâm. Je me demandais si tu savais ce qu'elle était devenue. Tu comprends, maintenant que je ne suis plus une enfant, je saisis mieux la portée de son geste et tout ce qui en a découlé pour Angela et toi, mais...

— Et surtout pour toi, Lily, surtout pour toi !

— Oui... je sais, mais... j'ai toujours été heureuse avec elle. Tu vois, malgré tout ça... Sais-tu où elle se trouve, Paul ? Je veux savoir si elle est en prison.

Paul a baissé les yeux et semble réfléchir à ce qu'il va me dire. Je sais qu'il se livre à un combat intérieur pour être sûr de ce qu'il peut ou non me révéler.

— Lily, je ne vais pas te mentir, je vais te raconter ce qui s'est passé.

Bonne décision, Paul !

Il se lance dans le même récit que celui que m'a fait ma mère lorsque j'avais une douzaine d'années, mais avec sa propre vision et sa propre histoire. Vu du côté de son angoisse, de sa douleur et de sa peine. Il commence par me parler de Suzanne tout à son bonheur d'être jeune maman, de ses doutes et de sa force pour s'occuper de deux bébés à la fois, de sa joie de vivre et de sa douceur. Puis petit à petit, il arrive à cette journée dramatique qui a bouleversé nos vies. Suzanne abattue par les voleurs de médicaments, le docteur Anderson blessé par une balle dans l'épaule, le coup de téléphone lui annonçant le décès de sa femme et de sa fille, puis son arrivée sur les lieux du drame.

— Quand je suis arrivé, ils avaient déjà mis Suzanne dans l'ambulance, elle était morte pratiquement sur le coup. Angela était posée sur son ventre, elle était couverte de sang, mais n'était pas blessée.

Paul est tout pâle. Se remémorer tout cela lui demande un effort incommensurable et je n'ose ni l'interrompre ni l'encourager. Sa douleur est presque palpable et j'aimerais pouvoir le réconforter. C'est complètement idiot, je sais, mais je me sens un peu responsable de toute cette histoire et de cet enfer qu'il a traversé. Alors que je le laisse se débattre avec ses souvenirs, il secoue la tête comme pour se forcer à revenir au moment présent, puis reprend doucement :

— Elle était couverte du sang de sa mère. Un policier m'a mis Angela dans les bras pendant que deux ambulanciers étaient en train de déposer un bébé sans vie sur un brancard. Ce bébé portait ta robe, mais en un seul coup d'œil, j'ai bien vu que ce n'était pas toi. Il était tellement minuscule, c'était un nouveau-né d'à peine quelques heures. J'ai eu beau crier, pleurer et leur mettre Angela sous le nez pour leur montrer que ce bébé ne pouvait pas être sa sœur jumelle, ils ne m'ont pas écouté. Ils m'ont pris pour un hystérique et ont mis tous mes dénis, toute ma révolte sur le compte de mon état de choc. Je reconnais m'être emporté, mais je n'arrivais pas à concevoir qu'ils puissent ne pas voir l'évidence... Même s'il venait sans doute de naître, il était évident que ce bébé était vietnamien et j'avais beau le clamer sur tous les tons, ils ne m'ont pas écouté. C'était en effet improbable pour eux qu'en l'espace de quelques minutes, juste le temps que les secours arrivent, quelqu'un ait pu préparer une telle mise en scène et se volatiliser. Et qui enlèverait un bébé en prenant soin de le déshabiller ? Ils n'ont jamais voulu entendre qu'on pouvait être en présence d'un cambriolage, du meurtre d'une femme, du meurtre d'un nouveau-né *et* d'un kidnapping.

Cela faisait trop pour eux, il n'y avait aucune raison de se poser plus de questions. Et de toute façon, ils ne parvenaient à établir aucun lien entre ces différents délits. Ils n'ont donc pas cherché plus loin. Le docteur Anderson est resté hospitalisé plusieurs jours, mais dès que j'ai pu, je lui ai tout raconté. Il n'avait rien vu de ce qui s'était passé à l'extérieur. Il n'a su que plus tard que Suzanne avait été tuée. Il attendait effectivement sa visite, mais comment imaginer qu'elle ait pu être présente à ce moment précis ? Entre-temps, je n'ai pas eu le choix, j'ai dû procéder aux funérailles de Suzanne et de ce bébé, puisqu'après une prétendue enquête, on m'a rendu les deux corps. À partir de là, je t'ai cherchée partout, mais personne ne t'avait vue et je n'avais aucune trace de toi. Pour couronner le tout, je n'avais plus aucune preuve de ton existence puisque tout ce qui me restait, c'était ton certificat de décès ! Après plusieurs mois de recherche, je ne savais plus quoi faire et Angela avait besoin d'une vie plus stable. Alors nous sommes rentrés ici, tous les deux. Ce n'est qu'un an après le décès de Suzanne que le docteur Anderson m'a appelé pour me dire qu'il était sûr de t'avoir vue. Je lui ai fait parvenir une photo d'Angela et après ça, il n'y avait plus aucun doute, tu étais vivante.

— Et la police ? Pourquoi n'as-tu pas donné mon signalement à la police ?

— Lily, tu n'existais plus, il ne me restait qu'un acte de décès. Comment faire établir des recherches sur un bébé décédé ? J'ai tout essayé, je t'assure.

— Puis tu as engagé les deux hommes ?

— Oui, mais chaque fois qu'ils pensaient t'avoir trouvée, tu disparaissais à nouveau et tout recommençait. J'avais tellement peur pour toi. Je ne savais pas si tu étais heureuse ou maltraitée... Une femme en mal d'enfant t'avait enlevée, mais je ne le savais pas à l'époque et j'étais persuadé que tu étais esclave... je ne sais où. Dans mes pires cauchemars, tu avais même été vendue à un réseau de prostitution.

Ses derniers mots sont à peine audibles et je prends réellement conscience de l'ampleur de sa souffrance durant toutes ces années. Je veux le rassurer et, en même temps, je ne veux pas lui mentir en lui servant un conte de fées qui n'existe pas. Aujourd'hui, par comparaison avec la vie que je mène ici, je me rends bien compte que j'ai vécu comme une recluse. Je n'ai jamais eu de relation avec personne, je n'ai jamais eu d'amie et le peu de rapports que j'aurais pu avoir avec d'autres enfants a toujours été vicié par ma différence et surtout par le comportement étrange que j'avais adopté au fil de ma vie non moins étrange. L'angoisse constante de ma mère m'a toujours incitée à me méfier de tout le monde. Aujourd'hui, je sais que rien de tout cela n'était normal, mais à l'époque... comment aurais-je pu le savoir ? C'était ma vie, je ne connaissais rien d'autre et ça me convenait.

— Paul, non... rien de tout ça. Je t'assure, la vie n'a pas été facile parce que j'étais... différente, mais j'étais heureuse. Bien sûr, on a manqué de tout, c'était même compliqué de se nourrir par moments, mais je n'ai pas manqué d'amour. Elle n'a jamais voulu tout ça. À la base, elle a fait ça pour me protéger. Elle venait de perdre son bébé, c'est pour ça qu'elle voulait voir le médecin, mais c'était déjà trop tard. Puis les secours n'arrivaient pas, elle n'a pas voulu me laisser seule... C'était un coup du sort, un mauvais tour du destin, mais je te promets que jamais elle n'a voulu tout ça. Elle a tout perdu elle aussi. Lorsqu'un an plus tard, le docteur Anderson lui a dit que tu avais quitté le Vietnam, elle a eu peur que l'on ne te retrouve pas et que j'atterrisse dans un orphelinat, alors elle a préféré fuir. J'imagine bien ce que tu peux ressentir pour elle, mais, Paul... elle est la seule mère que j'aie jamais eue. Elle était ma seule famille jusqu'à ce que tu viennes me chercher et je l'aime tellement... Est-ce que tu sais où elle est ?

Il redresse la tête pour me regarder, émet un petit rire sans joie et reprend à nouveau :

— C'est une drôle de situation, hein, Lily ? Quand les détectives privés que j'avais engagés vous ont enfin retrouvées, vous avez été arrêtées et, en effet, ils l'ont mise en prison. Puis, quand je t'ai récupérée presque trois ans plus tard, quand j'ai vu l'amour que tu avais pour elle... Quand j'ai compris un peu votre histoire, j'ai retiré ma plainte. J'ai expliqué à la justice qu'il s'agissait d'une méprise, d'un échange malencontreux de bébés. J'ai réussi à la faire libérer... Je l'ai fait pour toi, Lily... et pour être tout à fait honnête, pour moi aussi. J'avais peur qu'un jour, tu m'en veuilles. Mais je te promets que je ne sais pas où elle est depuis. Je n'en ai aucune idée...

— Oh !

— Ne pleure pas, Lily, je t'en prie, pardonne-moi, je ne savais pas tout ça et je comprends ce que tu me racontes. Ta position est compliquée...

— Je ne pleure pas ! Enfin... pas comme tu le crois. Paul, tu as vraiment retiré ta plainte ? Pour moi ? Merci !

En un quart de seconde, je me retrouve blottie dans ses bras. Je me suis littéralement jetée sur lui sans que mon cerveau m'en ait donné l'ordre. Pris de court, il ne sait pas très bien comment réagir. Je n'ai jamais eu ce genre de réaction et nous sommes aux antipodes de mon comportement habituel. Tout d'abord hésitant, il passe ses bras autour de moi avant de me rendre mon étreinte en soupirant de bonheur. Sa main tremblante caresse doucement mes cheveux et il se met à me bercer tendrement comme si j'étais encore une toute petite fille. Comment ai-je pu vivre sans lui aussi longtemps ? Je me sens tellement en sécurité et tellement sereine. C'est la première fois que je suis dans ses bras et je comprends avec une certitude absolue que c'est ici qu'est ma place. Même si je ne regrette rien, je sais que c'est à cet endroit précis que j'aurais toujours dû me trouver. *Il n'y a plus le moindre doute, j'ai un père !*

CHAPITRE 23

Même si ce mois de juin nous accorde déjà des journées bien ensoleillées, les températures restent fraîches et j'espère que ma robe n'est pas trop légère. Mon corps ne semble pas avoir oublié la chaleur de mon pays natal et au moindre coup de vent, je suis frigorifiée.

Assises sur mon lit, Angela et moi parlons des derniers examens du baccalauréat lorsque le carillon de la porte retentit. Je me tourne vivement vers ma jumelle.

— Eh, Lily, tu es une Becker, alors tu es capable de gérer n'importe quelle situation !

— Mais... qu'est-ce que je vais lui dire ? Qu'est-ce qu'on va se raconter ? Je ne lui ai jamais parlé, Angela. Je t'en prie, dis-lui que je suis souffrante ou que je suis partie au bout du monde.

— Oui, bien sûr, ou alors que je t'ai fait interner parce que tu es complètement folle. Reprends-toi immédiatement et descends ! Ça va aller, Lily, tu ne vas pas passer le reste de ta vie dans ta chambre pour être sûre de ne croiser personne ! Allez, je passe devant ! Tu comptes jusqu'à vingt et tu me rejoins.

Pourquoi jusqu'à vingt ? Angela quitte la chambre et, par la porte entrouverte, je perçois les voix de Paul, John et Nana sans pour autant saisir ce qu'ils se disent. Mon père doit être en train de faire passer à John un examen approfondi et je souris en imaginant la tête que ce dernier peut bien faire à cet instant. En revanche, ce que j'entends très clairement, ce sont les battements de mon cœur qui menace d'exploser tellement je suis nerveuse. Je suis prise au piège et cette fois, personne ne me sauvera. Angela ne volera pas à mon secours, Nana va m'encourager d'un petit hochement de tête et Paul va me jeter son fameux regard : *Je suis de tout cœur avec toi, je sais que tu es en panique, mais passe une bonne soirée quand même !*

La voix de John, qui salue ma sœur, me tire de mes pensées. Bon ben, ça doit faire vingt, là, et je n'ai plus le choix, il faut que j'y aille. Oh, Seigneur... mais qu'est-ce que je vais bien pouvoir lui raconter ? Et s'il me charrie, comment dois-je réagir ? Bon, comme dirait Angela, je suis une Becker... *Et dire que si ma sœur ne m'avait pas secouée, je serais encore en pyjama à l'heure qu'il est, pas coiffée, pas maquillée. Merci, Angela... Merci, merci, merci !* Bon, c'est parti ! Je traverse le long couloir qui mène à l'escalier et j'entame la descente vers mon enfer. Enfin, en même temps, près de lui je me sens plutôt au paradis. *C'est ça... il est mon enfer paradisiaque ! Oh là, du calme, Luu-Ly !*

Quand j'arrive au milieu de l'escalier, tous les visages se lèvent vers moi et tous les regards sont rivés sur ma robe. John a les yeux écarquillés et je ne sais pas trop ce qu'il pense... J'espère juste qu'il ne regrette pas son invitation. Ma main est déjà dans mon cou, à la recherche du doux tissu... *Pas de foulard, Luu-Ly, reprends-toi !* Je me ravise. J'arrive en bas et mon angoisse monte encore d'un cran. *Il n'est pas censé dire des trucs du genre « Tu es belle » ou « Ta robe est jolie » ou même « Bonjour Lily » ?* Paul met fin à ce silence insoutenable en me complimentant à nouveau, mais John, qui me regarde toujours fixement, ne dit pas le moindre mot. J'ai envie de faire demi-tour et de partir me cacher en courant bien à l'abri dans mon lit.

— Ben alors, Heitzman, t'es plus bavard d'habitude. T'as le sifflet coupé, hein ?

Angela n'a pas pu s'empêcher de le taquiner, mais il semble en effet avoir perdu son ironie habituelle.

— Lily, tu es... tu es... époustouflante, finit-il par lâcher en me tendant la main.

Une petite dose de confiance me gagne et j'affiche un large sourire téméraire du genre « Je suis une Becker, je suis époustouflante et je n'ai peur de rien ».

— Bonsoir, John, tu vas bien ?

— Heu...

Angela éclate d'un grand rire vraiment peu élégant quand elle remarque la gêne excessive de John qui finit par sourire timidement en secouant la tête. *John intimidé ? Eh, Heitzman, t'as un problème ? Tu veux que je te prête mon foulard ?*

— Jeune homme, je vous confie ma fille, elle m'est très précieuse, prenez-en grand soin !

— Vous pouvez compter sur moi, monsieur Becker.

Je ne sais plus où me mettre. Paul a l'air tellement ému et John tellement tendu... Il acquiesce d'un petit mouvement de tête en direction de mon père, comme pour lui certifier qu'il a bien pris note des consignes. *Pitié, arrêtez ça, les garçons, j'ai l'impression d'être une œuvre d'art !*

— Je vous préviens, pas d'alcool et vous la reconduirez jusqu'à la porte. Je compte sur vous !

— Ne vous en faites pas, Monsieur Becker, je ferais très

attention, je vous le promets.

Angela m'enlace en m'embrassant.

— À tout à l'heure, sœurette, et surtout sois sage, ajoute-t-elle au creux de mon oreille en affichant un air mutin.

Je suis choquée par ce sous-entendu. J'espère bien qu'elle plaisante et qu'elle n'est pas en train de deviner les pensées pas très convenables qui me traversent l'esprit. Nana s'approche à son tour et dépose une bise sur chacune de mes joues. Paul paraît si heureux pour moi, et je le ressens tellement fort à cet instant, que mon cœur se serre. *J'ai l'impression d'être une rock star quand il me regarde comme ça !*

— Passe une bonne soirée, ma chérie.

Submergée par une vague d'émotions, je me jette dans ses bras sous les regards interloqués de Nana et de ma sœur.

— Merci, papa !

Paul se fige et me regarde en penchant légèrement la tête comme s'il cherchait à s'assurer que ce petit mot, si lourd de sens, venait bien de sortir de ma bouche. Ses yeux sont brillants et je vois l'effort qu'il fait pour contenir ses larmes. Il sait combien il me mettrait mal à l'aise si lui aussi laissait libre cours à ses émotions. Discrètement, Nana essuie quelques larmes et Angela se jette sur moi pour me serrer un peu trop fort dans ses bras. John ne doit pas trop comprendre ce qui se passe et se contente de détourner le regard comme pour ne pas s'immiscer dans ce moment tellement particulier que nous traversons tous. Lorsque Paul me relâche, je sens la main de John qui emprisonne la mienne et qui m'entraîne doucement vers la sortie. Je ne quitte pas mon père des yeux jusqu'à ce que la porte soit totalement refermée.

— Eh bien, tout le monde s'aime chez les Becker ! me dit gentiment John dès que nous nous retrouvons seuls.

— Oui, en effet, c'est...

— Une longue histoire ?

— Oui, c'est ça !

— Ben, ça tombe bien, on a toute la soirée, bébé.

Je pense qu'il est inutile de préciser l'effet que ce simple petit mot déclenche chez moi !!! Il semble déterminé à ne pas me laisser m'en sortir comme ça, il veut comprendre et ne lâchera pas l'affaire. C'est vrai, même vu de l'extérieur, j'imagine que l'intensité de ce moment a dû lui paraître bizarroïde.

— Ce n'est pas très intéressant, tu sais...

— Ah mince, je me suis donc fait rouler. Je pensais passer la soirée avec une fille intelligente et super intéressante.

— Ça y est, c'est parti... Tu vas te moquer de moi ?

Il fait volte-face, attrape mes deux mains et m'attire face à lui.

— Luu-Ly, arrête de penser ça. J'aime bien t'embêter, juste un peu, pour te faire réagir parce que... tu es tellement adorable... mais je ne me moque jamais de toi.

Il est si près de moi que nous sommes presque enlacés et sa bouche est si proche de la mienne que, pendant un moment, je crois qu'il va m'embrasser. Mes jambes ne me portent plus et s'il me lâche, je tombe. Mais il ne me lâche pas et il ne m'embrasse pas. Il se remet en marche en tenant fermement ma main dans la sienne.

— Alors, pourquoi ton père avait-il l'air tellement ému ? Certes, j'imagine qu'en te voyant, n'importe quel père serait vraiment fier, mais il s'est passé un truc avant qu'on parte, non ?

— En fait, c'est juste parce qu'il est mon père.

— Il ne s'en était pas aperçu avant ? me dit-il de son ton moqueur *qui finalement ne l'est pas si j'en crois ce qu'il vient de me dire.*

— Si, bien sûr que si, ce n'est pas lui… c'est moi.

— Je ne comprends rien à ce que tu me racontes, là !

— Laisse tomber, c'est vraiment idiot vu de l'extérieur.

— Alors, laisse-moi entrer… au lieu de fuir tout le temps.

Sa main se resserre davantage sur la mienne et ses derniers mots sont presque un murmure. Tandis qu'il m'ouvre la portière et que je m'installe dans la voiture, je me décide à lui raconter cette étape de ma vie qui va probablement lui paraître dérisoire, mais qui pour moi est un véritable raz-de-marée dans mes sentiments.

— Ce soir, je l'ai appelé « papa ». Enfin, je veux dire, pour la première fois… c'est tout.

— Comment ça, « c'est tout » ? Tu parles… Je comprends ! Ça veut dire qu'il a su gagner ta confiance, Luu-Ly. J'aimerais avoir cette chance, moi aussi.

— Oh, John, tu veux que je t'appelle papa toi aussi ?

— Oh, tu te paies ma tête, Becker ? Je suis choqué, mais ça me plaît !

Amusé par mon audace, il éclate de rire en secouant la tête. Je n'en reviens pas de ma témérité et des confidences que je viens de lui faire.

Il fait démarrer la voiture et, heureusement, ne rétorque rien de plus à mon attaque espiègle.

— Je ne sais pas si je te l'ai déjà dit, mais tu es vraiment très belle, tu sais ? Enfin, je veux dire que tu es carrément renversante ! Merci d'avoir accepté mon invitation.

— Merci. Pour être tout à fait honnête, tout cela – je désigne ma tenue de haut en bas –, c'est l'œuvre de ma sœur. Elle trouve que je ne sors pas assez et ça l'inquiète beaucoup.

John me regarde, surpris, avant d'ajouter :

— Alors là, détrompe-toi. Je pense qu'Angela aurait été moins inquiète de te savoir seule ce samedi soir que de te savoir avec moi.

J'éclate de rire, parce qu'il ne doit pas être bien loin de la vérité.

— Si ça ne te dérange pas, on va passer chez moi ! Ma sœur doit sortir elle aussi et j'ai promis de la déposer à sa soirée. Elle a horreur des transports en commun. Elle m'a prévenu il y a un quart d'heure et j'étais déjà en route pour chez toi.

— Oui, il n'y a pas de souci, ça ne me dérange pas du tout.

John passe le reste du trajet à me questionner sur mes projets d'études, sur mes incroyables progrès et sur mes attentes. Finalement, la conversation avec lui est facile et il n'a pas l'air de me faire marcher ou de me juger. Il est tellement différent ce soir...

CHAPITRE 24

Arrivée devant chez lui, je ne me sens vraiment pas très à l'aise à l'idée de devoir parler à sa famille, mais pour être honnête, à cet instant, je n'échangerais ma place pour rien au monde.

— Détends-toi Becker, raille John en m'ouvrant la portière. On va juste chercher ma sœur, ce n'est pas une présentation officielle à ma famille.

Content de son attaque moqueuse, il me fait un clin d'œil et s'empare fermement de ma main.

Je n'étais encore jamais venue à Montreuil et la petite maison de ville devant laquelle John s'est garé semble très ancienne, mais charmante. Il pousse la grille en fer forgé donnant sur une petite cour lorsqu'une femme, un peu trop jeune pour être sa mère, nous ouvre la porte en souriant. Elle porte une jolie fillette qui ne doit pas avoir plus de deux ans alors qu'un petit garçon d'environ quatre ans est enroulé, à la façon d'une branche de lierre, autour de sa jambe. Elle fait un pas en arrière pour nous inviter à entrer et à peine avons-nous mis un pied à l'intérieur que nous sommes assaillis par tout un comité d'accueil. John paraît à son tour un peu tendu et resserre ma main dans la sienne.

— Bonjour, vous devez être Luu-Ly, me dit gentiment la jeune femme.

Mince alors, je pensais qu'il m'appelait comme ça uniquement pour m'embêter. C'est vraiment étrange d'entendre mon prénom dans la bouche d'une inconnue. C'est un peu comme si quelqu'un reconnaissait mon existence. J'aime mon nouveau prénom et ma nouvelle vie, mais je suis Luu-Ly et le monde entier semble l'avoir oublié, comme si je n'avais jamais existé avant mon atterrissage à Charles-de-Gaulle.

— Je te présente ma tante et mon oncle, mon petit cousin Thomas et sa sœur Milia.

Il désigne les deux jeunes enfants puis se retourne vers quatre adolescents qui me détaillent de la tête aux pieds avec un intérêt non dissimulé :

— Voici mes petites sœurs, Mélina, Emmy et Léanne et enfin mon petit frère Noa.

Waouh, ça alors, ils sont nombreux ! Noa, qui semble être le plus jeune, lui ressemble étonnamment, les fossettes en moins. Les trois jeunes filles me dévisagent, mi-curieuses mi-amusées. Tout le monde me pose mille questions et je ne sais plus où donner de la tête. Contrairement à ce que John m'a annoncé avant de rencontrer sa famille, j'ai vraiment l'impression que je suis en train de subir l'interrogatoire de préfiançailles. Cette pensée me fait sourire intérieurement parce que j'imagine la tête qu'il ferait si lui aussi se remémorait la phrase qu'il m'a dite quelques minutes plus tôt.

— Bon, si on y allait, annonce Mélina. Je vais finir par être en retard, moi.

Sans autre préambule, elle se précipite dans la cour puis se dirige vers la voiture de son frère.

En sortant, je me sens tellement perdue et dépassée par toute cette adorable foule bruyante et enthousiaste que j'en ai les mains qui tremblent. Même si j'affiche toujours un sourire impassible pour camoufler l'affolement qui s'est emparé de moi, je viens de passer les dix dernières minutes au-dessus de mon corps et je ne me rends pas compte que je serre sa main comme si ma vie en dépendait.

— Lily-Rose Becker, je crois que si tu continues à me broyer la main si fort, mes doigts vont tomber, murmure John tout en marchant.

Je lâche immédiatement mon étreinte et pique le fard de ma vie. Bon, c'est vrai, je suis championne pour cacher mes émotions, tout le temps et avec tout le monde... OK, sauf avec lui, c'est un fait !

— Ne lâche pas ma main, bébé !

Ouh là, c'est presque un ordre ça ! Se défaisant instantanément de son sérieux, il ajoute d'une voix plus légère en m'ouvrant à nouveau la portière de la voiture :

— Merci d'être restée, j'ai cru que tu allais partir en courant. Ils peuvent être un peu... indiscrets parfois, mais ils sont tous adorables. Je sais que tu n'aimes pas quand il y a trop de... débordements.

— Ils ont tous l'air très gentils, ça ne m'a pas gênée, je t'assure.

Dans la voiture, Mélina n'arrête pas de papoter et de rire. Elle lance tout un tas de petites piques espiègles à son frère qui lui répond du tac au tac avec un plaisir non dissimulé. Ça doit être un trait de famille. À cause des embouteillages du samedi soir, il nous faut pratiquement trois quarts d'heure pour effectuer le trajet jusqu'à la rue de Crimée dans le dix-neuvième arrondissement, là où Mélina a rendez-vous.

— Tu viens me rechercher demain, hein chouchou ?

— Ouais, répond John de mauvaise grâce en levant les yeux au ciel.

La jeune fille quitte la voiture avant de disparaître derrière la porte cochère d'un vieil immeuble parisien.

— Ma sœur est un vrai phénomène, déclare John, feignant l'épuisement.

— Je te rassure, la mienne aussi.

— Ouais, ce n'est pas faux.

— J'étais ravie de rencontrer ta famille. Tes parents ne sont pas là ?

Il se rembrunit et une pointe de tristesse traverse son regard. *Merde, j'ai encore dit quelque chose qu'il ne fallait pas !*

— Non, on vit chez ma tante et mon oncle.

— Tous les cinq ? Waouh, ça fait une sacrée fratrie.

Je ne sais plus quoi dire et comme il a l'air absorbé par ses pensées, je n'ose plus poser de questions. J'imagine que ma sœur m'aurait avertie si ses parents étaient décédés, elle est toujours au courant de tout ! Peut-être ont-ils dû se séparer temporairement de leurs enfants ?

— Tu connais le Crêpolog ? demande John tandis que je m'aperçois qu'il vient de garer la voiture à deux rues de chez moi.

— Heu... non.

— Je te propose une crêperie et un ciné. Ça te va ? Pas très original, mais ton père ne veut pas que tu rentres tard, alors en restant dans le coin, ce sera plus simple.

Nous arrivons face à la crêperie le Crêpolog, rue Neuve-Saint- Pierre, devant laquelle je suis en effet passée des centaines de fois sans jamais prêter attention au nom un peu loufoque du restaurant. Lorsque la serveuse nous installe à notre table, je me rends compte à quel point tout cela ressemble à un rendez-vous galant et je suis tout à coup très mal à l'aise.

— Alors, Lily, parle-moi de toi. Je ne sais pratiquement rien de toi.

— De moi ?

— Oui. Dis-moi ce que tu aimes.

— Ce que j'aime ?

— Tu comptes répéter ce que je dis toute la soirée ?

Sa question me fait rire, il faut vraiment que je me détende.

— J'aime les livres, la musique, regarder les gens, parler...

— Parler ? Tu aimes parler ? Mais je n'ai jamais réussi à te faire dire plus de trois mots d'affilée.

Il rit comme si je venais de dire une énormité.

— Bien sûr que j'aime parler, mais toi tu...

— Je quoi ? Bon, OK, OK, tu aimes parler ! ricane-t-il en agitant les mains comme pour se défendre.

— Parfaitement.

Aussi surprenant que cela puisse paraître, le dîner passe à une vitesse incroyable. Je me sens totalement détendue et nous alternons les crises de rire et les conversations plus sérieuses. Bon, mon humeur s'est un peu assombrie quand cette fille, débarquée de nulle part, est venue, la bouche en cœur, faire du gringue à John. À aucun moment il n'a paru gêné, la laissant parler encore et encore tandis que j'avais l'immense privilège de faire connaissance avec « Jalousie », ce sentiment qui a bien failli m'étouffer sournoisement avec ma crêpe. Lorsqu'enfin, elle est partie, après avoir bien insisté pour qu'il la rappelle dans la semaine, John a repris notre conversation comme si l'intervention de cette fille brune n'avait pas eu lieu. Il m'a fallu quelques minutes pour pouvoir me détendre à nouveau.

Main dans la main, nous approchons maintenant du Luminor Hôtel-de-Ville. Le cinéma est à peine à un kilomètre de chez moi et je me demande déjà comment je vais réagir lorsque je serai assise tout près de lui dans la grande salle sombre. Je ne sais pas trop quoi ressentir et j'hésite entre la panique, l'euphorie, la peur et l'extase. *Je déciderai sûrement le moment venu.*

En faisant la queue pour prendre les billets, John est accosté, une nouvelle fois, par une fille à moitié hystérique de le trouver ici. Camille, une des plus jolies filles de notre classe, ne semble même pas s'apercevoir de ma présence et ne se prive pas de faire des allusions sur « le bon vieux temps » qu'ils ont apparemment passé ensemble. S'il a le bon sens de sembler tout de même légèrement mal à l'aise, il accepte toutefois, sous mon regard médusé, de se joindre au groupe d'amis avec lequel Camille est venue.

Assise à côté de John et au milieu de nos nouveaux compagnons de soirée, dans la grande salle sombre, mon esprit a déserté mon corps. Je ne suis plus là. John a beau essayer de me parler, je reste muette comme une carpe.

— Désolé, ça aurait été bizarre de refuser, murmure John qui semble tout à coup se rendre compte de la situation.

— Mmh.

— Elle n'est pas très discrète, mais… c'était avant.

Avant quoi ? J'ai beau faire tous les efforts du monde, mon manque de confiance est revenu au grand galop et je ne sais plus quoi dire, je ne sais même pas ce que je fais là.

Le film n'a pas encore commencé et nous avons pourtant déjà dévoré la moitié de la boîte de pop-corn posée sur mes genoux. Nous piochons nerveusement tour à tour les petites friandises jusqu'à ce John attrape quelques grains de maïs sucrés et les pose délicatement entre mes lèvres.

J'ai le visage en feu et je ne comprends pas comment ce garçon peut me chambouler autant. Je ne sais définitivement pas quoi penser de John Heitzman et ma colère, pas vraiment justifiée mais pourtant bien réelle, ne m'aide pas. Il est arrogant, insolent, provocateur et à la fois délicat, patient et attentionné. Je déteste être loin de lui, c'est comme si je n'avais plus d'oxygène, et paradoxalement, quand il est si proche... c'est encore pire. Tout doucement, il approche son visage du mien et je ne sais pas si je dois le laisser faire ou non après ce qui vient de se passer. Au moment où ses lèvres sont à quelques centimètres des miennes, son téléphone se met à vibrer, émettant un bruit sourd dans le silence de la salle de cinéma. John recule en jurant et attrape dans sa poche l'objet perturbateur. Il coupe l'appel sans répondre, mais un texto apparaît presque aussitôt sur l'écran.

— Il faut qu'on y aille, m'informe-t-il tout à coup en s'emparant de ma main pour que je me lève

— Il y a un problème ?

— Oui. Ma sœur est en galère, elle veut que je vienne la chercher immédiatement.

Nous quittons le cinéma à la hâte et en quelques minutes à peine, nous sommes arrivés devant chez moi.

— Désolé de te planter comme ça, Lily. Je suis content que tu aies accepté mon invitation, dit-il en passant sa main sur ma joue.

J'aurais aimé pouvoir trouver une réponse un peu sèche parce que je suis tout de même contrariée par certains aspects de notre soirée, mais je n'y arrive pas. En plus, quoi de plus naturel qu'un frère qui vole au secours de sa petite sœur ?

CHAPITRE 25

Le lendemain, en fin de matinée, John me téléphone à la maison et je dois faire appel à tout mon sang-froid pour ne pas me mettre à crier ou à sauter partout. Fébrilement, je prends le combiné que Nana me tend en essayant de me rappeler que je suis tout de même vexée par l'intervention des deux filles de la veille. Même si dans le fond, il n'a pas cherché ces rencontres, il n'a rien fait non plus pour y mettre fin rapidement. C'est peine perdue, le son de sa voix achève le processus d'envoûtement qu'il exerce sur moi.

Pour se faire pardonner d'avoir écourté la soirée, John m'a donc invitée à faire une petite balade cet après-midi et après être passée par toutes les couleurs, j'ai courageusement accepté. C'est Paul qui l'accueille lorsqu'il arrive à la maison et, tout à leur conversation, ils ne m'entendent pas arriver. J'ai tout loisir de le regarder sans être vue, mais je sais que s'il s'en apercevait, il dégainerait sûrement son petit air ironique du genre *Eh, Becker, je rêve ou t'es en train de me lorgner ?*

— Ah, Lily, tu es là ? Ton ami est arrivé. Bon, je vous laisse, les enfants.

Paul s'éclipse discrètement et maladroitement comme s'il nous laissait entre amoureux. *Merci, Paul !*

— Salut, Luu-Ly, on va faire un tour ? demande John, amusé par la réaction de mon père.

— Bonjour, John.

La magie d'hier ne s'est pas envolée mais je me retrouve face à son sourire parfait et je dois être rouge comme une tomate.

— Détends-toi, Becker ! On ne va pas se marier, on va juste faire un tour.

Il me bouscule gentiment d'un léger coup d'épaule et attrape ma main en riant. Ce simple contact suffit à rallumer ce sentiment d'euphorie et de bien-être que j'ai ressenti lors de notre soirée. C'est instantané !

Tout en marchant dans la rue, nous rions et je m'aperçois que son rire rauque et franc est l'une des choses qui me fascine le plus chez lui. Au coin de la rue, John s'arrête et je découvre avec horreur que nous sommes devant sa moto et qu'il me tend un casque. Je suis médusée. Je ne vais quand même pas faire de la moto ! Pas moi ! Je n'ai jamais fait ça ! *Ah non, c'est hors de question !* Bon, c'est sûr que s'il continue à me regarder comme ça avec son sourire en coin et ses sourcils relevés, d'un air de dire *Arrête ton cinéma, Becker, je sais que tu en meurs d'envie*, je ne vais sûrement pas résister longtemps. D'autant qu'effectivement... j'en meurs d'envie ! *Arrgh, comment il sait ?* Mon visage se fend d'un large sourire et, pour dire la vérité, je suis surexcitée. Je vais faire quelque chose que je n'ai jamais fait et qui semble tellement hors du commun... enfin pour moi, même si à Hanoï, la moto est sûrement le moyen de transport le plus utilisé... *Bien sûr, les motos là-bas n'ont rien de commun avec celle de John.* Je me mords la lèvre pour essayer d'arrêter de rire et je commence à argumenter, de la façon la moins crédible qui soit :

— Non, mais John... je ne vais pas monter là-dessus !

— Oh, désolé, bébé, j'avais oublié... Une princesse... bien sûr, tu es une princesse ! Non, mais quel idiot, j'aurais dû venir en carrosse !

Un large sourire creuse ses fossettes.

— Mais Paul, euh, enfin, mon père ne m'autoriserait jamais à faire ça !

— Eh oui, je sais ! C'est justement pour ça que je me suis garé plus loin.

Il a l'air très content de lui et me tend le casque pour la seconde fois. *Et merde, au diable les bonnes manières !* Pour la première fois, je vais faire quelque chose que je sais défendu. Paul serait fou s'il savait ça. J'attrape le casque jet qu'il me tend et l'enfile. Il s'approche de moi pour l'attacher sous mon menton. Il est si proche, bien trop proche et mes joues s'empourprent quand je sens les petits papillons, qui me sont maintenant familiers, voleter au creux de mon ventre.

— C'est moi ou la moto qui te fait cet effet-là ? chuchote-t-il.

C'est incroyable, il devine tout ce que je ressens ! C'est super embarrassant ! Et pour toute réponse, je rougis deux fois plus, ce qui lui arrache un sourire limite insolent.

— Arrête de réfléchir, laisse-toi aller ! Amuse-toi et ne pense à rien d'autre !

Sa voix, chaude et profonde, m'envoûte totalement. Je suis complètement sous son emprise.

— Et pitié... arrête de me regarder comme ça ! renchérit-il.

— Oh !

Ça veut dire quoi, ça ?

Il éclate de rire, je baisse les yeux, mais j'adore ce son. Il me caresse la joue et à son tour enfile son casque.

— Allez, monte !

— Mais John, je ne sais pas faire ça. Je ne sais pas ce que je dois faire.

— Tu me tiens bien et surtout, tu suis chacun de mes mouvements, tu te laisses aller, c'est moi qui mène la danse, bébé. Compris ?

— OK ! C'est parti pour une danse, alors !

Tout en riant, il démarre la moto alors qu'instinctivement je resserre mon étreinte autour de sa taille. Dans un élan de *Je ne réfléchis pas, je me laisse aller et je suis le mouvement*, je pose ma tête contre son dos tandis que la moto file à toute allure dans les rues de mon quartier si tranquille. La vitesse m'enivre et le vent me grise, je reste bien calée contre son corps et tous nos mouvements s'harmonisent. Je n'ai jamais rien ressenti de pareil, j'ai l'impression de voler et je suis fascinée par la vitesse. C'est la plus belle expérience de toute ma vie.

Perdue dans mes sensations, mon bien-être et mes pensées, je ne remarque pas que la moto s'est arrêtée. Et comme je ne desserre pas mon étreinte, je sens les doigts de John qui me caressent les mains avec une douceur infinie.

— Alors ? Tu as aimé ?

— C'était fabuleux !

Ma voix est suraiguë, je suis au bord de l'hystérie.

— Vraiment ?

— C'était génial... cette sensation de liberté...

Pendant que je m'exclame sur tous les tons, il s'est à nouveau approché tout près de moi pour m'ôter le casque jet. J'ai presque envie de l'embrasser tant je suis euphorique.

Dans le parc des Buttes-Chaumont, nous nous asseyons dans l'herbe, il fait un temps magnifique et je n'ai jamais été aussi heureuse et insouciante.

— Est-ce que ton prénom vietnamien a une signification particulière ? demande-t-il tout à coup.

Je suis étonnée par sa question parce que même ma sœur ne me l'a jamais demandé.

— Oui, ça veut dire myosotis.

Je pourrais finir en lui précisant que ma mère m'a donné ce prénom en hommage à Suzanne qui portait une robe ornée de petites fleurs bleues lorsqu'elle a été tuée, mais ça serait très bizarre comme remarque.

— Lily-Rose, myosotis... Je vais t'appeler Fleur, ça ira plus vite, rétorque-t-il, très fier de sa trouvaille.

Son téléphone se met à vibrer et John l'extirpe rapidement de sa poche. Il lit le texto avant de le remettre en place en levant les yeux au ciel.

— Quelque chose ne va pas ?

— Ce n'est rien, c'est encore ma sœur.

— Oh, elle a un problème ?

John éclate de rire.

— Non Lily, cette fois, je ne vais pas te planter pour aller la chercher.

— Je ne voulais pas faire référence à ça. C'est normal que tu aides ta sœur.

— Je sais, je te taquine. Elle veut juste que je lui passe de l'argent pour s'acheter un pantalon qu'elle a vu en allant faire les soldes.

— C'est à toi qu'elle demande ?

Je n'ai jamais demandé d'argent à ma sœur, cela dit à mon père non plus. Par contre, dès qu'Angela a envie de quelque chose, elle ne se gêne pas pour réclamer sans que cela semble poser de problème.

— Mes parents… ne sont plus là. Mon oncle et ma tante se sont retrouvés d'un coup avec cinq enfants de plus à nourrir. Donc maintenant nous sommes neuf, alors côté finances… c'est un peu compliqué.

— Oh John, je suis désolée. Je ne savais pas.

— Tu ne pouvais pas savoir.

Quelle idiote ! Pourquoi j'ai dit ça ? J'ai bien senti le malaise qui s'est installé hier soir lorsque je lui ai parlé de ses parents ! Heureusement que son oncle et sa tante sont là pour prendre soin d'eux… Ça doit être terrible de perdre ses parents, si jeune. En plus, je suis stupéfaite par ses aveux. Je n'ai jamais entendu parler de problèmes d'argent dans ce pays. J'ai bien croisé des mendiants qui semblaient très pauvres, mais les gens du lycée ont tous des téléphones, des gadgets, plein de vêtements… Même si la voiture qu'il conduit parfois est à son oncle, John a quand même une moto !

D'un seul coup, je me sens honteuse. Toutes ces robes, ces chaussures, tous ces cadeaux que Paul me fait… Je ne me suis jamais demandé s'il pouvait réellement se permettre de les payer…

— Hé Luu-Ly, ça ne va pas ?

— Non, non, c'est cette histoire d'argent.

— Détends-toi, tu n'as pas ce genre de problème chez toi ! Pourquoi tu t'inquiètes ?

— Depuis que je suis arrivée, je ne me suis jamais posé la question. Tout le monde ne pense qu'à moi : *mes* études, *mes* progrès, *mon* bien-être. Tu te rends compte, j'ai à peine compris le métier de Paul, je ne sais pas si nous avons assez d'argent pour tout ça. Je ne lui ai jamais demandé.

— Eh ! Redescends et calme-toi, crois-moi, tu le saurais si vous aviez des problèmes. Tu as vu où vous vivez ? Et puis, je crois savoir que ton père est vraiment à l'aise de ce côté-là. Je te rappelle que vous avez un chalet à Saint-Moritz !

— Oui, je sais bien, mais j'imagine que ce serait plus correct de lui poser la question. Il pourrait sûrement apprécier un peu d'aide. J'en parlerai avec lui en rentrant.

John éclate de rire avec cette sonorité rauque qui lui est propre.

— Ouh là ! Attends un peu, ne t'emballe pas. Parler d'argent avec les gens, tu sais, ce n'est pas toujours facile.

— Ah bon ? Pourquoi ? Tu viens bien d'en parler, toi. Je suis désolée pour ta famille. J'ai connu ça avant d'arriver, alors je comprends.

— Non, Luu-Ly, mon oncle gagne bien sa vie, mais avec la famille démesurée dont il a hérité, ça reste très juste. Puis, je ne connais pas ta vie, mais j'imagine que les problèmes d'argent que nous avons ici n'ont rien à voir avec ceux que tu as dû rencontrer au Vietnam.

— Quel rapport avec le lieu ? Dans tous les cas, si tu n'as pas d'argent, il faut trouver une solution pour pouvoir...

— Luu-Ly... Si le problème a une solution, il ne sert à rien de s'inquiéter, mais s'il n'y a pas de solution, alors s'inquiéter n'y changera rien !

— Mais... tu viens de citer Bouddha, là !

De nouveau, il éclate de rire en voyant mon air stupéfait. Et même si je suis perplexe, son hilarité est contagieuse et j'éclate de rire avec lui. Puis je prends la plus grosse voix possible pour citer à mon tour les répliques de son film culte :

— « J'ai passé l'âge de ces conneries... Tu n'étais pas encore un spermatozoïde que j'avais déjà le permis ! »

— Tu as vu *L'Arme fatale* ?

— Ouaip !

Il rit de plus belle en attrapant mes épaules pour me faire basculer sur l'herbe. Je me retrouve allongée à côté de lui. Il a passé une main sous sa tête, l'autre autour de mes épaules et il me maintient ainsi contre lui. Je pose alors ma tête sur son torse, bien consciente que c'est une attitude absolument indécente, mais je suis incapable de me raisonner pour changer de position. Je suis tellement bien comme ça. Lorsqu'il se remet à parler, sa voix profonde, douce et envoûtante résonne contre mon oreille, me procurant des sensations jusqu'ici inconnues et mon corps se crispe.

— Eh, détends-toi, s'il te plaît, arrête de t'inquiéter.

— Pourquoi tu m'as parlé du chalet en Suisse ?

— Crois-moi, ceux qui fréquentent Saint-Moritz n'ont pas à se soucier des fins de mois difficiles.

Il faudra vraiment que je parle de tout ça avec Paul.

— Bon, cette conversation m'a donné faim, tu viens, on va manger une glace ? décrète-t-il tout à coup.

— Fantastique, j'adore les glaces !

Et voilà, je viens encore de m'exclamer comme une écervelée ! Je n'ai rien sur moi ! Hier soir, je ne me suis pas posé de question, John m'avait invitée, mais aujourd'hui, j'aurais probablement dû prendre de l'argent.

— John, en fait je n'ai pas très envie de manger, là.

— Il y a deux secondes tu en mourais d'envie. Arrête de réfléchir, on y va !

Je me sens vraiment bête, je demanderai à Angela de le rembourser quand nous serons rentrés.

— John, tu viens de dire que tu avais des problèmes d'argent et je n'ai pas pensé à en prendre.

— Je viens de dire aussi qu'avoir des problèmes chez moi, ça ne veut pas dire qu'on ne mange plus. Viens, c'est moi qui invite.

Il se lève d'un bond et m'entraîne à sa suite tandis que je tente une brève résistance inutile.

— Ça veut dire quoi, alors ?

— Ça veut dire qu'on ne fait pas les soldes sans réfléchir, ça veut dire que ma sœur Mélina et moi allons travailler cet été pour pouvoir aider mon oncle et ma tante, et ça veut dire qu'on ne fait pas n'importe quoi. Mais ça ne veut surtout pas dire qu'on ne peut pas s'acheter une glace.

— Et l'école ? Comment fais-tu pour être dans une telle école si tu n'as pas d'argent ?

Il s'arrête et, sans lâcher ma main, me regarde en fronçant les sourcils, se demandant probablement d'où me vient cette obsession ou cette curiosité.

— J'y étais déjà quand mes parents étaient encore là alors, après l'accident, le proviseur a pu m'obtenir une bourse et j'ai pu y rester. Arrête de t'inquiéter avec tout ça. Viens !

Il reprend sa course jusqu'au petit marchand de glaces tout près de nous.

C'est magique d'être avec lui. Il ne lâche jamais ma main,

même quand nous sommes assis et je savoure cette proximité physique avec bien trop de ravissement.

Je passe une journée féerique, une des plus belles de toute ma vie. J'aimerais tellement que maman puisse me voir. Nous plaisantons, nous rions, nous parlons et c'est magique. Je lui apprends même une chanson vietnamienne et je crois que je n'ai jamais rien entendu d'aussi drôle. Il s'applique et tente désespérément de retenir les paroles et de dompter la prononciation, mais le voir se concentrer à ce point pour chanter en vietnamien... c'est carrément hilarant. Je le félicite avec le plus de conviction possible même si je n'ai rien compris. Vu sa tête, je crois que j'échoue lamentablement et je ne peux m'empêcher d'éclater de rire devant son air dépité. Puis, alors que nous écoutons un musicien dans le parc, il se place derrière moi, passe ses bras autour de ma taille et me tient ainsi, ses deux mains serrées contre mon ventre. Je le sens derrière moi, son souffle dans mon cou, son nez dans mes cheveux, c'est sidérant. J'ai le sentiment contradictoire que rien ne peut m'arriver alors que je me sens tellement vulnérable face à toutes ces sensations que je ne connais pas. Je suppose qu'encore une fois, il perçoit en moi cette dualité puisqu'il me murmure dans le creux de l'oreille :

— Pas de panique, Luu-Ly, je ne vais rien faire que tu ne veuilles pas. Détends-toi, on est bien comme ça, non ?

Ses paroles m'apaisent aussitôt et, en guise de réponse, je pose à mon tour mes mains sur les siennes. Je me détends et je donnerais n'importe quoi pour que ce moment ne finisse jamais. Je ne veux plus jamais qu'il me lâche. Comment peut-on être attiré à ce point par quelqu'un ? Son odeur sucrée, qui n'appartient qu'à lui, m'étourdit.

— Voilà, c'est mieux, bébé… Fais-moi confiance, murmure-t-il à mon oreille.

La journée passe à une vitesse folle. Il me pose un tas de questions. Et même si j'aimerais beaucoup pouvoir lui répondre – je vois bien que mes réponses implicites lui donnent du fil à retordre et attisent sa curiosité –, je préfère rester évasive sur mon passé. Je ne veux pas qu'il juge ma mère, je ne connais finalement de Cao-Minh que ce qu'on m'en a dit et je ne me sens pas le courage d'aller puiser imprudemment dans mes souvenirs pour lui parler de l'orphelinat. Lui, en revanche, est très à l'aise et me confie qu'il a perdu ses parents dans un accident de voiture, il y a quatre ans. Il s'enflamme quand il mentionne la faculté de droit qu'il va intégrer à la rentrée prochaine dans le but de devenir avocat et s'étonne un peu quand je lui avoue que, pour le moment, mon avenir et mes projets sont encore vraiment flous. Il est vrai que je ne sais pas quelle voie emprunter pour tenir ma promesse.

— John, est-ce que tu sais ce que ça veut dire, de devenir quelqu'un ?

— Quelle drôle de question ! Comment ça « devenir quelqu'un » ?

— Je ne sais pas. Si tu devais simplement répondre, sans trop réfléchir, qu'est-ce que tu dirais ?

— Sincèrement, tout dépend de tes priorités. Tu peux devenir une femme d'affaires à la tête d'une multinationale en vogue, ça ferait de toi quelqu'un d'important. Tu serais très prise par ton travail, mais sûrement à l'aise financièrement. Tu peux devenir médecin du monde et passer ta vie à sauver les autres, alors je suppose que tu serais quelqu'un d'altruiste et de déterminé. Tu aurais du mal à avoir une vie de famille, mais tu vivrais sans doute des expériences inoubliables. Tu peux aussi devenir rock star, alors tu serais quelqu'un de connu et reconnu. Tout le monde t'adulerait, mais tu serais aussi harcelée par tes fans... Il y a mille façons d'être quelqu'un.

— Oh ! C'est compliqué. Comment savoir ?

— Tu es vraiment bizarre, parfois. Pourquoi me demandes-tu ça ?

— Comme ça, juste pour savoir.

— Je crois que tu te prends la tête pour rien. De toute façon, tes priorités changeront au cours de ta vie. Mais si tu écoutes ton cœur, tu resteras fidèle à tes convictions et tu seras forcément quelqu'un de bien. Et donc, tu seras heureuse. Mais tu sais, tu es déjà quelqu'un d'important pour ta famille et tous les gens qui tiennent à toi.

— Oh, merci.

— Merci ?

— Oui, pour ta réponse. Je crois que tu as raison. Peut-être qu'il suffit d'être heureux.

— Dans ce cas, j'espère qu'aujourd'hui, tu te sens « quelqu'un » !

J'éclate de rire pour cacher mon embarras. Si seulement il savait à quel point je passe une journée fabuleuse...

Devant la maison, son regard extraordinaire capture le mien. Je suis encore exaltée par la sensation du retour à moto, et quand je suis comme ça, impossible de refréner mes élans.

— Merci, j'ai passé la journée la plus drôle et la plus excitante de toute ma vie.

— Vraiment ?

Il semble amusé et surpris par ma révélation et son regard me scrute plus intensément encore. Je ne sais pas ce qu'il pense ni ce que je dois répondre. Je devrais demander à ma sœur qu'elle me fasse un cours sur *comment se comporter quand on est folle amoureuse.*

— Ne réfléchis pas, Luu-Ly, j'aime quand tu dis ce que tu penses ! Moi aussi, j'ai passé une journée magnifique.

Pour changer un peu, je rougis instantanément.

— Bon, ben, je commence à travailler dès demain et ta sœur m'a dit que vous alliez bientôt partir en vacances, alors...

Comme la veille, il prend mon visage entre ses mains, comme la veille, il relève mon menton, comme la veille, sa bouche est tellement proche de la mienne que je sens son souffle m'envahir. Il dépose un léger baiser sur mes lèvres et j'ai l'impression que mes jambes vont se dérober. Il resserre son étreinte pour me soutenir et je me perds dans son regard magnétique... Il s'éloigne de moi quelques secondes pour sortir son portable de la poche arrière de son jean, lit le texto en souriant puis le range pour se rapprocher de moi à nouveau.

— Je peux recommencer ?

J'essaie de reprendre mes esprits. J'ai pu remarquer que les messages de sa sœur lui font plutôt lever les yeux au ciel, alors je me demande bien qui le fait sourire comme ça. En plus, ne vient-il pas de me congédier gentiment ? *Je commence à travailler dès demain et ta sœur m'a dit que vous alliez bientôt partir en vacances alors...* Alors quoi ? Est-ce une façon douce de me dire « Je t'ai assez vue » ? Il se penche à nouveau vers moi pour me donner un baiser doux, long et passionné. Doucement, il me relâche, caresse à nouveau mon visage puis tourne les talons et s'en va. Il se retourne une dernière fois, son expression est différente et j'ai du mal à définir ce qu'il ressent... fierté, amusement, satisfaction ? Puis ses yeux redeviennent moqueurs, probablement en réponse à mon air complètement stupide et ahuri.

— Bonne chance pour les résultats du bac, ajoute-t-il plus fort en me faisant un dernier signe de la main lorsqu'il arrive au bout de l'allée.

J'ai la désagréable sensation d'avoir trouvé un petit ami et de m'être fait plaquer, tout ça dans la même étreinte. Il ne compte donc pas m'appeler pour savoir si j'ai eu mon diplôme ou non ? Je suis déconcertée, incapable de comprendre ce qui vient de se passer. En même temps, j'ai la terrible impression que je passe plus de temps à me concentrer sur des futilités qu'à préparer sérieusement un plan d'attaque pour retrouver ma mère.

CHAPITRE 26

Je pousse enfin la porte, persuadée de m'être totalement remise de mes émotions, mais comme d'habitude, Angela fait tilt en un temps record.

— Dis donc, sœurette, tu as l'air d'un chaton qui vient de boire son premier bol de lait.

— Angie, laisse ta sœur tranquille, tu veux !

Nana la regarde d'un air courroucé, ce qui la fait pouffer encore davantage.

— Très bien, mais je lance l'opération « je veux tout savoir ! ». Je vais te faire couler un bain.

— Je te rejoins, je dois d'abord parler à P...

Ma phrase meurt sur mes lèvres, Angela a déjà disparu en haut de l'escalier, direction la salle de bains. C'est son truc, à ma sœur, « les bains confidences ». Elle a inventé le concept dès que je suis arrivée. Les premières fois, elle me collait presque de force dans la baignoire, puis nous papotions. Enfin, je devrais plutôt dire qu'elle papotait, babillait, gloussait et s'exclamait sur tous les tons tandis que je me détendais dans une mousse fumante et parfumée. Il est vrai qu'à l'époque, je ne parlais pas beaucoup, voire pas du tout, et je dois avouer que ça a été un bon exercice pour me désinhiber un peu. Finalement, j'adore nos petits instants privilégiés en tête à tête. Nous avons pris l'habitude de nous parler de tout. Elle me raconte ses secrets et, comme je le faisais avec Mady, je lui détaille mes humeurs puis nous cancanons sur les élèves de l'école. Bien sûr, je n'ai jamais aucune info alors qu'Angela connaît la vie de tout le lycée... La toute première fois qu'elle est entrée dans ma salle de bains, je me souviens avoir plongé sous l'eau pour qu'elle ne me voie pas, je n'avais pas encore compris que ma sœur ne renonçait jamais. Donc, au bout d'un moment, soit je me noyais, soit je l'acceptais !

Mais dans l'immédiat, je dois absolument parler à Paul. Il est dans son bureau et se lève dès qu'il m'aperçoit pour me serrer fort dans ses bras.

— Heu... je voudrais te parler, si tu as cinq minutes.

— Bien sûr, Lily, tu sais que tu peux tout me demander.

— En fait, je voulais te dire, je n'ai pensé qu'à moi depuis que je suis arrivée et je sais que tout le monde fait des efforts pour que je me sente bien. Et moi... enfin... je voulais savoir...

— Qu'est-ce qu'il y a, Lily ? Personne ne fait d'efforts, nous sommes simplement heureux que tu sois là. Quelque chose te tracasse ?

— Oui, justement... Paul, avons-nous des problèmes d'argent ?

Je n'ai pas fini ma phrase qu'il éclate de rire, en me serrant à nouveau dans ses bras. Je suis plutôt mal à l'aise, mais il faut que je sache.

— Paul, je suis sérieuse. Comme une idiote, ça ne m'a jamais préoccupée jusqu'ici, mais je sais que tout ce que tu m'offres coûte très cher. Bien sûr, je vois bien la maison, ta voiture et le chalet à Saint-Moritz, mais j'ai besoin que tu me dises. Angela utilise toujours son argent pour nous deux et tout le monde paie tout pour moi. Je me disais que je pourrais trouver un travail pour cet été pour vous aider un peu.

Il semble à la fois choqué et amusé. Mais il se reprend vite pour ne pas avoir l'air de se moquer de moi. C'est tellement facile de discuter avec lui, je lis en lui comme dans un livre ouvert.

— Alors écoute, Lily, je gagne très bien ma vie, tu ne dois pas t'en faire, nous avons largement les moyens, je t'assure. Angela se sert de l'argent de poche que je lui donne chaque mois. J'avais peur de te gêner en t'en donnant également, et comme vous êtes toujours ensemble...

— De l'argent de poche, mais pour quoi faire ?

— J'imagine que tu as été embarrassée aujourd'hui lorsque tu es sortie avec John. Je suis désolé, c'est de ma faute, j'aurais dû y penser. Ça sert à ça, l'argent de poche : se payer un verre, un cinéma ou tout ce que tu veux.

— Mais je dois faire quoi en échange ? On ne peut pas recevoir de l'argent comme ça, sans travailler.

— Tu as un travail, Lily, et il est très important. Tu dois faire le maximum à l'école, tu dois réussir du mieux possible, tu dois devenir quelqu'un de bien – *décidément, ils se sont donné le mot !* Je suis tellement fier de toi et ça, ça vaut tout l'argent du monde. J'espère que tu te sens bien ici, maintenant. Tes résultats scolaires sont inespérés et je suis tellement heureux depuis que tu es là.

— John dit qu'ici, lorsqu'il y a des problèmes d'argent, personne n'en parle. Alors, si un jour nous en avions, j'aimerais que tu me le dises.

— Tu es vraiment une drôle de jeune fille, ma Lily-Rose. Écoute, j'ai eu des jumelles, mais vois-tu, si j'avais eu des quadruplés ou même des septuplés, nous nous en sortirions de la même façon.

— Ah !

— Je gagne vraiment très bien ma vie, Lily, beaucoup mieux que la plupart des gens. Alors, plus d'inquiétude. Tu n'as pas et tu n'auras jamais de problème de ce côté-là.

Je suis sidérée. Je ne manquerai jamais d'argent ? Alors, en effet, il doit trouver étrange que je m'inquiète.

— Mais pour le travail cet été, je…

— Non, Lily, j'ai un autre programme pour toi. Je voulais vous faire la surprise au dîner, alors ça reste entre nous pour le moment, promis ?

— Promis !

— Dans deux semaines, nous partons tous les quatre pour les Caraïbes. J'ai invité Nana à se joindre à nous. Tu vas voir, le dépaysement est total et les plages, sublimes.

Les Caraïbes… Nous pensions aller au chalet, j'ai l'impression d'être une princesse… J'ai le cœur gonflé, la tête dans les nuages et de l'enthousiasme à revendre, mais en un éclair je suis rattrapée par ma culpabilité. Elle est devenue si familière ces derniers temps que je l'ai presque apprivoisée. Je pense à la famille de John qui doit se serrer les coudes et qui ne pourra peut-être jamais s'offrir un voyage comme celui-ci. Je repense à ma mère et, malgré moi, j'imagine le pire. Elle a pourtant toujours travaillé tellement dur… C'est vraiment compliqué pour moi d'envisager tous ces moments de joie et d'insouciance sans savoir ce qu'elle est devenue. Il faut que je tienne ma promesse. Ensuite, je pourrai la retrouver et la rendre enfin heureuse.

— J'aime bien que tu viennes me poser des questions quand quelque chose te tracasse. Tu sais que tu peux me parler de n'importe quoi ?

— Je sais. Merci papa.

Ses yeux s'écarquillent lorsque je prononce ce simple mot. Je l'aime tellement. C'est ce moment que ma sœur choisit pour m'appeler. Je hausse les épaules, il sait que je suis impuissante devant une exigence d'Angela et je quitte son bureau alors qu'il me sourit. Bon, nous n'avons pas de soucis d'argent, je suis bien contente, c'est beaucoup plus facile comme ça.

**

Je me plonge dans le bain bouillant et parfumé qu'Angela a fait couler pour moi. Elle s'assied sur le rebord de la baignoire et me regarde avec son air espiègle. Je peux lire dans ses yeux : *Oh, toi, tu as des révélations à me faire !* J'éclate de rire et plonge la tête sous l'eau en guise de réponse à ses interrogations muettes.

— Oh là, vu ta tête, c'est plus grave que prévu, constate ma sœur lorsque je refais surface.

— Oui, je crois !

Je dois avoir l'air complètement stupide, mais je suis tellement heureuse.

— Bon, alors raconte ! Que se passe-t-il avec John ?

— Rien, il ne se passe rien.

— Arrête un peu, raconte.

— Non, je t'assure, il ne se passe rien, c'est juste que je ne sais pas quoi penser. Je suis complètement fascinée et envoûtée, et en même temps, je suis terrorisée ! Je n'arrive pas à m'expliquer, c'est complètement contradictoire. Nous avons passé une journée fabuleuse et en partant... il m'a embrassée.

— Waouh, je le savais ! J'en étais sûre, hurle-t-elle.

— Chut !

— Pardon ! Ma petite sœur a embrassé un garçon ! Et en plus, Jonathan Heitzman ! Et alors ? Tu t'es sentie comment ?

— Ben... c'est bien le problème, je ne sais pas. J'aurais voulu fuir, car j'étais terriblement mal à l'aise. Mais en même temps, j'aurais voulu qu'il n'arrête jamais. Mais je crois qu'en partant, il a sous-entendu qu'on ne se reverrait pas.

— OK, alors sur ce dernier point, tu es tellement bizarre que je n'ai pas encore d'avis. En revanche, pour le reste, j'ai la réponse à toutes tes questions.

— Ah bon ?

— Oui, je peux t'affirmer, sans aucun doute possible, que tu es raide dingue de lui.

Je replonge ma tête sous l'eau pour cacher ma gêne et ma sœur éclate de rire en attendant que je refasse surface pour m'éclabousser.

CHAPITRE 27

Le suspense touche à sa fin. Paul et Angela sont partis au lycée afin de vérifier les listes des admis à l'examen du bac. J'étais tellement anxieuse que Nana et moi sommes restées à la maison. Je dois également avouer que je n'avais pas le courage d'apprendre la nouvelle de mon redoublement devant tout le monde, mais maintenant je regrette parce que l'attente est insupportable. Le lycée n'est qu'à deux rues d'ici et je sais qu'ils seront là d'une minute à l'autre. Lorsque la porte d'entrée s'ouvre enfin, je suis prise d'une angoisse irrépressible parce que je n'entends pas la voix de ma sœur et ça, ce n'est pas normal.

Lorsque Paul et Angela nous rejoignent dans la cuisine, ma sœur tente de prendre un air grave, probablement pour me faire une blague, mais ses yeux démentent immédiatement.

— Lily, on a réussi... Toutes les deux. On a eu le bac, se met-elle à hurler tout à coup.

— C'est vrai ?

Ma voix est montée dans les aigus de façon stupide, Nana pousse un cri en se jetant sur ma sœur et Paul m'enlace avec fierté. Les embrassades n'en finissent plus et j'ai vraiment du mal à me faire à l'idée d'avoir réussi. Angela ne cesse de me complimenter et nous passons toute la journée sous le signe de l'euphorie en oscillant entre conversations sérieuses sur notre avenir et badinages taquins d'Angela.

— Selon une étude très sérieuse sur les jumeaux, il y en a toujours un beaucoup plus intelligent que l'autre. Alors, puisque c'est moi qui ai eu une mention...

Nana, qui a du mal avec le sens de l'humour caustique de ma sœur, l'interrompt vivement en lui lançant un regard plein de reproches, alors que Paul et moi rions de bon cœur.

***

Encore une fois, les vacances ont été magnifiques, mais le retour est un peu plus morose. Comme je l'avais pressenti, John ne m'a pas rappelée. Je me suis replongée dans mes livres, pour éviter de perdre mes acquis et me préparer à la prochaine rentrée. Depuis que je suis là, je n'ai pensé qu'à l'instant présent pour réussir mon bac et je suis incapable de me projeter sur un quelconque avenir tant que je n'aurai pas retrouvé ma mère. Maintenant que Paul m'a parlé de son long séjour en prison, je ne peux m'empêcher de m'inquiéter. J'ai lu un tas d'articles sur les conditions de détention là-bas et je sais qu'elle a vécu l'enfer. Où est-elle ? Qu'a-t-elle bien pu faire depuis sa sortie ? Avec le peu d'éléments en ma possession, mes recherches sur Internet n'aboutissent nulle part.

Sans idée sur la question, la décision concernant notre orientation a donc vraiment été compliquée. Même si l'option la plus probable était pour moi un redoublement, Paul et Angela m'ont poussée à inscrire mes vœux sur le site de Parcoursup, juste au cas où. Tout au long de l'année, les nombreuses conversations sur le sujet ne faisaient qu'empirer la situation. Angela n'avait pas trop de certitudes sur ses envies, qui changent de toute façon au rythme des saisons et plus nous tentions de nous mettre d'accord sur le sujet, plus nous étions dans l'impasse :

— Angie, pourquoi tu ne veux pas qu'on s'inscrive en psycho ?

— Parce que tu es déjà complètement tarée et que ce n'est pas la peine d'en rajouter !

J'avais alors à peine eu le temps d'arriver jusqu'à l'évier pour recracher mon café tandis que Paul éclatait de rire et que Nana me tapotait le dos en me voyant tousser.

— Non, sérieux, moi je pense qu'on devrait aller en communication. Au moins, je pourrais communiquer toute la journée sans me faire réprimander à tout bout de champ par les profs ! avait repris ma sœur.

— Ah, c'est sûr, tu aurais vingt sur vingt toute l'année.

— Mouais, mais toi, tu serais condamnée au redoublement à perpétuité !

Les plaisanteries fusaient dans tous les sens et le problème de notre orientation n'avançait pas beaucoup. J'ai encore du mal à croire que j'ai réellement pu blaguer sur un sujet aussi sensible pour moi. Heureusement, à force de réflexions stériles, Paul était rapidement intervenu pour nous mettre d'accord.

— Bon, les filles, décidément vous n'allez jamais réussir à vous mettre d'accord. Je pense que vous devriez faire une école de gestion ou de commerce international. Peu importe ce que vous déciderez plus tard, mais au moins, ça vous servira toujours.

— Oui, papa !

Angela et moi avions répondu en même temps et avec exactement la même intonation un peu moqueuse. Nos rires avaient redoublé tandis que Paul avait levé les yeux au ciel. Nous avons finalement écouté notre père et effectué nos inscriptions à l'université Paris- Sorbonne dans le cinquième arrondissement pour entamer une licence en gestion. Je suis folle de joie à l'idée d'être encore en classe avec Angela, depuis que je sais que j'ai une sœur, la solitude m'est devenue insupportable.

***

Je n'en reviens pas du monde qu'il y a dans les magasins aujourd'hui. J'ai l'impression que tous les étudiants de France se sont donné rendez-vous ici pour préparer leur rentrée. Au bout de trois heures, j'ai tout ce qu'il me faut pour les cours et Angela a les bras chargés de paquets contenant des vêtements en tout genre.

— On va s'arrêter place des Vosges pour manger une glace. Rudy m'a envoyé un texto, il est là-bas. Ça te va ? Ça ne te dérange pas ?

— Si tu veux, mais il est déjà dix-huit heures, Nana va se demander ce qu'on fait, non ?

— Ouais, je vais la prévenir tout de suite.

Au parc, Rudy est affalé sur l'herbe avec trois autres copains de notre classe. Un garçon accroupi devant eux semble s'être arrêté pour faire la causette. Il nous tourne le dos, mais je reconnaîtrais entre mille sa silhouette nonchalante.

— Angela, il est là ! C'est John devant Rudy, je ne peux pas... Je fais demi-tour.

— Ça suffit, Lily, calme-toi tout de suite. Continue d'avancer, on n'a plus le choix.

— Je ne veux pas le voir. Il m'a embrassée, puis il a disparu. Il s'est foutu de moi.

— Justement, à toi de jouer. Comporte-toi comme une Becker, la tête haute et un magnifique sourire plaqué sur ton joli minois. Puis, à toi de savoir ce que tu veux et quoi que tu décides, arrange-toi pour le lui faire savoir !

Elle parle d'un ton ferme et sans appel. Elle fait toujours ça quand elle sent la panique m'envahir. Ça marche à tous les coups.

En nous voyant, Rudy se lève d'un bond, suivi des autres garçons. John se retourne enfin. Je plonge immédiatement dans les yeux azur qui me fixent et mon cœur se remet à battre à toute allure comme s'il s'était endormi depuis des semaines. J'ai envie de courir, de me jeter dans ses bras, de passer mes doigts dans ses cheveux ébouriffés, mais évidemment, je ne laisse rien paraître. Tout le monde se salue et parle en même temps tandis que je sens sur moi un regard pesant qui ne me lâche pas. *S'il te plaît John, arrête ça ou je ne réponds plus de mes actes.*

Alors que les discussions vont bon train, la main de John s'empare de la mienne et me tire à l'écart du groupe. Lorsque nous sommes suffisamment éloignés des autres, il se plante devant moi.

— Salut Luu-Ly. Comment vas-tu ?

Entendre mon prénom, sentir sa main dans la mienne… comme tout cela m'a manqué.

— Je vais bien, John, merci. Et toi ? Et ton travail ? Pas trop dur ? Et ta famille, ça va ?

— Eh bien, en voilà des questions ! Serais-tu devenue bavarde ?

Mes joues s'empourprent malgré moi. *Oh là, respire Lily, respire !*

— Non, pas du tout, ça fait longtemps et du coup... J'espère juste que tout va bien...

— J'espérais que tu allais m'appeler après la journée qu'on a passée.

Quoi ? Mais c'est moi qui étais censée dire ça !

— Si tu avais envie de m'entendre, tu pouvais me téléphoner ou même passer me voir.

La colère me gagne parce que bêtement, je m'étais imaginé qu'il allait me tomber dans les bras en s'excusant de son silence. Mais j'imagine qu'il n'a pas dû s'ennuyer pendant ses vacances et qu'il n'a pas dû avoir beaucoup de temps pour penser à moi.

— Lily, je ne sais jamais ce que tu penses. Jusqu'ici, malgré tous mes efforts pour venir te parler au lycée, tu continues à me fuir. Alors, je me suis dit que j'allais te laisser revenir vers moi cette fois et...

— Tu m'as bien fait comprendre que tu n'aurais pas le temps de me revoir lorsque tu es parti ce jour-là et je n'ai plus envie de jouer à chat perché, John.

— Quoi ? Mais qu'est-ce que j'ai dit ?

— Que tu n'aurais pas le temps de m'appeler, puis il y a eu ces filles, puis les textos de... Laisse tomber.

Je tourne les talons et le laisse planté là. Comme me l'a conseillé ma sœur, je garde la tête haute. Non mais, il ne va tout de même pas rejeter la faute sur moi ! Je rejoins le petit groupe resté assis dans l'herbe et je sais avec une conviction grandissante que je viens sûrement de faire la plus grosse bêtise de ma vie. J'ai zappé la partie *quoi que tu décides, arrange-toi pour le lui faire savoir* et je le regrette déjà. Je ne sais pas trop quoi faire pour rattraper ma saute d'humeur.

Bouge pas, John, je vais demander à ma sœur comment me comporter et je reviens.

Dès qu'Angela pose les yeux sur moi, elle se lève et vient à ma rencontre.

— Viens, on rentre.

Je la suis docilement, bien plus touchée par la situation que je ne veux bien me l'avouer. Une fois de plus, j'oblige ma sœur à interrompre sa vie pour s'occuper de la mienne. Il faut que tout cela cesse, il faut que je rende sa liberté à ma sœur et que je prenne ma vie en main. Comment vais-je devenir quelqu'un si chaque émotion me terrasse ainsi et si Angela passe son temps à m'éviter la noyade ? C'est terminé, je ne ferai plus fuir les gens que j'aime. Il faut que j'arrête de pleurer sur mon sort, de m'excuser d'exister et d'avoir peur de tout le monde. Ça prendra peut-être du temps, mais je vais changer. Je veux qu'Angela puisse respirer, que Paul soit fier de moi et que John se sente libre. C'était injuste de le laisser espérer une relation que je ne suis tout simplement pas prête à lui offrir. Malgré moi, je l'ai encore repoussé, mais je réalise à quel point cet électrochoc m'était indispensable. Il est parti... sans aucune réponse à ses nombreuses questions et je sais déjà que les regrets qui m'envahissent ne sont pas près de disparaître.

CHAPITRE 28

Les cours ont repris. Angela et moi avons finalement choisi les mêmes options, celles que Paul nous avait conseillées, et nous sommes donc encore dans la même classe. C'est très différent du lycée, les profs dispensent leurs cours sans vraiment se préoccuper de la motivation des élèves. La ressemblance entre ma sœur et moi ne me frappe plus autant qu'avant, mais elle doit pourtant être saisissante parce que dans cette nouvelle école, personne ne nous reconnaît jamais. Les gens sont incapables de nous différencier. Nous nous amusons beaucoup de tous les quiproquos que cette situation engendre et, en l'espace de quelques jours, nous avons plein de nouveaux amis. Je fais tout pour mettre en œuvre les résolutions que j'ai prises et je m'efforce donc de paraître plus « cool », comme dirait Angie. Avant, ma retenue et ma timidité, comparées à l'exubérance et à la joie de vivre de ma sœur, ne pouvaient pas prêter à confusion.

J'adore à peu près toutes les matières. Je travaille d'arrache-pied et je ne vois pas le temps passer. C'est plutôt une chance parce que, sans m'en rendre compte, je reste concentrée sur mes bouquins. Évidemment, dès que je ferme un cahier, les souvenirs de mon Apollon perdu m'envahissent. Je vais devenir comme ces femmes, dans certains romans, qui passent à côté de leur vie. Rongées par le fantasme d'une brève rencontre qui ne les mènera nulle part, elles finissent vieilles et seules avec un chat sur les genoux dans un appartement sombre et glauque. Pour le moment, avant de finir vieille fille et de prendre un chat, j'ai pris les choses en main pour être plus autonome, ou en tout cas pour en avoir l'air. Je m'efforce d'être plus bavarde, Paul et Angela ne stressent plus pour moi et Nana a cessé de m'espionner à chaque instant pour jauger mes réactions. Jour après jour, je deviens plus enjouée et plus loquace. C'est un peu contre nature pour moi, mais ça fonctionne, je commence à vivre par moi-même et c'est de plus en plus facile. Même Paul ne me parle plus comme à une petite chose effarouchée.

Angela sort plus « officiellement » avec Rudy qui vient régulièrement dîner à la maison. Elle l'a vraiment dans la peau et s'imagine déjà passer le reste de sa vie avec lui. Son impatience est tellement palpable que je sais qu'elle voudrait que le reste de sa vie commence maintenant et même si je suis heureuse pour elle, j'envie un peu son bonheur et son euphorie. Quand elle ne parle pas de Rudy, ma sœur passe son temps à me harceler pour m'obliger à accepter les rendez-vous galants qu'on me propose régulièrement. Je n'ai aucune envie de sortir avec qui que ce soit, ni même d'aller m'amuser.

***

À la fin de ces trois années intensives, ma sœur et moi obtenons notre licence. Je réussis même à décrocher une mention, la mention la plus basse, mais une mention quand même ! Je continue à prendre des cours d'allemand avec le prof particulier que Paul fait venir à la maison, et je me suis inscrite en cours de chinois. En contradiction avec mon tempérament réservé, je veux parler toutes les langues possibles pour pouvoir m'adresser au monde entier. Chose que je ne ferai probablement jamais... mais j'aime penser que je pourrais le faire un jour.

Tout au long de ce cursus, les cours de finance m'ont tellement captivée que c'est tout naturellement que je m'inscris, toujours à la Sorbonne, en master finance d'entreprise. J'avoue que si je trouve ce sujet aussi passionnant, c'est qu'il me permet d'avoir des échanges et des discussions sans fin avec mon père. Paul est intarissable sur le sujet et, pour la première fois, nous partageons quelque chose d'important rien que tous les deux. C'est un domaine que ni ma sœur ni Nana n'apprécient, et plus j'apprends, plus les conversations avec Paul sont intéressantes.

Une semaine après l'obtention de notre diplôme, Angela confirme qu'elle souhaite changer d'orientation. Depuis plusieurs mois déjà, elle s'est mis en tête de devenir décoratrice d'intérieur. Même si Paul a un peu peur qu'il s'agisse d'une lubie, elle semble tellement motivée qu'il finit par lui donner sa bénédiction.

***

Les cours reprennent et c'est la première fois que je suis séparée d'Angela. Dans ce nouveau cursus, je ne retrouve pas beaucoup de connaissances de mon ancienne classe et je dois absolument me faire de nouveaux amis. C'est comme ça que ça fonctionne ; je veux être « normale » et les gens « normaux » ont des amis. C'est dans cet état d'esprit un peu bizarre que je me mets en quête de personnes que je pourrais fréquenter cette année. Je reste avenante et souriante afin d'attirer l'attention d'éventuels camarades, mais pas trop pour ne pas me faire draguer. Ce qu'il faut savoir à la fac, c'est qu'un garçon vient rarement vers vous pour parler cours ou devoirs. Ils sont tous animés par une espèce de force invisible, des sortes de pulsions menées à la baguette par leurs hormones en ébullition. Un infime sourire ou le moindre regard peuvent facilement être interprétés comme une invitation à s'envoyer en l'air. Et je n'en rajoute pas. Le comportement d'une grande majorité de garçons, et de certaines filles aussi d'ailleurs, est incroyable. Ils ne se déplacent pas, ils paradent. Ils ne viennent pas pour discuter mais pour négocier un rendez-vous. Ils ne vous regardent pas, ils vous déshabillent du regard. Enfin, mieux vaut être prudente pour ne pas encourager cette débauche d'attentions excessives et surtout éphémères. Heureusement pour moi, je n'ai pas eu à chercher bien longtemps parce que c'est au premier cours de mon troisième jour de classe que je fais la connaissance de Bao. Comme moi, il est vietnamien, et c'est tout naturellement que je me dirige vers la place libre à côté de lui. Il me regarde poliment et, avant même que je sois installée, entame la conversation :

— Salut, tu as pris quoi comme option ?

— Salut, tu es vietnamien ?

— Ouais, pourquoi ?

— Moi aussi !

Là, bien sûr, Bao éclate de rire et même si je suis un peu vexée par sa réaction, j'adore immédiatement son rire clair et franc.

— Je l'ai vu au premier coup d'œil. Et moi, je t'ai dit n'importe quoi, en fait je suis africain.

Bien joué, Luu-Ly ! C'est sorti spontanément, mais maintenant j'ai l'air un peu stupide avec mes yeux ronds et mes cheveux blonds. Alors, pour lui confirmer ma déclaration quelque peu incongrue, je m'adresse à lui en vietnamien :

— Mon prénom vietnamien est Luu-Ly, parce que, quand je suis née, ma mère trouvait que j'étais aussi jolie qu'une fleur de myosotis. Mais oui, en effet, j'ai été adoptée.

— Ben ça alors, ce n'est pas courant. Tu viens d'où exactement ?

— Je suis née à Sapa, j'ai vécu un peu à Ma Tra, mais j'étais petite, je ne m'en souviens pas. Ensuite, j'ai grandi à Hanoï.

— Ah bon, tu as grandi là-bas ? Moi je suis né ici, mes parents sont arrivés en France juste avant ma naissance. Mais tu es là depuis combien de temps ?

— Ça fait six ans, je suis arrivée à Paris à l'âge de quinze ans.

Bao est adorable, drôle et bavard. Dès que nous sommes seuls, nous parlons exclusivement en vietnamien et ça me fait un bien fou. Bao parle vietnamien avec ses parents, mais puisqu'il a été élevé en France, je suis bien plus à l'aise que lui. Au fur et à mesure, notre amitié s'intensifie et pour la première fois, je raconte ma vie à quelqu'un. Je lui parle sans aucune appréhension ni aucune gêne, juste comme ça, naturellement. Il est immédiatement captivé par mon histoire. Non seulement il ne porte pas de jugement mais ne semble pas condamner ma mère pour ses actes insensés du jour de la parenthèse. Je m'étends donc un peu plus en lui racontant notre relation et la promesse que je lui ai faite lorsque j'étais enfant. Je n'en avais jamais parlé auparavant, pas même à Paul ou à Angela. Mon nouvel ami est fasciné, il veut que je tienne ma promesse, que je retrouve ma mère, et il est tellement motivé que je me sens pousser des ailes pour poursuivre mon enquête totalement infructueuse pour le moment. Malheureusement, aussi incroyable que cela puisse paraître, je n'ai même pas le nom de famille de ma mère. Il faudrait que je puisse avoir un début de piste, mais je ne trouve rien. J'ai tenté de contacter la petite clinique de Sapa pour parler au docteur Anderson, mais il a quitté le Vietnam depuis plus de cinq ans et la personne que j'ai eue en ligne n'a pas pu – ou pas voulu – m'en dire plus. Après bien des recherches, je ne suis pas parvenue à le retrouver. J'ai également fait plusieurs tentatives pour entrer en contact avec madame Nguyen de l'orphelinat de Hòa Binh qui, à chacun de mes appels, est soit absente, soit en réunion, soit en congés.

Au fil des semaines, puis des mois, Bao s'avère être un ami génial, drôle et attentionné. Il est parfois un peu trop tactile à mon goût et m'enlace pour un oui ou pour un non. C'est très français ce genre de comportement, mais au Vietnam c'est inhabituel et je ne sais pas trop quoi faire de ces débordements affectifs. Parfois, je me dis que ce garçon semble vraiment fait pour moi. Je ne sais pas si ça vient de nos origines communes, mais nous avons les mêmes centres d'intérêt, les mêmes délires et le même humour. Ses blagues sont tellement pathétiques que, finalement, ça en devient drôle. Il est toujours partant pour tout, que ce soit pour les sorties, les discussions ou les devoirs à faire en commun. Il vient régulièrement à la maison et Paul semble l'apprécier, mais après quelques sous-entendus de ma charmante sœur, je vois bien qu'il se pose des questions sur ma relation avec Bao.

— Je suis bien content que ce cours soit terminé. Trois heures de finance des entreprises, je n'en peux plus ! se lamente mon ami en quittant la classe.

— Arrête un peu de te plaindre.

— Dix minutes de plus et je me pendais.

— Moi, c'est mon cours préféré. En plus, j'adore ce prof.

— Oh, mademoiselle a le béguin pour le prof ! Viens, il est encore tôt, je t'offre un verre !

Comme cela nous arrive régulièrement en sortant des cours, nous nous arrêtons au Teddy's Bar, à quelques centaines de mètres de la fac. Bao trouve une table dans un coin cosy et je me rue sur le canapé, dos collé au mur léopard avant que Bao ne prenne la place.

— Tu as commencé à réfléchir aux moyens que tu avais pour retrouver ta mère ?

— Je n'arrête pas d'y penser, mais je n'ai ni piste ni indice. Je ne sais vraiment pas par où commencer !

— Ouais, le mieux serait qu'on puisse partir tous les deux.

— Quoi ? Mais enfin, Bao, je ne te demanderai jamais un truc pareil.

— Ben pourquoi ? Moi aussi je suis inquiet pour elle. En quelque sorte, je suis impliqué puisque je suis le seul à être au courant. Et maintenant que j'ai compris pourquoi tu étais tout le temps ailleurs, j'ai envie de t'aider à éradiquer cette lueur triste que je vois dans tes yeux.

Bao a raison, je pense sans cesse à ma mère et ça me fait un bien fou de rester connectée avec elle par la pensée. Il me comprend si bien. Il est peut-être fait pour moi après tout. Un Vietnamien on ne peut plus français et une Française on ne peut plus vietnamienne, on ferait un beau couple tous les deux.

— Allô la Lune, ici la Terre ! Rassure-moi, il ne peut quand même pas être plus beau que moi ?

— Hein… mais qui donc ?

— Le gars à qui tu es en train de penser !

— Quoi ? Euh, non, bien sûr que non ! Enfin, je veux dire…

— Ça va, respire Lily, je plaisantais. Je ne suis pas en train de te draguer, je plaisantais, je te dis. Tu n'es pas mon type ! Je ne suis pas attiré par les Vietnamiennes !

— Bien contente de l'apprendre !

— Bon, plus sérieusement, à mon tour de t'avouer mon secret.

— Vas-y, je t'écoute.

— En fait, ce n'est pas si simple, je n'en ai jamais parlé à personne et…

— Détends-toi, Bao, moi aussi je t'ai confié quelque chose dont je n'avais jamais parlé. Tu peux tout me dire, ça restera entre nous.

— Je sais, j'ai juste peur qu'après, tu ne me regardes plus de la même façon.

— Mais enfin… comment peux-tu penser ça de moi ? Je ne suis pas la mieux placée pour juger les gens ! Sauf si, bien sûr… tu as tué quelqu'un !

— Arrête de faire l'idiote ! C'est difficile.

— Crache le morceau !

— En fait, si je t'ai dit que je n'étais pas attiré par les Vietnamiennes, c'est parce que je préfère les Vietnamiens... Ou les Français d'ailleurs... Je suis gay !

— Gay ? Ben ça, alors...

— Arrête ça, tu veux ! C'est carrément gênant ! Tu n'es pas devant un extraterrestre là.

— Bao, je plaisante. Laisse-moi te dire qu'à côté du mien, ton secret fait un flop total.

— Mais, sinon... ça ne te fait rien ?

— Bien sûr que non ! Je t'adore comme tu es, c'est tout. Tes parents sont au courant ?

— Non, tu es folle... Jamais de la vie. Tu es la seule à savoir...

— Oh, et tu as quelqu'un ?

— Non, pas en ce moment. Et toi, tu as un amoureux ?

— Non, personne !

— Oh, mais tu es un cœur à prendre, alors !

— Non plus... mon cœur est déjà pris, enfin, plutôt prisonnier.

— Ah, tu es amoureuse c'est ça ?

— Non ! Puis, un secret par jour, ça va comme ça. Et toi, ce n'est pas trop dur de garder ça pour toi ?

— Je voulais t'en parler depuis longtemps mais j'avais peur de te choquer.

— Bao, tu as accueilli tous mes secrets sans sourciller, crois-tu vraiment que je pourrais te juger, quoi que tu me dises ?

— Merci... Je me sens plus léger maintenant.

— Je suis contente que tu me fasses confiance. Allons-y, je dois rentrer maintenant !

Bon, l'homme de ma vie ne sera pas non plus Bao. Cette idée me fait sourire parce que je ne suis pas du tout amoureuse de mon ami, mais il me semblait que nous aurions pu faire un couple plutôt bien assorti.

CHAPITRE 29

Encore une année scolaire qui touche à sa fin. Une dernière ligne droite et l'an prochain, je passe mon diplôme. Les portes de ma vie d'adulte seront alors grandes ouvertes. Travail. Indépendance. Liberté totale. Toutes ces choses qui à mon âge font rêver tout le monde... tout le monde, sauf moi ! Je n'ai pas eu assez de temps pour me lasser de la maison de mon enfance, pas assez non plus pour en avoir marre de la tutelle paternelle ou des règles de la vie de famille. Ces pensées tombent à pic car, pour la première fois, je suis confrontée à un désaccord avec mon père et je parlemente depuis plus de deux semaines pour lui faire accepter ma décision. Je n'ai plus la patience ni le courage d'attendre la fin de mes études pour partir à la recherche de ma mère. Probablement boostée par l'excitation de Bao, je veux aller au Vietnam... maintenant. Évidemment, Paul fait tout ce qu'il peut pour m'en dissuader. Il faut que je vienne à bout de ses réticences. Ma mère a peut-être besoin de moi. Plus je me transforme en parfaite petite Parisienne et plus je souffre de la savoir probablement en détresse. Bao et moi, nous avons décidé de prendre l'avion dans deux semaines et je dois absolument convaincre Paul... tout de suite. Ça fait vingt fois que j'essaie de lui en parler, mais il trouve toujours une bonne excuse pour évincer la question ou changer de sujet. Seulement là, je suis bien décidée à ne pas lâcher le morceau. La discussion ne commence pas très bien :

— Écoute, Lily, s'il t'arrivait quoi que ce soit... Non, non, non, c'est hors de question.

— Papa, j'ai survécu quinze ans là-bas, je t'assure que trois semaines de plus ne changeront pas grand-chose.

— Mais, si tu ne pouvais plus rentrer ? Si tu te retrouvais coincée ? Si...

— Arrête, papa, il y a des millions de gens qui partent en vacances au Vietnam. C'est une destination de rêve, pas le bagne. Tu t'en fais une mauvaise idée, je t'assure.

— Mais si tu te perdais, si tu avais besoin d'aide ?

— Je connais ce pays sur le bout des doigts, je parle couramment la langue, je t'appellerai tous les jours et je...

— Et si tu ne voulais plus rentrer ?

Mince, c'est ça qui l'inquiète tant ! Il pense que je vais décider de rester avec ma mère. Bien évidemment que ça lui fait peur ! Il s'imagine que s'il me laisse partir, il ne me reverra jamais. C'est vrai que quand il est venu me chercher à l'orphelinat, c'est la première chose que j'ai réclamée : *Je veux voir ma mère !* Et il sait combien ça me tient à cœur et combien je pense à elle tout le temps. Il doit sûrement penser que je suis en train de m'enfuir.

— Papa, jamais je ne ferai une chose pareille. Partir... comme ça, en vous laissant, Angela, Nana et toi ! Je t'en prie, je ne veux plus jamais que tu penses ça. Je t'aime et je ne pourrais jamais vivre sans vous. Vous êtes ma famille !

— Je sais, je sais... ce n'est pas que je n'aie pas confiance en toi, mais... ma peur est plus forte...

— Je comprends ce que tu vis... moi aussi, ça m'a fait ça !

— Comment ça ? Je ne suis jamais allé nulle part sans toi !

— Au début... j'avais peur que tu changes d'avis et que tu me renvoies... là-bas !

— Mais enfin, c'est ridicule.

— Oui, je sais... aujourd'hui je le sais, mais j'ai eu peur pendant longtemps. Tu devais me trouver bizarre, et même si tu as tout fait pour me rassurer, j'étais sûre que tu changerais d'avis. Et ce n'est pas plus ridicule que ce que tu es en train de me dire !

— Je suis désolé... c'est plus fort que moi.

— Moi aussi, je suis désolée. Bon, écoute, j'ai peut-être une idée qui va te rassurer sur tous les points. Bao a proposé de m'accompagner !

Je sais que mon père va se faire une fausse idée s'il sait que Bao voyage avec moi, mais c'est mon dernier joker pour le rassurer.

— OK, OK, alors, s'il te l'a proposé, il t'accompagne, il part avec toi...

— Mais je ne sais pas si je dois accepter, je crois que je préférerais partir seule pour pouvoir...

— Ce n'est pas négociable, Lily. Tu pars avec Bao, je paierai pour son voyage s'il le faut, mais il part avec toi.

J'ai envie de sourire mais je garde mon sérieux. C'est la première fois que Paul teste son autorité sur moi. Jusqu'ici, il n'avait jamais osé, mais j'avoue qu'il n'en avait jamais eu besoin ; je vais en cours, je sors de temps en temps avec Rudy et ma sœur, parfois avec Bao ou Charlotte, mais rien de plus. Je comprends toutefois son angoisse, le Vietnam symbolise la partie la plus sombre de sa vie, il y a perdu sa femme pour toujours et son bébé pendant quinze ans.

— Papa, je suis consciente de ce que tout cela représente pour toi, mais tu sais comme c'est important pour moi. Je serai prudente et je t'appellerai chaque fois que je le pourrai… je te le promets.

— Je sais tout ça, Lily, je t'assure que je comprends. Mais je suis tellement angoissé… si je devais te perdre à nouveau…

— Ça n'arrivera pas, je te le jure !

Il me prend dans ses bras et j'ai pris l'habitude de me retrouver lovée tout contre lui. J'adore la sensation de réconfort que ça me procure chaque fois.

— Je vais acheter vos billets sur Internet et réserver un hôtel pour votre arrivée. Tu iras à la banque faire du change, il te faudra de l'argent là-bas.

Ouf, je croyais que la discussion serait plus rude. Finalement, Paul s'est laissé convaincre plutôt aisément. Bon, j'avoue que si je n'avais pas proposé la « solution Bao », je ne sais pas comment ça se serait passé. Et puis, je sais qu'il ne supporte pas de me savoir malheureuse, alors forcément…

***

Mon sac est presque prêt, j'ai reçu mon visa et il ne me manque plus qu'à effectuer le change pour mes dépenses sur place. Je sors du métro à la station Gare du Nord et me dirige vers le bureau de change que j'ai repéré sur Internet et qui semble proposer les meilleurs taux. Depuis notre discussion, mon père est anxieux et je ne sais plus quoi lui dire pour le rassurer. Je suis plongée dans mes pensées. Je dois réfléchir et m'organiser car je ne sais pas trop par où je vais pouvoir commencer mes recherches, mais je suis certaine qu'une fois sur place, je trouverai mon plan d'attaque. Plus que deux jours, vivement le grand départ parce que là, je ne tiens plus en place.

Je ne dois plus être très loin de la banque, je redresse la tête pour me repérer, mais là, je ne peux retenir un cri de surprise tant l'étonnement me saisit. *Mais il sort d'où ? Je ne l'ai pas vu arriver !* Il faut dire que lorsque je marche seule, j'ai gardé la fâcheuse habitude de fixer le sol pour ne croiser aucun regard. John est là, juste en face de moi, et il m'examine de la tête aux pieds.

Ça fait presque quatre ans que je ne l'ai pas revu. Depuis que je l'ai planté place des Vosges, on ne s'est croisés qu'une seule fois près de notre lycée ; nous avions alors juste échangé un petit salut, gênés l'un et l'autre par la présence de ses amis. À la seconde où je croise son regard je replonge et me retrouve comme une alcoolique qui aurait trempé ses lèvres dans une coupe de champagne. Je suis dépendante de son regard et de lui tout entier, et même si les mois et les années ont défilé, je suis encore et toujours en manque.

Il me fixe et me dévisage et je ne sais pas trop quelle attitude adopter.

— Salut, Lily !

Tiens, je ne suis plus Luu-Ly ?

— Bonjour, John... tu vas bien ?

— Ouais, plutôt... et toi ?

— Oui, ça va bien. Et ta famille ?

— Tu as un peu de temps ? J'habite juste là, tu viens boire un verre ? Ça sera plus sympa que de discuter sur le trottoir !

Je réprime un sourire : *Tu montes, bébé ? Du John tout craché !*

Il me montre la porte de l'immeuble juste derrière lui. Je ne peux absolument pas refuser, je n'en ai ni le courage ni l'envie. J'ai seulement peur que mes jambes ne m'obéissent pas. Mais ce n'est pas très grave, je passerai pour une idiote une fois de plus, il n'est plus à ça près. Toute ma nostalgie refait surface et je me rends compte à quel point je l'aime, j'ai l'impression d'être dans un rêve. Ce garçon m'a littéralement envoûtée, il me hante jour et nuit, et même si je ne me laisse pas le moindre espoir d'un éventuel « nous », je n'arrive pas à penser à autre chose...

— Heu... oui... enfin, si tu veux...

— Lily ! C'est juste un verre !

— Oui, bien sûr. Allons-y alors.

Comme à son habitude... enfin, son habitude d'avant, quand nous étions au lycée... il attrape ma main et m'entraîne vers l'entrée de l'immeuble.

Je vais mourir sur place si je ne respire pas très vite, mes fonctions vitales ont cessé toute activité : mon cœur ne bat plus, ma respiration s'est stoppée net et mon cerveau s'est fait la malle je ne sais où ! John me fait entrer dans la cabine exiguë de l'ascenseur et je n'ose pas prononcer le moindre mot. Je sens ses yeux sur moi et j'entends sa respiration s'accélérer. Courageusement, je redresse la tête pour me noyer dans son regard. Je ne veux pas perdre le peu de temps que nous allons passer ensemble à regarder mes chaussures. Je veux profiter de l'éclat de ses yeux et de la splendeur de son visage. Le spectacle de ses cheveux en bataille m'a manqué et, comme toujours, je rêve d'y plonger mes doigts. Alors, sans que mon cerveau ait donné aucun ordre, sans que je puisse l'en empêcher, ma main se lève et s'enfonce dans sa tignasse ébouriffée.

John stoppe mon geste en enserrant fermement mon poignet alors que la porte de l'ascenseur s'ouvre derrière moi. Il passe son bras autour de ma taille pour me guider dans le couloir tout en me tenant étroitement contre lui. Précipitamment, il ouvre la porte de l'appartement et me pousse brusquement à l'intérieur. Il la referme d'un coup de pied tout en me plaquant contre le mur de l'entrée. Son regard plonge dans le mien, essayant d'y lire une objection ou encore de la peur, mais tout ce qu'il peut voir dans mes yeux, c'est l'impatience et l'empressement qui bouillonnent en moi. Je ne peux plus attendre, je veux sa bouche sur moi et je veux qu'il me serre plus fort encore. *Tu veux mon consentement ? Tu l'as, alors décide-toi, Heitzman, ou je te saute dessus !* Mes mains plongent à nouveau dans la tignasse en bataille pour attirer sa tête plus près de la mienne. Quand, enfin, ses lèvres s'emparent des miennes, mon cerveau vole en éclats. Je sais que je suis perdue à tout jamais. Sa main au creux de mes reins m'attire tout contre son ventre. Mon corps s'emballe et tout mon être s'enflamme... Je n'ai jamais rien ressenti d'aussi intense. Je ne me suis jamais sentie aussi vivante qu'en cet instant.

Ce baiser n'a rien de chaste ni de timide. Nos corps sont déchaînés, comme secoués par un ouragan. Nous n'avons même pas échangé trois mots ! Je me demande comment, en allant sagement chercher de l'argent à la banque, je me suis retrouvée plaquée contre le mur d'un appartement que je ne connais pas, dans les bras de John Heitzman. Aucune appréhension ni aucune gêne n'entravent mes pulsions. Je viens de me transformer en une espèce de fille dévergondée et effrontée que je ne connais pas. Mes lèvres se sont naturellement entrouvertes pour lui offrir un accès total à ma bouche. Nos langues avides se cherchent, se caressent et se mêlent. Jamais je ne me serais crue capable d'autant d'audace. Pour la première fois de ma vie, je me sens belle et désirable. C'est incroyablement grisant.

Au moment où j'entame intérieurement des prières frénétiques pour que ce moment ne finisse jamais, j'entends la porte s'ouvrir et une voix féminine légère et enjouée s'écrie :

— T'es là, chouchou ?

En une fraction de seconde, John a relâché son étreinte et s'est éloigné de moi. Une blonde magnifique se retourne vers nous et ouvre de grands yeux étonnés. Elle reste figée, la bouche grande ouverte, à nous contempler. John, qui passe nerveusement la main dans ses cheveux revêches, semble terriblement gêné.

Je redescends sur terre illico et il ne faut qu'une demi-seconde à mon cerveau pour analyser la situation. *John... pourquoi tu n'as rien dit ?* Cette fois, la colère ne me gagne même pas. Je suis juste choquée et mortifiée. Je n'ai jamais été aussi humiliée de toute ma vie. Seigneur, cette fille va me haïr jusqu'à la fin de mes jours. Je recule jusqu'à la porte restée entrebâillée et je me précipite dans l'escalier pour ne pas avoir à attendre l'ascenseur. J'entends la voix de John qui crie mon nom à plusieurs reprises. *Mais qu'est-ce que je viens de faire ?*

Jamais je n'ai couru si vite et, en quelques secondes, je suis dans la rue où j'attrape le premier taxi qui passe. Je me retrouve devant la porte de chez moi en un temps record. Je ne peux pas rentrer dans cet état-là. Ce n'est pas le moment d'inquiéter mon père. J'essaie de reprendre mes esprits en respirant lentement. J'ouvre enfin la porte et je m'élance dans l'escalier en annonçant d'une voix que j'espère légère :

— Je suis rentrée, je vais prendre un bain.

— OK, chérie, ta sœur rentre d'ici une heure.

Je monte à toute allure avant que Paul ne m'aperçoive et je m'effondre enfin sur mon lit. Malgré la tristesse, la culpabilité et la honte, impossible de sortir la moindre larme. Ça me ferait tellement de bien de pleurer un bon coup pour évacuer toute cette confusion. Au lieu de ça, je ne redescends pas de mon nuage. Le nirvana n'est rien à côté de ce que je viens de vivre dans ses bras... même si le retour à la réalité a été un peu brutal... Mon portable se met à vibrer... c'est John ! Non, mais il est sérieux ? Qu'est-ce qu'il veut encore ? Me présenter sa copine ? Comment ose-t-il m'appeler ? Bon, OK, il n'allait pas m'attendre jusqu'à la fin de ses jours... mais quand même, me faire monter chez lui alors qu'elle pouvait débarquer à tout moment... J'ai de la peine pour elle, je me sens tellement coupable. Je n'arrive même pas à lui en vouloir. Après tout, je me suis littéralement jetée sur lui. Si je n'avais pas commencé, il ne se serait jamais rien passé. Il voulait juste qu'on discute un peu... Heureusement, dans deux petits jours à cette heure-là, je serai dans l'avion. En attendant, je ne veux plus sortir de ma chambre ! Mon téléphone continue de vibrer, je n'ai pas la force de décrocher.

CHAPITRE 30

Il faut que je me concentre sur mon voyage, j'ai dix mille choses à faire avant mon départ. Je dois établir mon parcours de recherches pour ne pas perdre de temps une fois sur place. Je sens des brûlures sur chaque parcelle de ma peau, là où ses mains se sont posées. En fait, à peu près partout sur mon dos, mes bras, mon cou et je n'arrive pas à me concentrer sur autre chose que ce baiser.

Dans une tentative désespérée, et totalement inefficace, de me changer les idées, j'appelle Bao, qui est complètement survolté à l'idée de notre départ. Je me concentre alors sur ma valise, mais lorsque ma sœur arrive, je n'ai quasiment pas avancé. Je ressasse en boucle la scène torride que je viens de vivre... Enfin, torride pour moi, sûrement pas pour lui qui doit avoir l'habitude d'expériences bien plus ardentes.

— Oh, je te laisse trois heures et je te retrouve dans un état pitoyable ! Qu'est-ce qui s'est passé ?

Je regarde ma jumelle connectée en direct sur mon cerveau. Elle entre dans ma chambre et elle sait... elle sait toujours, je ne peux rien lui cacher.

— Rien de bien grave, je t'assure. Je n'ai pas envie d'en parler et j'ai trop de choses à faire.

— Alors, ça y est, tu pars ? C'est bien, il faut que tu retrouves ta… enfin Minh-Tâm, pour pouvoir avancer.

— Oui, je suppose.

— Ça ne te dispense pas de m'expliquer ce qui te tracasse. Quelque chose me dit que ça n'a rien à voir avec ton voyage.

— C'est bon… j'ai vu John !

— Oh ! Et ?

— Comme d'habitude ! C'était magnifique, exaltant, puissant et… désastreux !

— Oh !

Je raconte à ma sœur notre brève rencontre et notre encore plus brève « scène ardente », pour finir par l'arrivée de la fille et sa stupéfaction en nous voyant.

— Waouh… on dirait que tu te décoinces, sœurette ! Je ne sais pas quoi te dire, Lily. Ça a dû être un choc, en effet. Et en même temps, je te rappelle qu'on est en train de parler de John-Heitzman-qui-saute-sur-tout-ce-qui-bouge.

— C'est pire que ça, Angie, il n'a rien fait du tout… c'est moi qui lui ai sauté dessus, je t'assure. Je suis complètement stupide, qu'est-ce que j'imaginais ? Qu'il allait rester célibataire toute sa vie parce qu'il m'a croisée un jour dans la cour du lycée ? Je suis pathétique.

— Arrête de te torturer. Je n'ai jamais compris votre petit jeu à tous les deux. Vous êtes comme deux aimants qui s'attirent envers et contre tout et qui, tout à coup, se repoussent pour rester aussi loin que possible l'un de l'autre.

— Tu as probablement raison, on est nuisibles l'un pour l'autre et ça ne pourra jamais marcher. Alors, comme tu le dis si bien : « fin de l'histoire ».

— C'est vraiment ce que tu veux ?

— Angie, il est avec quelqu'un ! Ils vivent ensemble et je viens probablement de gâcher leur relation alors... fin de l'histoire !

Je passe la journée suivante à me concentrer au mieux sur mon départ. Angela m'accompagne finalement pour chercher l'argent dont j'ai besoin pour mon voyage. C'est incroyable, pour chaque euro j'obtiens près de vingt-sept mille dongs vietnamiens, et avec la somme que Paul m'oblige à emporter, j'ai l'impression d'être en possession d'une véritable fortune. John continue à téléphoner et je continue à ignorer ses appels. Je suppose qu'il veut s'excuser, mais... qu'y a-t-il à ajouter ? Le pire, c'est qu'il doit se sentir coupable alors que tout est de ma faute.

Ma valise est enfin bouclée. D'ici quelques heures, Bao et moi serons dans l'avion et je n'arrive pas à canaliser la tension qui m'envahit. Plus le départ approche, moins je suis confiante. La sonnette de la porte d'entrée qui retentit me sort de ma rêverie et me détend un peu. J'avais tellement peur que Bao soit en retard pour partir à l'aéroport que je lui ai demandé de venir très tôt dans la journée alors que l'avion n'est qu'à vingt heures trente.

Le temps de quitter ma chambre et de descendre, Angie et Bao sont déjà lancés dans une grande discussion sur le contenu autorisé des bagages cabine, mais en me voyant mon ami perd son sourire.

— Salut Lily, tu en fais une tête.

— C'est clair, je te souhaite bon courage Bao, parce que plus le grand jour approche, plus elle déprime, ironise ma sœur.

— T'inquiète Bao, elle dit n'importe quoi. J'ai juste peur de faire ce voyage pour rien. Malgré toutes mes recherches, je n'ai aucune piste et ça m'inquiète.

— Oh, viens là, dit-il en m'enlaçant tendrement. Arrête de t'inquiéter, tu sais que je suis plein de ressources.

Son ton, exagérément paternaliste, me fait sourire. Comme Angie, Bao est moqueur et bien qu'attentionné, il ne laisse jamais les discussions dégénérer vers un ton trop mélodramatique.

Ayant appris à apprécier les manières trop tactiles de mon meilleur ami, je pose la tête sur son épaule et il se met à rire en m'enserrant davantage. Le carillon de la porte résonne à nouveau. Angela, mi-amusée, mi-attendrie par ma complicité avec Bao, fait un pas en avant pour ouvrir la porte.

— Bonjour John, s'exclame-t-elle sur un ton oscillant entre surprise et panique.

Je redresse vivement la tête, espérant n'avoir pas bien compris les paroles de ma sœur, mais mon regard rencontre immédiatement celui, glacial, de John. Il me fixe un moment avant de poser les yeux sur Bao, puis sur ses bras autour de moi. Le visage complètement fermé, un froid polaire se répand en moi lorsque je me rends compte de ce qu'il est en train de s'imaginer. Je fais un pas en arrière pour m'éloigner de mon ami.

— John ? Que fais-tu ici ? dis-je en bafouillant à moitié.

— Tu ne répondais pas au téléphone... Je comprends pourquoi maintenant.

— Non, non, pas du tout. Je...

— C'est bon Lily, raille-t-il, n'essaie pas de te justifier, ce serait encore plus humiliant. Non mais, qu'est-ce que je peux être con parfois.

Sur ces mots, il passe nerveusement la main dans ses cheveux et tourne les talons.

Sans réfléchir, je me précipite derrière lui en traversant à mon tour le patio.

— John, attends. Ne pars pas, je vais t'expliquer.

Il fait demi-tour pour me faire face et son regard assassin me stoppe net.

— C'est moi qui venais m'expliquer à la base. Je t'imaginais dans tous tes états depuis l'autre jour, mais je vois que je me suis bien planté.

— Oui, oui, je suis tellement désolée pour mon comportement... Je n'ai pas réfléchi, je n'ai pas pensé que tu avais sûrement une petite amie.

Il lève les yeux au ciel en souriant de façon tellement dédaigneuse que c'en est presque insultant. J'ai du mal à trouver mes mots et sa colère ne m'aide pas du tout.

— John, je t'assure que je n'avais pas l'intention d'agir comme je l'ai fait. Je voulais juste te montrer que j'avais changé et que...

— Oui, ça c'est clair, tu as changé. Vu ton comportement dans mon appartement, je peux t'assurer que tu as parfaitement réussi ta métamorphose.

Il éclate de rire en soulevant les sourcils de façon très suggestive. Une gifle ne m'aurait pas fait aussi mal tant ses insinuations sont humiliantes.

— Pour ton information, c'est ma cousine qui est entrée chez moi l'autre jour. C'est ce que j'étais venu te dire. Mais bon, je te laisse, tu as de la compagnie.

Alors qu'il s'éloigne de moi et malgré les larmes qui menacent, je tente ma chance une dernière fois.

— Je ne suis pas avec Bao, c'est juste un ami.

— Ouais, bien sûr Becker, crache-t-il sans se retourner. Tu étais juste en train de lui montrer combien tu avais changé à lui aussi.

Je suis en état de choc... *Sa cousine ?* Est-ce que chacune de nos rencontres va être rythmée par des quiproquos et des chassés-croisés ?

CHAPITRE 31

L'avion se pose et me revoilà au point de départ de ma vie et de mon histoire. Mon ami est complètement surexcité et moi, ben… je ne sais pas trop dans quel état je suis. C'est vraiment bizarre, je suis infiniment impressionnée. Je rentre chez moi, au Vietnam, et en même temps j'ai l'impression d'y être une étrangère. Ce qui est très curieux, c'est que j'ai ce même sentiment à Paris. Avec tout ça, finalement, je ne suis chez moi nulle part, ni ici, ni là-bas. En même temps, je suis terriblement impatiente de commencer mes recherches, je vais enfin retrouver ma mère… Il le faut, le cours de nos vies en dépend.

Je suis prête à remuer ciel et terre et je ne repartirai pas sans savoir ce qu'elle est devenue. Il faut qu'elle sache que je vais bien, que je l'aime et que je pense à elle à chaque minute. Je dois la retrouver coûte que coûte, j'ai besoin d'elle, pour vivre, pour être heureuse et pour avancer.

Je suis contente que Bao soit là. Nous posons nos bagages à l'hôtel que Paul a réservé et j'ai tellement hâte de retrouver mes racines que j'entraîne mon ami dans les rues de Hanoï pour une promenade improvisée. La première chose qui me bouleverse, ce sont les odeurs ; l'odeur de mon pays, de mon enfance, une odeur de chaleur moite qui m'enveloppe tout entière. Au bout de cinq minutes, nos vêtements nous collent à la peau et nous sommes en sueur. Les *tuk-tuk* et les mobylettes sont partout, je ne me rappelais plus du nombre impressionnant de véhicules qui circulent dans cette ville. Bao m'attrape par la main pour essayer de traverser la rue en slalomant entre les taxis, les bus, les voitures et les camions.

— C'est pire que la roulette russe pour traverser ici ! hurle-t-il en riant.

— Quoi ?

Je me moque de lui en hurlant à mon tour, tout en faisant mine de n'avoir pas entendu. Les klaxons résonnent dans tous les sens et sans interruption. Je crois qu'on se parlera plus tard. Je suis euphorique, c'est tellement désagréable et tellement chez moi à la fois ! Les odeurs d'épices et de nourritures en tout genre me chatouillent les narines. Les effluves du Fleuve Rouge viennent me souhaiter la bienvenue tandis que le parfum de la soupe phô me taquine et m'appelle avec ses fragrances de coriandre, de gingembre et de cannelle. J'ai envie de hurler de bonheur, je me sens si bien parmi ces gens qui me ressemblent tant et qui sont pourtant tellement différents !

***

Bao pense que le mieux serait de commencer par la fin. Il est persuadé que si ma mère a fait les mêmes démarches que nous, elle a dû se rendre là où nous avons été séparées. Alors, pendant le dîner, nous décidons d'aller à l'orphelinat dès le lendemain, sauf que je ne sais pas si ma mère sait que je suis allée à l'orphelinat et encore moins dans lequel j'ai été placée. En préparant mon voyage, j'étais pleine d'espoir et certaine de la retrouver facilement. Maintenant que je suis là, je suis beaucoup moins confiante, je n'ai pas de photo, pas de nom de famille et aucune idée de l'endroit par où commencer.

Le lendemain, dans le taxi qui nous conduit vers l'orphelinat, je suis anxieuse et oppressée. Les enfants qui étaient là-bas en même temps que moi ont dû partir depuis longtemps, mais je n'arrive pas à calmer mes craintes. J'ai tellement peur de les revoir. Et si je croisais Duong, le garçon de cuisine ? Je lui dois la grande majorité de mes cauchemars... Je ne supporterais pas de me retrouver face à lui. Plus je tente de me raisonner, moins je parviens à calmer mon anxiété. Tandis que les images de Duong défilent derrière mes paupières closes, une pensée me traverse l'esprit, le corps puis toute mon âme. Cela fait des années que je n'y avais plus pensé et maintenant que cette puissante révélation s'est imposée à moi, elle ne me lâchera plus.

Les hommes du soir ! Ma mère a toujours refusé de me parler d'eux... mais aujourd'hui je sais. J'avais enfoui cette histoire tout au fond de mon esprit, probablement pour ne pas affronter cette vérité glaçante que, sans me l'avouer, je connaissais déjà. Je sais ce que ma mère a dû endurer toutes ces années. Je devais avoir dix ans quand tout a commencé. Un soir, en rentrant de l'usine de couture, trois hommes se sont précipités sur moi alors que je sautillais juste devant elle. À l'époque, je n'avais pas très bien compris ce qui s'était passé ce soir-là, tout avait été si rapide... le rire des hommes, ma panique, les suppliques de ma mère. Je l'entends encore donner son accord en les suppliant de me laisser partir. Ils m'ont relâchée, je me suis enfuie et elle... elle est restée, pour ne pas qu'ils me poursuivent... Puis elle est rentrée, deux heures plus tard, le visage tuméfié, en refusant de répondre à la moindre question et en m'assurant que tout allait parfaitement bien. Est-ce que le doux sourire qu'elle m'a offert juste après a suffi à rassurer la petite fille que j'étais ? Je ne sais plus... Ça me semble tellement irréel aujourd'hui... Après ça, certains soirs, les hommes étaient là, à la sortie de l'usine, et c'était toujours la même scène... Ils faisaient semblant de s'en prendre à moi... Elle me criait de courir et elle rentrait un peu plus tard. Elle ne s'est jamais plainte, elle n'a jamais rien dit, sauf qu'aujourd'hui... je sais ! Je sais tout. Elle aurait pu arrêter de travailler là-bas puisque son seul salaire du jour nous servait à vivre, mais elle aurait dû faire une croix sur l'avenir qu'elle s'était promis de m'offrir. Elle ou moi... encore une fois, elle n'a pas hésité une seule seconde. Et il n'y a pas eu de Paul pour lui porter secours, pas de vieux monsieur de cuisine, pas même un Cao-Minh.

— Détends-toi, Lily, j'ai l'impression que ta tête va exploser.

Bao me regarde avec compassion, il a senti que j'étais partie loin dans mes souvenirs. Je m'efforce de me détendre et de sourire à mon ami, mais je ne dois pas être si convaincante que ça... Je ne peux pas croire que mon idée première était de venir seule au Vietnam. Sans Bao à mes côtés, je n'aurais jamais eu le courage de revenir ici.

— Tu as de mauvais souvenirs qui te reviennent ?

— Non, non, ça me fait juste bizarre.

— Pourtant, tu as vraiment l'air flippée

— Disons que je suis contente que Paul soit venu me chercher.

Si ce n'est à mon père et à ma sœur, je n'ai jamais parlé à personne de mes années à l'orphelinat. Quand j'y pense, ça me fait froid dans le dos.

Je vois la petite bâtisse de l'orphelinat apparaître au loin. *Allez Luu-Ly, un peu de concentration, cesse de te torturer, tu as d'autres chats à fouetter.* Je souris en songeant que c'est peut-être Mady qui me souffle ces pensées. Après tout, c'est ici que je l'ai laissée, je vais peut-être la retrouver. Elle me serait d'un grand soutien en l'absence d'Angela.

Madame Nguyen nous accueille sur le pas de la porte. Ça fait six ans que j'ai quitté cet endroit et elle semble pourtant toujours aussi paisible et avenante. Dès qu'elle pose les yeux sur moi, je vois la stupéfaction envahir son visage.

— Luu-Ly, c'est toi ? C'est bien toi ? Comme tu as changé ! Tu es une vraie jeune femme aujourd'hui.

— Bonjour, madame Nguyen. Vous m'avez reconnue ?

— Et tu parles toujours !

Un sourire complice se dessine sur ses lèvres alors que je m'empourpre et que Bao pose sur moi un regard interrogateur.

— Évidemment que je t'ai reconnue, je n'oublie jamais aucun de mes enfants, et toi tout particulièrement.

Sur un petit hochement de tête entendu, elle nous conduit dans son bureau. C'est tellement étrange de me retrouver à l'endroit où j'ai rencontré mon père pour la première fois. J'étais tellement terrifiée, même si j'ai compris, bien plus tard, qu'il l'était au moins autant que moi.

Madame Nguyen commence par se remémorer les années que j'ai passées ici. Elle avoue qu'elle a rarement rencontré de cas aussi bizarre que le mien. Tout était particulier, les circonstances de mon arrivée, mon mutisme, mon intelligence, mon impassibilité... J'étais pour elle un mystère à moi toute seule. Je sens qu'elle est vraiment contente de me voir. Elle me pose un tas de questions sur ma nouvelle vie. Je ne suis pas avare d'informations parce qu'évidemment, je n'ai rien à cacher sur ma vie en France. En effet, il n'y a aucun secret, aucun danger, aucune menace et je me rends compte que je peux parler sans gêne et sans avoir peur de ce que je pourrais dévoiler.

— Madame Nguyen, je suis venue pour savoir si ma mère était passée vous voir depuis mon départ. Si quelqu'un m'avait cherchée, si vous aviez eu des nouvelles, un indice, n'importe quoi ?

— Oh, tu n'as pas trouvé la famille que tu espérais en France ?

— Si, si, madame, ma famille est formidable et je suis vraiment très heureuse.

— Ah, alors tu n'as pas perdu l'espoir de la retrouver... Luu-Ly, tu sais que cette femme n'est pas vraiment ta mère, n'est-ce pas ?

— Madame, en effet, notre histoire est sûrement peu commune, j'en suis bien consciente, mais je la considère comme ma mère et je veux la retrouver.

— Je suis désolée, ma petite, je n'ai malheureusement pas grand-chose à t'apprendre. Elle est venue ici pour avoir de tes nouvelles, mais c'était il y a longtemps. Tu avais quitté l'orphelinat depuis seulement quelques mois, je crois qu'elle venait d'être libérée. Tu savais au moins que la pauvre femme était en prison ?

— Vous avez vu ma mère ? Comment était-elle ? Avait-elle l'air en forme ? Je vous en prie, madame Nguyen, dites-moi tout ce dont vous vous souvenez.

— Oh là, Luu-Ly, je n'aurais jamais pensé te voir parler comme ça ! Je suis désolée, elle ne m'a laissé aucune adresse ni aucune information la concernant. C'était la première fois que je la voyais, alors je ne sais pas trop, mais... Elle était vraiment menue, je veux dire... elle était très maigre et elle avait l'air fatiguée aussi. J'ai d'abord refusé de lui répondre, mais elle était tellement inquiète et désespérée que je n'ai pas eu le cœur de la laisser repartir comme ça et j'ai fini par lui dire la vérité.

— Elle paraissait inquiète ?

— Dès que je lui ai dit que ton père était venu pour te récupérer, qu'il t'avait cherchée pendant des années et que tu devais sûrement être très bien traitée là où tu étais, elle a eu les larmes aux yeux.

— Oh non... Elle a dû être terrassée.

— Non, Luu-Ly, au début j'ai pensé qu'elle pleurait parce que tu n'étais plus là, mais j'ai vite compris qu'elle pleurait de soulagement. Elle était ravie pour toi, elle m'a posé d'innombrables questions sur ton père. Je n'avais pas vraiment le droit de lui répondre, mais je me suis souvenue de ton attachement pour elle. Elle était bouleversée, alors je l'ai rassurée. Quand elle a été convaincue que ton père était quelqu'un de bien, elle m'a remerciée chaleureusement et elle est partie. Je ne l'ai plus jamais revue.

— Merci madame, merci sincèrement de l'avoir rassurée.

— Je suis contente de te voir, Luu-Ly. Je ne savais pas vraiment ce que tu étais devenue, mais ton père nous envoie de l'argent plusieurs fois par an, alors je sais que c'est quelqu'un de bien.

— Ah bon, mon père vous envoie de l'argent ? Tant mieux, je suis contente. Et en effet, vous n'avez pas menti, mon père est très attentionné, c'est un homme extraordinaire.

— Je suis tellement contente pour toi.

— Merci, madame.

— Je voulais te dire aussi... Je suis vraiment désolée pour ce qui s'est passé ici.

— Pardon ?

— Je sais que tu n'avais pas beaucoup d'amis, mais c'était compliqué de te protéger à tout moment. Puis, pour le jeune Duong... Nous l'avons renvoyé immédiatement... À l'époque, je n'ai pas pu t'en parler, tu étais tellement renfermée, je savais que tu ne répondrais pas à mes questions et je n'ai pas osé te demander si... enfin, tu vois... Je pense souvent à toi et à cette histoire, je suis tellement désolée.

— Grâce au vieux monsieur, celui de la cuisine... il ne... ne vous inquiétez pas, tout s'est bien terminé. Et puis vous avez veillé par la suite à ce que je ne travaille plus qu'avec madame Wuang.

— Tu as dû avoir tellement peur... Je m'en suis beaucoup voulu pour tout ça. Je t'avais fait aller à la cuisine pour te mettre un peu à l'abri et en fait...

— Tout va bien, madame Nguyen, je vous le promets, n'y pensez plus. Je vais vous laisser mes coordonnées, si des fois ma mère repassait vous voir... Je suis là pour trois semaines, mais si je ne la retrouve pas, je reviendrai à la fin de mes études, dans un an.

— Je comprends, Luu-Ly, compte sur moi, si j'apprends quelque chose je t'en ferai part.

Bizarrement, ça m'a fait du bien de revoir madame Nguyen. C'est sûr que je n'ai pas passé ici les meilleures années de ma vie, mais cette étape fait partie de mon parcours et je suis émue. Savoir que ma mère est repartie rassurée sur mon sort me met un peu de baume au cœur.

Le taxi nous reconduit à l'hôtel et Bao, qui n'a pas ouvert la bouche devant madame Nguyen, s'agite à mes côtés et je sais que je vais avoir droit à un interrogatoire. J'attends donc les questions qu'il ne va pas manquer de me poser. Je me demande si je peux lui raconter tout ça, mais impliqué comme il l'est maintenant, j'imagine que ce ne serait pas très juste de lui cacher des choses.

— C'est quoi, cette histoire ? Les autres ne t'acceptaient pas ? Et c'est qui, ce garçon de cuisine ? Qu'est-ce qui s'est passé ici ?

— Rien, enfin pas grand-chose. Bao, tu ne dois parler de ça à personne, ce n'est pas la partie de ma vie que je préfère et c'est du passé.

— Promis, ce que tu me confieras restera ici. Raconte-moi !

— Je t'assure que ce n'est rien, les enfants me malmenaient un peu.

— Du genre ?

C'est parti pour une plongée en apnée dans mon passé. Les souvenirs me submergent dès que je commence mon récit. Bao ne m'interrompt pas et les mots s'échappent sans retenue. Des larmes d'émotion, de tristesse ou de colère – je ne sais pas très bien – se mettent à couler sans que je puisse les retenir. La seule chose dont je suis sûre, c'est que ce n'est pas de la peur. Grâce à mon père, ce sentiment ne fait plus et ne fera plus jamais partie de ma vie. Je pensais avoir exorcisé tous ces douloureux souvenirs le jour où j'ai tout révélé à mon père, mais visiblement, j'ai encore du mal à canaliser tout ce bouillonnement. Je suppose qu'une part de ce débordement est due à la pression qui se relâche, j'étais tellement stressée de revenir à Hòa Binh. Ma voix devient plus aiguë quand je commence à parler de Duong et Bao pose doucement son index sur mes lèvres pour me faire taire. Il m'attire fermement contre lui et referme ses bras autour de moi en m'obligeant à poser la tête contre sa poitrine. Il me caresse tendrement les cheveux et je pleure sans pouvoir m'arrêter. Il ne pose plus aucune question et attend patiemment que cette rivière de larmes veuille bien se tarir.

CHAPITRE 32

Arrivée à l'hôtel, j'ai les yeux rouges et boursouflés. Bao récupère nos clés à l'accueil et me conduit jusqu'à ma chambre où il me fait asseoir sur mon lit. Je n'ai plus la force de réfléchir, je viens de me vider entièrement de tout sentiment et de toute réflexion. J'entends l'eau de la baignoire couler et ce bruit me fait sourire. *Angela a donné des cours particuliers à Bao sur la façon de prendre soin de moi ou quoi ?*

Il quitte ma chambre pour me laisser prendre mon bain et je me détends enfin. Ça m'a fait un bien fou de relâcher toute cette pression. Je laisse mes pensées divaguer en me demandant ce que peut bien faire John à cet instant. Il n'a pas répondu à mon message, j'aimerais pourtant tellement entendre sa voix. Je finis de me préparer et descends retrouver Bao au restaurant de l'hôtel. Je vais tâcher d'être plus fun ce soir pour me faire pardonner la journée pourrie que je viens de lui faire passer.

— Oh Bao, tu es déjà là. Je voulais te dire... je suis vraiment désolée pour tout à l'heure... Je ne sais pas ce qui m'a pris... vraiment...

— Arrête, Lily, ne t'inquiète pas. Ça fait du bien parfois de pleurer. Et je te rappelle que tout ce qui se passe ici, restera ici. Je suis content d'être là, ça sert à ça, les amis.

— Merci.

— Ça va mieux ?

— Oui, le coup du bain, c'est un vieux classique, mais c'est imparable. Ça m'a remise sur pied.

— Bon, donc on continue ! Demain, nous irons à l'atelier de couture où travaillait ta mère.

Au bout d'une semaine, je commence vraiment à paniquer. À l'atelier de couture, à l'école, au collège et chez monsieur Chen, son patron de l'époque, personne ne l'a vue. Tout le monde me reconnaît, mais personne n'a jamais revu « la Vietnamienne à la fille blanche ».

Nous posons la question dans tous les magasins, mais encore une fois, sans nom de famille ni photo, personne ne peut nous aider. Je suis désespérée.

— Écoute, Lily, ne commence pas à déprimer. Tu sais, je pense qu'on devrait aller au commissariat, ils pourront peut-être nous aider. On aurait même dû commencer par là.

— Tu as raison, Bao, pourquoi n'y ai-je pas pensé ? Demain matin, à la première heure, on ira voir la police.

— On va y arriver, on va la retrouver. Je n'aime pas quand tu baisses les bras.

— Heureusement que tu es venu avec moi ! Toute seule, je ne sais pas comment j'aurais fait. Je ne pourrai jamais assez te remercier pour tout ça.

— Arrête un peu Lily, cette histoire est aussi dramatique que passionnante et je suis content d'être là.

— Parle-moi un peu de toi, ça nous changera les idées.

— Ben... justement, quand on rentrera, je te présenterai quelqu'un.

— Quelqu'un, *quelqu'un*... ou juste quelqu'un ?

— Pfff, t'es trop curieuse. Et arrête de sourire bêtement. Je n'en sais rien pour le moment, c'est trop tôt.

Sans que j'aie besoin d'insister trop longtemps, Bao se lance dans le récit de sa rencontre avec Victor. Au bout de quelques phrases à peine, je devine l'attachement qui le lie déjà à lui. Son visage s'assombrit lorsqu'il évoque son père à qui, selon lui, il ne pourra jamais révéler l'existence de Victor. Je tente de lui faire entendre raison, mais je suis bien placée pour savoir combien il est difficile de parler et de se dévoiler.

Il est neuf heures quand nous poussons la porte du commissariat de Hanoï où ma mère et moi avons été séparées. L'agent qui nous reçoit ne veut rien savoir et refuse de nous renseigner. Mais à force de parlementer, nous attirons l'attention d'un autre policier.

— Bonjour, vous êtes mademoiselle Becker ?

— Oui, comment le savez-vous ?

— Des petites blondinettes qui parlent couramment le vietnamien avec une telle prononciation, ça ne court pas les rues. C'est moi qui ai suivi votre dossier à l'époque, je connais très bien votre père.

— Vous a-t-il finalement raconté les circonstances de mon enlèvement ? La femme qui m'a enlevée n'a rien d'une dangereuse criminelle. Je sais qu'elle a mal agi, mais elle m'a élevée, et j'aimerais la retrouver.

— Vous savez, l'histoire remonte à plusieurs années, maintenant. Nous n'avons pas beaucoup d'informations et, de toute façon, je ne sais pas si je peux...

— Je vous en prie, vous pouvez téléphoner à mon père, il est au courant de ma démarche. Je veux juste la retrouver pour m'assurer qu'elle va bien.

— Je sais que vous la considérez comme votre mère, c'est pour cela que monsieur Becker a tout fait pour qu'elle soit libérée quand vous avez quitté le pays. Sa déposition officielle parle d'un malencontreux échange de bébés, mais je ne suis pas dupe...

— S'il vous plaît, je veux juste son nom de famille. Vous avez une idée de l'endroit où je peux la trouver ?

— Elle a gardé le silence pendant toute la durée de son incarcération. Aucun mot, pas un seul, jamais... pendant trois longues années. Nous ne savons donc rien d'elle. L'enquête nous a appris son identité : Minh- Tâm Ngo, c'est tout ce que je peux vous dire sur elle.

— Elle n'a jamais parlé ?

— Non, je sais que c'est difficile à croire, mais je vous assure que c'est la pure vérité.

Je suis abasourdie par cette nouvelle. C'est tout simplement incroyable. Nous sommes restées muettes toutes les deux pendant tout ce temps, uniquement reliées mentalement l'une à l'autre.

— Ah si, attendez, ce que je peux vous donner, c'est une photo d'elle. J'ai encore son dossier. Attendez-moi là !

Je reste sans voix, je vais voir le visage de ma mère et même si ce n'est qu'en photo, je suis complètement bouleversée. Depuis quelque temps déjà, j'ai du mal à revoir clairement ses traits, son visage s'efface petit à petit de ma mémoire et les détails s'estompent.

Quand le policier me tend la photo, mon cœur fait un bond dans ma poitrine. Elle tient devant elle une pancarte qui indique : numéro d'écrou 1220. Ma pauvre petite maman, elle est si belle, si douce et si menue ! Nous parlons encore de longues minutes, mais il n'a plus aucune information. Elle a été libérée et plus rien. Personne ne sait ce qu'elle est devenue.

Bao tente comme il peut de me réconforter, il voit bien que je commence de nouveau à baisser les bras. Nous n'avons rien obtenu de plus que cette photo un peu glauque et son nom de famille qui ne me mènera nulle part et je ne peux détacher mes yeux du visage de ma mère. Son regard, habituellement si lumineux et déterminé, est triste et éteint. Plus aucune étincelle, aucune lueur... un regard sans vie.

— Elle est magnifique, Lily. Ne t'inquiète pas, nous allons la retrouver.

La voix de mon ami me tire de ma torpeur. J'essaie de me convaincre que ses paroles sont en fait une promesse, mais les jours passent et nous n'avons pas le moindre point de départ, pas la moindre piste.

— On va tout reprendre ! Ça va être plus facile avec la photo.

J'ai la photo anthropométrique de ma mère entre les mains et je suis complètement sonnée. J'ai du mal à réagir et à prendre des décisions, alors docilement, je me laisse guider par Bao. Il me traîne dans toutes les petites boutiques de Hanoï en montrant la photo mais, comme la veille, personne ne sait rien. J'ai plutôt l'impression que face à ce numéro de matricule, personne ne veut rien savoir. Après au moins cinq heures de marche, nous n'avons toujours rien appris. Lorsque nous rentrons à l'hôtel, Bao tente d'afficher la mine radieuse de celui qui ne lâche pas l'affaire tandis que je m'évertue à paraître encore optimiste.

— Écoute, Lily, demain nous quitterons Hanoï, on n'apprendra rien de plus ici. Peut-être qu'elle est repartie à Ma Tra pour voir Cao-Minh ou encore à Sapa pour se rendre au dispensaire. Elle sait que le médecin connaît ton père.

— Mais tu es fou, on ne va tout de même pas aller voir Cao-Minh ? Jamais je n'oserai me présenter devant lui.

— Il y a des chances qu'elle soit retournée là-bas pour s'expliquer avec lui. Tu m'as dit que c'était son plus grand regret et que ça la faisait beaucoup souffrir qu'il puisse penser qu'elle l'avait trompé.

— Mais enfin, tu te rends compte ? Comment va-t-il réagir quand je vais lui dire qui je suis ? J'ai brisé sa vie.

— Lily, tu n'étais qu'un bébé. Rien de tout cela n'est de ta faute. Il faut qu'on tente le coup. Il faut tout essayer !

Plus les jours passent, plus je remercie mon père de m'avoir imposé Bao, sans lui je n'aurais rien pu faire. Bien qu'il n'ait jamais vécu ici, il parle pratiquement couramment la langue et les gens se méfient beaucoup moins de lui que de moi. C'est vrai que physiquement, il fait plus Vietnamien que moi...

CHAPITRE 33

Le voyage jusqu'à Ma Tra est long et laborieux, mais avec ma mère, nous avions fait le chemin inverse dans des conditions bien plus compliquées. Chacune de ses phrases me revient en mémoire.

Nous étions dans cette horrible grotte, elle savait que nous allions être séparées et que le temps nous était compté. Elle était tellement bouleversée que, quand j'ai pris conscience de l'effort qu'elle faisait pour me raconter les douloureux détails de notre parcours, je lui ai demandé d'arrêter. Je voulais juste mettre fin à son supplice, mais elle m'avait alors répondu : *Luu-Ly, si tu ne connais pas ton histoire, tu ne pourras pas en écrire la suite... et toi, ma fille, tu dois devenir quelqu'un, tu me le promets, Luu-Ly ?* Alors, pour la énième fois, j'ai promis. Quel courage il lui a fallu ! Tout ça pour moi, pour me mettre à l'abri.

Bao pose sa main sur mon épaule.

— Le village n'est pas très grand, on ne devrait pas avoir de mal à retrouver Cao-Minh. Tu sais si d'autres personnes la côtoyaient ? De la famille, des voisins, des amis ?

— Oui, je sais qu'il y avait une jeune femme, j'ai réfléchi toute la nuit, mais je ne me rappelle pas son nom. C'était une amie proche de ma mère.

— Ne t'inquiète pas, Lily, tu sais que comme toujours, je suis l'homme de la situation, ironise-t-il pour me faire sourire.

— Arrête de faire l'idiot et montre-moi plutôt comment se débrouille « l'homme de la situation » alors !

Dès notre arrivée, nous croisons une vieille femme qui marche seule tout en se parlant à elle-même. Sans aucune hésitation, elle nous indique du doigt la maison de Cao-Minh, à quelques centaines de mètres de nous. Il est là, tout près, et je ne sais toujours pas ce que je vais lui dire. Il va sûrement me chasser, comme il l'a fait lorsque j'étais bébé.

Pour la troisième fois, Bao frappe à la porte mais personne ne répond. C'est tellement bizarre d'être ici. Bien sûr, je n'ai pas de souvenir, mais il y a quelque chose, une ambiance, des odeurs, l'atmosphère qui me semblent tellement familières. Je suis soulagée que la porte reste fermée, et en même temps, tellement déçue. J'ai vraiment peur de l'affronter, je sais ce qu'il a vécu et j'imagine sa souffrance, mais il a mis Minh-Tâm et son enfant à la porte et je ne décolère pas.

Perdue dans mes réflexions devant la porte close, je ne m'étais même pas rendu compte que Bao s'était éloigné. Il revient vers moi à grands pas, le sourire aux lèvres.

— Thihaly, ça te parle ?

— Oui ! C'est elle, c'est l'amie de ma mère, celle qui l'a aidée à accoucher.

En entendant ce prénom, mon cœur se met à cogner comme un dingue dans ma poitrine. Une piste. Nous avons enfin une piste.

— J'ai montré la photo de Minh-Tâm à une femme. Elle m'a dit qu'elle la connaissait, mais qu'elle ne l'avait plus vue depuis de nombreuses années. Et elle m'a dit également de m'adresser à Thihaly, la maison qui se trouve juste là, au bout de cette rue.

— Je me rappelle tout ce que ma mère m'a raconté sur elle. Viens, on y va !

La cabane est comme toutes les cabanes du village, très petite et un peu misérable. Elle dépare tout de même des autres, car malgré une apparence plus que modeste, il y a des fleurs de chaque côté de la maison et elle semble très soignée.

Bao frappe à la porte et une femme d'une quarantaine d'années apparaît et nous dévisage, méfiante. Je suis encore sous le coup de mes émotions et Bao prend la parole :

— Bonjour, madame, nous souhaiterions parler à Thihaly.

— Oui, c'est moi !

— Voilà, je recherche ma cousine, je sais qu'elle habitait ce village il y a très longtemps. Elle s'appelle Minh-Tâm.

Thihaly ne me quitte pas des yeux, elle répond à Bao en me regardant comme si elle dévisageait un fantôme. Ça faisait longtemps que l'on ne m'avait pas regardée de cette façon.

— Minh-Tâm n'a aucune famille. Ni père ni mère ni frère et pas le moindre cousin.

Bao rougit en tentant de se justifier :

— Oui, en fait...

— Je sais qui tu es ! l'interrompt Thihaly, les yeux toujours rivés sur moi.

Comment est-ce possible ? Cette femme ne peut pas me reconnaître, la dernière fois qu'elle m'a vue j'avais à peine un an !

— Vous savez qui je suis ? dis-je d'une voix tout à coup suraiguë.

— Vous êtes la petite Luu-Ly, c'est ça ?

— Oui, madame, je suis Luu-Ly et je suis à la recherche de ma mère.

— Entrez !

Comme à l'extérieur, l'intérieur de la maison est très modeste, mais tout est propre et bien tenu. La femme ne me quitte pas des yeux. C'est très gênant, je ne sais plus où me mettre. Toute l'assurance que j'ai acquise depuis mon arrivée à Paris s'est enfuie au galop. Je suis là, intimidée, ne sachant pas trop quoi dire ni comment me comporter. Je regrette d'avoir laissé mon foulard dans ma valise, je l'aurais remonté immédiatement sur ma tête.

En silence, Thihaly prépare du thé et je ne sais pas si je dois me taire ou engager la conversation. De toute façon, je ne saurais pas par où commencer et Bao semble perdu dans ses pensées. La voix de Thihaly me fait sursauter :

— Pourquoi recherchez-vous Minh-Tâm ?

— Parce que j'ai besoin de retrouver ma mère, tout simplement !

— Vous n'êtes pas sa fille ! Vous le savez, je le sais, Minh-Tâm le sait et tout le monde le sait. Alors, qu'est-ce que vous lui voulez vraiment ?

Elle s'est retournée vers moi, son pot de thé à la main, et elle attend une réponse. Sa question m'a prise au dépourvu. C'est toujours très bizarre quand on me dit qu'elle n'est pas ma mère ! Certes, d'après les nombreux récits de Paul, Suzanne aurait été une mère merveilleuse, mais le sort en a décidé autrement et c'est Minh-Tâm qui m'a élevée. Elle m'a offert une chance inouïe... Contrairement à ma sœur, j'ai eu une mère. *Même si cela m'a privée de mon père et de ma sœur, je l'aime trop pour avoir des regrets.*

— En effet, elle ne m'a pas mise au monde, mais quelle différence cela peut-il faire ? Elle m'a bercée, nourrie, aimée et protégée. Alors si, vous voyez... elle est bien ma mère. Je veux la retrouver, si vous pouvez m'aider tant mieux, sinon je me débrouillerai seule, mais je la trouverai.

Sans m'en rendre compte, je m'adresse à elle d'un ton ferme, presque menaçant et c'est en voyant Bao les yeux arrondis par la stupeur que je me rends compte de mon comportement et du ton agressif que j'emploie pour m'adresser à cette femme. J'inspire profondément pour tenter de me calmer et de reprendre un ton plus cordial. Nous ne sommes pas en France et, ici, on ne s'adresse pas aux gens de cette manière, c'est grossier et inconvenant. Je m'en veux et je me dis que ma sœur a dû déteindre sur moi ! Le savoir-vivre parisien est aux antipodes du savoir-être de mon pays.

Thihaly me sourit pour cacher sa gêne, mais finalement son visage se détend.

— Vous êtes comme elle ! Au premier regard, la douceur incarnée, mais finalement une détermination à toute épreuve. Elle a beaucoup souffert et j'ai peur qu'on lui fasse à nouveau du mal... Enfin, si c'est encore possible.

Elle a les yeux baissés et semble terriblement triste tout à coup.

— Je vous en prie, dites-moi où la trouver. S'il vous plaît.

— Je ne sais pas exactement, mais la dernière fois que j'ai eu de ses nouvelles, elle était dans une situation plutôt précaire.

— Comment ça, précaire ? Je vous en prie, arrêtez de parler à demi-mot.

— Il y a trois ans, elle est revenue ici. Elle voulait parler à Cao-Minh pour lui demander pardon et surtout, pour qu'il sache la vérité sur ton histoire. Mais Cao-Minh avait sombré dans l'alcool et il n'a jamais voulu l'écouter. Je l'ai accueillie ici pendant trois jours, le temps qu'elle se repose un peu, je crois qu'elle avait fait un long chemin... Puis elle est repartie sans me dire où elle allait. Je n'ai pas pu la convaincre de rester. Elle m'a demandé de ne pas m'inquiéter, m'a beaucoup remerciée et je ne l'ai plus revue.

— Mais enfin, où est-elle allée ? Elle n'avait sûrement pas un sou.

— Oui et non ! En fait, elle avait une pochette pleine d'argent, mais lorsque je lui ai posé la question, elle m'a dit que cet argent était pour toi... pour ton avenir.

— L'argent de la couture ! Mais je n'ai pas besoin d'argent. Elle l'économise depuis que je suis toute petite ! C'était pour mes études.

Les larmes me brouillent la vue, elle a gardé l'argent de la couture... Pour moi... Comme toujours, elle pense à moi et rien qu'à moi.

— Je ne sais pas comment tu vas la retrouver, mais l'année dernière, une amie l'a aperçue à Bac Ha, elle mendiait. Je m'y suis rendue plusieurs fois mais je ne l'ai pas trouvée, pourtant mon amie est certaine qu'il s'agissait de Minh-Tâm.

— Mais il n'y a pas de travail dans les champs par ici ?

— Luu-Ly, ta mère a fait de la prison, plus personne ne veut l'engager.

Ma mère est seule, quelque part, et si ça se trouve elle n'a même pas de quoi manger alors qu'elle a tout cet argent avec elle. Je sais qu'elle préférera mourir de faim et dormir dehors plutôt que d'y toucher. Mes larmes coulent maintenant sans aucune pudeur, j'ai envie de partir en courant pour la retrouver, pour la serrer contre moi. Thihaly aussi semble bouleversée, je vois bien que cette situation la touche énormément.

Elle attend une réaction de ma part et, lorsque j'en prends conscience, ma détermination reprend le dessus.

— Je vais me rendre à Bac Ha. Nous partirons dès demain.

— C'est bien, Luu-Ly, il faut que tu la retrouves. Je te promets que j'ai tout essayé. J'ai tout fait pour la retenir, mais je n'ai pas réussi. Elle ne pouvait pas rester là, avec Cao-Minh juste à côté, c'était au-dessus de ses forces.

— Je comprends.

— Quand elle est partie, je suis allée trouver Cao-Minh et je l'ai un peu bousculé, juste pour l'obliger à m'écouter. Je lui ai raconté toute l'histoire, exactement comme ta mère me l'avait expliquée. J'ai bien vu qu'il avait entendu chacune de mes paroles, il semblait abasourdi par ce récit. Il n'a rien dit, pas un seul mot, alors je suis repartie sans savoir ce qu'il pensait. La seule chose que je sais, c'est que depuis ce jour, Cao-Minh n'a plus touché une seule goutte d'alcool. Nous n'en avons jamais reparlé, mais je le croise presque tous les jours, et jamais plus je ne l'ai vu ivre.

— Je vais aller le voir, peut-être pourra-t-il m'aider !

— Tu sais, Luu-Ly, je ne sais pas comment il va t'accueillir.

— Il n'est pas mon père, je me fous de son accueil, je veux juste lui confirmer toute l'histoire. Il faut qu'il lui pardonne, c'est important pour elle.

— Ne sois pas dur avec lui. Il a beaucoup souffert lui aussi. Il aimait tellement ta mère… Ne sois pas déçue si…

— Je ne serai pas déçue, je n'attends rien de lui. Je ne pense qu'à elle.

— Si par hasard tu avais des nouvelles, je t'en prie, fais-le-moi savoir. Je suis tellement inquiète.

En sortant de chez Thihaly, ma détermination est revenue, plus forte que jamais. Il faut que je la retrouve, il n'y a pas d'autre option, je ne baisserai pas les bras.

— Il est peut-être revenu, viens, on y retourne, on va frapper chez lui, dis-je, plus déterminée que jamais.

— Attends, attends Lily, on va d'abord aller boire un coup au petit café là-bas… histoire que tu reprennes ton souffle. Tu ne peux pas arriver chez lui dans cet état, j'ai peur que tu le dévores tout cru.

— Oui, tu as raison.

Nous sommes assis face à face, silencieux, Bao me laisse réfléchir et digérer toutes ces nouvelles informations. Au bout d'un long moment, il interrompt le fil de mes réflexions :

— Bon, c'est sûr, les nouvelles ne sont pas terribles, mais au moins… nous avons obtenu quelques renseignements. On va bien voir si Cao-Minh a une piste sérieuse sinon, demain, nous partirons pour Bac Ha. C'est la première fois qu'on a un semblant de trace. Tu sais, au travers de ce que j'entends et de ce que tu me racontes, je me sens lié à elle moi aussi. Il faut qu'on la retrouve, je suis aussi inquiet que toi maintenant.

CHAPITRE 34

Bao frappe à la porte et mon souffle s'accélère quand j'entends, depuis l'intérieur de la maison, des pas qui se dirigent vers nous.

La porte s'ouvre et un homme grand et fin se présente devant nous. Malgré un visage marqué par la souffrance et l'alcoolisme, il est tel que ma mère me l'a décrit : beau, gracieux et séduisant. Dès qu'il me voit, ses yeux et sa bouche s'ouvrent de stupeur. Comme Thihaly, il sait qui je suis. Je le vois tout de suite dans son regard.

— Luu-Ly ? murmure-t-il, sidéré.

Je ne réponds rien, je n'arrive plus à parler.

— Tu sais où elle est ? Dis-moi ! Il est arrivé quelque chose à Minh-Tâm ?

— Non, non, je n'en sais rien. Je suis juste à sa recherche.

Son visage se détend légèrement et la lueur de panique dans ses yeux s'estompe imperceptiblement. Son regard renvoie maintenant de l'étonnement et de la méfiance. Il s'écarte enfin pour nous laisser entrer.

Contrairement à celle de Thihaly, sa maison est loin d'être ordonnée. Il y a de la vaisselle sale dans un bac qui doit servir d'évier et la table est recouverte de détritus. Tout ici est sombre et inhospitalier. C'est vraiment glauque. D'un revers de main, il repousse les déchets et la vaisselle qui encombrent la table et nous invite à prendre place. D'un léger hochement de tête, il pointe Bao du menton.

— C'est ton mari ?

— Non, monsieur, je m'appelle Bao. Je suis juste un ami de Luu-Ly.

— Elle aurait dû me parler, elle aurait dû m'expliquer ce qui était arrivé. Je savais que tu n'étais pas ma fille. Qu'est-ce que j'aurais dû me dire ? Qu'est-ce qu'elle imaginait que j'allais croire ? Il faut toujours se parler entre mari et femme. Le silence nous a anéantis, les non-dits nous ont tués… tous les deux.

Je m'attendais à tout, mais pas à ressentir une telle souffrance chez cet homme. Je crois que je n'ai jamais croisé personne d'aussi malheureux que lui. Il émane de chacun de ses mots, de ses gestes et de ses regards, une douleur presque palpable. Ma colère, attisée par la rancœur que je lui voue depuis tant d'années, s'envole en une fraction de seconde. J'ai devant moi un homme brisé et je ne m'attendais pas à ça.

— Elle n'a jamais voulu tout ça ! Ce jour-là, elle a vécu tant de choses, toutes plus irréelles les unes que les autres. Elle n'a pas réfléchi. Elle voulait juste me mettre à l'abri. Elle ne comprend toujours pas ce qui lui est passé par la tête, mais tout cela a bien eu lieu, et ensuite… c'était trop tard… le mal était fait.

— Mais elle a bien vu que tout le monde parlait dans notre dos ! Elle a bien vu que tu étais différente et que personne ne pouvait penser que tu étais ma fille. Je lui ai laissé une année entière pour me raconter toute l'histoire. Au lieu de ça, elle essayait de me convaincre encore et encore que j'étais ton père… Non, mais regarde-toi… regarde-moi !

Elle attendait notre enfant et elle est revenue à la maison avec… toi. Qu'est-ce que j'aurais pu penser d'autre ?

— Oui, je sais tout ça. Mais comment aurait-elle pu vous avouer qu'elle m'avait enlevée ? Elle n'en a pas eu le courage, c'était déjà trop tard. Si je n'ai jamais été votre fille, j'étais bel et bien la sienne, et elle est la seule mère que j'aie jamais eue.

À nouveau, je lui raconte toute l'histoire, de l'accouchement près des rizières à notre départ le jour de mon premier anniversaire. Puis je continue avec nos fuites incessantes, la peur qui nous habitait à chaque instant, notre séparation et son séjour en prison où je l'ai perdue de vue. La seule chose que je lui épargne, ce sont les hommes du soir, ceux qui la brutalisaient en menaçant de s'en prendre à moi. L'épreuve est déjà tellement pesante et pénible pour lui !

Au fur et à mesure que je parle, le chagrin affaisse ses épaules. Sa douleur est maintenant plus que viscérale, elle est physique, et je suis tellement triste pour lui… Malgré moi, je lui fais vivre un véritable supplice, mais il doit savoir.

— Est-ce que vous pouvez me dire quelque chose qui m'aiderait à la trouver ? Thihaly m'a dit d'aller voir du côté de Bac Ha.

— Je m'y rends le plus souvent possible, parce que tu vois, malgré tout ça, j'ai toujours eu peur pour elle, mais je ne la trouve nulle part. Elle a disparu, peut-être même qu'elle est morte. Je n'ai aucune photo d'elle, rien de rien. Il ne me reste que quelques vêtements, son vélo et son parfum au jasmin qu'elle fabriquait et qui lui allait si bien.

— Son parfum ? Vous l'avez gardé ?

J'ai presque crié en posant cette question. Il se redresse d'un coup, se lève et attrape une petite fiole en verre qu'il me tend. Même s'il tente au mieux de le dissimuler, l'homme qui est devant moi est terriblement ému. Il est resté figé dans ses souvenirs et n'a pas continué sa vie sans elle. Emprisonné dans son passé, il n'a rien construit depuis... il s'est contenté de survivre. Mes mains se mettent à trembler quand j'ouvre le petit flacon. Je porte le goulot à mon nez et les sanglots s'échappent de tout mon corps tellement cette odeur me submerge. C'est le parfum du bonheur, de la beauté, de la douceur. Je ferme les yeux pour savourer au mieux cette fragrance qui s'empare de moi, me berce et me rassure. Je sais qu'elle est là, tout près. *Je vais te retrouver, maman, je te promets que je serai bientôt là, courage !*

***

De retour à l'hôtel, j'ai une envie irrésistible de voir Paul, d'entendre sa voix et de lui parler. Je me précipite sur mon téléphone et, quand enfin il décroche, un flot de larmes déferle sur moi sans que je puisse rien y faire. *Décidément, pour quelqu'un qui n'avait jamais pleuré...* Il est tellement solide et rassurant qu'auprès de lui, rien n'est insurmontable. Si au début Paul s'affole au bout du fil, il comprend très vite qu'il ne tirera rien de moi dans cet état, alors il me réconforte avec des paroles tendres. Tout doucement, il attend que je me calme et que je parle enfin.

Je finis par lui expliquer le cours de mon enquête tandis qu'il me rassure et m'encourage. Je sais que je lui demande de compatir au sort de celle qui a brisé sa vie, mais l'amour que Paul me porte peut tout endurer. Je sens qu'il est vraiment malheureux pour moi. Je le quitte à regret en promettant de le rappeler très vite, je suis épuisée par toute la tension de ces derniers jours, mais ragaillardie par l'échange que je viens d'avoir avec mon père. Une bonne douche finit de me remettre sur pied et je rejoins Bao au restaurant de l'hôtel.

Le pauvre Bao, qui a subi avec moi toutes les épreuves et les émotions de la journée, met tout en œuvre pour que le repas soit léger et réconfortant. Il me parle de l'école, de ma sœur, des copains... Grâce à lui, à la fin du repas, je suis complètement apaisée et j'ai l'esprit beaucoup plus léger.

— J'ai commandé un taxi pour demain matin, ça ira plus vite que le train. Rendez-vous à huit heures pour le petit déj, m'informe-t-il, enthousiaste.

Il me prend dans ses bras et me serre fort pour me réconforter. Je me rends compte alors que j'ai pris goût à toutes ces manifestations d'affection que j'ai découvertes depuis que je vis à Paris.

***

Il est dix heures trente quand nous arrivons enfin à Bac Ha. Mon foulard rouge autour du cou, la photo de maman à la main, j'ai la certitude qu'elle est là, tout près. Dès que je descends du taxi, c'est comme si un sixième sens se mettait en éveil, je ne l'explique pas, mais je le sais.

Nous arrivons dans une rue où se côtoient une multitude de magasins en tout genre. Après avoir trouvé un hôtel et déposé nos bagages, nous pénétrons dans un premier bazar où nous présentons la photo de ma mère. Comme à Hanoï, je laisse Bao poser les questions. Une petite Blanche qui parle le vietnamien sans accent et qui brandit une photo anthropométrique d'une femme dévastée, ça ne plaît pas beaucoup. C'est la douzième boutique et personne n'a jamais vu cette femme. Sans un mot, avant de rentrer dans le magasin numéro treize, Bao s'éloigne de moi, la photo de ma mère à la main. Il s'approche d'un vieux vagabond assis sur le trottoir. Je regarde le vieil homme sale et triste qui lève la main en désignant le haut de la rue comme pour donner une indication. Je n'entends pas ce qu'ils se disent, mais je suis tétanisée. Bao vient d'apprendre quelque chose, c'est certain... L'air grave, il revient vers moi :

— Lily, tu es sûre que tu veux venir avec moi ? On ne sait pas ce qu'on va trouver. Elle risque de ne pas être... comme tu t'attends à la voir. Alors, ce serait mieux que...

— Qu'est-ce qu'il t'a dit ? Je viens avec toi !

— On va retourner à l'hôtel, tu m'y attends et dès que j'ai la moindre information, je te rejoins.

— Non, Bao, je viens avec toi, un point c'est tout ! Que t'a-t-il dit ?

— Lily, je ne veux pas que...

— Putain, Bao, qu'est-ce qu'il t'a dit ?

— Qu'elle traînait souvent dans une rue, un peu plus haut !

Il me dévisage et mon angoisse monte d'un cran.

— Et ?

— Viens, on va aller voir.

— Et ? Bao, tu me caches quelque chose, dis-moi tout de suite ce que c'est !

— La rue là-haut, c'est la rue des prostituées, murmure-t-il en espérant que ses mots n'arriveront pas jusqu'à moi.

— Quoi ? Non... pas ça... C'est impossible !

— S'il te plaît, je te ramène à l'hôtel.

Sans réfléchir, je plante Bao au beau milieu du trottoir et je me dirige vers le haut de la rue indiquée par le vieil homme. Derrière moi, j'entends le soupir d'impuissance de mon ami qui finit par me suivre. La rue en question est étroite et n'en finit pas, elle est déserte et lugubre. Très peu de commerces, des petits immeubles miteux et sinistres, mais pas de prostituée. Aucune femme n'arpente les trottoirs de cette rue. Je suis à la fois soulagée de ne pas y voir ma mère et dépitée de ne pas l'avoir retrouvée.

Bao est tout pâle, il fait preuve de beaucoup d'empathie à mon égard et sa peur de tomber sur ma mère dans une situation qui me ferait souffrir transparaît sur son visage défait. Il prend l'initiative de rentrer dans chaque hôtel pour présenter à nouveau la photo. J'ai le cœur serré, et même si chaque fois je prie pour que personne ne la reconnaisse, la déception me terrasse à chaque réponse négative.

Nous sommes en haut de la rue et il ne reste que quelques bâtisses délabrées qui, sur leurs façades vétustes, indiquent pompeusement « hôtel ». Je suis Bao qui pénètre dans un des petits immeubles. Il tend la photo à une femme. Elle fixe le cliché puis nous regarde avec méfiance. Mon cœur fait un bond, elle sait quelque chose ! Je ne peux détacher mes yeux de sa bouche édentée où un vieux mégot, maintenu entre ses lèvres, oscille de haut en bas en un mouvement improbable dès qu'elle se met à parler.

— Vous lui voulez quoi ?

— C'est ma mère, on a été séparés et je suis à sa recherche, répond Bao.

— Vous voulez lui demander de l'argent ?

— Non, madame, je veux lui en donner. Je gagne bien ma vie maintenant, affirme-t-il avec aplomb.

Elle nous détaille de la tête aux pieds et finit par juger que nous sommes suffisamment bien habillés pour que notre histoire tienne debout :

— Elle n'est pas là, elle est sortie.

— Savez-vous à quelle heure elle revient ?

— Non, sûrement ce soir... tard.

— Savez-vous où elle est allée ? Où peut-on la trouver ?

— Oui, au grand marché, il y a plein de touristes là-bas.

Bao me regarde et je ne peux m'empêcher de poser la question qui lui brûle les lèvres, mais qu'il n'ose pas poser devant moi :

— Qu'est-ce qu'elle fait là-bas ?

Sous l'afflux de nos questions, la femme se renfrogne et devient méfiante.

— Vous lui demanderez vous-même.

— C'est ici qu'elle habite ?

— Ben, vous croyez quoi ? Qu'elle rentre tous les soirs pour venir me border ?

La cendre de son mégot tombe sur les feuilles étalées devant elle, sans qu'elle y prête la moindre attention. La femme s'est fermée, elle ne dira plus rien. Une jeune fille en robe ultra courte perchée sur des talons aiguilles descend l'escalier en faisant de l'œil à mon ami. Bao me prend par la main, remercie la gérante et m'entraîne vers la sortie :

— N'interviens pas, Lily, tu es trop stressée, tu leur fais peur

— Bao, tu crois qu'elle... enfin, tu vois ?

— Je n'en sais rien, Lily, et toi non plus, alors viens, on y va

Le destin de ma mère a explosé dans une autre dimension et je suis là, impuissante... Je passe en revue ce que ma vie est devenue... une maison tout confort, l'école et les diplômes, le shopping et les futilités, les bains et les crèmes… J'ai tellement changé… Comment ai-je pu devenir aussi superficielle ? Elle ne mange même pas à sa faim !

CHAPITRE 35

À la hâte, nous quittons le sinistre hôtel pour entamer une course folle dans les rues qui mènent au grand marché. Tout le monde nous regarde, je dois avoir l'air d'une cinglée. À bout de souffle, j'aperçois enfin la place du grand marché et je m'arrête net. Le marché est bondé, jamais nous ne la trouverons dans cette cohue. Bao me regarde et décide de prendre la tête des opérations.

— Nous allons commencer par cette allée. Suis-moi.

Il prend ma main et se fraie un chemin parmi les centaines de touristes, mais aussi d'autochtones qui se promènent tranquillement. Je dévisage tout le monde en essayant de la reconnaître parmi tous ces faciès. *Maman, où es-tu ?*

Ce marché porte bien son nom, il est immense. J'ai l'impression que je ne verrai jamais le bout de la première allée et il y en a encore tant d'autres ! On va y passer la journée.

La majorité des femmes porte un *nón*, ce genre de chapeau de paille large et conique qui rend encore plus difficile ma mission. Je fixe leurs visages avec insistance. Une à une, elles baissent le regard, gênées par mon manque de respect. Cette attitude est complètement déplacée, je le sais très bien, mais je m'en moque. En temps normal, je serais morte de honte, mais là, je n'ai vraiment pas le temps.

Bao continue son chemin sans me lâcher des yeux. Il épie chacune de mes réactions, mais à part l'angoisse et la panique, je ne ressens rien.

Puis mon cœur s'arrête. Elle est là. Elle nous tourne le dos sans se douter que dans quelques instants, nos vies vont basculer une nouvelle fois. Ses cheveux si bruns et brillants, sa blouse noire ornée d'une multitude de fleurs colorées que je reconnaîtrais entre mille.

Incapable de tenir une seconde de plus, je me précipite vers elle en bousculant tout sur mon passage. Continuant ma course, je l'appelle en saisissant son bras au moment même où elle se retourne enfin vers moi. Tout le monde nous regarde, courroucé par mon empressement et mes bousculades.

Face à moi, elle pousse un cri de surprise. En un dixième de seconde, j'analyse son cri et recule d'un pas. Maladroitement, je joins mes mains devant moi pour me confondre en excuses devant cette femme surprise qui n'est pas mère.

Rapidement, Bao me rejoint et me tire en arrière pour me sortir de ce mauvais pas.

— Viens, Lily, ce n'est rien. On va la retrouver, m'assure-t-il en se remettant en route.

Sans répondre, j'obéis en tentant de reprendre mes esprits. Avec beaucoup moins d'entrain et beaucoup plus de discrétion, je poursuis mon investigation.

Cela fait plus de deux heures que nous arpentons les allées du marché. Nous allons entamer notre troisième tour quand Bao me propose gentiment de rentrer à l'hôtel pour revenir demain. Je le regarde, atterrée, mais je sais qu'il a raison. Je prends sa main et me tourne vers la rue qui nous ramènera à l'hôtel, prête à lui obéir.

C'est alors qu'un hurlement strident et déchirant retentit quelque part autour de nous. Je resserre la main de Bao en me figeant sur place. Le cri plaintif n'en finit pas. Il monte en intensité comme celui d'un animal blessé. Il me glace littéralement le sang et restera gravé dans ma mémoire jusqu'à la fin de mes jours. Je me retourne vers ce vacarme incongru et elle est là, juste à quelques mètres de moi. Mes yeux se posent sur elle alors qu'elle tombe à genoux au milieu de cette foule qui s'écarte en la regardant bizarrement. La tête dans les mains, elle me fixe et m'appelle. Elle invoque mon prénom encore et encore, comme si elle était en présence d'une apparition divine. Autour de nous, la vie s'est arrêtée, tout le monde s'est figé et regarde ma mère qui murmure toujours sa longue litanie. Elle est là, devant moi, superbe et perdue.

Tout se mélange, l'incrédulité, la peur, le soulagement, l'euphorie. Je ne sais plus quoi ressentir et ce sentiment, quel qu'il soit, efface tous ceux que j'ai pu connaître jusqu'ici... Sa puissance est phénoménale. C'est le plus beau jour de ma vie. Ma petite maman est là, à quatre ou cinq mètres, tout au plus. Mon corps, complètement tétanisé, finit par répondre à mes exigences et je me précipite enfin sur elle. Je me jette à ses genoux et la prends dans mes bras... enfin. C'est si bon, c'est si doux. Elle me repousse légèrement pour me regarder. Nous pleurons toutes les deux par terre, au milieu de tous ces gens qui nous observent, interloqués. Incapables de bouger, nous restons là, à même le sol, à nous étreindre, pleurer et sourire. Ma mère marmonne des morceaux de prière pour remercier les dieux. Nous nous donnons littéralement en spectacle et personne ne peut comprendre cette scène saugrenue d'une Vietnamienne qui serre dans ses bras une petite Occidentale qui pleure en l'appelant maman.

Ma mère semble enfin remarquer les regards posés sur nous et, dans un geste instinctif, remonte mon foulard sur mes cheveux. C'est si bon, ce geste m'a tellement manqué ! La première chose qu'elle fait, c'est de me protéger en me couvrant les cheveux.

— Viens, maman, lève-toi, viens avec moi !

— Mais qu'est-ce que tu fais là, ma fille ? Je croyais ne jamais te revoir. Mais qu'est-ce que tu fais là ? Je croyais que tu avais quitté cette vie.

— Ça va, maman, je te promets que tout va bien pour moi. Je suis juste venue te chercher. Viens avec moi, tu m'as tellement manqué !

Tout doucement, j'attrape sa main et nous retournons vers notre hôtel. Un sourire s'est dessiné sur mes lèvres. Un sourire idiot qui refuse de s'éteindre. Je suis tellement heureuse. J'ai l'impression d'être dans un rêve. *Pourvu que jamais je ne me réveille !* Nous pénétrons dans l'hôtel et j'entraîne ma mère vers l'escalier quand la voix de Bao me ramène à la réalité :

— Heu... Je vous laisse... Je vais déjeuner.

— Oh pardonne-moi Bao, je t'avais presque oublié. J'attrape sa main et l'attire vers moi.

— Maman, je ne t'ai même pas présenté Bao. C'est un ami.

Ma mère le regarde timidement et le salue d'un signe de tête.

— Viens avec nous, Bao, on va juste se rafraîchir le visage et on redescend déjeuner tous ensemble, j'ai une faim de loup. Tu as faim, maman ?

— Non, ma fille, ça va.

Ma petite maman qui ne se plaint jamais. J'ai entendu cette phrase des milliers de fois lorsque j'étais petite. *Mange, ma fille, je n'ai pas faim, j'ai mangé au travail.* À l'époque, je ne comprenais pas l'ampleur de tous les sacrifices qu'elle faisait pour moi. C'est fini, tout ça, jamais plus elle ne manquera de quoi que ce soit.

— Tu es installée ici, Luu-Ly ? C'est vraiment très beau.

Je me rappelle mon arrivée chez Paul, je me souviens de la surprise d'Angela lorsque j'ai vu la baignoire pour la première fois. Je comprends aujourd'hui ce que ma sœur voulait dire. C'est tellement insignifiant, une baignoire, quand on en voit tous les jours. Mais je fais bien attention parce que je sais que ma mère n'est sûrement jamais entrée dans un endroit comme celui-là.

— Oui, mais j'habite en France, maman, je n'habite pas là, je suis seulement venue te chercher. J'avais tellement envie de te retrouver.

Je ne veux pas l'effrayer en lui parlant déjà de mon père, de ma sœur ou de Nana nous câline, nous fait à manger et s'occupe de nous tous les jours. *Il faut y aller doucement !*

Au restaurant, je choisis la table la plus reculée de la salle, comme Paul le faisait pour moi les premières fois où nous sommes sortis ensemble. J'étais tellement mal à l'aise à cette époque, tout comme ma mère doit l'être en cet instant. Elle se laisse faire, elle est sous le choc et obtempère à tout ce que je dis ou fais. Bao passe la commande pour nous trois, mais contrairement à ses habitudes, il se fait très discret. Ma mère le dévisage en douce, je sais qu'elle doit penser que nous sommes fiancés.

— Bao est un ami, nous sommes dans la même classe.

— Tu vas à l'école, Luu-Ly ? s'étonne-t-elle tandis que son visage s'illumine.

— Oui, maman, je vais à l'école depuis longtemps, j'ai des diplômes et je vais avoir un très bon métier.

— Quelle école ?

— En France, à Paris. Mon père est venu me chercher.

— Ton père ? Il te traite bien ?

— Maman, c'est l'homme le plus gentil au monde. J'ai une sœur aussi, on se ressemble comme deux gouttes d'eau... On est jumelles.

— Tu as une sœur ? L'autre bébé ?

— Oui, c'est ça, l'autre bébé. C'est ma sœur jumelle.

— Oh Luu-Ly, qu'est-ce que j'ai fait ?

— Maman, j'ai toujours été heureuse avec toi, je ne veux pas d'une vie où tu ne serais pas là. Ne pense pas à ça.

— Tu es mariée ?

Elle regarde à nouveau en direction de mon ami.

— Non, maman, en France les jeunes filles se marient plus tard qu'ici. Bao est juste un très bon ami. Il a accepté de m'accompagner pour que je puisse te retrouver parce que je ne savais pas trop comment te chercher.

Lorsque les plats arrivent, je sens que ma mère s'applique à paraître naturelle et à manger convenablement alors qu'elle n'a qu'une envie, se jeter littéralement sur tout ce qu'il y a sur la table. Elle meurt de faim.

Le repas se poursuit et elle ne me lâche pas du regard. Devant Bao, nous échangeons des banalités, nous nous racontons les grandes lignes de nos vies. Il se contente de nous écouter discrètement. Décidément, ce garçon est parfait dans n'importe quelle situation.

Naturellement, ma mère insiste pour rentrer à son « hôtel », mais jamais plus je ne la laisserai dormir dans un endroit aussi sordide et jamais plus je ne la laisserai s'éloigner de moi. Lorsque les larmes me montent aux yeux, elle abdique et me suit docilement dans ma chambre.

Elle se tient au milieu de ma suite, ne sachant pas très bien comment se comporter, tout en regardant avec envie le vaste lit. Je lui fais couler un bain, auquel j'ajoute de la mousse parfumée, tout comme Angela l'avait fait pour moi à mon arrivée. Je ressors de la salle de bains pour lui laisser le temps de se glisser dans l'eau chaude, puis tout doucement je pénètre à nouveau dans la pièce. Je sais qu'elle est extrêmement pudique, mais les discussions dans un bon bain moussant restent les meilleures de ma vie. Je veux lui faire connaître toutes ces choses

Je m'assieds sur le rebord de la baignoire, comme le fait toujours ma sœur, et une fois son étonnement passé, elle prend la parole en premier. Elle veut tout savoir depuis le jour de notre séparation. Je lui rapporte donc mes journées à l'orphelinat où j'ai pu manger à ma faim chaque jour et où j'ai pu étudier correctement. Afin de ne pas lui servir un conte de fées auquel elle ne croirait pas, sans entrer dans les détails, je ne lui cache pas que ma relation avec les autres était compliquée. Je lui raconte comment mon père est venu me chercher, mon arrivée à Paris, ma rencontre avec ma sœur jumelle, le lycée, mes diplômes, mes amis. Elle me pose mille questions sur mon père et je prends plaisir à lui décrire la personne la plus gentille, douce et généreuse qui soit. Je suis intarissable lorsqu'il s'agit de parler de ma sœur et ma mère sourit. Sous l'effet de la surprise, elle ouvre de grands yeux lorsqu'elle regarde la photo où je pose avec Angela. Au fur et à mesure, je la sens se détendre. Écouter mes récits féeriques et me voir aussi épanouie la rend instantanément heureuse.

L'eau commence à refroidir et je lui tends un peignoir en me retournant pour ne pas la gêner. Nous nous retrouvons allongées sur le lit et maintenant, c'est à moi de la questionner. Mais nous sommes interrompues par des coups frappés à la porte. Nous sursautons toutes les deux en même temps ; ma mère ne se sent pas à sa place et moi, je me rends compte qu'une fois de plus, j'ai oublié le pauvre Bao.

Je me précipite pour ouvrir et là, en effet, Bao est sur le pas de la porte, les bras chargés de paquets.

— Oh, pardonne-moi Bao, je suis désolée, je t'ai laissé tout seul. Vraiment, excuse-moi !

— Ne t'inquiète pas, Lily, prends ton temps, vous avez tellement de choses à vous raconter. Ne t'occupe pas de moi ! Je voulais juste apporter ça, pour ta mère.

Mon merveilleux ami me tend des vêtements qu'il est allé acheter pour ma mère... tout seul. Ça ne m'était même pas venu à l'esprit. Ses vêtements sont miteux et tellement sales... Il faudra que je pense à le rembourser.

— Bao, tu es vraiment extraordinaire, merci !

— C'est normal. On se retrouve pour dîner à dix-neuf heures ?

Il me fait un clin d'œil complice et s'éloigne en souriant.

— Merci, Bao.

Je rentre et j'explique à ma mère la prévenance et la gentillesse de mon ami. Au vu de son regard suspicieux, je lui explique qu'il est amoureux de quelqu'un d'autre et je lui tends les vêtements neufs. Je la remets sur la piste de notre conversation car j'ai bien l'impression qu'elle tente d'éviter mes questions.

Elle finit toutefois par me raconter son histoire et tout ce qu'elle me dit me glace le sang. La prison, sa sortie, les refus catégoriques de tous les employeurs, son arrivée à Bac Ha. Elle m'explique qu'après avoir croisé une ancienne voisine, elle a fui à Coc Ly pour ne pas être reconnue. Mais elle a dû se résoudre à revenir ici car la vie là-bas était encore plus compliquée. J'apprends avec un soulagement infini que pour pouvoir se nourrir, elle a dû se résoudre à mendier auprès des touristes. Sa honte est tellement palpable que je sais avec certitude que sa chambre dans cet hôtel sordide ne lui servait qu'à dormir à un prix dérisoire. Je n'en reviens pas de la chance que j'ai, elle est revenue depuis à peine un mois ! J'imagine que, comme moi, elle adoucit le récit pour ne pas me choquer et cela me peine encore davantage. Avec émotion, elle me raconte son passage à l'orphelinat et la joie qu'elle a ressentie en apprenant que j'allais bien :

— J'ai vu la directrice. Elle avait l'air très gentille. Elle m'a dit que tu travaillais très bien. Elle m'a aussi dit que tu n'avais pas parlé pendant toute la durée de ton séjour. Presque trois ans, Luu-Ly. Es-tu folle ma fille ?

— J'e suis passé au commissariat où nous avons été séparées. L'agent m'a dit que tu étais restée totalement muette pendant trois ans, maman.

Je la regarde en souriant. Elle me retourne un sourire indulgent et nous n'avons pas besoin d'en dire plus pour nous comprendre. Je sais que comme moi, elle pense à ce lien qui nous a unies tout ce temps.

— Tu as dû te sentir bien seule, ma petite fleur.

— Non, tu étais avec moi.

— J'ai pensé à toi chaque seconde, et puis, parler, pour quoi faire ? Je n'avais rien à dire pour ma défense, j'aurais probablement aggravé mon cas.

Comme elle me tait son séjour à Bac Ha, je la dirige tout doucement vers le sujet. D'abord son village, puis Thihaly que j'ai rencontrée et qui souhaite avoir de ses nouvelles, et je finis timidement par ma rencontre avec Cao-Minh. Ses yeux s'arrondissent sous le coup de la surprise. Je sens que des milliers de questions lui brûlent les lèvres. Je ressens sa tristesse et sa gêne, et je réponds donc à ses interrogations muettes puisque je sais qu'elle meurt d'envie d'en savoir davantage.

— Tu sais, après notre départ, il s'est mis à boire, mais dès que Thihaly lui a expliqué notre histoire, il a eu beaucoup de regrets. Il n'a jamais plus touché un verre d'alcool. Je l'ai vu, maman, je lui ai parlé. Il est vraiment malheureux. Il aurait tellement aimé que tu lui parles... Maman... Est-ce que tu l'aimes toujours ?

— Luu-Ly, qu'est-ce que c'est que ces questions ?

— Non, maman, assez de non-dits, il est temps de parler et de te pardonner. De toute façon, que tu le veuilles ou non, demain nous partons pour Ma Tra.

Ma mère ne répond pas et baisse la tête, elle me fend le cœur et je la serre à nouveau dans mes bras.

L'après-midi a filé à toute vitesse et nous nous hâtons de rejoindre Bao au restaurant.

— Merci infiniment pour les vêtements, Bao. C'est très gentil à vous.

— Je vous en prie, madame.

J'ai un peu honte d'avoir abandonné mon ami aujourd'hui, mais il m'apprend que puisque nous avons accompli notre mission, il s'est organisé un petit détour pour rendre visite à sa famille avant de reprendre l'avion pour Paris.

Le dîner s'est bien passé, ma mère se détend un peu et nous ne nous quittons pas du regard. Elle est tellement menue, je suis bien plus grande qu'elle et ça me fait vraiment un drôle d'effet. Les rôles se sont inversés et je dois la mettre à l'abri. Elle paraît si fragile et je suis tellement plus forte aujourd'hui !

Le soir, nous restons toutes les deux dans mon lit immense. Nous sommes allongées face à face et nos mains ne peuvent plus se lâcher. Je n'ose pas fermer les yeux, j'ai bien trop peur qu'en les rouvrant, elle ait disparu. Je m'applique à fixer chaque détail de son magnifique visage décharné par le manque de sommeil, de nourriture et de bonheur. Après avoir parlé pendant des heures, nous finissons par nous endormir, nos mains toujours enlacées. Je suis ivre de bonheur et de soulagement.

CHAPITRE 36

La nuit a été réparatrice, et après un petit déjeuner succulent, Bao nous quitte pour aller rendre visite à sa famille. Maman et moi passons notre temps à discuter, nous avons dix ans de vie à rattraper. Même si je sais qu'elle ne me raconte pas la moitié de ce qu'elle a réellement vécu, je devine sans mal que ma vie a été beaucoup plus simple que la sienne. Je vis depuis sept ans dans un confort dont elle ne soupçonne même pas l'existence. Ce qui me frappe le plus, c'est notre incapacité à nous éloigner physiquement l'une de l'autre. La distance entre nous n'excède pas cinquante centimètres et nos regards ne se détachent jamais plus de quelques secondes.

Nous retournons au motel lugubre dans lequel elle vivait afin d'en régler la note, puis je l'emmène faire les boutiques pour regarnir un peu sa garde-robe. J'ai un mal fou à lui expliquer que l'argent n'est plus un problème et je dois me battre contre ses protestations tout en essayant de ne pas la mettre trop mal à l'aise. Notre petite virée se déroule entre bavardages, émotions et gloussements ; tout ce dont nous avions toujours rêvé. C'est une journée incroyable. Même si je la rassure sur l'état de mes finances, je n'ai aucune idée de ce que Paul dira lorsqu'il saura que j'ai utilisé son argent pour prendre soin de ma mère. Mais je n'ai pas le cœur à creuser davantage cette question pour l'instant. De toute façon, j'aurai bientôt un travail et je pourrai alors moi-même subvenir à ses besoins.

Ma mère est occupée à prendre un autre bain et j'en profite pour téléphoner à mon père. J'entends à sa voix qu'il est réellement content pour moi, mais je perçois également son inquiétude. Je le rassure en lui promettant de rentrer d'ici quelques jours, même si je n'ose pas lui dire que maman sera avec moi et qu'il faudra que je prenne un appartement pour nous loger toutes les deux. Et lui n'ose pas me poser de questions sur mes projets avec elle. Tout ce qui lui importe, c'est que je rentre le plus rapidement possible.

Le soir, au moment de se coucher, maman se remet à pleurer en tenant mon visage entre ses mains. Elle a du mal à croire à tout ça : ma famille, l'école, l'éducation que j'ai reçue et qu'elle rêvait de me donner...

— Luu-Ly, comment m'as-tu retrouvée ?

— Sincèrement, je n'en sais rien. C'est tout simplement incroyable.

— Les dieux ont dû te guider jusqu'à moi.

— C'est surtout Bao qui m'a aidée, maman.

Je regrette immédiatement ma réflexion qui ne va pas manquer de la choquer. Elle fronce les sourcils mais ne relève pas mon manque de reconnaissance envers le ciel.

— Maman, c'est quoi exactement notre nom de famille ? C'est bizarre, mais je l'ai appris il y a quelques jours en te cherchant. Même à l'école ou à l'orphelinat, je ne l'avais jamais entendu.

— Mon nom de famille, celui que j'ai toujours voulu porter, est le nom de Cao-Minh. Madame Minh-Tâm Ngo. Mais depuis que nous sommes parties toutes les deux, nous ne formons plus une famille, Cao-Minh et moi, même si nous n'avons jamais officiellement divorcé. Alors, par respect pour lui, je ne m'en suis plus jamais servi. Quant à mon nom de jeune fille, il m'évoque tant de mauvais souvenirs que j'ai préféré l'oublier... Donc, tu vois, je suis juste Minh- Tâm maintenant.

— Demain, nous partons d'ici pour aller à Ma Tra.

— Non, Luu-Ly. Jamais je ne retournerai là-bas. Jamais je n'oserai me présenter devant lui, plutôt mourir que de croiser son regard.

— Nous retournons à Ma Tra pour voir Thihaly, elle est morte d'inquiétude pour toi. Une fois là-bas, on réfléchira s'il vaut mieux avoir honte, mourir ou affronter ta vie !

— Luu-Ly, arrête de sourire bêtement, te rends-tu compte du mal que j'ai fait autour de moi ? reprend-elle d'un air accablé.

— Maman, arrête de dire ça, ça ne sert à rien. Jamais je n'ai regretté d'être ta fille, pas une seule minute de ma vie.

— J'ai tellement pensé à toi, ma Luu-Ly.

— Moi aussi, maman. Dors maintenant, et demain tu reverras ton amie Thihaly, elle va être folle de joie. Maman... n'aie plus peur, rappelle-toi combien nous sommes fortes quand nous sommes toutes les deux. Tout se passera bien.

Elle me répond par un pauvre sourire et des larmes plein les yeux, et nous nous endormons main dans la main, comme quand j'étais enfant, et c'est si bon, si rassurant. Nous avons été séparées si longtemps et pourtant rien n'a changé.

***

Lorsque nous descendons du taxi, le corps de ma mère est tendu. Elle est inquiète, mais je lui prends fermement la main et l'entraîne vers la maison de Thihaly. Lorsque la porte s'ouvre, Thihaly étouffe un cri de joie.

— Minh-Tâm ! Ce n'est pas possible ! Tu es là !

— Bonjour, Thihaly. Je suis si contente de te voir.

— Ta fille est comme toi, fonceuse et entêtée.

— Oui, personne n'a jamais voulu m'écouter, mais dès son plus jeune âge, je savais déjà quelle personne extraordinaire elle serait.

Les premiers sourires se dessinent enfin sur les lèvres des deux amies et ça vaut toutes les étreintes que l'on se fait en France. Ici, les gens sont tellement réservés, on ne se dit pas « Je t'aime », on ne se dit pas « Ne me quitte jamais », on ne s'étreint pas et à peu près tout est déplacé. Quand je pense à Angela qui est incapable de cacher la moindre émotion, je me demande ce que ça aurait donné si Minh-Tâm l'avait prise à ma place. On dit souvent que tout est une question d'éducation, mais je crois pourtant que je suis plus vietnamienne que française.

Les deux amies ont un plaisir fou à se retrouver. Elles parlent des choses de la vie, Thihaly est vraiment drôle finalement. Elles s'attaquent ensuite aux sujets moins marrants, comme le parcours de Minh-Tâm et la perte du petit garçon de Thihaly. Maman est tellement désolée de ne pas avoir été là pour l'aider et la soutenir dans ce moment si terrible. Elle aussi a perdu un enfant... Puis elles finissent par aborder le point sensible que j'attends depuis notre arrivée : la visite à Cao-Minh. Thihaly tente à son tour de la convaincre d'aller lui parler. Elle lui révèle qu'il n'a jamais repris goût à la vie depuis son départ, et pour l'avoir vu il y a quelques jours, c'est aussi mon avis. Pourtant, ma mère est persuadée qu'il ne voudra jamais la revoir et que, de toute façon, elle n'osera jamais plus le regarder en face. Cependant, même si elle s'évertue à résister, elle sait qu'au fond, c'est une étape obligatoire dans son parcours. Elle ne sera en paix que lorsqu'elle l'aura affronté. Sans cela, elle quittera le Vietnam avec une histoire sans point final et des regrets plein la tête.

***

Nous sommes devant la porte de Cao-Minh. Par pudeur ou par peur, ma mère remonte mon foulard sur mes cheveux. Elle s'imagine probablement que la vérité sera moins douloureuse à affronter si mes cheveux blonds ne sont pas visibles.

La porte s'ouvre et instinctivement, Cao-Minh a un mouvement de recul. Il s'immobilise puis regarde ma mère. Il la dévisage intensément puis promène son regard sur chaque partie de son corps... comme s'il voulait s'assurer qu'elle va bien. À cet instant, je suppose qu'il doit être désarçonné ou en colère, mais je sens également autre chose ; c'est un échange silencieux, des retrouvailles tellement intenses... Son regard reflète exactement la description faite par ma mère lorsqu'elle me parlait de leur amour. Je suis presque gênée de me trouver là. Quel gâchis ! Ma mère baisse la tête. Je fais comme elle parce que c'est probablement l'attitude à adopter dans un premier temps. Le temps que Cao-Minh comprenne qu'elle se trouve là, devant lui... après toutes ces années.

— Minh-Tâm, c'est toi ?

— Oui, c'est bien moi.

— Qu'est-ce que tu veux ?

— Cao-Minh, je suis venue te parler, t'expliquer et m'excuser.

— T'excuser ? Crois-tu que ça changera quoi que ce soit ?

— Tu as raison. Désolée de t'avoir dérangé, excuse-moi... excuse-moi pour tout.

Ma mère, qui n'a toujours pas redressé la tête, tourne les talons et s'apprête à partir, ou plutôt à fuir. *Quoi ? Mais ça ne va pas la tête ?*

— Non... Arrêtez ça !

Je dois me reprendre, je ne peux pas parler comme ça à Cao- Minh. Il faut que j'arrête d'agir comme une Parisienne parce que là, je sais que je l'ai mis en colère. Je m'efforce d'adopter un ton beaucoup plus calme en gardant les yeux baissés, comme le fait toujours ma mère.

— Cao-Minh, nous allons quitter le Vietnam toutes les deux. Nous allons partir en France... Et si c'est ton choix, tu n'entendras plus jamais parler de nous. Mais écoute ce qu'elle est venue te dire !

— Qui es-tu pour oser me parler comme ça ? gronde-t-il.

Bizarrement, il ne me fait pas peur. Sûrement parce que ma nouvelle vie m'a permis d'être plus forte. Les gens ne m'effraient plus, alors je relève la tête pour rencontrer son regard. Contre toute attente, il s'écarte pour nous laisser entrer. Et comme ma mère n'ose pas ouvrir la bouche, je prends la parole la première :

— Ma mère doit t'expliquer elle-même ce qui s'est passé ce jour-là.

— Elle n'est pas ta mère, me lance-t-il durement en me défiant du regard.

Ces mots éveillent brusquement l'instinct de protection de ma mère qui sort enfin de sa torpeur. Sans ciller, elle plante ses yeux dans ceux de son mari.

— Si ! Elle est ma fille, Cao-Minh, que ça te plaise ou non ! J'ai beaucoup de choses à me faire pardonner et je sais que j'ai mal agi... pour tout le monde, mais j'ai élevé cette enfant et elle est ma fille. Ne t'avise jamais de penser le contraire !

Waouh, quand elle se réveille, elle met le paquet, je suis vraiment fière d'elle ! Cao-Minh ne bronche plus et continue de la fixer sans pouvoir détacher son regard. Certes, elle a un peu vieilli, mais finalement, elle n'a que trente-neuf ans. Et même si elle n'a pas une mine resplendissante, même si elle est un peu trop maigre et prostrée, elle reste tout simplement magnifique. Elle a toujours eu une beauté naturelle incroyable. Elle n'attend pas la réponse de Cao-Minh et commence son histoire par son départ aux champs le jour de son accouchement.

Elle parle enfin et plus rien ne l'arrête. Cao-Minh écoute attentivement chacun de ses mots tandis qu'un panel d'émotions défile sur son visage. Elle finit par lui révéler que, même si cela peut paraître ridicule, jamais elle n'aurait imaginé qu'il puisse penser qu'elle l'avait trompé. Leur amour était tellement fort que tant qu'elle était à ses côtés, elle se croyait à l'abri de tout. Je n'en reviens pas de l'entendre avouer des choses aussi personnelles. Elle parle d'une voix atone, sans tenter de se justifier ou d'excuser ses agissements. Puis elle lève enfin les yeux pour soutenir son regard.

— Pardon, Cao-Minh. À ta place, j'aurais probablement réagi comme toi et aujourd'hui je dois vivre avec ça. Chaque jour, je pense à la peine, la douleur et la honte que je t'ai infligées. Crois-moi, Cao-Minh, le poids de la culpabilité que je porte vaut toutes les prisons ou toutes les peines du monde. Je sais que tu ne peux pas me pardonner, mais je voulais seulement que tu saches que rien n'avait été calculé et surtout, que jamais, au grand jamais, je n'aurais pu te tromper. Je t'ai toujours aimé et je n'aimerai toujours que toi.

Elle doit se faire violence pour prononcer de telles paroles car son visage est écarlate. Elle se lève, ouvre la porte doucement et quitte la petite cabane en nous laissant là, sans réaction. Lui, abasourdi par les révélations que sa femme vient de lui faire et moi par le courage dont ma mère vient de faire preuve.

Il reste planté là, cloué à sa chaise alors que la panique me gagne. Les choses ne peuvent pas en rester là. Il doit lui accorder son pardon. Jamais Luu-Ly n'aurait idée de faire ce que je m'apprête pourtant à tenter. Alors, j'ôte le foulard qui recouvre encore ma tête. *À toi de jouer, Lily-Rose !* Je me lève à mon tour.

— Alors, c'est tout ? Tu vas la laisser partir ?

— Est-ce que tu te rends compte de ce qu'elle a fait ?

— Oui, Cao-Minh, je me rends compte ! Ça fait vingt-deux ans que je vis au cœur de cette histoire, que je vis sa peine et sa douleur. Vingt-deux ans que je la vois souffrir sans pouvoir rien y faire. Alors oui… je me rends compte !

— Je ne sais pas comment elle t'a élevée, mais tu as la langue bien pendue ! Et… je suis content que vous alliez bien… toutes les deux… Prends soin d'elle !

— Alors, va lui dire ! Va lui dire que tu t'es inquiété, va lui dire qu'elle t'a manqué…

Ses yeux deviennent menaçants et sa colère est palpable. Je sais que je vais trop loin, mais je n'ai pas le temps d'être subtile ! Je ne devrais pas me mêler de leurs vies et de leurs décisions, mais les non-dits les ont déjà tellement abîmés tous les deux ! Il faut que je sorte d'ici parce que l'atmosphère qui plane dans cette cabane miteuse m'empêche de respirer. Je dois rattraper ma mère qui doit être au comble de la confusion. Mais au moment où je passe la porte pour aller la retrouver, il me fait sursauter en m'interpellant d'un ton cassant :

— Comment sais-tu qu'elle m'a manqué ? Tu étais là pour voir comment moi j'ai vécu depuis votre départ ? Tu connais quelque chose de ma vie ?

— Non, en effet, on ne se connaît pas. Mais je vois la manière dont tu la regardes, je vois la douleur sur ton visage. Alors, si tu as quelque chose à faire ou à dire pour que tout cela cesse, c'est maintenant, parce que dans cinq minutes, il sera trop tard !

Ma propre voix me surprend, elle est un peu trop sèche, mais ils vont encore partir chacun de leur côté alors qu'ils ne se sont pas tout dit. John me manque tellement alors que l'on se connaît à peine. Et je sais que ces deux-là sont faits l'un pour l'autre et qu'ils vont se condamner à la souffrance à perpétuité au nom de je ne sais quelle bienséance. Ça me rend dingue.

— On ne fait pas ce genre de chose, Luu-Ly... Ça ne marche pas comme ça. Que diraient les gens ? murmure-t-il.

— Ah oui, en effet, que diraient les voisins ? C'est une question intéressante. Alors, tu sais quoi ? Cesse de t'inquiéter parce que moi, je vais prendre soin d'elle, moi je vais l'aimer comme elle le mérite et toi, surtout... prends bien soin des voisins !

La colère m'aveugle et si on m'avait dit qu'un jour, je m'adresserais à quelqu'un en ces termes et sur ce ton, j'aurais probablement éclaté de rire. *Que vont dire les gens ? Non, mais je n'y crois pas !* Je me tourne à nouveau vers la porte et je sors pour aller retrouver ma mère qui m'attend dehors.

— Viens, maman, on s'en va !

— Merci, ma fille, de m'avoir amenée ici, je me sens beaucoup mieux à présent.

— On prendra l'avion demain. Tu vas voir, on sera bien là-bas.

— Je reste ici, Luu-Ly, je ne veux pas être un poids pour toi. Je me débrouillerai, ne t'en fais pas.

— Je ne vais nulle part sans toi et c'est moi qui suis un poids pour toi, pas le contraire. Nous allons rentrer à Paris, nous trouverons un appartement, tu apprendras le français et nous allons très bien nous en sortir.

— Je n'ai pas d'argent, Luu-Ly, arrête un peu de rêver ! Et que dira ton père ?

— L'important, pour mon père, c'est que je sois heureuse. Ne pense pas à l'argent, maman, on s'arrangera, et pour le moment, j'ai ce qu'il faut. Je te promets qu'on ne manquera plus jamais de rien... ni toi ni moi !

Nous traversons le centre du petit village de Ma Tra pour rejoindre la place où nous pourrons sûrement trouver un taxi. Nous marchons lentement, tout en mettant nos projets à jour... *Enfin, mes projets, que je tente de lui faire accepter.* J'ai retrouvé ma mère et je vais la choyer et la chouchouter. Je veux lui faire oublier toutes les souffrances et les privations auxquelles elle a dû faire face jusqu'ici. Orpheline très tôt, elle n'a finalement connu le bonheur que dans ce petit village, auprès de celui qui savait si bien s'occuper d'elle. Nous marchons littéralement collées l'une à l'autre, tout le monde ici connaît Minh-Tâm et son histoire... Toutes les personnes que nous croisons ont les yeux braqués sur nous, mais ma mère ne dit rien. Pourtant, je sais qu'elle est mal à l'aise.

Nous nous arrêtons sur la grande place afin de guetter le prochain taxi quand une voix grave et pressante nous interpelle et nous fait sursauter :

— Minh-Tâm, attends... Attends, ne pars pas !

Ma mère se fige et moi avec. C'est lui, il revient. Les gens sur les trottoirs cessent leurs discussions et leurs activités pour se tourner vers celui qui vient de crier dans la rue. Les regards des voisins vont de Cao-Minh à Minh-Tâm et un grand silence s'installe.

Nous entendons les pas de Cao-Minh se rapprocher, mais aucune de nous n'ose se retourner. Il est maintenant très proche de nous.

— Minh-Tâm, tu n'as nulle part où aller, tu peux rester là... si tu veux... Reste ici.

Nous nous retournons enfin pour lui faire face. Ma mère s'empare à nouveau de ma main et à travers ce geste, je sens son angoisse. Elle redresse les épaules et se fait violence pour tenter de conserver un minimum de dignité.

— Cao-Minh, je n'ai besoin ni de ton hospitalité ni de ta pitié.

— Non, je sais. Reste... reste ici ! Je ne veux pas te donner l'hospitalité, je veux que tu rentres chez toi... S'il te plaît, Minh-Tâm.

Ces mots lui coûtent terriblement, il les prononce dans un souffle sans oser la regarder dans les yeux. Je sais l'effort surhumain qu'il vient de faire et ma mère le sait aussi, peut-être encore plus que moi. Quand on connaît la pudeur qui règne dans ce pays, cette scène est tout simplement surréaliste, surtout en pleine rue. Il a abandonné toute dignité pour la supplier devant tout le monde.

— Cao-Minh, comment pourrais-tu un jour me pardonner ce que je t'ai fait ? Comment pourrais-tu m'aimer à nouveau ou même me faire confiance ?

— Rentre ! On en discutera, ordonne-t-il maladroitement en regardant les gens autour de nous.

— Non, je ne peux pas faire ça.

— Écoute-moi… Je n'ai pas besoin de t'aimer à nouveau, je n'ai jamais cessé de t'aimer. Et au fond de moi, j'ai toujours su… Tu es incapable de faire du mal sciemment. Tout est de ma faute, Minh- Tâm, j'aurais dû te parler, mais… j'étais aveuglé par ma colère et je n'ai même pas essayé de savoir. S'il te plaît, pardonne-moi !

Waouh, j'ai devant moi le Cao-Minh que ma mère m'a raconté, celui qui n'est que douceur et tendresse. Je refusais de croire qu'il existait, mais il est là et il déborde d'amour pour elle comme avant, comme toujours. Pour la première fois, je remarque sa beauté. Il est gracieux, magnifique et noble. Je vois les yeux de ma mère s'emplir de larmes et je sens que nos plans vont changer.

Je suis prise entre la peur panique de repartir sans elle et le bonheur indescriptible qu'elle puisse retrouver son Cao-Minh. Je ne sais plus quoi penser ni comment réagir. Mais les réponses à ces questions ne se font pas attendre quand je sens sa main qui me lâche. Elle s'approche de lui et caresse délicatement sa joue en le regardant comme si elle posait les yeux sur un être suprême, une divinité ou tout simplement son sauveur. Alors, il lui prend la main puis se dirige à nouveau vers sa cabane sous les regards stupéfaits des badauds. Je ne comprends rien à ce qui vient de se passer et je ne sais pas très bien ce que je dois faire, mais je me décide à les suivre... Après tout, elle n'est pas seulement sa femme, elle est aussi ma mère.

Cela fait plus de deux heures que, telle une intruse, j'assiste aux retrouvailles de Minh-Tâm et Cao-Minh. Je suis extrêmement gênée, tout comme je l'étais le jour de mon arrivée chez mon père. Je me revois assise à la table du dîner avec cette désagréable impression de ne pas être à ma place. Aujourd'hui, c'est quand même un peu différent parce qu'il n'est pas question que je laisse ma mère seule face à sa vie chaotique et à son « ex ou futur mari ». Ils ont passé la première demi-heure à ne pas savoir quoi se dire et les minutes se sont égrenées au rythme des soupirs, des silences et des débuts de phrases laissés en suspens. Durant l'heure suivante, ils n'ont cessé de se couper la parole, de s'expliquer, de s'incriminer un peu aussi. Maintenant, les regards sont plus doux et les paroles, plus tendres. Pour la première fois de ma vie, je vois ma mère rougir de plaisir et je voudrais être n'importe où ailleurs. *Un peu de tenue, maman, je suis là tout de même !*

Au fil des jours, ma mère reprend ses marques dans sa propre maison. Les choses se passent bien mieux que je n'aurais pu l'espérer, et malgré les réticences et l'inquiétude de Paul, j'ai prolongé mon séjour d'une semaine. Tous les jours, nous nous rendons chez Cao-Minh et c'est exactement comme ma mère me l'a raconté. Il la dévore des yeux chaque seconde, il est attentionné et adorable. Je comprends mieux ce qu'elle a perdu lorsque nous sommes parties. Plus les jours passent et plus je sais que je repartirai seule, mais il faut que je m'assure que sa décision sera prise en fonction de ses envies et non pas en fonction de moi.

Ça fait quatre semaines que je suis au Vietnam. Je m'apprête à quitter ma mère et Cao-Minh et je sais maintenant que ces années de séparation n'ont pas eu raison de leur amour. Comment est-ce possible ? Je ne reverrai certainement jamais John et je me demande si dans un an, cinq ans ou dix ans, ma douleur sera toujours aussi vive et si mon amour pour lui sera toujours intact. Bien sûr, notre histoire n'a rien à voir avec la leur, d'ailleurs nous n'avons même pas d'histoire... Mais malgré le temps qui passe, ma peine ne s'apaise pas.

Le départ est encore plus difficile que ce à quoi je m'attendais. Évidemment, ma mère va me manquer, mais je sais que c'est ici, auprès de lui et de son amie Thihaly, qu'elle sera heureuse. Au moment de partir, Cao-Minh me serre également dans ses bras, une étreinte qui en dit bien plus long que tous les discours du monde. Je me sens sereine et libérée. Je sais qu'elle va bien, qu'elle est heureuse et contre toute attente, j'ai une grande confiance en lui.

CHAPITRE 37

Il y a maintenant trois semaines que je suis rentrée. Je crois que Paul s'était vraiment préparé à ne plus me revoir car il m'a réservé un accueil phénoménal. Excessif, mais divin. Depuis mon retour, chaque fois qu'il me croise dans la maison, il dépose un baiser sur ma joue, il vient frapper à la porte de ma chambre lorsque je révise juste pour s'assurer que je suis bien là ou encore m'appelle du bureau à la première occasion. Bref, cela donne lieu à des situations cocasses parce qu'il est chaque fois embarrassé par sa propre intrusion. Plus il se justifie, plus j'ai envie de rire, même si au fond j'imagine ce qu'il a vécu pendant mon absence. Je le rassure comme je peux, au détour de conversations anodines au cours desquelles j'atteste avec véhémence mon attachement pour la vie que je mène ici. Mon petit stratagème fonctionne puisque mon père se détend au fil des semaines.

À présent, j'ai retrouvé ma routine, les cours et mon ami Bao. C'est la dernière ligne droite parce qu'après mon diplôme, j'entrerai dans la vie active.

Bao m'a présenté Victor et en moins de dix minutes, je suis devenue une fan inconditionnelle de ce garçon drôle, exubérant et en adoration devant mon ami. Quand je les regarde tous les deux, je me rends compte qu'il n'y a en fait aucun mystère. Lorsqu'il s'agit de votre âme sœur, c'est une évidence pour vous, pour elle et pour tous ceux qui vous croisent. Il n'y a qu'à regarder ces deux-là, ils se complètent, se comprennent d'un seul regard et, comme les tournesols avec le soleil, ils finissent toujours par se tourner l'un vers l'autre, même au milieu d'une foule dense.

Ils m'invitent souvent à sortir avec eux, mais même si j'accepte de temps à autre, tout comme avec Angie et Rudy, je ne veux pas être celle qui tient la chandelle ou qui gêne leurs tête-à-tête. Ma sœur m'assure qu'un jour, ce sera mon tour et que mon âme sœur finira bien par croiser ma route. Même si cela arrivait, je ne pense pas être en mesure de la reconnaître parce que pour cela, il faudrait que je sois capable de rester plus d'une demi-heure sans penser à John.

Pendant que je ressasse tout cela, je ne me suis pas rendu compte que je brique le plan de travail de la cuisine depuis un bon quart d'heure. Nana, qui comme toujours m'épie du coin de l'œil, me sort de mes pensées :

— Tu veux en parler, Lily-Rose ?

En une fraction de seconde, je suis de retour sur terre et je souris intérieurement devant sa clairvoyance.

— Non, Nana, ça va bien. Je pensais à des petites choses... des futilités en fait. C'est ridicule. Il y a des choses bien plus graves, je t'assure.

— Oui, tu as raison, il y a tellement de misère partout. Mais tu sais, ce n'est pas parce que la voisine s'est cassé la jambe que ton entorse ne te fait pas mal.

Nana est extraordinaire, parfois je me dis que c'est une fée, en fait. Dans un élan d'amour et d'admiration, je l'enlace et lui colle un gros baiser sur la joue. Elle sourit instantanément, elle n'a pas l'habitude de ce genre de débordement de ma part. Elle me caresse les cheveux et se remet au travail sans ajouter un mot. Elle est toujours présente et tellement discrète à la fois.

***

À force de travail et de concentration, je termine le dernier semestre major de ma promotion. Ces derniers mois, j'ai pu effectuer plusieurs stages vraiment intéressants à la FBC. Paul en est l'actionnaire majoritaire, donc je n'ai probablement pas beaucoup de mérite, mais j'ai obtenu un poste chez eux pour la rentrée prochaine et je suis super contente. Mon père me répète inlassablement que je mérite amplement ce poste, que c'est uniquement parce que j'ai fait bonne impression lors de mes stages et qu'aucune entreprise n'aurait laissé filer un élément aussi brillant que moi à la concurrence. *Il est vraiment adorable !* Je suppose également que s'ils ont accepté que je ne commence mon contrat qu'en septembre, c'est parce que Paul voulait absolument que je puisse profiter de mes vacances. Je meurs d'envie de partir voir ma mère et Paul meurt d'envie de nous emmener à nouveau dans le chalet de Saint-Moritz. J'aurais bien aimé commencer à travailler juste après l'arrêt des cours, mais je ne suis pas à deux mois près. J'ai besoin de me poser et de me détendre un peu. Depuis que j'ai quitté l'orphelinat, j'ai l'impression de faire une course contre la montre. Je veux tout, je le veux immédiatement et je n'arrive pas à prendre du temps pour moi.

***

Dans quelques jours, je pars au Vietnam et je ne tiens plus en place. Ma valise est prête depuis presque une semaine, et si mon père est bien moins stressé que la première fois, il reste tout de même très inquiet. Dès mon retour, nous partirons tous en Suisse et, petite particularité cette année, Rudy nous accompagne. Angela a joué une scène digne d'une *commedia dell'arte* pour expliquer à Paul que si elle devait passer deux semaines sans lui, elle n'y survivrait pas. Comme à son habitude, il a cédé immédiatement. Dès que l'une de nous veut quelque chose, il nous suffit de lui jeter un petit regard miséreux et il est incapable de nous refuser quoi que ce soit. C'est Angela qui m'a appris ce truc et c'est imparable. Je ne m'en sers pas souvent, mais ma sœur adore ça.

De son côté, Bao a décroché un très bon poste dans une entreprise renommée de Bordeaux. Il part donc s'installer là-bas avec Victor, loin de ses parents. J'espère qu'un jour il trouvera la force de leur parler, car même si je comprends la difficulté de sa situation, je sais aussi que les secrets peuvent détruire une famille.

Je retrouve mon pays natal avec un plaisir immense. Maintenant que je ne dois plus me cacher et que mon existence est légitime, je m'y sens beaucoup mieux. Je peux marcher la tête haute et les cheveux au vent. Ma mère me saute dans les bras, et bien qu'elle soit en larmes, je la trouve rayonnante. Cao-Minh, beaucoup plus réservé, semble également content de me voir. La maison est transformée, le toit a été remplacé, ils ont un vrai lit et Cao-Minh a fait un petit agrandissement pour me faire une chambre.

Ma mère a retrouvé sa vie et, en un an, son incroyable beauté. Elle a pris un peu de poids, ses traits sont détendus et elle a une mine superbe. Un repas digne des plus grands restaurants a été préparé en mon honneur. Mais plus les heures passent, plus j'ai l'impression que quelque chose la tourmente et qu'elle n'ose pas m'en parler. Son mari me jette des regards ennuyés et une alarme commence à retentir dans mon cerveau. Je suis certaine que nous allons encore nous chamailler pour l'argent que je leur envoie chaque mois, mais je ne céderai pas. Ils manquent de tout, alors hors de question de cesser mes virements. Il va toutefois falloir que j'en parle avec Cao-Minh, c'est lui le chef de famille et je sais qu'il n'apprécie pas que je m'immisce financièrement dans leur vie. L'ambiance est légèrement bizarre, mais ma mère se décide enfin à parler :

— Luu-Ly, tu sais que tu es ma fille et que jamais ça ne changera...

Je ne m'attendais pas à ce genre de d'entrée en matière et je commence à paniquer... La situation doit être grave.

— Je ne voudrais pas que tu penses... enfin... rien ne changera jamais...

— Maman, arrête s'il te plaît, tu me fais peur. Dis-moi ce qu'il y a !

Elle tortille ses doigts dans tous les sens et la panique s'empare de moi. Cao-Minh me lance des regards embarrassés et je comprends que ma présence ici le dérange. Va-t-elle me demander de ne plus revenir ?

— Maman, je t'en prie, parle-moi ! Ça a un rapport avec ma présence ici ?

— Quoi ? Mais enfin non, Luu-Ly, comment peux-tu penser à ça ? Nous sommes tellement heureux que tu sois là.

Ouf, même si je me sens complètement idiote d'avoir dit ça, il fallait qu'elle me rassure sur ce point. La voix d'Angela résonne dans ma tête : *Lily ! Quand commenceras-tu à faire confiance aux gens qui t'aiment ?* Ma mère, qui s'est décomposée après ma question, poursuit enfin :

— Je l'ai appris il y a quelques semaines... Je ne voulais pas te le dire par téléphone... mais... Cao-Minh et moi attendons un enfant...

— Aaaahhh, mais c'est génial !

J'ai poussé un hurlement de joie. Ma mère a redressé la tête d'un coup et Cao-Minh, debout dans la cuisine, s'est vivement retourné vers moi. *Oups, c'est vrai, je ne suis pas à Paris.*

— Pardon, je veux dire... je suis tellement contente pour vous. Je vais être grande sœur alors ?

— Ça te fait plaisir ? J'avais peur que tu...

Le visage de ma mère s'est empourpré.

— Maman, ne dis pas de bêtise, c'est extraordinaire.

Je me tourne vers Cao-Minh qui semble aux anges.

— Toutes mes félicitations, je suis vraiment heureuse pour vous... pour nous.

Je me mords la langue pour ne pas sortir de plaisanteries façon Angela : *J'espère qu'il ne sera pas blond cette fois !* Mais ils seraient trop choqués si je plaisantais sur un sujet aussi grave. Décidément, ma sœur a trop déteint sur moi.

Dès le lendemain, ma mère revêt une robe spécialement conçue pour les femmes enceintes. Contrairement aux Françaises, qui portent des tenues qui mettent leurs ventres ronds en valeur, les femmes d'ici portent des vêtements très amples dès le début de la grossesse afin de ne pas gêner le développement du futur bébé. C'est une des choses qui m'avait frappée lorsque je suis arrivée en France et que je croisais des femmes enceintes.

Je passe un séjour extraordinaire et chaque jour, j'implore ma mère de me laisser préparer avec elle la chambre du bébé. Bien entendu, il n'en est pas question, ça pourrait porter malheur, c'est beaucoup trop tôt... Nous finissons par trouver un compromis. Elle veut bien m'accompagner pour acheter ce qu'il faut, mais rien ne sera installé pour le moment. C'est un vrai plaisir de faire du shopping avec elle. J'essaie de faire attention, mais c'est vraiment difficile, j'ai pris de mauvaises habitudes et j'ai envie de tout acheter. Je veux qu'elle puisse en profiter pleinement et donner au bébé tout ce qu'elle n'a pas pu m'offrir.

Cao-Minh ne dit rien, mais je sens qu'il n'apprécie pas beaucoup mon manège. Il faut que je lui parle, je vais bientôt partir et je ne voudrais pas qu'il soit en colère après moi. Ma mère s'affaire à préparer le dîner et je profite de ce moment opportun pour le rejoindre dehors. Il est en train de bricoler. Je prends mon courage à deux mains.

— Cao-Minh, j'ai peur que tu penses que j'en fais un peu trop pour l'arrivée du bébé, mais je ne pourrai pas venir pour sa naissance, alors...

— Je suis capable de prendre soin d'eux, Luu-Ly.

— Je sais, je n'ai aucun doute là-dessus, mais il faut que tu saches qu'en Europe, la vie est différente. Nous avons tout à profusion. Je ne pourrais pas être heureuse si je savais qu'ici, vous êtes obligés de faire attention alors que moi, j'ai beaucoup trop.

— Mais je peux les nourrir correctement, nous n'avons plus besoin de cet argent.

— J'en suis sûre, maman m'a montré ton travail et toutes tes sculptures sont vraiment magnifiques. Ça ne m'étonne pas que tu aies un tel succès. Mais laisse-moi participer ! S'il te plaît ! Si je ne faisais pas ça, j'aurais l'impression de ne plus faire partie de sa vie.

— Comme tu voudras, mais je serai toujours là pour eux. Je ne ferai pas deux fois la même erreur.

— Je sais. Écoute, je vais continuer à vous envoyer de l'argent et si vous ne voulez pas l'utiliser tout de suite, vous n'aurez qu'à le garder pour les études du bébé.

— Cet enfant ne sera pas là avant au moins sept ou huit mois et tu penses déjà à ses études ?

Il finit par sourire et, comme par magie, l'atmosphère se détend. J'ai gagné, il accepte mon aide. Je sais qu'il ne le fait pas de gaieté de cœur, mais il l'accepte.

Évidemment, mon départ est dramatique, ma mère et moi sommes en larmes. Même Cao-Minh semble ému et me serre dans ses bras. Je sais que je ne pourrai pas revenir avant longtemps parce qu'avec mon nouveau travail, je n'aurai pas de congés aussi longs avant un bon moment. Dès que je serai rentrée, j'enverrai à ma mère un appareil photo, je pourrai ainsi voir la frimousse de ce petit bébé tout brun.

Heureusement, les vacances à Saint-Moritz me redonnent le sourire. Ma sœur est égale à elle-même, joyeuse, délicieuse et drôle. Rudy ne la quitte pas des yeux. Parfois, je me dis qu'il doit avoir un peu de mal à la suivre, mais il s'amuse réellement à la regarder évoluer et papillonner. Ils forment vraiment un joli couple. Paul s'entend bien avec Rudy et, pour une fois, il n'est pas l'unique homme de la famille.

CHAPITRE 38

Tandis que Paul m'attend en bas pour aller au bureau, je finis soigneusement de me préparer pour ma première journée de travail. J'ai été un peu morose cette semaine. Bao est parti à Bordeaux et il me manque déjà.

Je jette un dernier regard au miroir. La jeune femme qui se trouve devant moi n'a plus rien à voir avec l'adolescente effarouchée qui est arrivée à Paris il y a huit ans. Cette jeune femme paraît plus grande, plus sûre d'elle, plus sophistiquée... *Bon, en même temps, ce n'était pas compliqué.* Je me reconnais à peine avec cette robe sage mais seyante, choisie par ma sœur, bien entendu. Paul sourit lorsqu'il me voit descendre l'escalier.

— Ça y est, papa, je suis prête.

— Tu es magnifique, ma chérie ! Il faut y aller, n'allons pas te mettre en retard pour ton premier jour !

Angela se précipite sur moi en gloussant, elle passe ses mains autour de mon cou et retire mon foulard.

— Je crois que tu n'auras pas besoin de ça, sœurette, tu ne vas pas à ta première journée de lycée, là !

— Ça alors, je t'assure, je n'ai pas fait attention. Je l'ai passé par reflexe. Je devais être plongée dans mes pensées.

C'est là que je peux mesurer l'étendue de mon stress ! Je suis encore à la maison et je me prépare déjà à me cacher.

341

— Lily, si tu as des doutes ou des problèmes au bureau, je serai là, tu sais. Tu pourras venir me voir quand tu veux, s'inquiète Paul.

— Non, papa, je suis un peu stressée, mais je t'assure que ça va. Ne te fais pas de souci !

Nous arrivons finalement à la Financière Becker et Cie. Les portes de l'ascenseur s'ouvrent sur le deuxième étage. C'est là que nos chemins se séparent puisque le bureau de Paul est situé au quatrième – l'étage réservé à la direction. Je sors et me retourne vers lui. Il tente de me sourire, mais je sens bien que mon inquiétude est contagieuse. La porte se referme et mon père disparaît. Cette fois, je suis dans le vif du sujet ! *Respire, Luu-Ly, à toi de jouer !*

Je me dirige vers le bureau d'accueil. Je me présente à une jeune femme souriante et dynamique. Lors de mes stages, je n'étais jamais venue au deuxième étage.

— Ah, mademoiselle Becker ? Je vous souhaite la bienvenue. Suivez-moi, je vais vous conduire à votre bureau ! Vos collègues sont arrivés, ils vous attendent.

— Merci. Je vous suis alors.

Je tente d'adopter un comportement et une voix assurés, mais je suis plutôt tétanisée. Tout est immense et il y a foule. Nous traversons un interminable open space. Je croise une multitude de petits bureaux, de gens dans les couloirs et de groupes en train de papoter. Waouh, encore un endroit bien trop peuplé, ça ne va pas arranger mon stress.

La jeune femme s'arrête devant le bureau 21, frappe à la porte, pourtant ouverte, puis entre sans attendre de réponse. Le bureau est déjà occupé par deux jeunes filles et un jeune homme.

— Bonjour tout le monde, je viens vous présenter votre nouvelle collègue, Lily-Rose Becker.

— Merci, Sylvia ! Bonjour, Lily-Rose !

Le garçon au visage souriant lève la main en direction de la jeune femme qui m'accompagne et qui, visiblement, s'appelle Sylvia, puis reprend :

— Bienvenue, Lily, je suis Henri, et voici Jessica et Samantha

Ils ont l'air d'avoir à peu près mon âge. Samantha et Jessica se lèvent et me tendent également la main.

— Bonjour, bienvenue Lily-Rose, je m'appelle Samantha, mais tout le monde m'appelle Sam.

— Salut, moi c'est Jessica, enfin, Jessy.

Les poignées de main et les regards sont francs et ça me détend aussitôt. Si au départ les filles semblent un peu sur la réserve, les diverses interventions amusantes d'Henri détendent vite l'atmosphère. Il m'explique le fonctionnement du service, ce que l'on attend de moi dans un premier temps et ce qu'il faudra que je sache faire à terme. Il est à la fois efficace, percutant et drôle.

À midi, la fille du bureau d'à côté entre sans frapper et interrompt notre conversation :

— Bon, vous venez, on va déjeuner ? Toi, je suppose que tu déjeunes avec ton père ?

Je reste scotchée, elle est carrément antipathique, limite agressive. Elle ne m'a jamais vue ni même croisée et elle s'adresse à moi sur un ton qui ne me plaît pas du tout, sans même s'être présentée. Y a-t-il une peste dans chaque bureau, comme dans chaque classe au lycée ? Si oui, c'est bon, je crois que j'ai trouvé la mienne. Sauf que maintenant, fini la petite Luu-Ly craintive qui se laisse marcher dessus et place à Lily-Rose Becker, formée par sa sœur jumelle !

— Non, pas vraiment, mais désolée de te décevoir, je ne déjeune pas non plus avec toi.

Samantha, Jessica et Henri me regardent, interloqués, tandis que je ne quitte pas des yeux cette grande brune qui ne se laisse pas intimider :

— Alors, vous venez ? rétorque-t-elle en s'adressant à mes collègues.

— Non, désolés Lætitia, mais nous avons prévu de déjeuner avec Lily-Rose.

— Ah ! Bon appétit, alors.

Abandonnée par son aplomb, elle tourne les talons et s'en va.

— Je crois que tu viens de te faire une copine, ironise Jessy.

— Ce n'est pas une grande perte, mais méfie-toi d'elle, c'est une vraie tigresse, ajoute Samantha.

— Je suis désolée, je ne voulais pas semer la discorde ou être désagréable, mais je refuse qu'on commence à me regarder de travers parce que je suis la fille du patron.

— Ne t'inquiète pas, Lily, Robert, le chef de projet que tu verras sûrement cet après-midi, nous a bien précisé que tu étais là uniquement grâce à tes compétences. Mais, navré de te l'apprendre, la moitié du service n'a pas cru à cette version.

Henri à l'air gêné, mais je le rassure, je sais très bien tout ça.

Ça aurait été étonnant qu'il en soit autrement. *Même moi, je n'y crois pas !*

Henri est vraiment très nature, il ne cherche pas à impressionner ni à se faire valoir. Jessy boit toutes ses paroles, et même si ce n'est que ma première journée, je pense qu'elle a le béguin pour lui. Quant à Sam, elle est beaucoup plus timide et introvertie. Il est un peu tôt pour me faire une idée, mais je suis vraiment contente d'être tombée dans ce bureau. J'apprécie déjà la compagnie de mes trois collègues.

Tout est finalement plus facile que prévu. J'appréhendais un peu de ne pas être à la hauteur, mais pour le moment, les tâches qui me sont confiées sont plutôt simples. Robert, le manager, m'a réservé un accueil très chaleureux et l'ambiance générale semble détendue, même si tout le monde court partout. Grâce à Henri, j'apprends vite et j'apprécie la cohésion et l'entraide qui règnent dans notre bureau 21.

Notre rôle consiste à gérer la comptabilité des diverses annexes du groupe. Selon les périodes, nous devons effectuer les bilans, répartir les budgets et augurer les résultats. Il faut que j'apprenne à repérer les entreprises qui présentent une mauvaise gestion financière et que j'évalue leurs besoins réels. Nous devons leur éviter de gaspiller de l'argent sans pour autant amputer leurs budgets afin de ne pas brimer leurs projets. Henri me révèle, avec détails et patience, les astuces qui me permettront donc de bien doser mon jugement.

Toutes ces entreprises ont en fait été rachetées par notre groupe. Elles sont la propriété de la FBC pour une durée de cinq ans puis, selon les résultats atteints, choisissent de renouveler le contrat ou peuvent également racheter leurs parts et rester simplement adhérentes afin que nous puissions continuer à en administrer la gestion. Il s'agit, pour la plupart, d'entreprises en grandes difficultés qui ne peuvent plus s'autofinancer ni obtenir de prêt. En présentant des chantiers ou des projets stables, elles ont pu être rachetées par le groupe qui, maintenant, finance leur fonctionnement et valide leurs décisions. C'est extrêmement intéressant et j'ai hâte de regarder tout ça de plus près.

***

Ma sœur est toujours passionnée par ses études de décoratrice d'intérieur. Elle s'épanouit tellement dans ce milieu où elle a effectué de nombreux stages qu'elle se voit déjà à la tête l'entreprise qu'elle rêve de créer. Elle tente encore et toujours de m'entraîner dans ses nombreuses sorties, mais ma vie et mon emploi du temps tournent autour de mon travail, qui me passionne de plus en plus, de mes cours de langues et des bouquins en tout genre que je lis parfois jusqu'au milieu de la nuit. Ce soir-là, au dîner, elle est particulièrement bavarde et drôle. Une dispute a éclaté dans sa classe en plein cours de conception de projet créatif et deux filles en étaient presque à se crêper le chignon. J'imagine qu'elles ont failli se tirer par les cheveux. *Je suis en plein progrès !* Quoi qu'il en soit, ma sœur les imite et c'est hilarant.

Au moment où Nana pose le dessert sur la table, mon téléphone portable se met à sonner. Je me fige sur place : je ne reçois que très peu d'appels et, en voyant ma tête, mon père me fait un petit signe comme pour me donner son accord. Nous n'avons plus quinze ans, mais Angela et moi continuons à respecter les règles de la maison à la lettre, et un coup de fil pendant le repas ne fait pas partie des choses que Paul autorise normalement. Je me lève de table et décroche sans même vérifier le numéro. J'entends la voix de Cao-Minh dans l'appareil et mon sang se glace... Ma mère ? Le bébé ?

Après avoir raccroché, je me précipite dans la salle à manger en hurlant :

— Ma mère a eu un petit garçon ! C'est un garçon !

Tout le monde me regarde, incrédule, je n'explose jamais de cette manière et je prends tout à coup conscience de mes mots.

— Je veux dire, j'ai un petit frère... heu... Enfin, Minh-Tâm a eu son bébé.

Tout le monde éclate de rire puis Paul me prend dans ses bras.

— Ne t'inquiète pas, ma chérie ! Tout va bien, et si tu as un petit frère, alors nous sommes tous contents pour toi.

— Oh merci, papa, il s'appelle Cao-So'n, apparemment il est trop beau, et Minh-Tâm va très bien.

— C'est génial, j'espère que tu recevras vite des photos, s'écrie ma sœur.

Angela prend immédiatement les choses en main en m'invitant à la retrouver au centre commercial dès le lendemain après le travail. Elle veut absolument m'aider à gâter ce bébé que j'attendais tant. J'ai l'impression d'être sur un nuage, ma mère doit être tellement heureuse et Cao-Minh, tellement fier !

CHAPITRE 39

Au bout de six mois, Robert commence déjà à me confier des projets de plus en plus complexes. Je sens que je suis en train de gagner sa confiance. Henri, Jessy et Sam me soutiennent grandement. Henri a également beaucoup d'intuition et se voit régulièrement confier des affaires délicates sur lesquelles nous travaillons tous les deux. Sam et Jessy sont très efficaces, mais ne semblent pas vouloir prendre plus de responsabilités. Elles préfèrent nous seconder et nous assister dans l'élaboration des dossiers. Jessy continue à faire les yeux doux à Henri qui n'a pas l'air de s'en apercevoir et Sam est toujours discrète et de bonne humeur. C'est très agréable de les retrouver tous les jours et je ne peux plus imaginer ma vie sans mon travail.

Je suis arrivée tôt ce matin et Henri est déjà au bureau. Les filles ne sont pas encore là et je profite de mon petit tête-à-tête avec lui pour tenter de le questionner un peu. *Angela, sors de ce corps !* Je prends mon courage à deux mains, car je n'aime pas me mêler des affaires des autres, mais là, vraiment, Jessy me fend le cœur. Plus elle tente d'attirer son attention, moins ça fonctionne. Je crois vraiment que ce garçon est complètement aveugle.

— Pourquoi ne parles-tu jamais de tes copines ?

— Quelles copines ? Je suis seul depuis plus d'un an. J'ai eu une mauvaise expérience et crois-moi, je suis bien mieux tout seul, maintenant !

— Ah ! Mais pourquoi n'inviterais-tu pas Jessy à boire un pot après le boulot ?

— Jessy ? Mais qu'est-ce que Jessy vient faire là-dedans ? s'étonne-t-il.

— Mais enfin, tu ne vas pas me dire que tu ne remarques pas comment elle te regarde ?

— Jessy ? Mais tu es folle, ça fait un bail qu'on travaille ensemble. Tu te fais des idées.

— Franchement, je ne pense pas, elle n'arrête pas de te tendre des perches et toi, tu ne tiltes jamais.

— Ah bon ? Tu es sûre ? Je n'ai jamais fait attention ! Tu sais, au bureau, ce n'est pas terrible d'avoir ce genre de relation. En plus, cette fille est juste magnifique. Ça m'étonnerait qu'elle s'intéresse à moi ?

— Ah ah ! Nous y voilà ! Malgré ses grands airs, monsieur n'a pas confiance en lui. Qu'est-ce qui te gêne le plus ? De te prendre une veste – *expression piquée à ma sœur* – ou d'avoir une relation avec quelqu'un du bureau ? Je voulais juste te mettre sur la voie et vérifier si tu étais aveugle ou seulement complètement insensible à son charme. Maintenant, tu fais ce que tu veux !

Trois semaines plus tard, Jessy et Henri sortent ensemble et c'est le nouveau secret du bureau 21. Sam est en couple depuis longtemps et va se marier l'an prochain. Il ne reste que moi, mais comme j'ai décidé de finir vieille fille…

***

Le mois prochain a lieu la commission annuelle du rachat d'entreprises. On sent bien que Robert voudrait proposer notre candidature pour cette mission, mais chaque fois qu'il nous en parle, il fait un pas en avant, deux pas en arrière. Il manque encore de confiance en nous et Henri, qui connaît l'importance d'une telle mission, devient fou chaque fois qu'il sent que Robert se rétracte. Henri et moi formons pourtant un duo très équilibré. Il a beaucoup plus d'audace que moi, mais en revanche, je suis beaucoup plus réfléchie que lui. Du coup, du fait de sa fougue et de son aplomb, les dossiers avancent vite et, grâce à ma réflexion et à ma minutie, nous évitons les pièges et les erreurs. Il me fait aller de l'avant quand je n'ose pas et je le freine quand il part trop vite.

Pour cette mission, il s'agit de recevoir les chefs d'entreprise en difficulté afin qu'ils présentent leurs structures, qu'ils expliquent les problèmes rencontrés et qu'ils exposent leurs projets. Notre mission consisterait alors à repérer celles qui ont un réel potentiel et à décider si l'investissement nécessaire serait vraiment rentable. Nous devrions ensuite défendre nos choix devant la commission du groupe pour finaliser le rachat des entreprises en question. Après m'avoir expliqué tout ça, Henri m'a contaminée et je suis aussi excitée que lui à l'idée de décrocher ce projet.

Ce matin, Robert remet ça, mais cette fois Henri a décidé de prendre le taureau par les cornes.

— Vous êtes très compétents tous les deux et on commence à beaucoup parler de vous au quatrième étage. Mais vous êtes tellement jeunes que je ne suis pas sûr que vous ayez le recul suffisant.

— Écoutez, Robert, ces derniers temps, mademoiselle Becker et moi-même avons travaillé sur des dossiers plus qu'épineux. Nous avons démontré à maintes reprises notre discernement et notre professionnalisme, et nous avons réussi à redresser financièrement plusieurs entreprises pour lesquelles la situation était désastreuse. Nous vous avons prouvé que vous pouviez nous faire confiance, non ?

C'est incroyable, cette faculté que possède Henri de passer du garçon insouciant et désinvolte à l'homme d'affaires infaillible que rien n'arrête. Il appuie sur sa dernière phrase comme s'il récitait un plaidoyer.

— Mais vous rendez-vous compte que nous allons recevoir des chefs d'entreprise de tous les pays ? Certains, dont l'entreprise n'est pas implantée ici, ne parlent même pas français et...

— Monsieur, je parle couramment l'anglais, l'espagnol, l'allemand et le vietnamien. J'ai également de bonnes notions en chinois, italien et arabe que je suis en train d'étudier.

Ah, je savais que ça me servirait !

Tous les deux me fixent en se demandant si je suis sérieuse. Mais je copie sur Henri et je reste impassible, *même si, en réalité, mon arabe laisse encore à désirer.*

— Très bien, très bien, je propose votre candidature à la réunion de cet après-midi. Mais je vous préviens, si vous êtes choisis, c'est moi qu'on attendra au tournant pour vous avoir recommandés. Vous ne ferez que ça, pas question de vous laisser distraire par quoi que ce soit d'autre. Mais ne mettons pas la charrue avant les bœufs, vous n'êtes pas les seuls à vous présenter. Mademoiselle Becker, vous êtes décidément pleine de surprises. Pourriez-vous m'indiquer par écrit ce que vous venez de me dire ? Je crois que ce sera un atout inestimable pour que l'on vous confie cette affaire.

— Oui, Robert, je vous envoie cela par mail !

***

Henri et moi avons finalement remporté le projet haut la main. Nous passons donc désormais nos journées à préparer cette fameuse commission annuelle de rachat d'entreprises étrangères. Sam et Jessy s'occupent de rapatrier les pièces indispensables aux études de cas, de créer des PowerPoint et de se mettre en relation avec les candidats pour fixer les rendez-vous. Henri et moi décortiquons chaque dossier avec une concentration extrême ; nous ne voulons manquer aucune information. Nous établissons les bilans de chaque entreprise et spéculons sur les atouts que chacune d'elles pourrait nous apporter. Il faut impérativement que nous soyons incollables sur l'historique et l'avenir de chaque société, nous n'avons pas le droit à l'erreur.

Lætitia, notre voisine de bureau, ne m'a plus jamais adressé la parole depuis notre échange du premier jour. Jusque-là, elle m'ignorait totalement, mais depuis que nous avons remporté le droit de gérer cette commission, elle me regarde de travers et sort des piques mesquines à mes trois collègues dès que l'occasion se présente. Henri la remet systématiquement en place, mais toujours sur le ton de l'humour. Jessy ne répond jamais mais lève les yeux au ciel. Quant à Sam, bien sûr, elle baisse la tête et pique un fard à chaque attaque. Nous en déduisons donc qu'elle était dans les starting-blocks pour obtenir cette affaire et qu'elle n'a pas digéré d'être passée à côté. Pire encore, elle ne devait pas s'attendre à être doublée par le bureau 21 et encore moins à récupérer notre travail pour nous laisser le temps de bûcher sur notre nouveau projet.

Après avoir organisé une réunion d'information avec tous les responsables des entreprises retenues, nous commençons l'organisation des entretiens individuels. Nous passons donc l'après-midi à contacter tout le monde afin d'établir un planning. Ces entrevues nous permettront d'évaluer la hauteur des dégâts et de mettre en place au plus vite différentes solutions.

Avec une grande concentration, je planche sur les dossiers en question lorsque mon œil est attiré par le nom du cabinet d'avocats d'une importante firme de jouets. Je reste bloquée sur l'en-tête du cabinet en me demandant si ma vision ne me joue pas des tours. Comme je suis incurable et que, même si j'ai honte de l'avouer, je regarde régulièrement la page Facebook de John, je sais avec certitude qu'il s'agit du cabinet pour lequel il travaille.

Après quelques secondes d'arrêt sur image, ma tête se remet en action. La partie raisonnable me somme de faire ce que j'ai à faire, c'est-à-dire appeler monsieur Jeck afin de lui proposer notre rendez-vous. La partie irrationnelle de mon cerveau, celle qui m'empêche de vivre ma vie en m'imposant sans interruption les souvenirs de John, me souffle tout autre chose. Si j'avais, ne serait-ce qu'une once de courage, j'écouterais la seconde, celle qui n'existe qu'à l'intérieur et qui n'ose jamais se montrer. Je suis au travail, je dois faire mes preuves et je refuse de me laisser distraire en pensant à quoi que ce soit d'autre qu'à ce projet qui devrait donner un bon coup de pouce à ma carrière et à celle d'Henri.

Tout en composant le numéro de monsieur Jeck, je respire un bon coup pour me remettre dans le droit chemin. La voix chantante de la secrétaire me prie de patienter et lorsqu'enfin la voix d'un homme mûr me répond, j'ai récupéré toutes mes facultés de réflexion.

— Monsieur Jeck, j'écoute.

Brièvement, j'explique à mon interlocuteur l'objet de mon appel et très vite, nous fixons notre rendez-vous pour le lendemain, quinze heures, puisqu'il part ensuite en déplacement professionnel pour une quinzaine de jours. Alors qu'il est sur le point de raccrocher et sans comprendre ce qui se passe, je m'entends le retenir *in extremis*.

— Monsieur Jeck, attendez... J'ai oublié de vous préciser que la présence de votre avocat est absolument indispensable pour cet entretien.

Henri, Jessy et Sam lèvent les yeux vers moi. *Si je pouvais, j'en ferais autant.* Tous se demandent pourquoi je n'utilise pas la procédure habituelle alors qu'à l'autre bout du combiné, monsieur Jeck semble surpris par cet impératif.

— Je ne sais pas si maître Hérald sera disponible en si peu de temps.

— Très bien. Enfin, je veux dire... C'est bien le cabinet Guegen et Associés qui gère vos affaires ?

— Tout à fait.

— Alors, si vous n'y voyez pas d'inconvénient, je vais m'occuper de voir cela avec lui et si nous avons un problème d'emploi du temps, je convoquerai maître Heitzman qui est spécialiste de ce type de transaction.

Après avoir signifié son accord, cette fois monsieur Jeck raccroche. Je n'ose pas relever la tête pour affronter mes collègues qui me fixent toujours. Avant de me dégonfler, j'envoie un mail au cabinet Guegen et Associés afin de convoquer maître Heitzman pour le lendemain. Mais qu'est-ce que je viens de faire ? Si ça se trouve, John est spécialisé dans les divorces et ma demande déplacée va mettre en péril le sérieux de la FBC. C'est vrai que sans jamais avoir le courage d'aller au bout, je passe mon temps à échafauder des plans pour approcher John et c'est au moment où l'idée la plus loufoque me vient à l'esprit que je me lance. Fin de ma carrière, fin de la confiance de ma hiérarchie, fin de mon amitié avec Henri et début des désillusions de mon père.

Contre toute attente, moins de dix minutes plus tard, un message m'indique que le rendez-vous est confirmé.

***

Bien évidemment, l'absurdité de mon plan a pris toute son ampleur durant la nuit dernière. Je voulais l'approcher, le voir, lui parler, mais là, au beau milieu d'une réunion professionnelle, que vais-je bien pouvoir lui dire ? Rien, absolument rien.

Henri et moi nous dirigeons vers la salle de réunion pour notre premier entretien. Je n'ai jamais fait autant d'efforts de concentration et mon collègue bienveillant n'ose pas me poser de question.

Une fois installés, nous sommes confrontés au gérant d'un petit hôtel niçois, accompagné de son fils, tous deux d'origine vietnamienne.

Monsieur Mia, le gérant, très affecté par la situation, a du mal à se résoudre à nous laisser le flambeau. L'hôtel est très bien situé et bénéficie d'un potentiel incroyable. Avec quelques travaux et une remise au goût du jour, il pourrait faire partie de nos meilleurs investissements. Henri et moi avons beaucoup travaillé sur ce dossier, mais monsieur Mia semble vraiment réticent. Il a peur de perdre son hôtel et n'a pas suffisamment confiance en nous. Alors, je sors mon joker en m'adressant à lui en vietnamien :

— Êtes-vous né en France, monsieur Mia, ou avez-vous grandi au Vietnam ?

Les deux hommes me regardent comme si une deuxième tête venait de me pousser.

— Je suis né et j'ai grandi à Hanoï, mademoiselle Becker.

— Très bien, tout comme moi alors. Je ne sais pas si vous étiez privilégié là-bas, mais j'imagine que si cela avait été le cas, vous y seriez toujours. Au lieu de ça, vous avez décidé d'immigrer en France. Je suppose que devenir propriétaire d'un tel établissement a dû vous demander des efforts conséquents et que la vie n'a peut-être pas toujours été simple. Tout comme pour moi, monsieur Mia.

Tout le monde, y compris Henri, me regarde, interloqué. Maintenant, je sais que j'ai toute leur attention et que leur confiance ne tardera pas.

— Comme nous vous l'expliquions lors de notre réunion d'information, aujourd'hui, nous vous donnons une chance, peut-être la seule que vous puissiez espérer, sinon vous ne seriez pas venu jusqu'ici. Ne passez pas à côté, faites-nous confiance ! Nous avons décidé d'investir dans votre affaire parce que nous y croyons dur comme fer. Grâce à nous, vous allez remonter la pente et rétablir vos finances. D'ici cinq ans, vous déciderez de laisser le contrat tel qu'il est ou de reprendre votre indépendance en nous rachetant les parts de votre hôtel. C'est aussi simple que ça. Vous gagnez de l'argent et nous gagnons de l'argent. Personne ne sera lésé, monsieur Mia. Votre établissement a un gros potentiel.

— Je crois qu'en effet nous n'avons pas d'autre choix. Nous allons donc réfléchir plus sérieusement à votre proposition. Merci, mademoiselle Becker, vous savez être très convaincante.

— Il n'y a pas de piège, monsieur, uniquement des solutions qui seront bénéfiques pour les deux parties.

— Une dernière question, mademoiselle... Êtes-vous réellement née là-bas ?

— Monsieur Mia, nos relations sont basées sur une confiance absolue. Alors oui, évidemment, et j'y suis restée jusqu'à l'âge de quinze ans.

Alors qu'Henri me regarde avec des yeux tout ronds, le chef d'entreprise se lève, nous salue et quitte la pièce, son fils sur les talons.

— Waouh, Lily, où as-tu appris à parler comme ça ? Je n'ai rien compris, mais j'ai bien vu à sa tête que tu l'avais impressionné.

— Certains de mes talents sont innés ! *C'est le moins que l'on puisse dire !*

***

Henri et moi sommes repassés au bureau récupérer le dossier de monsieur Jeck. L'heure du second rendez-vous de la journée a sonné et après un café vite avalé, nous retournons dans la salle de réunion afin d'y attendre monsieur Jeck et son avocat. Mon corps est hors de contrôle et je n'ai de cesse de remuer dans tous les sens. Henri rompt le silence et pose la question qui lui brûle les lèvres probablement depuis la veille.

— Alors, tu me racontes ?

— Pour l'avocat ?

— Ben oui. S'il y a un problème avec ce dossier, tu ne crois pas que ce serait bien que je sois au courant ?

— Aucun problème sur le dossier, je tente d'une voix rassurante.

— Très bien. Alors, pourquoi l'avocat ?

C'est la première fois que je vois Henri aussi tendu et je comprends qu'il a tout à coup un doute me concernant. Il doit penser que je suis en train de tenter de le doubler d'une façon ou d'une autre.

— Henri, j'ai convoqué l'avocat pour régler un problème personnel. Je sais que je n'aurais pas dû faire ça. Je regrette et je ne sais pas comment sortir de cette impasse puisque finalement, je ne souhaite plus du tout qu'il assiste à cette réunion.

— Tu as convoqué l'avocat pour le rencontrer et maintenant que tu sais qu'il sera là, tu ne veux plus le voir ? résume-t-il pour énoncer les faits qui, à haute voix, semblent encore plus insensés.

— C'est bien ça.

— Un problème personnel ? Tu as besoin d'un avocat ?

Pour la première fois depuis le début de notre conversation, j'ose le regarder dans les yeux et sa dernière remarque me fait sourire. Je ne peux pas le laisser dans l'ignorance et le doute juste avant une réunion aussi importante. Et puis zut, je ne suis plus à ça près puisque ma situation est déjà catastrophique.

— Je l'ai fait sans réfléchir. Je tenais vraiment à revoir maître Heitzman et lorsque j'ai vu que le cabinet dans lequel il travaille s'occupait de monsieur Jeck, je n'ai pas réfléchi.

— Un compte à régler avec lui ?

— En quelque sorte.

— Il sait que c'est toi qui l'as convoqué ?

— Non, j'ai seulement signé au nom du service.

— Tu veux que je gère seul l'entretien ? propose-t-il tout à fait sérieusement.

— Tu ferais ça ?

Je viens de m'exclamer comme si on venait de m'annoncer que j'avais gagné à la loterie. Ce ne serait pas du tout professionnel d'accepter, mais l'un dans l'autre, ce le serait encore moins d'assister à l'entretien.

— Alors retourne au bureau avant qu'ils n'arrivent.

Mon collègue taquin a totalement disparu et je me retrouve face à un ami qui me propose son aide sans même connaître l'histoire en entier. Sans demander mon reste, et comme la lâche que je suis, je quitte la salle de réunion.

***

Depuis mon retour au bureau, je me sens idiote et en colère après moi-même. Je tourne en rond depuis près d'une demi-heure en me limogeant toute seule. J'ai pris bien trop de risques avec cette histoire pour ensuite me planquer dans mon bureau. Au hasard, j'attrape un dossier que je me cale sous le bras. Il ne me servira pas, mais m'évitera de ne pas savoir quoi faire de mes mains lorsque j'interromprai la réunion. *Désolée, j'avais un dossier important à traiter !*

Encore une fois, la panique a failli gagner la partie, mais je suis revenue à la raison. S'il y a la moindre chance pour qu'il me regarde encore, alors je dois la tenter. Je me paie même le luxe de passer par les toilettes pour vérifier ma tenue et ma coiffure avant de partir pour l'affrontement final. Parce que je jure que si notre échange se passe mal une fois de plus, alors, au lieu de refuser comme toujours, j'accepterai le prochain rendez-vous que l'on me proposera et peu importe de qui il viendra.

Respire, Lily, il ne faut peut-être pas exagérer.

Deux petits coups donnés contre la porte et je pénètre dans la salle de réunion sans attendre de réponse. Tout le monde se tait et d'un seul mouvement, John et Henri se lèvent :

— Luu-Ly ? lâche John, surpris de me voir apparaître, d'avoir parlé tout haut et probablement de ne pas avoir su maîtriser sa réaction.

Je sens le regard interrogateur d'Henri se poser sur moi et doucement, monsieur Jeck, probablement surpris par la réaction de son avocat, se lève à son tour.

Je tends une main ferme à monsieur Jeck en m'excusant de mon retard et me tourne ensuite vers son avocat – *la connaissance ? le copain de classe ? l'ex-amoureux ? l'homme de ma vie ?* – qui me détaille de la tête aux pieds sans savoir quel comportement adopter. Il sait que la FBC appartient à mon père et il devait bien se douter qu'il y avait un souci avec cette soudaine « invitation » à gérer un dossier qui ne doit pas le concerner. Je lui tends la main afin de le saluer.

— Maître Heitzman.

Il regarde ma main et fronce les sourcils avant de me saluer à son tour. Il reprend contenance et comme moi, se retrouve prisonnier de cette situation désastreuse. Nous ne pouvons ni parler ni laisser paraître quoi que ce soit. Il se rassied sans ajouter un mot. Heureusement, Henri prend le contrôle des opérations.

— Désolé Lily, mais nous avions déjà terminé d'énoncer tous les points relatifs aux attentes et aux projets. Je propose que monsieur Jeck et moi allions nous entretenir de façon plus approfondie sur l'état actuel de l'entreprise et je te laisse faire le point avec maître Heitzman sur l'administratif et les documents dont nous aurons besoin. Ainsi, nous gagnerons du temps puisque monsieur Jeck doit s'absenter dès demain pour une quinzaine de jours.

CHAPITRE 40

John est là, assis devant moi, sa tignasse soigneusement coiffée, ses yeux azur rivés aux miens. Il est stupéfiant. Son costume gris tombe parfaitement, mais pas question de perdre les pédales, je n'ai aucune idée de ce que je dois lui dire. Sans avoir donné de détail, Henri a bien vu la panique m'envahir et je sais qu'il n'a pas eu besoin de plus d'explication pour deviner de quoi il pouvait retourner. Il vient de me jouer un bien vilain tour en m'obligeant à affronter John. Il ne m'a pas laissé le choix et je ne pense pas que ce soit de bon ton de m'éloigner des sujets professionnels pour lesquels nous sommes là. Il pourrait mal le prendre. Il était tellement dédaigneux la dernière fois que nous nous sommes vus...

Il m'observe et tente sûrement de comprendre pourquoi je l'ai obligé à venir. Mieux vaut rester sur mes gardes :

— John... Maître Heitzman... Nous allons faire le point sur les documents administratifs.

Il penche la tête et fronce les sourcils.

« Maître Heitzman », oui, aucun doute, c'est débile de l'appeler ainsi.

— John...

Je tente à nouveau de prononcer son nom d'un ton plus assuré même si tout mon comportement dément mon aisance. Au fur et à mesure que je m'empêtre dans ma confusion, il se détend et dissimule même un sourire. C'est sûr, je dois être plutôt ridicule.

Il pose sa cheville droite sur son genou gauche, met ses deux mains derrière sa nuque et affiche le sourire le plus arrogant que je lui aie jamais vu. Il finit par avoir pitié de moi et ouvre les hostilités.

— À quoi tu joues Becker ?

— Moi ? Euh, à rien. Je ne joue pas.

— En fait là, c'est le moment où tu dois m'expliquer pourquoi tu m'as fait venir jusqu'ici, puisqu'apparemment ma présence était indispensable, alors que je n'avais jamais entendu parler de ce dossier.

— Il fallait que je te parle, John. La dernière fois que nous nous sommes vus, tu ne m'as pas laissée le temps de m'expliquer et...

— Tout était très clair, me semble-t-il, il n'y avait rien à expliquer. Tu ne vas pas me dire que tu es toujours bloquée là-dessus, si ?

Ma gorge vient de se nouer d'un coup. Il est passé à autre chose... C'est évident et bien normal, mais qu'est-ce que ça fait mal, de l'entendre de sa propre bouche ! Cela dit, l'électrochoc du rejet que je vais subir dans quelques secondes m'aidera probablement à tourner la page, du moins s'il ne m'anéantit pas.

— Je... en fait... si. Je suis mal à l'aise de savoir que tu m'en veux et qu'en plus, il n'y a aucune raison pour cela.

Mes paroles atteignent enfin leur cible et John reprend une posture moins impudente en attendant la suite de ma confession. Son charme et son élégance insensés m'empêchent de réfléchir.

— Tu sortais bien avec le type que j'ai vu chez toi ?

— Non, c'est Bao, mon meilleur ami.

— Tu étais dans ses bras, pourtant.

— Juste pour une accolade amicale.

— Si tu n'avais rien à te reprocher, pourquoi ne m'as-tu jamais rappelé pour me dire tout ça ?

— Tu n'as pas voulu m'écouter, ni me croire.

— Très bien, mais pourquoi ne pas avoir pris rendez-vous à mon cabinet plutôt que de monter toute cette farce.

— Je me disais que tu refuserais de me recevoir.

— Tu es tellement compliquée Luu-Ly, déclare-t-il dans un souffle.

J'ai l'impression qu'il abandonne la partie et je ne sais pas si c'est bon signe. Cela dit, il a prononcé mon prénom et je sais qu'il ne le fait jamais lorsqu'il est en énervé. Je dois jouer cartes sur table.

— C'est vrai, vu comme ça, je suis d'accord. Je n'ai pas les bonnes manières, mais je ne t'ai pas menti, John. Il faut que tu me croies.

— C'est bon, Lily. Qu'est-ce que tu attends de moi au juste ? Tu as l'air décidée à t'exprimer, alors parle.

Il se lève de son siège et contourne la table de réunion pour me rejoindre de l'autre côté. Il ne m'épargnera donc rien.

— Je n'attends rien. Enfin, je voulais te parler et te dire que ton amitié me manquait beaucoup.

— J'ai déjà des tas de potes, Lily.

Il arrive à ma hauteur et se rapproche dangereusement alors même qu'il vient de signifier qu'il refusait mon amitié.

— Est-ce que tu vas encore me faire ton plan ? Celui qui consiste à faire deux pas en avant et trois pas en arrière ? me reproche-t-il par avance sur un ton défaitiste.

Doucement, il lève sa main vers mon visage et je ne peux pas le quitter des yeux.

— Je te quitte magnifique et je te retrouve sublime, Lily. À quel moment vas-tu t'enfuir pour me laisser planté là, comme un con ? murmure-t-il en caressant ma joue du bout des doigts.

— Je ne suis plus une enfant, John.

Il me regarde de la tête aux pieds, signifiant ainsi qu'il s'est probablement rendu compte de cet état de fait. Le tissu fin et fluide de ma robe laisse deviner mes courbes sans aucune vulgarité et le décolleté met ma poitrine en valeur sans pour autant être osé. *Merci Angela pour l'achat de cette robe dans laquelle je me sens vraiment sexy !*

Sa main droite est toujours sur ma joue, il pose la gauche sur la courbe de mes reins et je crois bien que je vais défaillir.

— Ça, crois-moi, j'ai pris note. Tu n'as pas besoin de le préciser.

Il me parle, me séduit et attise le feu qui brûle déjà en moi, mais ne va pas plus loin. Je crois qu'il me teste et je ne compte pas être laissée une fois de plus sur le carreau. Alors, sans plus réfléchir – *de toute façon, je n'en suis plus capable* – , je me rapproche de lui pour faire disparaître les derniers centimètres qui nous séparent encore. Au moment où je pose mes lèvres sur les siennes, il m'enlace et m'embrasse avec un empressement à peine croyable. Son baiser est urgent et avide et je le lui rends avec une fougue tout aussi impétueuse. Je ne sais pas si je suis en train de rêver, si mon plan a réellement fonctionné ou s'il va me repousser dans quelques instants pour me porter le coup de grâce, mais tout ce qui m'importe, c'est cette proximité et cette attirance que je ne pensais plus jamais ressentir.

Je passe mes mains dans ses cheveux en m'abandonnant totalement à cet instant magique et c'est encore mieux que dans mes souvenirs. Tout à coup, je sens son corps se raidir et, de ses deux mains, il me repousse pour essayer d'échapper à mon étreinte. Non, pitié, pas ça, je ne veux pas qu'il m'éloigne, mais la pression de ses mains se fait plus forte et je suis obligée de lâcher prise. Je ne comprends plus rien... Pourquoi ?

La porte du bureau s'ouvre sur monsieur Jeck et Henri. Mon corps tout entier est en feu et mon visage doit être cramoisi. Je tente de reprendre mes esprits alors que John se passe la main dans les cheveux pour les remettre en place. Mais je vois dans les yeux d'Henri que c'est peine perdue. Il prend le ton le plus anodin du monde :

— Bon, Lily, je crois que nous avons fait le tour. Nous avons pu faire le point sur tous les sujets épineux avec monsieur Jeck. Je suppose que vous avez également réglé tous les détails administratifs qui restaient en suspens ? Nous allons donc pouvoir prendre congé.

Il se retourne vers monsieur Jeck pour le saluer puis il tend la main vers John en le regardant droit dans les yeux avant de claironner fièrement :

— Maître Heitzman, je souhaite sincèrement que votre dossier soit validé et nous espérons de tout cœur que cette réunion débouchera sur une relation durable, étroite et fiable !

J'ai envie de le gifler, celui-là ! Je reste clouée sur place par le manque de discrétion d'Henri. John, qui n'a pas l'air gêné le moins du monde, réprime une envie de rire avant d'ajouter avec un grand sourire :

— C'est également notre souhait le plus cher, monsieur Chevallier.

Henri me colle mon dossier dans les bras pour me faire réagir. Je prends difficilement congé de monsieur Jeck et quitte la salle de réunion devant trois hommes stupéfaits, chacun pour des raisons différentes. J'entends à peine Henri les saluer avant de les reconduire vers l'ascenseur.

CHAPITRE 41

Je suis rentrée à la maison il y a une demi-heure à peine. Je suis exténuée par les péripéties de cette journée, mais dès qu'Angela arrive, je lui saute dessus et l'entraîne dans la salle de bains pour lui raconter ma journée. Le bain est en train de couler et j'ai déjà ôté ma robe quand le carillon de la porte d'entrée retentit. Curieuses, nous tendons l'oreille pour savoir qui vient sonner à la maison lorsque Nana se met à crier :

— Lily, c'est une visite pour toi.

Angela, qui ne sait toujours pas ce que je voulais lui raconter, reste figée. À part Bao, personne ne vient jamais me voir. Je reste pétrifiée. Heureusement, ma sœur finit par réagir et me tend la robe que je viens juste d'enlever. Je l'enfile à la hâte sans un mot et mon cœur bat la chamade. *Ça ne peut pas être lui quand même !*

— Lily, tu m'as entendue ?

— Oui, oui, Nana, j'arrive tout de suite !

Je descends l'escalier calmement alors que je n'ai qu'une envie, me précipiter en bas !

Dans le hall, John est là, avec un jean et un tee-shirt qui laisse deviner un torse magnifiquement musclé. Je ne sais pas si c'est dû à mon état second ou bien à la veste de costume qu'il portait tout à l'heure pendant notre brève et intense étreinte, mais je n'y ai même pas prêté attention et je ne me rappelais pas qu'il était si parfait. Bon, c'est vrai, ça fait longtemps que je ne l'ai pas vu. Je me suis arrêtée en plein milieu de l'escalier et je le contemple comme une idiote. Angela passe à côté de moi et me met un coup d'épaule au passage en murmurant :

— Ferme la bouche et avance, on dirait une dinde.

Puis, très naturellement, elle enchaîne :

— Salut, John, ça fait longtemps, comment vas-tu ?

Je ferme la bouche et continue ma descente le plus naturellement possible. Nana me regarde en fronçant les sourcils. Vu ma tête, elle ne doit pas trop savoir s'il faut qu'elle nous laisse seuls ou qu'elle le mette à la porte.

— Très bien, merci Angela, dit-il sans me quitter des yeux. Bonsoir, Lily, je voulais savoir si tu accepterais de venir dîner avec moi. J'aurais dû appeler, mais je passais par là… par hasard, dit-il d'un air malicieux, alors je me suis dit que c'était bête de ne pas m'arrêter.

Je regarde Nana, comme pour demander la permission, car je sais que le dîner est déjà prêt. J'ai vraiment très envie d'y aller, mais j'ai aussi tellement peur de lui sauter dessus sans pouvoir me contenir qu'au fond de moi, j'espère secrètement que Nana va m'interdire de sortir, comme quand j'étais ado. *Bon, je sais pertinemment que jamais elle ne ferait ça aujourd'hui, mais on peut toujours espérer.*

— En fait, Nana a déjà préparé le dîner alors…

— Non, non, ma chérie, ça ne fait rien, je t'assure, va dîner avec ton ami, je préviendrai ton père lorsqu'il daignera sortir de son bureau.

— Tu m'attends deux minutes, John, je vais me changer.

— Non, c'est très bien ! Je veux dire... tu es parfaite comme ça, je t'assure !

Merde, je voulais mettre un chino et un pull pour être plus à l'aise mais, docilement, j'enfile mes bottes et embrasse Nana en évitant soigneusement le regard de ma sœur, car je ne veux surtout pas voir la tête qu'elle fait en ce moment même. Je suis déjà suffisamment déstabilisée comme ça. John s'écarte pour me laisser passer et je sors de la maison sans me retourner. Une fois dehors, il attrape ma main pour me conduire jusqu'à sa voiture et déjà mon cœur s'emballe. Ça fait des mois que je pleure sur mon sort, désespérée de l'avoir perdu, et je suis là, main dans la main avec lui. J'ai l'impression d'être hors de mon corps, ce corps que je n'arrive d'ailleurs pas à maîtriser. Le souvenir du baiser de cet après-midi est tellement présent que mes jambes en tremblent encore.

Je prends place sur le siège passager et John fait le tour de sa vieille voiture jaune pour s'installer à côté de moi. Je ne sais pas quoi dire et, visiblement, lui non plus, car il n'a pas encore décroché un mot. Il démarre plutôt brutalement, roule une centaine de mètres, s'arrête net et serre le frein à main. Il se tourne vers moi. Je ne comprends pas ce qui se passe et l'inquiétude me gagne tout à coup. *Un pas en avant, deux pas en arrière.* Mais qu'est-ce qu'il fait ? Qu'est-ce qui lui prend encore ? Son regard séquestre le mien... mon cœur chavire instantanément. Il caresse brièvement ma joue avec une douceur infinie et, sans crier gare, m'attire vers lui et, avec un empressement inattendu, ses lèvres s'emparent une nouvelle fois des miennes sans que je puisse protester, *mais ça tombe bien, ça n'était pas mon intention !*

Nous échangeons un baiser passionné et je ne peux plus me défaire de son étreinte, je ne veux plus jamais être privée de cette sensation. Je laisse courir mes doigts dans ses cheveux, mes mains caressent son dos musclé et tout mon corps s'embrase. Fougueux, il me rend mes caresses et ses mains s'attardent sur mes seins, faisant définitivement disparaître le peu de raison qu'il me reste.

— Attends, Lily... Arrête !

Quoi ? Non ! Comme dans la salle de réunion, cette fois encore il me repousse, mais mon corps proteste. Je ne veux pas que ça s'arrête, pas maintenant, pas encore. Mais j'entends sa voix douce qui me rappelle à la réalité.

— Lily, arrête, je t'en supplie, arrête, si tu continues je vais te sauter dessus, ici, dans la voiture. Je ne suis pas certain que ce soit une bonne idée !

Hein ? Il parle de quoi, là ? L'affolement m'envahit tout à coup. Est-ce qu'il vient bien de parler de faire l'amour ? Je suis horrifiée. Ce n'était pas prévu, ça ! Angela ne m'a pratiquement rien dit là-dessus. La panique finit par me ramener totalement à la réalité.

— Oh oui, pardon, bien sûr... désolée, heu... C'est vrai, ce n'est pas une bonne idée !

— Eh, ne panique pas, ce n'est rien, c'est juste moi... tu comprends ?

Pendant qu'il redémarre avec un petit sourire en coin, mon cœur bat la chamade. Ses paroles me font l'effet d'une douche froide : *me sauter dessus !* Qu'est-ce qu'il voulait dire par là ? Oui, bon, je ne suis pas complètement idiote, je sais très bien ce qu'il voulait dire, mais suis-je prête pour ce genre de relation ? Il me sourit, mais je ne perçois aucune moquerie cette fois. *John-qui-saute-sur-tout-ce-qui-bouge.*

Que cherche-t-il ? Est-ce que je vais être une conquête de plus à ajouter à son palmarès ?

— On va au resto où on va chez moi ?

— Chez toi… *Oh merde, je ne voulais pas dire ça !* Heu, enfin… Je ne sais pas trop, comme tu veux !

— Alors, moi je sais ! On va chez moi !

— Ah, OK !

Je ne sais plus quoi dire. Est-ce qu'Angela approuverait ? Ce n'est sûrement pas un bon comportement, mais je voudrais au moins une fois me retrouver dans ses bras sans que sa fameuse cousine, Bao, monsieur Jeck ou qui que ce soit vienne nous interrompre.

D'une seule manœuvre, il gare la voiture et, en moins de deux, ouvre ma portière et attrape fermement ma main. Il m'entraîne jusqu'à son appartement et à peine la porte refermée, se jette littéralement sur moi. Nous reprenons notre étreinte là où nous l'avions laissée dans le bureau de monsieur Jeck cet après-midi, puis dans la voiture il y a deux minutes. C'est automatique, exactement comme lorsque l'on appuie sur un interrupteur : dès que je le sens contre moi, dès que son souffle chaud est dans mon cou, mon corps tout entier s'embrase de nouveau. Je passe mes mains sous son tee-shirt, son dos est dur et brûlant. Je suis plaquée contre le mur et je peux à peine bouger. Il me soulève en positionnant mes jambes autour de sa taille et se dirige vers la chambre à coucher.

Sans comprendre ce qui vient de se passer, je me retrouve allongée sur le lit de John. Il est là, au-dessus de moi, tel un aigle prêt à fondre sur sa proie. Il me regarde avec une intensité à peine croyable. Il passe sa main sous ma robe et remonte le long de ma cuisse. Cette fois, c'est sûr, je vais littéralement prendre feu. Mon corps se tend sous l'effet de ses caresses et les muscles de mon ventre se crispent délicieusement, c'est terrifiant et tellement bon à la fois ! Sa main droite enserre ma hanche tandis que l'autre descend doucement la fermeture de ma robe le long de mon dos. En une fraction de seconde, je suis à moitié nue sous le regard bleu azur qui me dévore. Je me sens tellement vulnérable ainsi, prisonnière de son regard et de son étreinte, et j'adore ça. Je suis à moitié dévêtue et je ne sais pas quoi faire, je ne sais pas comment répondre à ses caresses ni comment me comporter.

— John ?

Il doit déceler la panique dans ma voix, car il s'arrête sur-le-champ et se redresse d'un coup.

Les yeux de John ne me quittent pas et je suis partagée entre le flot de sensations qui se déchaîne mon corps et la peur que mon inexpérience me fasse passer pour une gourde.

— John ! Je... Je ne sais pas trop quoi faire... enfin...

Il se fige et sa main, qui maintenait ma hanche, me relâche instantanément.

— Qu'est-ce que tu veux dire ? Tu ne veux pas ?

Il s'écarte de moi, l'air un peu perdu, ses yeux toujours rivés aux miens.

— Non, ce n'est pas ça. En fait, je ne sais pas faire ça ! Je veux dire... qu'est-ce que je dois faire ?

Je murmure comme si quelqu'un d'autre pouvait m'entendre et mon sang tambourine contre mes tempes. J'ai vraiment l'air d'une cruche.

— Tu ne sais pas faire ça ? *Oh...* Tu veux dire que tu n'as jamais fait ça ?

Ses yeux me scrutent, arrondis par la stupeur. Il s'éloigne encore un peu plus.

— Bien sûr que non !

— Merde !

Je suis tellement gênée. John se redresse complètement cette fois. Il semble même agacé, j'aurais dû le prévenir avant.

— John, je suis désolée, je ne voulais pas...

— Eh, pas de panique ! C'est à moi d'être désolé. Je suis littéralement en train de te sauter dessus et toi... Enfin, Lily, tu aurais dû me le dire avant.

— Je suis en train de le faire, John !

— Ce n'est pas ce que je voulais dire. Si j'avais su ça... Enfin, je t'ai quasiment jetée sur mon lit là...

J'ai l'impression de me faire sermonner comme une gamine.

— Mais enfin, tu es restée cloîtrée dans ta chambre pendant toutes ces années ou ton père t'a enfermée au couvent ?

Mouais... C'est à peu près ça ! Tu peux être encore un peu plus humiliant ou tu es au max, là ?

— Désolé, Lily, je ne m'attendais pas à ça. On va aller dîner, OK ?

— Quoi ? Non, pourquoi ? Tu ne veux plus ?

— Plus que jamais, Lily, mais il faut y aller doucement, tu ne crois pas ?

— Non !

Mais il plaisante là ? Son regard s'embrase à nouveau et il dépose un léger baiser sur mes lèvres comme s'il avait peur de me faire mal.

— OK, tu es certaine de vouloir continuer ?

— Oui.

— D'accord, mais si tu veux arrêter tu me le dis, hein ? Tu es déjà sortie avec des garçons quand même ?

— Naturellement ! Enfin… avec toi…

Plus il est stupéfait, plus je suis mortifiée.

Il me regarde, adouci, et me serre tellement fort dans ses bras que j'ai l'impression que je vais étouffer. Puis il m'embrasse de façon plus sage cette fois et, comme par magie, mon corps se remet instantanément en surchauffe.

— Tu es sûre que tu veux continuer ? C'est important que tu sois sûre ! On a le temps, tu sais ! On n'est pas obligés !

— Oui, je suis sûre, je veux être dans tes bras… maintenant… C'est juste que je ne sais pas ce que je dois faire. Angela ne m'a pas expliqué ça !

Il éclate de rire. *Et merde, je n'ai quand même pas dit ça ? Mes nerfs sont à vif et mes neurones, désespérés, ont foutu le camp en levant les yeux au ciel.* Sa main reprend là où elle s'était arrêtée, mais avec beaucoup moins de fougue et tellement plus de douceur. D'un seul geste, il retire son tee-shirt et mes yeux ne peuvent plus quitter son torse. Le feu au creux de mon ventre et de mes reins redouble d'intensité et se propage dans chaque parcelle de mon corps. Mes mains se perdent de nouveau dans ses cheveux et toutes mes craintes s'envolent. Il remonte lentement et murmure au creux de mon oreille :

— Tu as peur ?

— Non.

— Tu as confiance en moi, Luu-Ly ?

— Oui.

— Tu peux m'arrêter quand tu veux, je ne veux pas que tu partes en courant une nouvelle fois. Tu te souviens quand nous avons fait de la moto ?

— Quoi ? Pourquoi tu me parles de ça ?

Il éclate de rire à nouveau, je suis complètement perdue et je ne vois pas où il veut en venir. Ses doigts me caressent en traçant des petits cercles sur mon ventre et mes hanches, je n'arrive déjà plus à réfléchir et ses paroles m'embrouillent encore plus :

— Parce que tu n'étais pas trop rassurée, ce jour-là. Je veux que tu fasses pareil. Il n'y a rien à savoir, Lily, tu ne réfléchis pas et tu fais tout ce que tu as envie de faire sans te poser de question. Tu me suis et tu ne penses à rien... Tu viens avec moi ?

— Je viens avec toi !

Son souffle chaud dans mon cou, juste là, au creux de mon oreille, déconnecte totalement les derniers fils de mon cerveau. Je ne pense plus à rien, j'écoute juste le son de sa voix envoûtante et je me laisse bercer par ses caresses et sa tendresse.

***

Je suis dans un état second, je viens de faire le plus beau voyage de toute ma vie. Tout mon corps en tremble encore. Mon nez est niché dans son cou, je suis tellement bien. Ses mains caressent tendrement mes cheveux.

C'était tellement intense.

Mon refuge ultime vient d'être détrôné. Tout contre lui, je me sens bien plus à l'abri que dans mon lit.

— Tu as faim ? Je ne veux pas avoir à affronter les foudres de Nana si je te laisse dépérir.

— Oui, je meurs de faim.

Il se lève, ouvre un tiroir, sort un de ses tee-shirts et revient près de moi pour me le passer. Ses mains effleurent mes seins et rallument le feu qui s'apaisait pourtant peu à peu

— Arrête ça, Lily, je ne vais pas pouvoir me concentrer sur autre chose.

— Je ne fais rien du tout.

— C'est bien le problème avec toi, tu ne te rends même pas compte ! Viens, je t'ai préparé des lasagnes.

— Quoi ? Mais je croyais que tu avais prévu d'aller au restaurant !

Il me regarde avec un sourire amusé. Je le suis jusqu'à la cuisine et il sort un énorme plat de lasagnes du frigo en affichant un air triomphant.

— J'ai préparé ça cet après-midi, en rentrant du bureau... C'était au cas où ! ajoute-t-il d'un air conspirateur.

— Mais alors, tu avais tout prémédité ? Et comment savais-tu que j'allais te suivre ? J'aurais très bien pu refuser ton invitation.

— J'espérais, c'est tout ! Eh oui, tu aurais pu refuser, mais ton baiser de tout à l'heure m'a laissé présager le contraire. Moi aussi je peux monter des plans diaboliques pour te prendre au piège, raille-t-il.

— Je suis désolée, c'est vrai que mon idée était complètement folle. On aurait tous pu avoir des problèmes si monsieur Jeck avait posé plus de questions. Je ne suis pas très fière de moi.

— Et moi je le suis. Tu ne m'as pas habitué à de telles initiatives, même s'il faudra apprendre à les doser un peu.

Il s'est approché de moi pour déposer un tendre baiser sur mon front.

— Tu es si belle Lily, je n'arrive pas à croire qu'aucun garçon ne t'ait encore fait tourner la tête.

Oh si, un garçon m'a bien fait tourner la tête. Au diable les bonnes manières. Je me jette à son cou, je passe mes mains sur son torse nu puis je me hisse pour passer mes jambes autour de ses hanches.

Son regard est à la fois surpris et amusé. Il passe ses mains sous mes fesses pour me maintenir et le feu reprend en moi, encore plus ardent que tout à l'heure.

— Emmène-moi encore en voyage, John.

Ma voix n'est plus qu'un murmure. J'aurais fait enfermer sur-le-champ quiconque m'aurait dit qu'un jour, je demanderais à un garçon de me faire l'amour. Mais là, c'est différent et en le regardant, je me dis que si le bonheur pouvait être personnifié, je suis sûre qu'il aurait cette tête-là.

— Tu ne la joues pas loyal, là, Becker !

— La loyauté, c'est surfait, Heitzman.

Il m'emporte de nouveau dans la chambre en riant, me dépose doucement sur le lit et retire le tee-shirt qu'il m'a enfilé quelques instants plus tôt. Dès qu'il pose son regard sur moi, mon corps s'émancipe de mon cerveau et s'offre à lui une nouvelle fois, sans aucune gêne ni pudeur. Les élans de John se font un peu plus téméraires que tout à l'heure. Il semble plus détendu et brise encore un peu plus ses retenues. Cette fois, je réponds à ses caresses, mes doigts s'aventurent sur son dos, son torse et ses bras musclés. Le voyage est encore plus fabuleux, plus sensuel, presque irréel. Et comme tout à l'heure, je me retrouve serrée tout contre lui, le nez dans son cou, mon corps agité de tremblements incontrôlables pendant que ses mains caressent mes cheveux.

CHAPITRE 42

Au matin, je suis encore épuisée par ma folle soirée, mais l'adrénaline qui coule dans chacune de mes veines me donne des ailes. Je ne suis pas encore remise des sensations de ma nouvelle expérience ni du dernier baiser de John lorsqu'il m'a raccompagnée chez moi hier soir. Je n'ai pas l'impression de marcher, mais plutôt de survoler le sol. Je plane !

Dans la voiture, je reste silencieuse, prisonnière de mes souvenirs érotiques de la veille.

— Tu es magnifique aujourd'hui, ma chérie !

Paul me sort de ma rêverie et je rougis instantanément en imaginant les détails de ma soirée d'hier inscrits en gros sur mon visage.

Lorsque j'entre dans le bureau 21, les filles écarquillent les yeux en me voyant. Merde, il faut que je me débarrasse de cet air béat. J'ai l'impression que chaque personne que je croise depuis ce matin est au courant des détails de ma soirée. *Bon, un peu de tenue, Luu-Ly-Lily-Rose Becker !*

Henri n'échappe pas à la règle et un sourire taquin se dessine sur son visage dès qu'il m'aperçoit.

— Tu es radieuse, Lily, ce matin !

Je rougis illico, sans relever la tête, mais c'est mal connaître Henri qui ne compte certainement pas en rester là :

— Nous avons pas mal de boulot aujourd'hui, les filles. Même si certains dossiers semblent s'être réglés tout seuls, comme par magie, on a quand même du pain sur la planche.

La timide Sam me sauve enfin :

— Robert veut toutes les études sur son bureau en début d'après-midi pour prendre le temps de débriefer un peu sur chacune. La commission se tient demain matin et il veut être prêt.

— Ne t'inquiète pas, Sam, nous sommes prêts, il ne nous reste plus qu'à croiser les doigts pour être sûrs d'avoir bien ciblé nos rachats.

Nous passons la matinée à éplucher chaque dossier. Henri et moi pointons de nouveau toutes les pièces pour nous assurer qu'il ne manque rien et les filles relisent nos notes pour vérifier qu'elles sont explicites et complètes. À quatorze heures trente, nous nous présentons dans le bureau de Robert qui, visiblement, nous attendait de pied ferme. Il a l'air vraiment stressé.

— Ah, vous voilà tous les deux ! J'espère que vous avez été bons sur cette histoire. Je vous préviens, ils aiment bien tester la jeunesse avec ce genre de challenge, ici. Vous savez que si vos recommandations sont approuvées et que vos propositions de rachat tiennent la route, vous pourrez tous les deux prétendre à un poste de directeur financier junior ? Ça donnerait un bon coup de pouce à vos carrières et moi, je pourrais me vanter de bien former la relève.

Henri et moi nous regardons bêtement, nous n'imaginions pas l'enjeu de ce projet. Robert doit le savoir depuis le début, mais il a gardé le secret jusqu'à la fin. Le stress monte d'un cran. C'est une superbe opportunité pour nous : nous imaginions bien qu'en réussissant ce pari, nous serions bien vus, mais de là à être promus directeurs de gestion et finance !

Nous passons l'après-midi dans le bureau de Robert à revoir chaque dossier. Tout est passé en revue et il nous complimente particulièrement sur la présentation, la clarté de nos comptes rendus et la finesse des arguments dans notre prise de position. Il ne nous reste plus qu'à convaincre tout le monde, demain matin.

***

J'ai passé une bonne nuit, reposante et apaisante. Ce matin, je suis sur mon trente-et-un et à sept heures précises, j'arrive dans l'immeuble de la Financière Becker et Cie. Paul m'a fait mille recommandations. C'est la première fois qu'il me donne des conseils.

En général, il préfère me laisser faire par moi-même, mais là, j'ai l'impression qu'il est encore plus stressé que moi. Bien entendu, il présidera la commission à neuf heures. C'est également la première fois aujourd'hui que nous allons travailler ensemble et c'est une épreuve supplémentaire pour moi parce que je ne veux vraiment pas le décevoir.

Quand j'ouvre la porte du bureau 21, Henri est déjà là. Lui aussi a mis beaucoup de soin dans sa tenue et la concentration se lit sur son visage. Nous révisons une énième fois les dossiers que nous connaissons pourtant par cœur. Nous revoyons les arguments susceptibles de contrer les éventuelles réticences que l'on pourrait avoir à affronter sur les projets risqués.

À neuf heures, toute la commission est réunie et je prends la parole. J'évite le regard de mon père, j'ai peur d'être décontenancée par son stress ou son jugement. Une fois lancée, tout devient facile et évident. Notre binôme fonctionne tellement bien qu'Henri et moi parlons chacun notre tour sans jamais nous couper ou nous gêner. Nos interventions sont concises et complémentaires. Les questions fusent à chaque dossier et nos arguments font mouche, même pour les cas les plus périlleux. Nous réussissons à convaincre sur l'importance de prendre quelques risques en pariant sur des entreprises prometteuses, demandant un investissement conséquent, mais pour lesquelles le rendement peut être particulièrement intéressant.

À midi, tous les décisionnaires de la FBC quittent la salle et je croise enfin le regard de mon père, empli de fierté. Dès que la salle est complètement vide, Henri m'attire à lui, me soulève du sol et me fait tournoyer. La tension retombe et, comme par enchantement, l'homme d'affaires redoutable laisse place à Henri, le jeune homme insouciant. Nous gloussons comme des enfants complètement excités et nous relâchons toute la tension qui nous tenait jusque-là. Je n'ai pas l'habitude d'extérioriser mon stress de cette façon, mais Henri est tellement fou, et sa folie tellement contagieuse, que je me laisse aller.

À seize heures, Paul m'appelle sur mon poste fixe pour m'annoncer que nous rentrons à la maison et qu'il m'attend en bas de l'immeuble. C'est vraiment inhabituel, jamais nous n'avons quitté le bureau si tôt. Finalement, il s'arrête dans un pub pour m'inviter à boire un verre en tête à tête. Notre mot d'ordre étant de ne pas rapporter nos conversations de travail à la maison, il a décidé de faire un petit arrêt en route pour que nous puissions discuter de cette journée particulière.

— Tu as été fabuleuse, Lily. Je n'avais pas de doute, mais je n'aurais jamais imaginé que tu sois aussi à l'aise, aussi convaincante et tellement brillante. Tu m'as vraiment épaté.

— Merci, papa, on a beaucoup travaillé. Je suis très heureuse que tu sois fier de moi.

— Oh, ma chérie, je suis toujours fier de toi, vraiment très fier, mais là c'est de l'admiration. Je n'en reviens toujours pas de ta prestation. Tu sais, je ne veux pas m'avancer, mais si toutes vos propositions de rachat sont acceptées, ce sera une grande première dans l'entreprise. Il y a toujours des sociétés qui restent sur le carreau, mais là, vous avez été tellement convaincants que ça va être difficile de rejeter un seul de vos dossiers. Ça veut dire que vous avez totalement compris les attentes de l'entreprise et que vous avez parfaitement ciblé vos objectifs.

— Arrête, je vais pleurer et tu vas encore t'inquiéter.

Mon père éclate de rire et je l'imite aussitôt, toujours grisée par une certaine euphorie qui ne me quitte pas. Puis nous retournons tranquillement à la maison.

***

Comme prévu, ce soir-là, John vient me chercher à la maison. Je suis sur un nuage et je ne tiens plus en place. C'est effrayant ce que je me sens vide quand il s'éloigne de moi.

— Salut ! Je t'emmène dîner. J'ai réservé dans un super resto pour fêter ta réussite.

Son œil brille de fierté et il m'attire vers lui pour déposer un tendre baiser juste dans le petit creux, sous mon oreille.

En effet, le restaurant est vraiment excellent, les plats sont fins et goûteux. J'étais d'abord un peu frustrée de ne pas me retrouver tout de suite dans ses bras, mais nous n'avons pas encore pris le temps de discuter. Et nous avons vraiment beaucoup de choses à nous raconter. Nous faisons le point sur nos parcours respectifs. Il a obtenu une bourse pour ses études d'avocat qu'il a réussies avec brio. Le cabinet où il a effectué ses stages d'études l'a harponné dès l'obtention de son premier diplôme en lui proposant un salaire attractif. Il a d'autant plus de mérite qu'il a dû allier études, stages et jobs étudiants pour ne pas être un poids trop important pour son oncle et sa tante. Aujourd'hui, il poursuit son cursus principalement en entreprise et peut donc déjà bien gagner sa vie.

Il me raconte également l'accident de voiture dans lequel ses parents ont perdu la vie. J'apprends que John était dans la voiture avec eux et qu'il a été grièvement blessé. Il a ensuite subi une hospitalisation extrêmement longue suivie d'une rééducation interminable. Ses parents n'ont pas survécu et ont laissé leurs cinq enfants orphelins. John n'a pu reprendre l'école que deux ans plus tard. Je me demandais comment un garçon aussi brillant que lui avait fait pour se retrouver deux classes en dessous de son niveau... Il évoque aussi sa vie d'avant et ses souvenirs heureux pendant les années d'insouciance. Bien sûr, il me pose également mille questions auxquelles je réponds à demi-mot. Je n'ai pas vraiment envie de parler de mon enfance et de ma mère, même si maintenant, elle est à l'abri et heureuse. C'est une journée extraordinaire et je ne veux pas faire ressurgir certains souvenirs ce soir. On a maintenant tout le temps pour se découvrir, enfin, j'espère.

En revanche, je mets un point d'honneur à parler de Bao et de l'amitié qui nous unit. Je prends mon temps pour qu'aucun doute ne subsiste dans la tête de John sur notre relation fraternelle.

— Pendant tout ce temps, j'étais persuadé que tu étais bien avec lui. Ça m'a rendu dingue quand même cette histoire.

— Il est très important pour moi, c'est mon meilleur ami.

— Ouais, je crois que je vais avoir du mal à l'apprécier si je dois le rencontrer à nouveau.

Il bougonne à moitié et je ne comprends pas très bien sa réaction. Ce n'est pas comme si je lui avouais avoir eu une relation avec Bao.

— C'est la personne la plus gentille du monde. C'est impossible de ne pas l'aimer.

— Et toi, tu es la personne la plus adorable du monde. Mais j'ai bien failli finir taré en t'imaginant avec lui.

Il m'imaginait avec lui ? Donc il pensait un peu à moi ? Je suis sur un nuage.

— Lily, tu es toujours avec moi ?

— Oui, pardon, je pensais à tout ça. Je m'en veux de ne pas t'avoir dit tout cela plus tôt, je ne savais pas que tu voulais... enfin, tu vois.

— Que je voulais quoi ?

Je déglutis difficilement quand ses yeux emprisonnent les miens et je m'empourpre à l'idée qu'il puisse lire dans mes pensées. Sous la table, sa main remonte le long de ma cuisse et mon corps tout entier s'embrase. Son regard insolent et moqueur éveille tous mes sens.

— Moi... enfin non... Je voulais dire, me voir... que tu voulais me revoir.

— Tu as un problème, Becker ?

— Je t'en prie, John, viens, on s'en va ! S'il te plaît !

— Tu veux aller quelque part, Lily ?

— Non, enfin si...

— Dis-moi ! Où veux-tu aller ? Dis-le !

— Chez toi, s'il te plaît, on s'en va !

Non, mais je rêve ou je suis en train de le supplier ? Je veux ses mains sur moi et tout de suite. Une vraie dévergondée.

— Merde alors, viens là !

Quand il attrape ma main, je jurerais pouvoir apercevoir les flammes danser dans ses yeux. J'en étais sûre, c'est le diable en personne. Rapidement, il règle l'addition et se dirige à grands pas vers sa voiture, me traînant littéralement derrière lui. Dans mes rêves les plus intimes, nos baisers étaient vraiment torrides, mais de là à me retrouver dans son lit dès nos retrouvailles... Je ne me reconnais pas, mais je n'ai jamais été aussi heureuse, aussi impatiente... aussi dingue !

Dès que la porte de son appartement est refermée, je me jette dans ses bras comme une furie et plaque son dos contre le mur. Il faut que j'évacue tout ce désir qui me submerge. Je vois d'abord la stupéfaction dans son regard, puis il jure à voix haute et répond passionnément à mes avances. Sans effort, il me soulève dans ses bras pour me déposer sur son lit et je ne sais pas par quel miracle je me retrouve assise, juste vêtue de ma culotte et de mon soutien-gorge, sans être capable de savoir où sont passés mes vêtements. Je ne peux pas détacher mon regard de son corps, tellement sexy et musclé. Sans me quitter des yeux, il embrasse et embrase chaque partie de mon corps pendant que je plonge mes mains dans ses cheveux indomptables en profitant de chacune de ses caresses.

— Ta peau est tellement douce, Lily... J'en étais sûr. Tu es si belle. Je n'en reviens pas que tu sois là, avec moi.

Je ne peux rien répondre à ça, mon cerveau ayant rompu toute relation avec mes cordes vocales, les mots qui se bousculent dans ma tête ne se matérialisent pas sur mes lèvres. Sa bouche est partout sur moi et je n'ai jamais connu une telle intensité d'émotions et de sensations. Il n'y a encore pas si longtemps, je n'acceptais ni mon corps, ni mon visage trop pâle, ni mes cheveux trop clairs qui m'avaient créé tant de problèmes dans mon enfance. Mais dans ses bras, je me sens tellement belle, effrontée et impudique.

Il m'attrape enfin par les hanches et d'un seul mouvement, me fait basculer sur le dos. Il est au-dessus de moi, appuyé sur ses mains. Il me surplombe et son regard plein d'assurance m'informe que je lui appartiens corps et âme. Il m'a mise à nu dans tous les sens du terme, a pris possession de tout mon être et mon cœur bat à tout rompre, rythmé à la fois par ma confusion et mon empressement.

— Tu m'as tellement manqué. Ne me quitte plus !

Sa voix profonde et grave s'infiltre dans chaque parcelle de mon cœur et je secoue la tête pour le rassurer. Je suis troublée par la façon dont il prononce ces mots, je ne sais pas vraiment s'il s'agit d'un ordre, d'une supplique ou d'une question.

— Crois-moi, je n'ai plus l'intention d'aller où que ce soit si tu n'y es pas. Jamais plus je ne te quitterai !

Il inspire brusquement sous le coup de ma déclaration et un long frisson me parcourt quand sa bouche ourlée s'entrouvre pour laisser filtrer sa langue qui effleure longuement sa lèvre inférieure. Alors qu'il me tient prisonnière de ses bras et de son regard, sa main gauche entame sur mon corps des caresses à peine supportables et, une nouvelle fois, je suis perdue. Ma peau hypersensible prend feu et sans que je puisse rien maîtriser, mon dos se cambre et mes hanches se cabrent. Je suis complètement dépassée par toutes ces sensations nouvelles que je ne contrôle pas. Consciente de mon manque de retenue, mes joues s'empourprent alors qu'une lueur amusée traverse son regard et que son sourire s'élargit, creusant ses fossettes irrésistibles.

— On dirait que tu t'impatientes, Lily ? Nous avons tout le temps, non ?

Je pourrais exploser en un million de petites particules rien qu'en entendant le son de sa voix envoûtante. Quand enfin sa main descend le long de mon ventre, les derniers fils de mon cerveau se déconnectent et je perds pied.

CHAPITRE 43

Henri et moi avons obtenu les postes convoités. Il a fallu quitter le bureau 21 pour emménager chacun dans un petit bureau vitré, au milieu d'un open space impersonnel et beaucoup moins chaleureux que celui que nous occupions. Jessy est installée face à moi et Sam partage le bureau d'Henri. Toutes les deux ont été promues assistantes financières et, au vu de leur situation personnelle, Jessy et Henri se sont mis d'accord pour ne pas travailler ensemble. Nous avons intégré le troisième étage, réservé aux cadres supérieurs de la FBC. Heureusement, nos bureaux sont mitoyens et nous pouvons donc pratiquement garder la même proximité qu'avant.

Mon père, bien sûr toujours situé au quatrième, descend plus volontiers me voir. Maintenant que j'ai fait mes preuves, il est beaucoup moins discret et se montre plus facilement en ma compagnie. Pourtant, c'est déjà la deuxième fois cette semaine, alors que nous avions décidé de déjeuner ensemble, qu'il me fait faux bond. Ça fait également plusieurs fois, ces derniers temps, qu'il quitte le bureau en pleine journée pour n'y revenir que dans l'après-midi. J'ai l'impression qu'il me cache quelque chose. Son comportement est vraiment étrange et, en rentrant ce soir-là, j'en parle à ma sœur.

— Non mais, quand tu dis qu'il s'absente en pleine journée, il part le temps de faire une course ou l'après-midi entier ? me questionne Angie, étonnée.

— Je n'en sais rien, nous ne sommes pas au même étage. C'est juste que plusieurs fois, lorsque j'ai voulu l'appeler, son assistante m'a dit qu'il était absent. Elle ne m'a pas dit qu'il était en réunion ou qu'il s'était absenté un moment, ou encore qu'il était parti faire une course rapide, non, elle m'a clairement signifié qu'il n'était pas là.

— Ah bon, tu es sûre ? s'étonne ma sœur.

— Oui, et ça fait plusieurs fois que nous devons déjeuner ensemble et qu'il se décommande à la dernière minute.

— Et moi, cette semaine j'ai dû lui répéter trois fois que je ne serai pas là ce week-end. Il ne m'écoutait pas du tout.

— Tu crois qu'il a un problème ? Il faut absolument qu'on l'aide.

Ma sœur éclate de rire alors que nous sommes en train de tomber d'accord sur le fait que quelque chose d'inhabituel tracasse notre père. Je suis vraiment triste pour lui et je ne comprends vraiment pas ce qu'elle peut bien trouver de drôle à cette situation.

— Lily, qu'est-ce que tu peux être naïve quand même !

— Quoi ?

— C'est pourtant évident. Il voit quelqu'un, déclare-t-elle sur le ton de celle qui a résolu le mystère.

— Tu crois ?

— Oui ! Il est ailleurs, il répond à côté de la plaque, il oublie tout, il disparaît sans prévenir en pleine journée...

— Et s'il avait un vrai problème ?

— Écoute, c'est toi qui passes le plus de temps avec lui, alors c'est à toi de mener l'enquête. Je compte sur toi.

— Moi ? Ah non, pas question que je l'espionne ou un truc du genre, je crie presque tant je suis choquée et horrifiée.

— Mais non, reste juste à l'affût et essaie de savoir où il va.

— Attends, tu crois que Nana pourrait être au courant ?

— Ça, on va le savoir tout de suite !

On rejoint Nana qui est en train de préparer le dîner, et à peine commençons-nous à partager nos doutes qu'elle s'affole parce qu'elle aussi a remarqué le comportement étrange de Paul. À part son inquiétude, la pauvre Nana n'a rien de plus à partager avec nous et tout le monde se met d'accord pour essayer de trouver toutes les informations possibles. Nana insiste également sur le fait que je suis la mieux placée pour élucider cette histoire.

L'enquête est officiellement ouverte. Nous nous mettons donc toutes les trois à la recherche du moindre indice. Malgré nos efforts et nos observations, l'attitude de Paul est de plus en plus bizarre et nous n'avons toujours aucune piste. Pendant toute une période, il se met à nous offrir des fleurs. Certes, Paul arrive régulièrement à la maison avec un petit cadeau pour nous, mais là, il revient presque chaque soir avec un bouquet pour l'une d'entre nous. C'est comme si nous avions sans arrêt quelque chose à fêter. Un jour, c'est pour remercier Nana du bon repas de la veille, un autre parce que les fleurs étaient aussi jolies qu'Angela ou encore pour me féliciter de tout et de rien. Lui, tellement discret d'habitude, devient trop bavard, trop remuant, limite hyperactif, puis d'un coup, il est perdu dans ses pensées et sursaute au moindre bruit. Au bout de plusieurs semaines, je décide de mettre les pieds dans le plat. Nana reste discrète, mais Angela ne pense plus qu'à ça et commence même à être vraiment inquiète pour lui.

Après le travail, je prends l'initiative de l'inviter à boire un verre au café près du bureau. Bien évidemment, il accepte sans rechigner.

— Lily, tu as un problème ? Si tu m'as amené ici, c'est que tu voulais qu'on soit tranquilles pour parler, non ? commence Paul, soucieux.

— En fait, personnellement, je n'ai rien de particulier ! En revanche, Angela, Nana et moi sommes inquiètes pour toi. Tu es vraiment bizarre en ce moment. Au début, ça nous a amusées, mais maintenant, on commence à se faire du souci. Alors, pour ne rien te cacher, j'ai été désignée volontaire pour mener l'enquête.

— Ah bon, vous me trouvez bizarre ? Non, je t'assure, il n'y a rien du tout. Tout va bien, chérie, vraiment, bafouille-t-il, embarrassé.

— Très bien, papa, j'étais sûre que tu répondrais ça. Alors mets-toi à notre place. Comment réagirais-tu si l'une de nous refusait de te parler de ce qui la tracasse et que toi, tu étais certain que quelque chose clochait ?

— C'est vrai, tu as raison, je serais très inquiet. C'est un peu tôt pour vous dire quoi que ce soit, mais j'ai rencontré quelqu'un... je crois. En fait, je ne voulais rien vous dire avant d'être sûr, mais finalement, on ne l'est jamais vraiment, pas vrai ?

Paul est quasiment en train de rougir, il est vraiment craquant. Il est toujours tellement sûr de lui, mais là, on dirait un enfant pris en faute. Il m'a déjà appris qu'un homme pouvait pleurer, maintenant je sais qu'un homme peut également rougir.

— C'est vrai ? Mais c'est génial !

— Ah bon, tu trouves ? Mais je ne veux pas vous la présenter sans être sûr...

— Mais enfin, papa, on n'a pas dix ans. Ce n'est pas comme si ta petite amie allait devoir s'occuper de nous. Angie était certaine que c'était une histoire comme ça et, crois-moi, elle va sauter dans tous les sens et te questionner sur les moindres détails de ta relation.

Nous éclatons de rire tous les deux, sachant très bien que c'est exactement ce qui se passera dès que ma sœur sera au courant.

— Toi aussi, ça a l'air d'aller, ces temps-ci. Tu revois donc ce garçon que tu côtoyais au lycée ?

— Oui, je suis vraiment très contente.

— Alors, il ne s'était pas moqué de toi comme tu l'avais cru ?

Brièvement, je raconte à mon père les grandes lignes des quiproquos qui nous ont longtemps tenus éloignés, John et moi.

— Tu as pris sa cousine pour sa petite amie ? Aïe, le pauvre !

— Oui, et ensuite il a pensé que j'étais avec Bao parce qu'il nous a vus ensemble à la maison.

— À sa décharge, moi aussi j'ai pensé que tu sortais avec Bao. Vous êtes très proches.

— Je sais, du coup avec tout ça, nous étions fâchés chacun notre tour.

— Il faut toujours laisser aux gens la chance de s'expliquer.

— Oui, maintenant je le sais, tu peux me croire. Mais dis donc, on n'était pas là pour parler de toi plutôt ? Tu as donc une histoire toi aussi ? Il était temps, tu es trop gentil et séduisant pour finir vieux garçon.

— Ah bon, tu me trouves séduisant ? ironise-t-il en me lançant un petit sourire taquin.

Paul ne détache pas son regard de mon visage empourpré, je crois que je viens de l'amuser en disant cela.

— Oui... enfin, pour tout te dire, quand tu es venu me chercher chez madame Nguyen, j'imaginais un vieux monsieur bougon et sinistre. Quand je t'ai vu arriver, j'ai immédiatement été très fière d'avoir un papa aussi jeune et beau.

Paul a les yeux dans le vague et je sais qu'il est déjà reparti quelques années en arrière, à l'orphelinat.

— Ce fut le jour le plus terrible et le plus beau de ma vie. J'avais tellement peur de ta réaction et, en même temps, j'ai eu l'impression de revivre le jour de ta naissance, puissance dix. Un mélange de terreur et d'excitation.

Je sais qu'il s'inquiète toujours de ce que j'ai pu vivre pendant ces années où il n'était pas là et ça me fend le cœur de n'avoir jamais pu le rassurer totalement.

— Papa, tu sais, je ne regrette pas vraiment tout ce qui m'est arrivé, mais je te remercie d'être venu me chercher. Tu m'as fait vivre un véritable conte de fées. Merci pour tout ça !

Son expression est un mélange de gêne et de bonheur.

Un silence confortable s'installe. Nous sommes tous les deux dans nos pensées puis mon père reprend :

— Tu devrais me parler un peu de lui quand même. Je sais qu'il est avocat, mais pourquoi ne s'achète-t-il pas une voiture digne de ce nom ? Je n'aime pas du tout que tu montes là-dedans.

C'est vrai que Paul ne sait pas grand-chose sur John. Je parle rarement de lui et j'éclate de rire quand il mentionne la vieille voiture jaune. J'avoue que je me demande souvent comment ce tas de ferraille peut encore rouler, mais il a dû vendre sa moto pour payer la caution de son appartement afin de ne plus être à la charge de sa famille.

— En fait, il gagne bien sa vie maintenant, mais il a perdu ses parents il y a longtemps et il verse la plus grande partie de son salaire à son oncle et sa tante qui élèvent ses quatre frère et sœurs. Une de ses sœurs vient de commencer à travailler, alors ce sera un peu plus facile maintenant.

— Mmmh, alors c'est sûrement un garçon bien !

— Dis donc, mon petit papa, tu as l'art de détourner la conversation ! Qui est cette femme ? Je la connais ? C'est quelqu'un du bureau ?

— Non, non, pas du tout.

— Allez, dis-moi qui c'est ! Si tu ne veux pas cracher le morceau, je t'envoie ma sœur et crois-moi, tu vas parler !

— Ah non, pitié, pas ça !

Il éclate de rire puis regarde dans tous les sens pour vérifier que personne ne puisse entendre notre conversation.

— Elle s'appelle Élisabeth.

— Oh !

— C'est la jolie fleuriste à côté du bureau. Tu sais, la boutique qui se trouve au bout de la rue.

— Aaaah, d'où les fleurs tous les jours ? Tu sais, il serait judicieux de penser à la fleuriste plutôt qu'à ses fleurs, parce que là, nous n'avons plus un seul vase de disponible à la maison.

— Oh ! Oui, évidemment, mais il fallait bien que je trouve des excuses pour me rendre à la boutique le plus souvent possible.

— Elle a dû se dire que tu étais un homme très attentionné !

Il se gratte la tête et paraît terriblement gêné.

— Elle s'est surtout dit qu'aucun homme n'offrait autant de fleurs à son épouse… Alors, elle en a déduit que je devais avoir une multitude de maîtresses.

J'éclate de rire et même si Paul ne semble pas très à l'aise avec cette conversation, il continue bravement.

— En fait, plus j'essayais d'attirer son attention, plus elle était distante.

— Comment lui as-tu fait comprendre, alors ?

— Un midi, j'ai attendu la fermeture du magasin pour entrer au dernier moment. J'ai acheté des fleurs puis je l'ai invitée à déjeuner.

— Waouh ! Quel courage !

Je n'imagine pas du tout Paul en train de faire la cour à une femme. Il est drôle et pétillant, mais ça, c'est surtout à la maison parce qu'en public, il est plutôt posé et discret.

— Elle a pris un air absolument courroucé et m'a répondu qu'une des femmes à qui j'offrais toutes ces fleurs serait sûrement ravie de m'accompagner pour déjeuner. C'est là que je me suis rendu compte de ce qu'elle pensait.

Je me mords la joue pour ne pas rire à nouveau devant son air si penaud. Je suis bien contente qu'il ait cette conversation avec moi plutôt qu'avec Angela qui serait hilare devant les aveux et l'attitude de Paul.

— Quand j'ai compris l'image que je devais renvoyer, j'ai un peu paniqué et j'ai failli partir, mais j'ai fini par lui dire que toutes ces fleurs étaient pour mes filles. Sauf que là, elle a levé les yeux au ciel en me demandant si j'avais fondé toute une équipe de pom-pom girls à moi tout seul.

Décidément, j'ai vraiment beaucoup de points communs avec lui : même au niveau des malentendus amoureux, nous avons le même parcours. Quand je vais raconter tout ça à Angela et Nana, je parie qu'elles vont se rendre illico chez la fleuriste pour voir à quoi elle ressemble.

— Ça a fini par s'arranger et maintenant, nous nous fréquentons, mais je ne sais pas encore où tout cela va nous mener. Rentrons, ta sœur va s'inquiéter !

— À mon avis, elle doit surtout trépigner. Pour être tout à fait honnête, ce rendez-vous est un complot. Nana et Angie attendent mon compte rendu avec impatience.

Mon aveu fait rire mon père qui m'attrape par la taille pour me conduire jusqu'à la voiture.

CHAPITRE 44

Je n'ai pas vu John depuis deux jours. Je pensais sincèrement que mon addiction pour ce garçon fascinant et enivrant s'atténuerait un peu maintenant que notre relation a pris cette drôle de tournure. Mais il m'obsède sans relâche, jour et nuit. Évidemment, mon imagination vagabonde à présent vers des songes beaucoup plus plaisants lorsque je pense à lui.

Les vacances approchent, je dois aller voir ma mère et mon petit frère que je ne connais pas encore. Je sais que John ne voudra jamais m'accompagner parce qu'il n'a pas les moyens de faire un tel voyage, mais je dois absolument le convaincre. À part ce que j'envoie à ma mère chaque mois, je n'ai aucune dépense alors que John verse une grande partie de son salaire pour l'éducation de ses sœurs et de son frère. Jamais il n'acceptera que je paie le voyage pour nous deux et je trouve ça complètement idiot. Je dois trouver une solution pour lui présenter la chose avec tact et Angela m'a déjà conseillé deux ou trois trucs pour le faire céder. Nous pourrions tellement nous amuser là-bas et j'adorerais lui faire découvrir mon pays et tous ces endroits qui ont bercé mon enfance ! Chaque fois que je suis avec lui, je me dis qu'il faut que je lui parle un peu de ma vie d'avant, mais nos moments sont tellement beaux et précieux que je n'ai jamais le cœur de les gâcher avec les sombres histoires qui me hantent.

Mon sac, ouvert sur le lit, ne contient pour le moment que mon pyjama. Et comme je passe la nuit chez lui, il faut que j'emporte des vêtements propres pour demain. J'attrape mes affaires de toilette, ma robe marine qui ira très bien avec mon trench et mes bottines beiges que je porte aujourd'hui. Puis je saisis mon sac au moment où le carillon de la porte retentit. Je me précipite dans le grand escalier bien plus vite qu'Angela ne l'a jamais fait, j'ouvre la porte à la volée et je me jette littéralement dans les bras de John qui m'accueille avec un éclat de rire.

— Tu ne prends même pas le temps de vérifier. Un jour, tu vas te retrouver dans les bras du facteur et ça ne me plaira pas du tout !

— Je sais quand tu es là, je le sens... Je ne peux pas me tromper.

— J'espère bien. Tu veux qu'on aille dîner dehors ?

— Non, chez toi !

— Mmh, aurais-tu une idée derrière la tête ?

— Heu... non, dis-je en rougissant furieusement.

Quand il est là, je ne me reconnais plus. Je suis choquée par ma propre témérité alors qu'il semble bien s'amuser de ce nouveau moi, qui s'empourpre aussi souvent qu'il respire et qui pourtant est incapable de la moindre retenue.

Au volant, John semble concentré sur la route. Il est repassé chez lui en sortant du travail car il porte un jean et le tee-shirt blanc qui lui va si bien et qui m'empêche de me concentrer sur tout autre sujet. Ses cheveux sont tout ébouriffés exactement comme j'aime et je n'ai qu'une envie : y enfouir mes mains et mon nez.

— Eh, Becker, t'arrête de me mater, tu me déconcentres.

— Oh, pardon, je n'ai pas fait exprès.

— Si tu veux arriver en un seul morceau, arrête ça !

— OK !

— OK ? Alors pourquoi tu continues ?

— Mais si tu regardes la route... comment sais-tu que je te regarde ?

Un ricanement malicieux s'échappe de ses lèvres pendant qu'il se gare devant son immeuble.

— Viens vite, il faut qu'on monte tout de suite !

— Ah bon, qu'est-ce qu'il y a ?

— Dépêche-toi, c'est important !

— Mais enfin, John, il y a un problème ?

— Oui... je ne t'ai pas vue depuis deux jours et, tu vois, ça, c'est un gros problème.

En disant ces mots, il m'attrape par la main et m'entraîne en courant vers son appartement. C'est n'importe quoi et je ris de son enthousiasme exagéré.

À bout de souffle, enlacés l'un à l'autre, nous nous jetons littéralement sur le lit. Ses yeux sont à présent plus sombres et recèlent des promesses qui me donnent le vertige. Sans cesser de le regarder, je repousse une mèche de cheveux qui tombe sur son front et, sans autre préambule, sa bouche s'empare de la mienne, enflammant ainsi chaque centimètre de mon corps.

Comme chaque fois, quand je reprends mes esprits, mon nez est enfoui dans son cou et il me tient serrée tout contre lui. C'est définitivement le meilleur endroit au monde.

— John ?

— Quoi, bébé ?

— John, tu sais, en fait, si j'étais au Vietnam... C'est parce que quand j'étais petite, j'ai été enlevée.

— Quoi ?

Il se redresse d'un coup pour me regarder et analyser mes paroles. S'il continue à me fixer comme ça, je ne vais jamais y arriver. Je passe ma main dans ses cheveux pour l'obliger à reposer sa tête sur ma poitrine et je commence mon récit. Je lui parle de ma mère, Minh-Tâm, mais aussi de ma mère biologique, Suzanne. Il n'ose pas m'interrompre et plus j'avance dans mon histoire, plus j'ai une irrépressible envie de lui parler, de me livrer, de lui donner des clés... Je crois qu'il est mon exutoire. J'ai l'impression de pouvoir enfin apprivoiser toutes ces années où je me suis sentie seule, perdue, incomprise et différente. Je veux qu'il sache tout de ma vie, je ne veux rien lui cacher... Et tout commence par les jours où je suis née... Je lui parle de ces deux vies qui sont miennes, de Luu-Ly, la Vietnamienne aux cheveux blonds qui fait encore tellement partie de moi. Je lui parle également de travail, de fuite, de temple, de peur, d'hommes du soir, de grotte, d'orphelinat, de cauchemar, de garçon de cuisine, de mutisme et de tout un tas de choses, mais surtout... je lui parle d'amour. Une charge d'amour inconditionnel que j'ai reçue et qui m'a permis de tenir pendant de nombreuses années... Doucement, John se redresse et me regarde intensément, comme pour s'assurer que mon récit est bien terminé. Puis il rompt le silence :

— Je n'imaginais pas un truc aussi tordu... Enfin, je ne voulais pas dire ça... Mais, ce n'est pas commun, comme histoire.

— Non, mais c'est la mienne, dis-je avec un sourire pour détendre l'atmosphère.

— Je t'imagine toute petite et toute seule.

— Non, arrête, ça ne sert à rien. Je savais qu'un jour tout allait s'arranger. J'étais loin de m'imaginer que Paul et Angela allaient débarquer dans ma vie... Ça a dû être aussi très difficile pour toi, tu as perdu tes deux parents d'un coup.

— Ça n'a rien à voir, je t'assure. Personne ne m'a jamais menacé ou malmené. Merde, j'ai envie de tuer ce taré.

Sa voix est devenue glaciale. Il se passe nerveusement la main dans les cheveux et je suppose qu'il pense surtout à Duong.

— Je suis désolée, John, je n'aurais peut-être pas dû te raconter tout ça, mais j'ai pensé que tu devais savoir, enfin tout savoir et... Tu m'as toujours dit que tu voulais que je te parle, alors voilà...

— Non, même si ça me rend dingue, je suis content de savoir. Alors, ce n'est pas moi que tu fuyais pendant tout ce temps ?

— Non, bien sûr que non. Mais de toute ma vie, tu étais le premier garçon à qui je parlais... et j'avais l'impression de te laisser approcher plus près que n'importe qui d'autre. Je ne me rendais pas compte que ça ne suffisait pas.

— Je t'aime, Lily.

— Je t'aime aussi, John.

Il me serre un peu plus fort contre lui alors que ses paroles résonnent encore à mes oreilles. Ce moment intense me semble propice pour lui faire la proposition que je n'ose pas aborder.

— Tu sais, John, je vais avoir quelques jours de congé et je dois partir voir ma mère et surtout mon petit frère.

— Quoi ? Tu vas partir là-bas ? s'étonne-t-il en se redressant.

— J'aimerais bien que tu viennes avec moi.

— J'adorerais, mais je ne peux pas. Pas pour le moment.

— Je sais, c'est à cause de tes problèmes d'argent ? Mais...

— Oui, pour l'instant c'est encore compliqué, mais Mélina travaille maintenant et Emmy vient d'avoir son diplôme. Ça va être plus facile pour ma tante et mon oncle, mais pour cet été, je ne peux pas me le permettre.

— Je sais, mais tu sais, moi...

— N'y pense même pas, Lily, c'est non ! gronde-t-il pour me faire passer l'envie de finir ma phrase.

— John, tu ne sais même pas ce que je vais dire.

— Je ne peux pas, c'est tout.

— Mais moi, je peux.

Oh, ça s'annonce mal ! Bon, en fait, ça, c'était mon plan A et ça a l'air foutu d'avance. Plan B... celui d'Angela :

— Tu sais, je me sentirais vraiment plus en sécurité si tu étais avec moi. Là-bas, toute seule, il pourrait se passer n'importe quoi.

Il se redresse tout à fait cette fois, une lueur affolée dans le regard.

— Mais je croyais que tu allais dans ta famille ?

— Oui, mais ma famille habite un tout petit village et pour s'y rendre, depuis Hanoï...

— Lily, c'est quoi ce plan ? C'est pour m'obliger à dire oui ?

— Non, non, pas du tout. Laisse tomber, je comprends, j'irai seule.

— Mais enfin, tu viens de dire que c'était dangereux.

— Oui, mais il faut que je voie ma mère, je n'ai pas le choix. Je t'assure, ce n'est pas grave.

— OK, OK, c'est bon, tu as gagné... mais je te rembourserai jusqu'au dernier centime.

Aaaahhhh, ma sœur est géniale, elle est diabolique, mais géniale. Si je n'étais pas si heureuse, j'aurais honte de moi. Je me mets à hurler de joie en le faisant basculer pour me retrouver à califourchon sur son ventre. Il semble à moitié agacé, persuadé de s'être fait avoir, et à moitié amusé par ce débordement d'émotions.

Emportée par mon euphorie, je me penche pour l'embrasser à nouveau et, sans m'en rendre compte, pour la première fois de ma vie, j'entreprends de séduire l'homme de mes rêves parce que tout mon corps quémande un acte II.

Avec un empressement égal au mien, John répond à mes avances impudiques. J'aime la fille que je deviens quand je suis dans ses bras, même si je me demande d'où elle peut bien sortir. Nos cœurs, nos corps, nos âmes, sont faits l'un pour l'autre. Ils se sont reconnus au premier regard, dans la cour d'un lycée. Jamais je ne me lasserai de ses bras rassurants et protecteurs, il est l'aboutissement de mon bonheur.

Cette fois, c'est sûr, j'ai tenu ma promesse. Ça y est, maman, je suis quelqu'un !

REMERCIEMENTS

Écrire est une solitude agréable, habitée par la lumière de tous, par les émotions, les pensées ou les silences qui la traversent.

Cette histoire est une invitation au voyage.

Les jours où je suis née a connu plusieurs vies.

Chaque étape, chaque lecture, chaque rencontre l'a fait renaître autrement.

À ma famille, pour sa présence si précieuse.

À ceux qui ont traversé ces pages, compagnons de ce tout premier voyage,

Merci.

DU MÊME AUTEUR

VOUS N'AUREZ PAS MON ÂME

Finaliste du prix flamboyant du livre Réunionnais 2024.

Deux âmes brisées.
Elle porte son passé comme un fardeau dont elle ne peut se détacher.
Lui n'en conserve rien… pas même un nom.
Elle quitte tout, poussée par une promesse plus forte que la peur.
Lui a tout perdu… sauf son âme, mais pour combien de temps encore ?
Quand leurs routes se croisent, ce n'est ni un hasard, ni un miracle. Juste une course contre la mémoire, contre la menace, contre le temps.
Une question subsiste : peut-on sauver quelqu'un sans se perdre soi-même ?

www.ingramcontent.com/pod-product-compliance
Lightning Source LLC
Chambersburg PA
CBHW050916030726
47503CB00007BB/2322